中公文庫

犬の報酬

堂場瞬一

中央公論新社

目次

犬の報酬

第一章　内部告発

0　2016年3月9日

　後部座席に座ってドアを閉めると、自動的にエンジンが始動する。今日は、高速を含むルートのテストだ。ＪＲ海浜幕張《かいひんまくはり》駅前をスタートして、市街地のテストルートを回った後、湾岸千葉インターチェンジから東関道《とうかんどう》に乗って、千葉市の中心部方面へ向かう。タブレット端末で各種の状況を確認し、シートに背中を預けたところで、車が勝手《かって》にスタートした。

　この感覚に、いつまで経っても慣れない。無意識のうちにサイドミラー、バックミラーに目をやって、後続車を確認してしまう。他の車が来ないからスタートしたのは分かっているのだが、自分で車を運転する感覚はまだ残っているのだ。

　自動運転実験車「ＡＢオート」は、熟練のドライバーがハンドルを握っているようにスムーズに走る。前を走る車との距離を一定に保ち、制限速度を守り、片側三車線の道路で右折するためにレーンチェンジする——完全自動運転の実験なので、運転席に人はいない。

それでもハンドルは小刻みに動いて、車をコントロールしている。自分が開発に関わったシステムとはいえ、機械に完全に運転を任せているのは、やはり奇妙な感じだった。

しかしこれは、五年後——いや、十年後には普通になっているだろう。車に運転を任せ、自分は後部座席に乗って仕事に精を出す、あるいは居眠りする。それでも、自動運転の車同士が通信を行い、渋滞も事故もなくなる——自分は、まったく新しい車社会を作ろうとしているのだ、という自負があった。

政府の自動運転実験特区に指定されている千葉・幕張付近は、場所によって様々に表情が変わるのだが、今走っているのはごく普通の住宅地である。近い将来、自動運転車が走るであろう典型的なシチュエーション。道路は狭く、交差点が多い。ＡＢオートは、一時停止の標識をしっかり守り、その後もゆっくり再発進するなど、市街地向けの安全運転に徹している。

左前方に自転車。前後に子どもを乗せた若い母親が、ゆっくりと走っている。「自転車を迂回します」とアナウンスが流れた。これはあくまで実験用で、市販化の際には、こういう余計なアナウンスは省かれる予定だ。いちいち報告されても、鬱陶《うっとう》しいだけである。

ＡＢオートはわずかに右に膨《ふく》らみ、十分安全な距離を保って自転車を追い抜いた。ちらりと横を見たが、自転車に乗る若い母親は、一瞬横に並んだ車の運転席に人がいないことには気づいていない様子だった。

フロントシートの背後に取りつけられた大型のタブレット端末にちらりと視線を向ける。十秒ごとの速度が記録された折れ線グラフと、走った道路をトレースした地図上の赤線が、今日の走行データを示している。特に異状なし。異状がないのが普通になりつつあった。既《すで》に半年も実験を繰り返し、この辺《あた》りの道路状況もデータとして取りこんでいる。走れば走るほどデータは集積され、自動運転の安全性はより確実なものになる。これも人間と同じだ。普段走っている道路の状況や交通の流れが頭に入っていれば、それに合わせた運転ができる。

今日も実験は問題なく終わるだろう。定時に上がりだな――ふと顔を上げた瞬間、悲鳴を上げてしまった。

目の前に、トラックのバンパーが迫っている。

1　2016年3月10日

伊《い》佐《さ》美《み》祐《ゆう》志《じ》は出社した途端、総務課長の中尾《なかお》に呼ばれた。朝っぱらから何だ……と少しだけ鬱陶しく思いながら、中尾の席の前に立つ。

「事故だ」中尾が小声で短く言った。

「事故？」

自動車メーカーに勤めていると、「事故」という言葉は頻繁に聞く。もちろん、ネガティブな意味で。しかし今回は、少し意味合いが違う様子だ。中尾が立ち上がり、総務課の一角にある小さな会議室に向けて顎《あご》をしゃくる。内密の話か――中に入ってしまえば、他の人間に話を聞かれる心配はない。

かなりまずい内容だろうと判断して、伊佐美はドアをしっかり閉めた。向かい合わせに座った途端に、中尾が切り出す。

「昨日、千葉で事故が起きた」

「何の事故ですか？」

「ＡＢオート」

途端に、伊佐美は体が凍りつくのを感じた。ＡＢオートは、今会社が一番力を入れている、自動運転技術の実験車だ。千葉市内の実験特区で、半年前からレベル４――完全自動運転――の実験が繰り返されている。

「怪我人《けがにん》は？」伊佐美はまずそれを訊ねた。

「うちの社員が軽傷を負っただけだ」

少しだけほっとして、伊佐美は椅子《いす》に体重を預けた。怪我人が出るのはまずいが、タチ自動車の社員だったのは不幸中の幸いとも思える。他のドライバーや歩行者が怪我していないなら、それほど大事《おおごと》にはならないだろう。

眼鏡《めがね》を外し、スマートフォンを取り出した。昨日の事故なら、ニュースになっている可能性もある。伊佐美の動きの意図を読んだのか、中尾が機先を制して「ニュースにはなっていない」と低い声で告げる。

「そうですか……そうですよね。軽傷の交通事故だったら、普通はニュースにならない」

伊佐美はスマートフォンを置いた。

「芸能人やスポーツ選手が接触事故を起こしたのでもない限り、な」中尾が同調する。

「ただ、気をつけて欲しい」

「何をですか？」嫌な予感に襲われ、伊佐美は警戒しつつ訊ねた。

「路上実証実験での人身事故は、これが初めてだ」

「確かにそうですね」

「これが表沙汰《おもてざた》になると、いろいろまずいことになる」

「でも、事故は隠《かく》しておけませんよ」

「分かってる。警察では、きちんと事故処理している」深刻な表情で中尾がうなずく。

「ただ、そこまでだ。警察は発表しないそうだ」

「軽傷の交通事故だから、ですね」

「……と理解してもらってもいい」

分かりにくい言い方を。今年五十歳の中尾は、やけに回りくどいところがある。何というか、自分が扱う情報が全て極秘扱いであるかのような、もったいぶった言い回しが好きなようだ。

「発表しないように、警察を拝み倒したんでしょう？」伊佐美はずばり指摘した。

「大きな声で言うなよ」中尾が慌てて周囲を見回す。ドアはしっかり閉まっていて、声が外に漏《も》れる心配もないのに。この課長にも困ったものだ。秘密めいた話し方をするのは、自分がさも重要人物であるかのように相手に印象づけるために過ぎない。実際には、どうでもいい人物……五十歳で課長ということは、この先の出世は望めない。タチ自動車では、五十歳で部長になっていない者には、役員の目はないと考えていいのだ。

「とにかく、警察は外部には公表しない。怪我も、大したことはなかったしな」

「どの程度なんですか？」

「胸と頭の打撲」中尾が自分の胸を拳《こぶし》で叩《たた》いた。「後部座席に乗っていて、前のシートにぶつかったんだ。ドライブレコーダーの記録によると、事故当時は時速三十キロしか出ていなかったようだから、大した衝撃はなかったんだろう。当然、シートベルトも締めていたし。国交省へもきちんと報告は上げているそうだ」

「国交省の方では何か？」

「そこまでは聞いていない。基本的にこの件は、特別開発室の担当だから」

「それで——私に話したということは、この件を総務課としてどうにかするということですか？」

「ひとまず情報共有しておいてくれ」中尾が素早くうなずいて言った。「この件は特別開発室と担当役員、広報課と総務課にしか知らされていないんだ」

「何かあった時に、矢面《やおもて》に立つ部署ですね」伊佐美は皮肉っぽく言った。五年前のリコール騒ぎをつい思い出してしまう。あの時伊佐美は広報課にいて、マスコミやユーザーからの攻撃を捌《さば》いていた――実際には捌ききれず、何本もの矢に直撃されたと思うが。

　その後で、「社内の情報の流れが滅茶苦茶だ」と問題になった。現場の声が、会見を担当する人間に届いていなかったり、報告がダブったり……それを受けて、何か大きな問題が起きた時には、広報と総務には必ず全ての情報を流すこと、という原則が確立された。広報は外部向け、総務は社内向けに情報を握る。

「今後、さらに詳しい情報が入ってくると思う。もちろん外へ漏らさずに、入念に情報管理することになる」

「分かりました」伊佐美はうなずき、立ち上がった。朝一番からまた面倒な用件を……と鬱陶しく思ったが、事態はそれほど深刻ではあるまい。情報が漏れなければ、何の問題もないのだから。

「特別開発室からは、順次報告が上がってくると思う。それを総務課全員で共有できるようにしておいてくれ」

指示を聞き、伊佐美はまた腰を下ろした。どうも中尾は、この件を真剣に考え過ぎているようである。

「じゃあ、総務の共有サーバーで、誰でも見られるようにしましょう」

「それでセキュリティは大丈夫か？」心配そうに言って、中尾が顎を撫《な》でる。

「会社のＬＡＮの内側ですよ」鼻で笑いたい欲求をこらえながら、伊佐美は言った。「外部からは、そう簡単には侵入できません」

「社内に対しても、だぞ。知る必要のない部署には、絶対に漏れてはいけない」

「だったら、紙でも回しますか。閲覧後確実に廃棄、ということで」伊佐美はとうとう皮肉を吐いてしまった。

「方法はどうでもいい」中尾が真顔でうなずいた。「とにかく外へ漏れないようにして、総務課員だけで情報を共有できるようにしてくれ」

「分かりました」伊佐美は低い声で言った。

大袈裟《おおげさ》過ぎる。それほど大した問題ではないのに、中尾はわざわざ事を大きくしようとしているようだった。自分が深刻な事態にかかわっていることを、伊佐美にアピールしようとでもするかのように。

とにかくこれは、些細《ささい》なことだ——伊佐美は自分に言い聞かせながら自席に戻った。もちろん、こんなことで自分のキャリアが傷つくはずもない。

その日の午後には、自分の認識が間違っていたことが分かった。

午前中は、特別なことは何も起きなかった。特別開発室からの情報を伊佐美がまとめ、総務課の共有サーバーに保存する。ファイルにはパスワードを設定し、安全性を確保した。課員には、一度はレポートを読み、事態を完全に把握《はあく》しておくようにと、「口頭」で指示する。もちろん持ち出し禁止、他言無用と厳しく条件をつけて。こういう話はよくあるので、課員もそれほど驚いている様子はなかった。

午後一時。社食から戻って来ると、電話に付箋《ふせん》が貼ってあった。折り返し電話するように、との要請——相手は広報課長だった。

上司の総務課長を飛び越して、いきなり係長の自分に電話？　今の広報課長とはあまり面識がないから、異例の電話だ。知り合いなら、組織の枠は関係なく、直に連絡を取り合うこともあるのだが。電話があったのは五分前。広報課長が相手なら、待たせるわけにはいかない。中尾がいれば、どういうことなのか事情を聞こうとも思ったが、彼の席は空だった。

付箋には部下の関谷美子《せきやみこ》の名前があった。剝がして、近くの席に座っている彼女に向かって振ってみせる。

「これ、広報課長本人からだね？」

「はい」美子が腰を浮かした。入社二年目で、まだ総務課の仕事に慣れていない。

「広報課長、どんな様子だった？」

「普通ですけど」美子の顔に困惑の表情が浮かぶ。

「普通っていうのは――」言いかけ、伊佐美は首を横に振って言葉を呑みこんだ。広報課長と直接話した方が、時間の無駄がない。

　伊佐美は手を振って美子を座らせ、すぐに受話器を取り上げた。田辺《たなべ》課長か……四十五歳、広報課長になって二年目。たぶん来年春の人事異動で、より格上の総務課長か人事課長になる。順調に役員ルートだな、と考えて思わず苦笑してしまった。伊佐美はこういうこと――人事情報はやけに詳しく覚えている。入社以来ずっと総務畑を歩いてきた故で、この傾向は四十歳になってからさらに加速している。自分もそろそろ、上が見えてきたからだ。ヘマせず、上手《うま》くポイントを稼いで、役員ルートに乗らないと。サラリーマン人生は今、出世レースの第三コーナーに向かうところだ。

　付箋にメモされた四桁《けた》の内線番号をプッシュする。

「田辺です」

「総務課の伊佐美です」

「ああ、伊佐美君」

　田辺の口調はそれほど深刻ではなかった。さほど重大な用件ではないだろうと安心する。

「午後、空いてるか？」

「特に用事はないですが……」

「だったら、千葉までつき合ってくれ」

「事故現場ですか？」すぐにぴんときた。

「ああ。一応、広報課と総務課でも見ておいて欲しいと、特別開発室から言ってきたんだ」

「必要あるんですか？」思わず反論してしまう。この件の責任は、全面的に自動運転の特別開発室にある。広報課や総務課は、いわばバックアップに回るだけだ。現場を見ても、事故原因が分かるわけではないし。

「上からの命令なんだ」

「特別開発室がちゃんと情報を流してくれれば、それで済むと思いますけど」

「谷内《たにうち》常務から直接言われたんだよ。中尾課長も了解済みだ」急に田辺の声が暗くなる。

総務担当役員の谷内は、当然総務系の指揮命令系統の頂点にいる。その谷内が口を出してきたということは、この件はもう社長マターになっているのではないだろうか。

大したことではないという認識を、伊佐美は早々《そうそう》に改めた。

総務課から参加するのは自分だけか、と伊佐美は困惑した。当然、課長の中尾も同行すると思っていたのだが。

現場は千葉市美浜区《みはま》――要するに幕張である。千葉市全体が政府の「ＩＴ特区」になっていて、タチ自動車の自動運転実証実験車、ＡＢオートの公道走行実験もここで進められている。ここが選ばれたのは至極当然だ。ＪＲ京葉線《けいよう》の南側は、広い道路が走る、整然とした新しい市街地である。一方で東関道の北側には、昔ながらのごちゃごちゃとした住宅地が広がっている。あらゆる道路状況をテストするのに、非常に適した環境なのだ。

事故現場は、その住宅地側だった。比較的古いマンションが建ち並ぶ一角。既に、もう一台の社有車が来ていた。ワゴン車「スカウト」――実は伊佐美の愛車でもある。伊佐美たちが近づくと、スカウトの助手席のドアが開いて、小柄な男が出て来た。特別開発室の平社員だろうか……見覚えがない。課長クラス以上は全員、名前と顔を一致させている自信があるのだが。

「どうも、特別開発室プロジェクトリーダーの鈴井《すずい》です」ひょこりと頭を下げる。顔色は悪く、表情は硬かった。

田辺が先に挨拶《あいさつ》し、伊佐美もそれに続いた。その場の雰囲気《ふんいき》を和らげようというつもりか、田辺が薄い笑みを浮かべながら、軽い口調で説明する。

「まあまあ、念のためですから」

「はい」真顔で鈴井がうなずく。

「事故の様子を詳しく説明してもらえますか？」

「分かりました」

特別開発室のもう一人のスタッフも加わって、総勢四人。鈴井が先導し、伊佐美たちを交差点まで連れて行く。その間伊佐美は、周囲の様子を観察した。左側には、団地らしい五階建ての建物がずらりと並んでいる。右側はゴルフ練習場。その先には、まだ真新しいマンションが建っていた。

「現場はここです」信号の手前、電話ボックスのところで鈴井が立ち止まる。歩道から指さしたのは、停止線の五メートルほど手前だった。「赤信号で、トラックが一台停まっていました。そこへ、うちの車が突っこんだんです」

「スピードは？」田辺が、デジカメで現場を撮影しながら訊ねる。

「車載コンピューターのログによると、三十キロでした。車内を映したドライブレコーダーの映像では、スピードメーターも三十キロを表示していました」

実験車のＡＢオートは、元々市販の小型車「オートビル」を自動運転用に改造したもので、走行のログは完璧《かんぺき》に残る。伊佐美は道路標識を見て、ここの制限速度が三十キロであることを確かめた。自動運転システムは、それをきちんと守っていたことになる。しかし、そのスピードのまま追突したということは、ブレーキが作動しなかった、ないしは信号や前方で停止していた車を見落としていたことを意味する。田辺もすぐにそれに気づいたようで、鈴井に確認した。

「そうなんです」鈴井の表情がさらに渋くなった。

「自動運転の解除もできなかった？」

「ええ」

人間が運転に関与しないレベル4の自動運転とはいえ、あくまで「実験」である。ＡＢオートには、緊急時に人間が操縦を取り戻せるセーフティ機能がついている。ただし、通常の運転のように運転席に座っているわけではなく、後部座席からコントロールするやり方だ。それが上手くいかなかったのでは、と伊佐美は想像していた。人間がコントロールできるのは最低限――ブレーキと小型のハンドルだけ。運転席が前後に重なるような奇妙なレイアウトは、伊佐美も見て知っていた。

「セーフティ機能が作動しなかったとなると、二重のミスだね」厳しく指摘する田辺の表情も険しくなる。

「ええ……原因は究明中ですが」

「バグかな？」

「その可能性はありますね」鈴井が交差点からゆっくりと歩み去る。「追突したＡＢオートに、後続の車二台がさらに追突しました」

「損傷の具合は？」

「いずれも大したことはありません。スピードが落ちていましたから」

「他の車のドライバーは……」田辺が語尾を濁《にご》した。

「自動運転の実験車だということは承知しています。そして、乗っていた社員がその場で内密にするように説得しました。そちらは大丈夫だと思います」

「怪我していたのに？」田辺が目を剝く。

「ええ。それだけ彼も必死だったんです」

「見上げた愛社精神だ」

揶揄《やゆ》するような田辺の台詞《せりふ》に、伊佐美は少しだけ違和感を覚えた。会社のためを思ってやったことを、そんな風に言わなくてもいいではないか。

「警察は？」

「通常の事故処理をしました。当然、ドライバー——乗っていた社員の責任ということで」

　この辺の判断は難しいところだが、現在——二〇一六年時点では、自動運転の実験で事故が起きても、「ドライバー役」の人間が乗っている限りは、その人間の責任ということにするのが警察の方針のようだ。将来、本当にレベル４の自動運転が実現したら、新たな法解釈や交通法規が必要になるだろうが。

「警察は広報しないんですね？」伊佐美は鈴井に念押しした。

「そう聞いています」依然として蒼《あお》い顔のまま、鈴井がうなずく。

「まあ、一応は安心していいんじゃないかな」田辺が自分に言い聞かせるように言った。「谷内常務にも、その旨報告しておくよ。ところで、事故に巻きこまれた他の方々へのフォローは？」

「特別開発室のメンバーが、今日改めてお詫《わ》びに回っています」

「結構、結構」田辺がうなずく。「何かあったら、広報や総務でも対応するから。トラブルになる可能性があるようなら、すぐに連絡して下さい。情報共有でいきましょう」

「お手数おかけしまして」神妙な面持ちで鈴井が一礼する。

「じゃあ、引き上げようか」田辺が伊佐美にうなずきかけた。

「いいんですか？」現場にいたのはわずか十分ほどだ。

「ああ。見るべきものは見た。早く谷内常務に報告しないと」

伊佐美は黙って車に戻り、運転席に座った。田辺は結局、運転手が欲しかっただけではないか、と皮肉っぽく想像した。運転は嫌いではないからいいが……もっとも、ワンボックスカーなど、運転していて楽しいことはほとんどない。視点が高いから、精神的に多少楽になるぐらいだ。

湾岸習志野《ならしの》インターチェンジで東関道へ乗るまで、田辺は何も言わなかった。だが、車が高速に入ったのがきっかけになったように、口を開く。

「まずいな」

「ええ」彼の言う「まずい」の意味はすぐに分かった。「実証実験での人身事故は初めてです。控えめに広報すべきかもしれません」

「いや、広報はしない」硬い口調で田辺が言った。「うちの社員が怪我しただけだからな。社会的な影響は皆無だ」

「本当にいいんですか？」

「自動運転は、政府肝煎《きもい》りの技術開発だよ。大したことのない事故で立ち停まるわけにはいかないんだ。我が社だけが乗り遅れたら話にならない」

　伊佐美はハンドルを握る手に力を入れた。本当に大丈夫なのだろうか。こういうことは、隠しておいて後からばれると、騒動が大きくなる。会社の危機管理を考えると、どんな小さなことでも積極的に公表し、頭を下げておくべきなのだが……それを決めるのは広報課だ。総務課員の自分が口を挟めることではない。

「結局、我が社の自動運転技術もまだまだということだな」シートベルトを引っ張りながら、田辺がつぶやくように言った。「システムのバグがあって、さらに警告も出さずにコントロールを取り戻せなかった——二重三重のミスだったのは間違いない」

「そうですね」

「こういう事実が表沙汰になると、面倒なことになる——それは君も想像できるだろう」

「ええ」

「だから、これだ」田辺が唇の前で人差し指を立てた。「自動車評論家を相手にしているだけならともかく、新聞社やテレビへの対応は大変だぞ。五年前のリコール騒動の時は、君は広報課にいただろう」

「そうでした」

「だったら、ああいう騒ぎを収拾するのがどれだけ大変かは、よく分かってるな？」

「身をもって知っています」

「こんなことを言うと何だが、俺たちが言わないものは存在しないんだ」

それはもっともだが、果たしてそれでいいのか……伊佐美は妙な肩凝《かたこ》りを感じた。ちらりと横を見ると、助手席に座る田辺も緊張の表情を浮かべている。広報課長の立場で、この判断が本当に正しいと信じているのか。

東関道と並行して走る京葉線の上り電車が、車を追い抜いて行くのが見える。思い切りアクセルを踏みこみ、逆に電車を追い越したかった。ストレス解消。しかし自動車メーカーに勤務する人間として、それはできない。安全運転は、入社以来、徹底して意識に叩きこまれているのだ。

「しばらくは様子見だ」

「ええ……」伊佐美は生返事をした。

「しっかりしろよ」田辺が厳しい口調で言った。「俺たちは防波堤にならないといけないんだからな。仕事は会社を守ること——他には何も考えなくていい」

　そんなことは、言われずとも分かっている。

２　２０１６年3月15日

「電話？」東日《とうにち》新聞社会部遊軍の畠中孝介《はたなかこうすけ》は、目を細めた。

「ええ」後輩記者の植本《うえもと》が一歩退く。「ついさっき、タチ自動車から社会部へ」

「何だって？　記事をストップしろってか？」

「いや、様子を聞いて来ただけのようです」

「へっ」畠中は鼻を鳴らした。だらしなく座っていた椅子に腰かけ直し、「当然撃退したんだろうな？」と確認する。

「詳しくは新聞を見て下さい、と返事したようです」

「お見事。そいつが正解だ」

　畠中が顔面に向けて人差し指を突きつけると、植本が嫌そうな表情を浮かべる。

「お前もそういう電話を受ける可能性があるから予《あらかじ》め言っておくけど、絶対に記事の内容は漏らすんじゃねえぞ」

「そんなことしませんよ」

「分かってるならよろしい」畠中は丸い腹をぽん、と平手で叩いた。最近、ますます丸みが出てきた……メタボリック・シンドロームの基準の一つである腹囲八十五センチは、何年も前に突破してそのままだ。

目の前には、明日の朝刊のゲラ。一面トップが取れなかったのが悔しくてならない。

タチ自動車　自動運転実験　初の人身事故

準トップ扱い、四段見出しの記事だ。一面には文字のみ。社会面の「受け原稿」には写真をあしらったが、残念ながら何もない現場写真である。事故を起こした実験車の写真を掲載できれば最高だったが、さすがにそれは手に入らなかった。

まあ、いい。初報としてはこれで十分だろう。あとはタチ自動車の反応を見て、次の記事を決める。

タチ自動車が千葉県内で進めていた自動運転技術の実験で、多重衝突事故が発生、社員一人が軽傷を負っていたことが分かった。警察庁、国土交通省などによると、自動運転技術の実証実験中の人身事故は初めて。タチ自動車では、この事実を公表していなかった。

関係者によると、事故が起きたのは今月9日午後4時ごろ。千葉市美浜区の「自動運転実験特区」で、タチ自動車の実験車両「ABオート」が、信号待ちで停止していたトラックに時速約30キロで追突。さらに2台の車が「ABオート」に追突し、同車に乗っていたタチ自動車の社員（35）が、顔や胸などに軽傷を負った。

「ABオート」は「レベル4」と呼ばれる完全自動運転技術の実験車両で、タチ自動車の社員は後部座席に乗ってデータの収集中だった。緊急時には、乗車した社員が簡単な操作はできるようになっていたが、このセーフティ機能も働かなかった。

事態を重視した警察庁、国土交通省では、タチ自動車から事情聴取を進めている。

今回の事故についてタチ自動車は「重要な事故ではない。技術的にも大きな問題はない」としており、今後も実験は継続する予定だという。

自動運転技術は、脱化石燃料化と同時に今後の自動車技術の中核と言われており、アメリカ、ドイツ、日本など各国のメーカーが開発にしのぎを削っている。

「脱化石燃料化」は分かりにくい表現だっただろうか。通常のガソリン車から電気自動車、水素自動車などクリーンエネルギーを動力源にする車への転換……まあ、いい。新聞記事は小学生でも分かるレベルで書けとよく言われるが、今時の小学生は、意味が分からなければネットで検索するだろう。

トップではなかったものの、一応一面掲載は勝ち取った。今後もどんどん続報を書いて、突っ走ってやる。

午後九時。早版はこのまま、直しなしでＯＫだ。遅版で一面から落とされたら困るが、社会部の当番デスクによると、「今日は他にでかいネタはなさそうだ」。突発的な事件でもあれば別だが、一面トップにくるようなことは滅多にないから、このまま最終版まで残るだろう。

「出かけてくる」

立ち上がり、畠中はコートに袖《そで》を通した。スマートフォンにＩＣレコーダー、煙草《たばこ》と、必要な物をポケットに詰めこむ。まだそんなに太っていない頃に買ったコートは、体形の変化できつくなり、バッグ代わりにポケットを使うと、あちこちがごつごつと出っ張ってしまう。それでも畠中は、バッグを持って出るのが嫌いだった。特に人と会う時は、できるだけ身軽でいたい。

「遅版で何か動きがあったら連絡してくれや。十一時ぐらいには戻る」

「分かりました」

植本が自分の席に腰を下ろす。遊軍が使っているこの部屋には、窓がない。昔は倉庫だったらしいが、そのせいかどこか黴臭《かびくさ》く、湿気が籠っている。居心地がいいとは言えなかったが、畠中たちの出撃拠点であると同時に、大切な資料などを保管しておく場所なのだ。

部屋を出る時に振り返ったが、植本の姿は見えなかった。植本も畠中と同じように整理のできない男で、デスクの両側に本などをうずたかく積み上げ、その隙間《すきま》に潜りこむようにしてパソコンで原稿を書いているのだ。キーボードを打つ、かたかたという音が聞こえてくるばかり。

よしよし。とにかく、上手く動き出した。

畠中は六月の人事異動で、社会部デスクへの就任を打診されている。四十歳でデスクはかなり早いのだが、それは自分の力が正しく評価されているからだ、と密かに胸を張っていた。

そしてデスクになる直前、一線の記者として過ごす最後の時間に、第一級の特ダネが飛びこんできた。実力だけではなく、自分には運もある。

取り敢えず、記事にはできた。あとは連続攻撃を仕かけたい。そのために自分がなすべきことは、分かっている。

ＪＲ渋谷《しぶや》駅近くで一番大きな公共駐車場は、宮下《みやした》公園の下にある。二十四時間オープンで、どんな時間帯でもほぼ満車状態。車の出入りも多い場所でネタ元と会うのは心配だったが、向こうは意に介さない様子だった。

相手の車の助手席に乗りこむと、鼓動が高鳴る。このネタ元は大正解——最高の情報をもたらしてくれた。

「明日の朝刊に載りますから」第一声で畠中は告げた。

「そうですか」ネタ元はさほど興奮していない様子だった。

「大きな扱いです。それだけ、社会的に大きな問題だと考えてもらえれば」

「結構です」

結構です？　他人事《ひとごと》のような言い方に、畠中は違和感を覚えた。話を持ちかけてきたのは向こうで、こちらはいわば「受け」の立場なのに……。

ネタ元――畠中は保秘のためXと呼ぶことにしていた――はハンドルを両手で握ったまま、無言を貫いている。すっきりした表情のその横顔をちらりと見て、畠中は妙な不安を感じた。実験車の事故に関しては、警察から裏も取れている。報じることに何の問題もないのだが、どうもXの様子がおかしい。

「何か問題でも？」思わず訊ねてしまった。

「いや、社内ではこれから大きな騒ぎになるので」

「それはそうでしょう。でも、あなたがそのトラブルに巻きこまれることはないのでは？」

「それは分かりません」Xの口調は沈んでいる。「ポジション的に、多少は忙しくなると思いますが」

「こういう風に会うことはできなくなる？」

「そうかもしれませんね」

となると、接触の方法を考え直さないといけない。

最初は電話だった。社会部の遊軍部屋に、畠中を名指しでかかってきた一本の電話。知らない人間でもなかったので——すぐに名前を思い出せたのは自分でも意外だった——応対したものの、電話で話したのはその時だけである。その後は常に、人目につかない場所で二人だけで会っていた。Xはやけに用心深く、電話の盗聴やメールのハッキングなどを極度に恐れている。

「会社の方の反応は？」畠中は訊ねた。

「それは明日以降……記事が出てからはっきりするでしょうね。今現在は、社内でもあの事故については知らない人がほとんどだから」

「社内での隠蔽《いんぺい》工作も完璧、ですか」畠中はつい、皮肉を吐いた。

「そもそも社内でも、正式に報告が上がって広がるような話ではないですよ」Xが指摘した。「新聞社でも同じでは？　何か間違った記事——誤報が出ても、その報告を社内全体で共有するわけでもないでしょう」

「ただし新聞の場合は、誤報があれば訂正記事が出ます。だから全て、白日の下に晒《さら》されるわけですよ」

「はっきりした誤報でないミスだったらどうですか？」Xは引かなかった。まるで喧嘩《けんか》をふっかけているようでもある。「関係者だけで握り潰してしまうことも多いのでは？」

「否定はできませんね」畠中は一歩退いた。新聞社にだってミスはある。いや、細かいミスなら日常茶飯事と言っていいだろう。それを畠中が全て知っているかといえば、そんなことはない。

「とにかく」Xが咳払《せきばら》いしてから言い直す。「明日の朝刊が出れば、社内の反応はもっとはっきりすると思いますよ」

「それは逐一、教えてもらえるんでしょうね」畠中は念押しした。Xが、本人の申告通りのポジションにいるとすれば、権力中枢にあまりにも近い。近いことと、実際に情報を握っているかどうかは別問題だが、今までのところ、信頼できるネタ元だと判断していた。

「その件は、最初にちゃんとお約束しましたよね」Xが硬い口調で言った。非常に神経質になっている。

「……失礼しました」畠中は素直に謝った。このネタ元とは、まだ完全な信頼関係を築けたとは思えない。一度会っただけで終生の友と言えそうな関係になることもあるが、どうもXとはそういう感じになれそうになかった。何も言わずとも理解し合えるようになるとは思えない。お互いに手探りの関係が続いている。何かちょっとした躓《つまず》きで、関係が一気に崩れてしまうかもしれない。

「今後ですが、定期的に会うようにしますか？」畠中は切り出した。「電話やメールはやはり避けた方がいいですよね？」

「ええ。追跡可能ですから」

そこまで用心するのか、と畠中は溜息《ためいき》をついた。Xはあまりにも慎重過ぎるのではないだろうか。確かにXが言う通りで、電話もメールも追跡はできる。ただ、そこまでやる暇と手間があるかどうか……もちろんタチ自動車は、これから大激震に見舞われるだろう。「情報漏れ」について社内調査を始めるかもしれない。しかし、全社員のメールまでチェックするとは思えなかった。

いろいろ気にはなったが、ここはXの機嫌を損ねていい場面ではない。

「分かりました。ただ、電話もメールも駄目となったら、今後はどうやって連絡を取り合いますか？」

「あなた、どんな家に住んでいますか」

「普通のマンションですよ」一人暮らしの、と言いかけて言葉を呑んだ。大事なネタ元だが、自分のプライベートな情報まで晒す必要はないだろう。

「ベランダは？」

「ありますけど」あるだけだ。畠中本人は、ベランダに出ることはほとんどない。ろくに掃除もしていないし、埃《ほこり》が溜まっているはずだ。

「あなたの方で私に会いたい時には、ベランダに何か目印を置いて下さい」

「目印？」

「何でもいいですよ。花とか……」

「花瓶がないですね」四十歳の独身男が花瓶を持っていたら変だろう、と皮肉っぽく思う。

「何か目印になるものはないんですか」Ｘが少し苛立《いらだ》った声を出す。

「じゃあ、箒《ほうき》かな」

「箒」感情の抜けた声でＸが言った。

「ベランダを掃除する箒ですよ」使うこともなく、転がっているだけだが。「そいつを立てかけておきましょう。ベランダの手すりの高さより長いから、外から見えますよ。うち、二階だし」

「なるほど」

「で、私の住所は知ってるんですか？」

「いいえ」Ｘが即座に、短く否定する。「それは教えてもらわないと」

「いいですよ」どんなネタ元が相手でも、普通自宅の住所までは教えない。自分の身を守るためにもそんなことは常識で、畠中もこれまで、しっかり原則を守ってきた。ただ、ここでそれを曲げる決心をする。自分は間もなく、取材の現場を離れる。これからの記者人生で、危ないことが起きるとは思えなかった。自宅の住所を告げると、Ｘが復唱する。メモを取るつもりはないようだ。それぐらいはすぐに覚えられるということだろう。

「そちらからこっちに連絡を取りたい時はどうしますか」畠中は逆に訊ねた。

「郵便受けを確認して下さい。メモを入れておきます」

「わざわざそんな面倒なことを？」畠中は思わず訊ねた。

「別に面倒ではありません。慎重にやることの方が重要です」

　もしかしたらXは、自分の家の近くに住んでいるのかもしれない、と畠中は想像した。実は自分と同じマンションに住んでいるとか。確かめたいという気持ちを何とか押し殺す。ネタ元の個人的な背景を気にしてはいけない――向こうから話そうとしている時ならともかく、こちらから探りを入れてはいけないというのも、畠中が自分で決めたルールだった。

「だったら、郵便受けを入念にチェックしておきますよ」今夜帰ったら、少し片づけておかなくては。独身ならでは……というより自分がだらしないだけだが、畠中の自宅の郵便受けは、ダイレクトメールや広告で半分ほどが埋《う》まっている。

　ふと、どこかで聞いたような話だと思い出す。ああ、あれか……これぐらいは話してもいいだろうと、畠中は話を振った。

「もしかしたら『大統領の陰謀』ですか？」

「何ですか、それ」Xがごく自然な調子で聞き返す。嘘《うそ》をついている様子ではなかった。

「いや、知らないならいいですけど」

　あの稀代《きたい》のノンフィクションの中で、記者とネタ元は、まさにXが提案したような方法で接触していたのだ。記者がネタ元に会いたい時には、窓辺に置いた花瓶の位置をずらす。ネタ元の方で連絡を取りたい時には、記者の自宅に届く新聞の特定の場所に赤丸をつけておく——畠中も夢中になって読んだ本だが、その部分については少し白けてしまったのを思い出す。何だかスパイ映画のようではないか……もっとも、あの取材が進められた一九七〇年代には、メールも携帯電話もなかったから、ややこしい方法を取るのも仕方がなかったのかもしれない。

「今後はそういうことで……頻繁な接触は避けましょう」

Ｘがエンジンキーに手を伸ばす。エンジンがかかったところで、畠中はドアに手をかけた。これで今日の会談は終わり。

「では、また」

畠中の挨拶に、Ｘは何も返さず、ひょこりと頭を下げるだけだった。

外へ出ると、ひんやりとした空気が全身を包みこむ。三月とはいえ、夜はまだ冷えこむのだ。夕飯を食べていないせいもあるだろう。

Ｘが車を出す。記者としての習慣で、畠中はナンバーを頭に叩きこんだ。だがすぐに、それは無駄なことだと一人苦笑する。相手の正体は分かっているのだから、ナンバーを調べても新しい情報が手に入るわけではない。せいぜい住所が割り出せるぐらいだが、余計なことはしたくなかった。Ｘは個人情報についてまったく語らない。そこは触って欲しくないのだと、畠中には分かっていた。

Ｘの車は、タチ自動車の小型ＳＵＶ「ティエラ」だ。五人乗り、二リットルエンジンの４ＷＤモデル。二十代のアクティブな若者が、友だちと一緒に海やキャンプへ行く時に使うような車――というのは散々流されたＣＭのシチュエーションだったか。いずれにせよＸにはあまり似合っていない。Ｘの私用車なのか、会社の車なのか――いや、まさか新聞記者と会うのに、会社の車に乗ってくる人間もいないだろう。

タチ自動車に勤務する人間は、やはり全員自社の車を買っているのだろうか。今は、車好きが乗りたいモデルがあまりないんだけどな……と畠中は皮肉っぽく考えた。

自分が好きだったタチの車は、全て過去のものなのだ。

3　２０１６年３月16日

「記事が出たぞ」

早朝、六時半に中尾からかかってきた電話で、伊佐美は叩き起こされた。かかってくるだろうとは思っていたが、そのためにわざわざ起きて待っているのは馬鹿馬鹿しいと、目覚ましを早くセットすることさえしなかった。

隣のベッドは空……妻の朋子《ともこ》はもう起きだして、朝食の用意をしている。伊佐美はベッドに潜りこんだままで話すことにした。今日は少し冷えこんでいるようで、起きだすのが辛い。

「それは、昨日の段階で分かってましたけどね」伊佐美はつい、皮肉っぽく言ってしまった。

「少し早く社に出て来られるか？」

「大丈夫です」とは言っても、九時半の始業時刻より三十分早くなるだけだろう。

「役員に報告しなければいけない」

「谷内常務ですね」

「ああ。常務から城《たち》社長に説明しなくてはいけないから……レポートをまとめている余裕はないだろうな」

「いや、準備は八十パーセントできています」伊佐美はようやく上体を起こした。「昨日、東日から取材が入った時点で、ある程度レポートはまとめておきました」

「そうか、助かる」中尾がほっとした口調で言った。「こういうのは本来、広報の仕事なんだけどな」

「状況が状況だから、仕方ないですよ」確かに余計な仕事だと思いながら、伊佐美は言った。総務は何でも屋。社内の全てのトラブルにかかわると言っていいから、こういう仕事もありだ。地味で目立たないが、会社の屋台骨——そういう誇りを意識していないと、総務の仕事などやっていられない。「とにかく、三十分早く出社して、レポートをまとめます」

「頼むぞ。俺もできるだけ早く会社に行く」

電話を切って溜息をついた。この件は昨日の夕方の段階で、既に広報課の田辺課長から知らされていた。中尾総務課長と田辺が相談して、一時的に伊佐美が広報を手伝うことにしたのである。

東日の社会部から広報に電話がかかってきたのは、昨日の午後四時半過ぎ。ＡＢオートの事故について確認する内容だった。電話で取材に応じた田辺によると、東日は事実関係を完全に摑《つか》んでいる様子だったという。社内、そうでなくても警察関係者から情報を得ているようだ、というのが田辺の推測だった。

すぐには返事できないと言って、田辺は一度電話を切り、社内のしかるべき部署に連絡を回した。総務課、ＡＢオートを担当する特別開発室、担当役員。結局谷内の判断で、事故があった事実は認めた上で、「重要な事故ではない」「技術的にも問題はない」というコメントを出すことが決まった。このコメントは事実――死人が出たわけではなく、社員が一人軽傷を負っただけだから、大騒ぎするのは見当違いだ。

伊佐美は寝間着姿のまま、リビングルームに向かった。コーヒーのいい香りが漂っている。

「あら、もう起きたの？」台所に立つ朋子が振り向いて声をかけてきた。

「会社から電話がかかってきたんだ」

「何かあったの？」

「あった……新聞は？」

「ごめん、まだ持って来てないわ」

「そうか」

伊佐美は素早く着替えた。取り敢えずワイシャツとズボンだけを身につけ、顔も洗わず玄関に向かう。外へ出ると、シャツ一枚では耐えられないぐらいの寒さが襲いかかってきた。

伊佐美の家は、三十五年ローンがまだ三十年残っている一戸建てである。マンションではなく一戸建てにこだわったのは、妻の朋子だった。伊佐美としては、マンションの方が面倒がなくていいと思っていたのだが、朋子には朋子の仕事がある。子どもたちに英会話を教える教室を主宰しており、それにはマンションより一戸建ての方が便利だ、というのが彼女の言い分だった。英語が得意な嫁さんをもらうと、変なことで自分の言い分が通らなくなるんだな——相談しながら、何度も苦笑したのを、伊佐美は今も覚えている。結果、この家は全て朋子の都合に合わせて建てられた。

会社では同期でもあった朋子とは、社内恋愛の末の結婚だった。

彼女は営業職として入社したが、国内でその仕事をしていたのはほんの二年ほど。その後は英語の能力を買われ、アメリカの現地法人である「タチＵＳＡ」に異動して、広報の仕事に就いた。そこで、本社の広報課にいた伊佐美と接触する機会が生じ、しばらく長距離恋愛を続けた後に、二人が三十歳になる年に結婚したのだった。あの時も、同僚たちからは散々な言われようだったな……朋子には英語という武器がある。グローバル企業であるタチ自動車にとって貴重な人材だったのだが、朋子は結婚と同時に会社を辞めることを選択した。お前みたいに中学レベルの英語しかできない奴より、彼女の方がよほど役に立つのにと、同期の連中からは散々からかわれたものである。

玄関の横の車庫には、走行距離がまだ五千キロに満たないスカウトが停まっている。カラーはオプションのブリティッシュ・レーシング・グリーン。本来は小型のツーシーターオープンに似合う色だが、落ち着いた色合いは伊佐美の好みだ。

駐車場の先に郵便受けがあり、新聞が突っこんである。玄関に戻りながら開く——一面だった。伊佐美は軽いショックを受けた。まさか、あんな軽微な事故を一面に載せるとは。東日は、特ダネということで敢えて大きく扱ったのではないかと伊佐美は想像した。広報課にいた経験から、記者たちのメンタリティも少しは分かっているつもりである。それほど大きなネタでなくても、他社が書いてこないと分かっていれば、扱いを大きくする。

馬鹿馬鹿しい。そんなことはジャーナリズムの本質でもあるまいに。

ダイニングルームのテーブルにつき、記事をざっと読んでいく。伊佐美が知らない情報は一つもなかった。社会面には専門家のコメントが載っていたが、それも予想の範囲内だった。ただし……須永俊朗《すながとしろう》という大学教授のコメントには、少しだけかちんときた。知らない人間だったが、タチ自動車のコンプライアンスに疑義を呈している。

自動運転技術は、自動車社会の未来を提示するもので、注目度も高い。タチ自動車が故意に事故隠しをしたとすれば、開発者としての責任を放棄《ほうき》したと言わざるを得ない。

この記事には悪意がないか？　伊佐美は思わず鼻に皺《しわ》を寄せた。その時、コーヒーの香りが強く漂ってきて、ことりという小さな音がしたので、テーブルにマグカップが置かれたのが分かる。

「何か、タチの関係？」まだ事情を知らない朋子が訊ねる。

「これ」

伊佐美は新聞をテーブルに置いた。朋子が、伊佐美の肩越しに一面を覗《のぞ》きこむ。

「あらあら」

「大袈裟だよな」朋子に対してではなく、自分を納得させるように伊佐美は言った。「大した事故じゃなかったんだ」

「事故隠しだったの？」

「公表するようなレベルの事故じゃなかった、ということだよ」言い訳じみているな、と思いながら伊佐美は説明した。

「そう」朋子がテーブルを離れた。

「何か言いたそうだけど」

「今の私は、会社のことについて何か言える立場じゃないから」振り返って朋子が言った。

「だったら、タチＵＳＡの元広報としてはどう思う？」

「アメリカだったら――やっぱり公表してないかもしれないわね。勘違いしてる人が多いけど、アメリカだって隠す時は隠すわよ」

「ああ……でもこれは、別に隠していたわけじゃないんだよ」伊佐美は強調した。

「発表する必要がなかった、そういうことね」朋子は理解が早い。

「そうだ……今日は三十分早く会社に行くから」

「発表する必要がないことだったら、そんなに慌てなくていいんじゃない？」

妻の皮肉が身に染みる。一番近い人間にこんなことを言われるなんて……自分には味方がいないのだろうかと、伊佐美は急に不安になった。


出社した途端、中尾が蒼い顔で飛んで来る。

「広報へ手伝いに行ってくれ」

「どうしたんですか？」

「電話が殺到して捌き切れない」

ああ……伊佐美はすぐに合点《がてん》がいった。自分が広報課にいた時に遭遇したリコール隠し事件の時にも、マスコミからの問い合わせ電話が殺到し、午前中は通常業務が停止したのだ。あれを思えば、今回も同じような騒ぎになっていてもおかしくない。

「午前中、戻れないかもしれません」新聞の夕刊、それにテレビの昼ニュースの制作作業に合わせた取材は、午前中に殺到する。

「分かってる。向こうを任せた」

「レポートは共有フォルダに入っていますから」

「俺が適当に仕上げておく」

中尾の言葉を聞くとバッグをデスクに置き、コートを椅子の背に引っかけただけで、伊佐美は部屋を飛び出した。広報課は総務課の隣……ドアを開けた瞬間、「市場の競《せ》りか」と呆気《あっけ》に取られた。早く出社して来た課員たちが全員受話器に取りつき、大声で話している。田辺も例外ではなく、立ったまま、受話器を握りしめていた。しかも、目の前に誰かがいるかのように、ひょこひょこと頭を下げている。

伊佐美と目が合うと、田辺は部屋の片隅に置かれたホワイトボードに向かって顎をしゃくった。

「事故に対するマスコミ対応について」と殴《なぐ》り書きされた下に、箇条書きで注意事項が記してある。この通りに電話対応してくれ、ということだろう。

・事故の詳細については現在調査中
・東日の「記事」に関しては否定も肯定もできない
・正式な発表については未定
・取材対応は丁寧に（こちらから電話を切らない）

決め手のない対応、というか何も答えないつもりか……この時点では仕方ないかもしれない。しかし田辺も対応が甘かったのでは、と伊佐美は思った。東日に記事が出ることは、昨夜《ゆうべ》の段階で分かっていたのである。一社が特ダネを書けば、他の社は食いついてきて——書けなかったのは自己責任なのに——広報を責め立てる。こうなることは十分予想できていたはずで、もう少しきちんとした対策を準備すべきだった。

伊佐美は空いているデスクについた。途端に目の前の電話が鳴る。急いで手を伸ばし、受話器を摑んだ。

「タチ自動車広報課です」

「日本新報の臼井《うすい》です」若い男性の慌てた声だった。「先ほども電話したんですが――」

「別の人間が受けたと思います。私、伊佐美と申します」

「ああ、伊佐美さん」

一瞬声が途切れる。こっちの名前をメモに書きつけているのだろうな、と伊佐美は想像した。そんなことをしないと名前を覚えられないようでは、記者失格ではないか……伊佐美は、一度聞いた名前はまず忘れない。そして記憶の補助として、専用の手帳まで持っている。会った相手の名前と日付を書きつけるだけだが、それで顔も思い出せる。

「何度も申し訳ないんですが、事故の事実関係だけでも確認させて下さい」

「現在調査中です」ホワイトボードの箇条書き、その一番上。

「先週の話でしょう？　ずいぶん時間が経ちますけど、まだ分からないんですか？」

「調査中です」繰り返し言ってから「申し訳ありません」とつけ加える。箇条書きの四、「取材対応は丁寧に」。

「警察の方では、事故があったことは認めているんですよ。御社の方で調査中というのは、仕事が遅過ぎませんか？」

「申し訳ありません。事故の調査には時間がかかるものですので――」

「今回の事故原因については、そちらが一義的に調べる責任があるんじゃないですか」臼井の舌鋒《ぜっぽう》が鋭くなった。「一般の車ではなく、そちらで実験している車なんですから」

「自動運転の実験車は、非常に複雑なものです。原因究明には時間がかかります」対応としてはみ出しているのではと思いながら、伊佐美は言った。

「それはそうかもしれませんが、事故当時のログは当然残っているんでしょう？　それを見ればすぐに分かるんじゃないですか」

「時間がかかっているのは申し訳ありませんが、慎重を期しています」

　電話の向こうで、臼井がわざとらしく、そして大袈裟に溜息をついた。

「まだ発表予定は決まらないんですか？　これだけの大問題なら、トップが会見するのが普通じゃないですか」

「それも検討中です。何らかの形での発表が正式に決まったら、遅滞なくご連絡しますので」

　臼井はなおもねちねちと突っこみ続けたが、伊佐美は全て上手くかわした。言質《げんち》は一切取られていない。

　電話を切った瞬間、額に汗が浮かんでいることに気づいた。眼鏡を外し、ハンカチで額の汗を拭《ぬぐ》う。田辺が自席を離れ、出入り口の近くにいた伊佐美に近づいて来る。ファイルフォルダを小脇に抱えている——上に報告しに行くのだろう。伊佐美は立ち上がった。こうやっている間にも状況は刻々と変わりつつあるはずで、それは常に頭に入れておかなくてはならない。

「どちらへ？」

「谷内常務に呼ばれてるんだ」

「途中まで一緒に行きます」

二人は揃って広報課を出た。大股で廊下を歩く田辺の横に並んで歩調を合わせながら、伊佐美は訊ねた。

「今電話してきた記者が、『警察の方では、事故があったことは認めている』と言ってました。警察も広報しないんじゃなかったんですか？」

「積極的には広報しない、という意味だろう。隠すとは聞いていない」苛立った口調で田辺が答える。「警察は普通、軽傷の交通事故だと広報しない。広報するのは、事故を起こしたのが有名人だった場合ぐらいだ。芸能人や運動選手が、接触事故を起こしてニュースになったの、君も読んだことあるだろう」

「それは分かりますけど……今回は事情が違うじゃないですか。警察をちゃんと抑えてなかったんですか」

「東京じゃなくて千葉の警察だから、限界がある。普段からつき合いがあるわけじゃないから」

田辺がエレベーターの前で足を止める。そんなことをしてもエレベーターが早くくるわけもないのに、上向きのボタンを乱打した。

「東京の警察だったら、抑えられるんですか」

「そうは言ってない」

「早急《さっきゅう》に対応を決めないと、もっとややこしいことになりますよ」伊佐美は忠告した。

「そんなことは、君に言われなくても分かってる」田辺が伊佐美を睨みつけた。「それをこれから、谷内常務と相談するんだ」

「会見ですか？」

「谷内常務は、その方向でお考えだ。リリース一枚流して許されるものでもないだろう」

となると、また面倒なことになる。五年前のリコール隠しの時に何度も開いた会見を思い出し、伊佐美は早くもうんざりした気分になった。ほとんど喧嘩腰の報道陣に対し、責められる一方でタジタジとなる会社側。最初の会見の後、当時の社長が二日ほど行方《ゆくえ》不明《ふめい》になって大騒ぎになったのだが、実は会見直後に倒れて入院していたのである。この件は、社内でも極秘にされていた。伊佐美自身は建てたばかりの自宅へ帰って、その日だけで体重が二キロ減っているのに気づいて驚いた。

　広報からの異動願を出したのは、その一か月後である。こんなことが何度も続いたら、肉体的にも精神的にも持たない。

　伊佐美は上手く逃げ出せた。広報から総務へ――マスコミの連中に追いまくられる仕事から逃れて、以降体調はいい。

あれから五年、また同じような会見を開催することになるのだろうか。あくまで手伝いだとは言っても、殺伐とした空気を思い出すだけで胃が痛くなってくるようだった。

　会見は午前十一時半から急遽《きゅうきょ》開かれた。その通知がマスコミ各社に回ったのは、一時間半前の午前十時。タチ自動車の東京本社——登記上の本社所在地は静岡市だ——は、少し交通の便が悪いりんかい線の東京テレポート駅近くにあるのだが、それでも開始予定時刻の十分前には、会見場に設定された大会議室はほぼ埋まっていた。会社で一番大きなこの会議室は本来、入社式や賀詞交換会に使われる場所である。そこに椅子がずらりと並べられ、部屋の前方に置かれたテーブルには、会見する人間の名前が書かれた紙が垂れ下がっていた。城社長、谷内常務、そして池本《いけもと》特別開発室長。城が謝り、谷内がフォローし、技術的な問題は池本が説明する——そういう布陣である。

　椅子は記者たちで埋まり、部屋の後ろの方にはテレビカメラがずらりと並んでいる。演壇と記者たちの間の狭い空間には、スチルのカメラマンが座りこんでいた。カメラマンたちは、部屋の両サイドにも控えている。会見場に入って来る社長たちの姿を、横から撮影するつもりだろう。

　開始時刻になり、田辺がマイクの前に立った。伊佐美から見ても、緊張しているのが分かる。マイクに拳を軽く当ててから、少し前屈《まえかが》みになって話し始めた。

「それではこれから、弊社社長、城宗一《そういち》の会見を始めさせていただきます。会見者は城の他、常務取締役広報担当の谷内泰治《やすじ》、特別開発室長の池本徹《とおる》の三人になります。ではまず、社長の城の方から、事故の概要についてご説明申し上げます。その後で質疑応答とさせていただきます」

　城を中心にした三人がすっと立ち上がった。一礼。しかし深々という感じではなく、すぐに頭を上げる。一言も発しないうちから、「大したことはない」と印象づける作戦だ。吉と出るか凶と出るか、伊佐美は早くも心配になってきた。五年前のリコール隠し釈明会見の時には、最初の一礼が浅過ぎた、とネットを中心にちょっとした騒ぎになったものである。そういう細かい場面に一々突っこむ人間のメンタリティには苛つかされたが、あれは実際、伊佐美から見ても浅く、「反省していない」という印象を持たれても仕方がなかった。

　今日は……やはりこんなものだろう。東日によるすっぱ抜き当日の記者会見は、これ以上ないほど素早い対応だ。社長の態度にも謙虚さと誠意が感じられる。

「失礼して座らせていただきます」

　今度は城だけが一礼し、三人が同時に着席した。城は堂々としている――創業者の城一郎《いちろう》から数えて五代目で、まだ五十三歳。五年前に、父親である四代目社長がリコール隠しの責任を取って辞職したのに伴い、四十八歳の若さで五代目社長に就任したのだが、見栄えは最高だ。百八十センチの長身。まだ若々しさが残った顔に渋みが加わってきて、非常に写真写りがいい。滑舌がよく、喋りも軽快で相手を飽きさせない——神輿《みこし》に担いでおくには最高の人材だ。ただし、中身はない。海外勤務が長く、自動車メーカーにおいては保守本流である開発と販売のルートを歩かずに、ただ創業者一族の直系ということだけで、社長に推されたのだから。

　ただし、この会見は上手く乗り切ってくれるだろうと伊佐美は期待していた。今も特に緊張した様子もなく、広報課が用意したペーパーを淡々と読み上げている。

「——以上の事実から、自動運転システム『オートドライバー』のバグによる事故の可能性が高いと考えられますが、詳細はなお精査中です。正確な事故原因の発表については、もうしばらくお時間をいただくことになると思います。私の方からは以上です」

　ここから質疑応答になる。あちこちで手が挙がり、司会の田辺が指名して、マイクを持った広報課員が走り回る——記者会見ではよくある光景だ。

　最初に田辺が指名したのは、経済紙の記者だった。伊佐美は会議室の最後部にいたので顔までは見えなかったが、田辺の顔見知りだろう、と想像した。これで上手くかわしていくつもりだな……この会見には、各社とも経済部と社会部の記者両方を送りこんでいるはずだが、普段からつき合いのある経済部の記者に質問させて、楽に乗り切ろうとしている。

「東経《とうけい》新聞の矢沢《やざわ》です。自動運転システムの解除についてですが、システムエラーが起きた時に、同乗しているドライバーの手動運転に切り替えるセキュリティ上の措置《そち》が取られているはずですよね？　今回それも作動しなかったということですか？」

「その通りです」城があっさり認めた。

「ということは、二重のバグではないですか？」

城が、池本に顔を近づけて相談した。池本が一言二言囁《ささや》くと、城が真っ直ぐ矢沢の顔を見据えて回答した。

「セキュリティシステムも含めて、オートドライバーシステムの一部です。ですので、あくまでオートドライバーのシステム的なバグという解釈でおります。詳細についてはなお調査中です」

次に、日本新報の記者が質問に立つ。

「ログの解析にまだ時間がかかるということですが、どれぐらいを目途にしていますか？　また、解析の結果について公表される予定はありますか？」

「分かり次第、速やかに公表したいと思います」

無難な質問、無難な返事――続いて「本命」がきた。東日の植本と名乗る記者が、一番答えにくいポイントを突いてきたのだ。

「事故発生から、既に一週間が過ぎています。もっと早く、事故直後に公表すべきだったのではないかと思いますが、会社としての見解をお聞かせ下さい」

一呼吸置いて、城がマイクを握った。厳しい顔つきだが、まだ表情には余裕がある、と伊佐美は見て取った。

「事故原因が非常に難しい――複雑なものですので、曖昧《あいまい》な状況で公表するつもりはありませんでした」

「そう仰る割に、このタイミングで公表というのは、筋《すじ》が通らないんじゃありませんか？」植本がさらに突っこむ。「今のお話を聞く限り、事故原因まで分かった時点で会見する予定だったように聞こえますが、実際にはまだ調査中ということですよね？」

こいつは自分たちの記事を自慢したいだけではないか？　伊佐美は思わず顔をしかめた。もちろん実際は、植本の指摘する通り、東日に記事が出たから慌てて会見を開いているわけだが。

「然るべきタイミングで公表した、とご理解いただけますか」

「分かりました」

植本はあっさり引いた。今の質問の狙《ねら》いは何だったのだろう、と伊佐美は首を傾げた。城を精神的に揺さぶろうとしただけか……だったらある程度の効果はあったようだ。城の穏やかな仮面にはひびが入り、厳しい素顔がちらりと覗いている。

質問は続き、会見は一時間半に及んだ。思ったほどツッコミは厳しくなかったな、と伊佐美は胸を撫で下ろした。あまりにも情報が少ないが故に、突っこみどころがなかったこと、怪我をしたのがタチ自動車の社員だったということで、「世間」に迷惑はかけていないというのが理由だろう。

そういう意味で、この会見は成功だった。会社側としては「誠意」を示したことになるし、マスコミの連中もある程度は納得しただろう。この騒ぎは速やかに沈静化するはずだ、と伊佐美は予想した。

報道陣を送り出すと、既に午後一時を過ぎていた。社食で急いで昼飯を済ませ、午後の仕事に備えよう。恐らく今日は、まだマスコミからの問い合わせが殺到する。広報課の手助けを続けることになるだろう。

総務課の自席に戻った瞬間、中尾に手招きされる。また面倒な仕事か……とうんざりしたが、課長の命令には逆らえない。彼のデスクの前に立って「休め」の姿勢を取った瞬間、伊佐美は予想もしていなかった指示を与えられた。

「すぐに谷内常務のところへ行ってくれ」

「私がですか？」伊佐美は思わず自分の鼻を指差した。

「ああ」中尾が顔をしかめる。

「何の用件でしょう？」

「それは常務に直接聞いてくれ」

事情は知っているな、と直感で分かった。ただし立場上、伊佐美には直接明かせないだけだろう。

「係長が役員に呼びつけられるのは異例だと思いますが」

「俺は詳しく知らないんだ」中尾が逃げを打つ。「とにかくすぐに、谷内常務の部屋へ顔を出してくれ」

「……分かりました」中尾を突き続けても何も出てこないだろう。常務に直接会うのは緊張するが、これも仕事のうちだ。

一礼して、総務課を出る。昼食は抜きになるのだろうか、と憂鬱《ゆううつ》になった。結婚した時の朋子との約束——健康のため、何があっても食事は抜くべからず——を破ってしまうことになる。眼鏡を外し、ハンカチで拭きながらエレベーターに向かう。かけ直した時に、田辺がエレベーターの前で待っているのに気づいた。疲れている……肩が落ち、顔色が悪い。一時間半もの会見を仕切った後だから、疲れているのも当然だ。

　昇りのエレベーターがきて、二人は一緒に乗りこんだ。しかし二人とも、言葉もない。エレベーターは、役員フロアの十七階で止まり、二人は同時に降りた。田辺が怪訝《けげん》そうな表情を浮かべ、伊佐美を見る。

「何だ？」

「谷内常務に呼ばれました」

「君もか」

「課長もですか？」思わず目を見開く。二人同時に役員に呼びつけられるのも妙である。

「何の用件ですかね」

「だいたい想像はつくが……」

伊佐美は思わず立ち止まった。先を歩く田辺が振り向く。

「どうした」

「想像がつくなら、教えて下さい」

「あくまで想像だ。適当なことは言いたくない」

さっと前を向き、田辺が歩き出す。エレベーターを降りた先は、すりガラスの壁とドア。たまたまこのフロアで降りてしまった社員には、役員の様子を見せないように、とでも考えているようだった。壁の前には警備員。ドアのロックは、ＩＣチップ入りの社員証で解錠できるのだが、その前に警備員の壁を突破しなくてはならない。二重のセキュリティだ。伊佐美はこのフロアに来ることはあまりないのだが、毎回鬱陶しいと思う。こんなに厳重に警戒する必要があるのだろうか。

警備員に社員証を示し、ロックを解除して中へ入る。受付で名前を告げると、すぐに谷内の部屋に通される。谷内は背広を脱ぎ、ワイシャツ一枚でソファにだらしなく腰かけていた。両腕を背もたれに預け、姿勢を低くして、放り出した足はテーブルの下に潜りこませている。ネクタイを緩め、顎を胸に埋めていた。二人が部屋に入ると、ゆっくりと姿勢を立て直し、向かいのソファを勧める。

　この人は何でこんなに疲れているのだろう、と伊佐美は不審に思った。先ほどの会見は一時間半に及んだが、その間、谷内が言葉を発したのは一度か二度である。主役はあくまで社長。谷内はいわば「添え物」に過ぎなかった。

「会見の直後で申し訳ない」谷内が切り出した。「実は、社長から特命を受けた」

「はあ」田辺が気の抜けた声で相槌《あいづち》を打った。この二人はかつての上司と部下――つき合いが長いから、気楽な調子で話せるのかもしれない。

「今回の件を、社長は重視している」

「それは当然ですね。事故云々《うんぬん》ではなく、対外的な――」

「いや、対外的な問題じゃない」苛立ちが滲《にじ》んだ声で、谷内が田辺の言葉を打ち切った。

「内部の話だ」

「内部？」田辺の口調に疑念が滲む。「社内ということですか？」

「ああ。今回の事故……事故自体はもちろん、大きな問題だ。当面、ＡＢオートの開発に最悪の影響を及ぼすものではないが、この先どうなるかは分からない。ただ社長は、どうしてこの情報が東日に掲載されたかを、ひどく気にしておられる」

　そういうことか、と伊佐美は合点がいった。要するに城は、「情報漏れ」に苛立っているのだ。内部通報――社員が東日にタレこんだ、と考えているに違いない。

「誰かが東日のスパイ――社長はそうお考えなんですね？」田辺もずばり指摘した。

「端的に言えばそうだ」

「しかし、今の段階でそう決めつけるのはいかがなものですか？」田辺が疑義を呈した。

「現場は外です。オープンスペースです。何台かの車が絡んでいますから、事故の当事者が東日に情報提供した可能性はあります。あるいは東日が警察から聞き出したとか」

「ああ。私もそちらの線じゃないかと思う。密室で起きた事故ではないから、隠し通すのは不可能だ。ただ……社長は誰かスパイがいるのではと、気にしておられる」

「それは分かりますが……」田辺は言葉を切った。

　五年前のリコール隠しが念頭にあるのだ、と伊佐美にはすぐに分かった。実際伊佐美も、五年前は情報の出所を巡って振り回されたのだ。

　あのリコール隠し問題は、日本新報のすっぱ抜きで発覚した。ブレーキの不具合という、人の命に直結した問題だけに、今回とは比べものにならない大騒ぎになったのだが、しばらくすると、「どこから情報が出たか」が問題になった。日本新報が書きたてた記事の中に、明らかにタチ自動車の内部文書を参考にしたとしか思えないものが何本もあったことから、疑いが出たのだ。つまり、社内の人間による情報提供。裏切り。広報課員だった伊佐美は犯人探しに駆り出されたのだが、結局割り出せなかった。

　あの時と同じだ、と伊佐美は合点がいった。これは面倒な仕事になる……同時に伊佐美は、嫌な予感に襲われた。もしかしたら今回の情報提供者は、前回と同じなのではないか？　同じ人間に、二度も会社を裏切られたとしたら、洒落《しゃれ》にならない。危機管理、社員教育がなっていないとしか言いようがない。

「プロジェクトチームを作ってくれ」谷内が命じた。「役目は、この情報がどこから漏れたかを探ることだ」

「外部からではないんですか」田辺が食い下がる。

「その可能性はゼロではないが、高いとも言えないだろう」谷内が断じる。「特別開発室の方で、今朝から内部調査を始めた。全員、東日への情報提供は否定しているが……とにかくこれは、社長の特命だ。社内の規律を守るためにも、どうしても犯人を割り出したい」

「それこそ、特別開発室の人間じゃないんですか」伊佐美は思い切って発言してみた。「この事故に関しては、特別開発室は当事者です。会社の利益よりも、他のこと……社会正義が大事だと考える人間もいるかもしれません」

「それを言うなら、総務か広報の人間かもしれない」谷内が指摘する。「事故について、直後から知っているのは特別開発室、総務、広報の三つのセクションだけだ」

それ以外には役員だ。谷内も社長の城も、当然この件は最初から知っていた。谷内は、自分が調査対象になることは想定しているのだろうか。

ノックの音。三人の目は、一斉にドアに向いた。ドアが開き、社長秘書が顔を覗かせる。

「社長がお見えです」

「ああ」

谷内が立ち上がった。伊佐美も田辺もすぐそれに倣《なら》う。城が部屋に入って来た。こちらは疲れた様子もなく、会見の時に一瞬垣間見《かいまみ》せた険しい表情も引っこんでいる。身内の集まりなので、普段の自分に戻ったのかもしれない。

「座って下さい」言うなり、城自身が谷内の隣のソファに腰を下ろした。まだドアは開いていて、社長秘書が指示を待っている。城はすぐに「電話は取り次がないように」と命じた。秘書が無言でうなずき、ドアをそっと閉める。

「今、プロジェクトチームの件を説明しました」谷内がすかさず言った。

「谷内常務から説明があった通りです」馬鹿丁寧に言って、城が伊佐美たちにうなずきかける。「君たちも当然承知だと思うが、ＡＢオートはＥＶと並んで、今後五十年の我が社の命運を握るプロジェクトです。それを、小さな瑕疵《かし》でストップさせるわけにはいかない」

「仰る通りです」田辺が相槌を打つ。

「全社挙げて取り組まねばならない事案です」城が続ける。「もちろん、事故が起きれば、会社として然るべき責任を取る。ただ、それと情報漏れとは別問題です。会社に不利益を与えようとする人間が社内にいたなら、大問題だ」

「……というわけで、誰が情報をリークしたのか、速やかに調査してもらいたい」谷内が話を引き取った。

「私も、ですか」伊佐美は慎重に訊ねた。まさか、社長から直接こんな指示を受けるとは。

「君は、五年前のリコール問題の時にも調査してくれただろう」谷内が言った。

「しかしあの時は、結局上手くいきませんでしたよ」逃げだ、と思いながら伊佐美は言った。上手くいく訳がない、という弱気が頭の片隅に巣食っている。嫌な記憶はなかなか消えないものだ。

「結果だけを見れば、確かにそうだ。だが我々は、君の働きぶりも見ている。過程も大事だ」

「そうですか……」ろくな働きぶりではなかったはずだ、と伊佐美は思い出した。何しろ社内の「警察」のような仕事である。同僚を疑い、話を聴くのは実にしんどかった。しばらくは社内でも白い目で見られたし、同僚との関係もぎくしゃくしてしまった。今は何ともないが、あの嫌な空気をまた経験するのかと思うとぞっとする。

「分かっていると思いますが」柔らかい口調で城が切り出す。「自動運転とクリーンエネルギーは、これからの自動車業界の二本柱と言えます。クリーンエネルギーに関しては、あくまで自動車業界内での戦いで、我々にとっては慣れたことです。ただし自動運転については、自動車業界だけでなく、ＩＴ業界との戦いにもなる。いわばこれまで経験したことのない、異次元の戦いです。自動車業界としては——タチ自動車としては、これに負けるわけにはいかないんですよ」

「仰る通りです」田辺が相槌を打つ。完璧なイエスマン。

「会社の命運をかけた事業に対して、社内から横槍《よこやり》を入れる人間が出たら、やっていけません」口調はあくまで穏やかだったが、城の決意は固そうだった。「自動運転というのは、自動車が出現して以来、最大のパラダイムシフトになります。我々にはメーカーとして、この流れに乗り遅れないようにする義務があるんです。全社一丸《いちがん》となって進んでいかなくてはならない。そのために、この調査はどうしても必要です。トップは谷内常務。田辺課長と伊佐美係長で実務を取り仕切って下さい。他のメンバーの人選は、田辺課長に任せます」

　城が両手で腿《もも》を叩き、立ち上がった。伊佐美も慌てて立ち上がる。

「私からは以上です。速やかに情報漏れの実態を調査する——お願いしたいのはそれだけです」

4　2016年3月16日

「会見、どうだった？」畠中は、会社へ戻って来た植本に訊ねた。

「社長は逃げてましたね。あくまで軽微な事故、ということで済ませようとしているようです」バッグをデスクに置きながら植本が報告する。「火消しに必死なのが見え見えでした」

「そいつはよくねえな。態度が悪いわ」畠中は、掌《てのひら》の上で火の点いていない煙草を転がした。

「でも、各社も追及が甘い感じでしたよ。実際には軽傷の事故ですし——」

「軽傷なら許されるってもんじゃねえぞ」畠中は指摘した。「開発途上の技術だからって、甘えは許されない。だいたい——」

目の前の電話が鳴ったので、反射的に腕を伸ばして受話器を摑む。

「社会部です」

「岩田《いわた》だ。畠中か？」岩田は遊軍担当のデスクだ。

「はい」

「ちょっと時間あるか？　朝刊の記事の関係で話したい」

「今日の続報は軽く、ですよ」畠中は牽制《けんせい》した。デスクというのは、記者を揺さぶれば原稿が出てくると思いこんでいる。しかし今の畠中はすっからかんだった。会見を元に原稿を作るしかないし、それは岩田にも通告済みのはずだ。

「軽く済ませたくないんだよな」岩田がさらりと言った。

「と言いますと？」

「幹部連中が乗り気になってる。特に編集局長が。だから、取材スタッフを増やしたいんだ」

「そりゃあ、歓迎ですけど……」この件の端緒《たんしょ》を摑んでから、取材は植本と二人でやってきた。しかしこれからは手が回らなくなるだろう。他社との競争にもなる。

「ちょっとこっちに顔を出してくれ。今後の取材態勢について相談しよう」

「分かりました」

　植本に会見の原稿をまとめるように指示しておいてから、畠中は二階下にある編集各部のフロアに階段で降りた。最近出っ張ってきた腹を少しでも引っこめるためには、できるだけ階段を使わないと。

　編集局は中央を廊下が貫き、その両側に各部が並ぶ造りになっている。ただし、個別の部屋にきちんと分かれているわけではなく、ロッカーなどで簡単に仕切られているだけだ。その方が隣の部と話がしやすいし、配置換えも楽である。社会部は、政治部、経済部、外報部が固まった一角にある。社の正面側エレベーターに一番近い位置で、何かあったらすぐに飛び出していけるように、ということだ。

入り口に近い方に、机が向かい合わせに十個並んでいて、一番奥が部長席になっている。ここが、朝夕刊作りのベースになる「デスク席」。他に、机四つを合わせて作った小さな「島」が三つあり、ローテーションで社会部に詰める遊軍は、ここを作業スペースにしている。各机は個人のものではないので、電話と新聞が載っているぐらいで、全体的に匿名《とくめい》性《せい》が高いというか、素っ気ない。畠中の感覚では、警察署の刑事課の部屋とよく似ている。岩田は「島」で夕刊を読んでいた。今日は当番ではないのだろう、足を組み、どこか余裕を感じさせる気配を発している。

「おう」畠中に気づくと、岩田が新聞を閉じ、右手を軽く挙げてみせた。「座れよ」促されるまま、畠中は彼の横に腰を下ろした。岩田は上機嫌――それはそうだろう。今日の朝刊一面で特ダネを打った直後なのだ。

「取材態勢強化だ。あと二人、そっちへ人を割こうと思う」

「そいつは助かります」

「遊軍から一人、警察《サツ》回りから一人、それでいいな？」

「十分です」

「これ、お前の独自のネタ元から入ってきた情報だって言ってたよな」

「ええ、まあ」畠中は警戒した。できれば同僚にも、ネタ元の正体は明かしたくない。

　岩田が新聞を丁寧に畳《たた》み直し、机に置いた。そこに手を乗せ、畠中の目を真っ直ぐ見詰める。

「信用できる相手なのか？」

「それは大丈夫です」

「内部の人間か？」

　岩田はしつこかった。名前を聞き出すまで粘るつもりかと、畠中は少しだけ心配になった。実際岩田は、しつこい取材で有名な男なのだ。少しだけ譲歩しておこう、と決める。

「まあ、そういうこと……タチ自動車の中枢に極めて近い人間です」

「幹部なのか？　そういう人間と、よくコネができたな」

「その辺はノーコメントで」畠中は低い声で言って首を横に振った。

「信用できる相手なのか？」岩田がしつこく質問を繰り返した。

「だから、大丈夫ですって。心配しないで下さい」

　言葉を切り、岩田がまた畠中の目を凝視する。あまり気持ちのいい時間ではなかったが、畠中は何とか、この睨み合いを乗り切った。岩田が急に相好《そうごう》を崩し、「内部通報者は大事にしないとな」とつけ加える。

「そいつは記者の基本ですよ」畠中は敢えて軽い調子で応じた。

「しかし、自動運転っていうのは、そんな危ないものなのか？」岩田が訊ねる。

「実は俺も、この情報が入ってきてから慌てて勉強したんですけど……今開発が進んでいる自動運転っていうのは、要するに自律型のロボットを作るようなものなんです。要素は三つ。状況把握と指示と動作――人間の感覚で言えば、目と脳と手足って感じですね」

「なるほど」岩田が相槌を打つ。

「目の代わりになるのがレーダーやＧＰＳ、カメラってわけで、これで周囲の交通状況を把握します。交通標識や前の車との間隔、道路全体の混雑状況なんかですね」

「まさに目だな」

「ええ」畠中はうなずいた。「動作については、人型ロボットに比べれば、それほど難しくないみたいですね。車の動きなんて、基本的には加速、停止、ハンドル操作ぐらいしかないでしょう。それは高速道路を走っている時も、車庫入れをしている時も同じです。例えば、同じスピードをキープするクルーズコントロールがあるでしょう？　あれなんか、自動運転のものすごく原始的な形ですよ。走る以外にも、ウィンカーを出したり、ワイパーを動かす動作もありますけど、それは主役じゃないですよね」

「その辺までは俺でも分かるよ。で、自動運転の定義はどうなってるんだ？」

「政府の定義では、レベル０からレベル４まで分かれます」畠中は親指を除く四本の指を立ててみせた。「レベル０は機械が介在しないで、全部人間が運転するもの――つまり、昔ながらの手動です。レベル1は加速、停止、ハンドル操作のいずれかをシステムが行うものですね。自動ブレーキなんかがこれに当たるわけで、特定機能の自動化と定義されています。レベル2は複合機能の自動化で、加速、停止、ハンドル操作のうち複数の操作をシステムが行うもの。レベル3になると加速、停止、ハンドル操作の全てをシステムが担当する。ただし、緊急時には人間が介入できる。完全自動運転はレベル4になります」

「結構細かく分かれてるんだな。こいつは一度、長い解説記事を書かないと」

　納得したように岩田がうなずく。畠中は今朝の朝刊記事には、「手動運転のレベル0から完全自動運転のレベル4まである」としか書かなかった——書けなかった。一ページに盛りこめる字数に限界がある新聞は、この辺が不便なところだ。

「レベル3でも、一応自動運転と言っていいんだよな？」

「ただし、緊急時にはドライバーが介入できるように、ハンドルもアクセルもブレーキもあります。正確には半自動運転と言うべきじゃないかな」

「レベル4になると、ドライバーも必要ないわけか」

「基本的にはそういうことになります。今、日本のメーカーが開発を進めているのは、レベル3までです。二〇二〇年までにレベル3、二〇二五年にレベル4、というのが一つの目安ですね。実際には、そう簡単にはいかないようですが。車側の技術と同時に、さらに高速の通信技術も必要です。具体的には5G」

「今は４Ｇか……」

「そうです。４Ｇより通信速度がはるかに速い５Ｇで、交通の状況や他車の動きを常時やり取りする必要があります。５Ｇも二〇二〇年ぐらいには導入されると思いますが、基地局の関係で、全国をカバーするにはかなりの時間がかかるでしょうね。だから、本当に二〇二五年にレベル４が実現するかどうかは疑問です」

「でも今回は、レベル４の実験中だったんだろう？」

「ええ」

「各社、結構熾烈《しれつ》な競争なんだろうな」

「そりゃそうですよ。完全自動運転じゃなくて、追突防止やレーンキープの運転サポート技術だけでも、大きな付加価値になりますから。要するに、車を売るためには、常に新しい技術が必要なんです」

「なるほどね」岩田が頭の後ろで両手を組んだ。「だけど自動運転が実現しても、全てのドライバーがそういう車に乗り換えるわけじゃないだろう？」

「そりゃあそうでしょうね」

「となると、自動運転と手動運転の車が入り交じって、同じ道路を走ることになる。その方が危険じゃないのかな」

「十年後にどういう車社会になってるかは想像もできないんですけど、いずれにせよこういう流れは止められないでしょうね。日本にとっても重要な課題ですよ。自動車という輸出産業の柱が、これからも日本を支えてくれるかどうか、瀬戸際の話なんですから」

「お前、いつの間にか経済部の人間みたいな喋り方をするようになったな」岩田が笑いながら皮肉を飛ばした。「ま、きちんと勉強しておいてくれ。応援の二人はすぐに召し上げるから、お前の方で指示して取材を進めろ」

「了解です」うなずき、畠中は立ち上がった。

「おい」岩田がにやりと笑う。「デスクになるのに、いい手《て》土産《みやげ》ができたな」

畠中は笑い返してからうなずいた。そう、事態は今のところ、自分の思惑通りに進んでいる。問題はこれからだ。明日の朝刊は今日の会見の様子を中心に記事にできるが、その後はどうするか……各社がいち早く後追いの態勢を整え、明日の朝刊ではこちらを上回る大変なネタをぶつけてくる可能性もある。

新聞業界の怖さは、仕事に終わりがないことだ。一発特ダネを書けば、後は悠々としていられるわけではない。同じ事件でもさらに新しいネタを求めていかないと、すぐに他社に追い抜かれる。ただ、最近は一つの事件に関して、各社が抜いた抜かれたの熾烈な戦いを繰り広げることも少なくなっている。今の新聞は、とにかくリスクを取らないのだ。誤報を書いて叩かれるよりは横並びの記事の方がまし――それも一つの考え方だが、何とも寂しい感じはする。

今年四十歳になる畠中が入社した頃には、業界全体がもっとガツガツした雰囲気だった。昔を懐かしんでも仕方ないが、慎重さやスマートさだけが求められる今の風潮は、畠中には居心地悪く感じられてならない。

応援に入った二人の記者にこれまでの取材経過を説明した後で、畠中はにわかに不安になった。

続報の材料がない。

今のところ、事故については全てを書き尽くしてしまっている。この後は、タチ自動車が事実を隠蔽しようとしていた理由を探り出すのがポイントだが、かなりハードルの高い取材になる。こういう場合、特に指示がなくても、暗黙の了解で現場が事故隠しをしてしまうことがあるのだ。そうなったら真相を探り出すのは難しい。

畠中は二人の応援の記者に、タチ自動車の幹部とパイプを作るように命じた。幹部——役員以上の人間の自宅は経済部が割り出しているはずだから、それを利用して夜回りをしかける。嫌われる——叩き出されるのは簡単に想像できたが、これはやっておかねばならない仕事だ。会社で広報を相手に取材しているだけでは、絶対にネタは取れない。普段会社で接触するのが難しい役員たちと顔つなぎをするには、やはり夜討ち朝駆けで自宅を訪問するしかない。

二人もそういうことには慣れたもので、嫌がる素振りも見せずに遊軍部屋を出て行く。途中、一緒に食事でもしながらすり合わせを済ませ、それぞれのターゲットに向かうのだろう。

二人を送り出した後、畠中は会見原稿をチェックした。夕刊で軽く一報を流した後の、朝刊用の詳細。どうにも歯切れが悪い……だがこれは、植本の原稿が下手《へた》だからではなく、会見自体に中身がなかったからだ。城社長は事態の核心を微妙に避け、のらりくらりで会見を乗り切ったようだ。

「飯でも食べておくか」畠中は植本に声をかけた。まだ午後六時……しかし、これからゲラが出てくるまでには三時間近くある。食べられる時に食べておく、というのは新聞記者の基本だ。

「そうですね……」

「何だかノリが悪ぃな」

「胃の調子がよくないんですよ」植本が顔をしかめ、胃の辺りを平手で擦《さす》った。

「お前、そんなに神経質だったか？」

からかってしまってから、畠中は後悔した。遊軍最年少、警察《サツ》回りから直接遊軍に上がってきた植本は、まだ三十歳である。記者としてはまだ若手なのに、何でも屋の遊軍に抜擢《ばってき》されたのは、それなりに力を認められているからだ。ただし本人はプレッシャーに弱いタイプで、先輩記者に注意を受けたりすると、目に見えて顔色が悪くなる。

「無理すんなよ」圧をかけないのが大事と考え、畠中はさらりと言った。「調子が悪かったら、引き上げてもいいぜ。原稿に何か問題があったら、また連絡するから」

「ええ……ちょっと休んでおきますよ」植本が目を瞬《しばたた》かせた。そう言えば昨夜は、最終版のゲラチェックを終えるまで会社にいて、今日も朝一番で出てきたから、寝不足なのは間違いない。

「この時間だと、仮眠室もガラガラだ。よく眠れるぜ」

無言で植本がうなずく。畠中はうなずき返して立ち上がった。面倒だから社食で夕飯を済ませるか……味気ないが、一人で食べるのが味気ないのは、どの店でも同じだろう。

廊下に出て、ふと思いついた。一時間もあれば、家まで往復できる。Xがどういう方法で畠中の自宅の郵便受けにメモを入れるかは分からないが、もしかしたら今夜、一発目のメモが入っているかもしれない。一度家に帰って、それだけ確認しよう。上手くいけば、次のネタが手に入るかもしれない。

家族がいれば、こんな面倒なことはしなくていいのにな、と苦笑してしまった。結婚していれば、自宅へ連絡を入れて、妻に郵便受けを確認してもらえばいいのだから。

結婚しないまま、四十歳。未婚の四十代男性が結婚できる確率は二パーセント程度だという調査をどこかで読んだことがある。他人事だと無視して済ませられる話じゃない……

しかし、本格的に婚活をと考えると、次の瞬間には必ず「そんな時間はない」と否定する自分が出てくるのだ。

無駄じゃなかった、と畠中はニヤリとした。二十年近く記者をやってきて、大抵のことには慣れて驚かなくなってしまったものの、この展開にはやはり興奮してしまう。Xとは昨日会ったばかり。互いに交わすサインを決めたものの、そんなやり方が本当に上手くいくかどうかは分からなかった。それが翌日、早くも向こうから接触してくるとは。郵便受けに残されたメモは、真っ白で素っ気ない封筒だった。それも、長辺が十センチ、短辺が五センチほどのごく小さなもので、きちんと糊づけされている。乱暴に手で破る気にはなれず、畠中は一度自室に戻った。カッターナイフを使い、糊づけされたところを慎重に剝がしていく。

中には、二つに折り畳まれたメモが入っていた。

社内に新たな動きがありました。本日午後十一時、宮下公園で待ちます。

危ない、危ない。見過ごしたら会えないところだった。よし、これで次のネタが手に入るかもしれないと気持ちは上向いたが、次の瞬間には疑念に駆られた。

社内の動き——いったい何だろう。

一度社に戻ると——自宅のある新中野《しんなかの》から会社の所在地である銀座《ぎんざ》までは、東京メトロ丸ノ内線で二十分ほどしかかからない——植本は遊軍部屋のソファにひっくり返って軽い寝息を立てていた。顔色は悪くない。体調最悪というわけではないようだ、と判断して、畠中は社食でそそくさと夕飯を済ませた。

遊軍部屋に戻ると、植本は起きていた。ぼんやりした様子で、ソファに腰かけている。視線は音量を絞ったテレビに向いているが、観てはいない。やはりだいぶ体調が悪いのだろう。

「デスクから何か言ってきたかい？」

「何もないです」

「体調がよくないところ申し訳ないけど、日付が変わるぐらいまでここを守ってもらえねえかな」

「ああ——いいですよ」いかにも嫌そうな表情を浮かべながら植本が言った。

「十一時に人と会う約束がある。会社を出なくちゃいけない」

「そんな遅くに？　ネタ元ですか？」植本の顔がさっと緊張した。

「ああ」

「一緒に行った方がよくないですか？」

「それは駄目だ」畠中はゆっくりと首を横に振った。「向こうも用心してる。当面、俺一人で対応するから」

「……そうですか。あの、一つ聞いていいですか？」

「何だ？」

「そのネタ元は、昔からの知り合いなんですか？」

「ノーコメント」にやりと笑い、畠中は大股で部屋を出た。

ネタ元は共有しない——特に重要なネタ元の場合は。今回、畠中に重要なネタを提供してくれたＸの正体を人に明かすことは絶対にないだろう。

今夜は一際《ひときわ》冷えこみ、三月だというのに冬が戻ってきたようだった。薄いコートを着てきてしまったことを後悔しながら、畠中は先を急いだ。改装工事中で複雑な迷路のようになってしまった渋谷駅の構内を地下まで降りてから、明治通りに向かう。地上に出ると、交差点で長い時間待たされることがあるが、地下を通ればその煩《わずら》わしさは避けられる。それに、寒気に触れるのを少しでも先延ばしにしたかった。

地上に出る。ビックカメラとホテルが目の前にあり、煙草の香りも……周囲を見回すと、交差点のところに喫煙エリアがあった。酔っ払った若者たちが騒いでいて鬱陶しいが、少し煙草を吸い溜めしておこう。畠中はそそくさと、煙草を二本灰にした。

肩を二度上下させ、歩き出す。寒風が、渋谷駅の方から吹き抜け、背中を強く叩いた。二十四時間人波が途切れない渋谷の街も、この時間、この場所では少しだけ静かである。それにしても、この街の変貌ぶりには啞然《あぜん》とさせられる。東京という街自体が生物のようなもので、いつの間にか変化して姿が変わってしまうのだが、渋谷はその中でも特に新陳代謝が激しい。畠中は警察回り時代に、渋谷を中心にした三方面を担当したのだが、あの頃——十数年前と比べると、街の様子はすっかり変わってしまっている。そして今でも、街を完全に変貌させる再開発は進行中だ。

歩道橋をくぐり抜ける。この歩道橋を上がって線路の方へ進めば宮下公園に入れるのだが、駐車場は道路と同じ高さにある。畠中は周囲を見回してから、小走りに駐車場の中に駆けこんだ。

どういうわけか、駐車場の中の方が、外よりも寒い感じがする。かすかに漂うオイルと埃の臭い……鼻がムズムズして、思わずくしゃみが飛び出る。誰かに見られていないかと気になり、素早く周囲を見回した。この時間帯には車の出入りも少ないようで、人の姿はない。畠中は、停まっている車を一台ずつチェックしながら、駐車場の中をゆっくりと歩き始めた。まだ午後十時五十五分——約束の時間まで五分あるが、Xは先に来ているような予感がしてならなかった。

この駐車場は広く――調べたら二百八十六台が収容可能だった――端から端まで歩くとかなりの時間がかかる。Ｘが車を停める場所はいつも同じとは限らないわけで、ここで落ち合うのも結構リスキーだな、と畠中は思った。もっと確実に、そして他人の目に触れない場所を探しておく方がいいだろう。

――あれこれ考えているうちに、背後が明るくなるのを感じた。来たようだと判断し、隅に避ける。すぐ目の前をティエラが走り抜け、急停止した。空いているスペースに、バックで一発で停める。さすが、車の運転には慣れているようだ。そこそこ図体のでかいティエラは、そんなに扱いやすい車ではないのに。

ティエラのエンジンが停まり、続いてヘッドライトが消える。それで畠中からも、運転席の様子が直接見えるようになった。間違いない――Ｘ。やけに緊張した様子で、ハンドルを両手できつく握っていた。よほど重大な問題を抱えているようだ、と畠中も緊張してきた。もちろん、「重大な問題」であればあるほど、こちらにとっては「大きな記事」になる可能性が高い。畠中としては歓迎すべき事態だ。

畠中はティエラの助手席側に回りこみ、ドアハンドルに手をかけた。ロックされていて開かない。直後、ロックが解除される「かちり」という音が響く。畠中はＸにうなずきかけて、ステップに足をかけた。

Ｘは不機嫌だった。顔色は悪く、依然としてハンドルを握り締めた両手も白いままだ。

「朝刊、読んでもらえました？」

「ええ」Xの声は平板で、感情の動きが感じられない。

「どうでしたか？」

「私は、内容については論評しません」

「しかし、当事者として——」

「私は当事者ではないですよ」

わずかに怒りを感じさせる、硬い声。畠中は「失礼」と短く言って咳払いした。今日はどうにも居心地が悪い……シートに座り直すと、コートがよじれて背中が引っ張られた。しかし、Xは神経質過ぎるのではないだろうか。「当事者」は言い過ぎだが、社内で権力の中枢に近い人間なのは間違いないのだから。あるいは、もう会社に完全に見切りをつけているのかもしれない。それこそ、一世《いっせ》一代《いちだい》の決心で会社を裏切った——。

「記事に、事実関係の誤りはありませんよ」

「あなたの情報通りに書いたんだから、当然でしょう」

「そうですか」

あくまで壁を崩さないつもりのようだ。多少は溜飲《りゅういん》が下がって機嫌がよくなるかと思っていたのに、むしろ以前よりも怒っている感じである。その怒りがどこに向いているのかが、畠中にはまったく分からなかった。

いずれにせよ、これ以上の前置きは不要だろう。Xが、無駄話を嫌う人間だということは、分かっている。

「それで、新たな動きというのは何なんですか」

「今回の事故で、会社が一番問題視しているのは何だと思いますか？」

「どうですかね」畠中は両手を組み合わせ、首を捻《ひね》った。「会見を見た限りでは、何とも言えません。どうも、大した事故ではないということで、話を収めにかかっているようですね」

「会社というのは、そういうものでしょう」どこか白けた口調でXが言った。「何か問題があった時に、即座に全て認めて反省の意思を明確にする——そんなことはありません」

「そうして対応を間違うわけですね」畠中は話を合わせた。

「最初に対応を間違う——ボタンをかけ違えると、その後で修正するのは不可能です」

「確かにそうですね。私の経験から言っても、会社というのはどこもトラブル対応が下手です」今日の会見に点数をつけるとしたら、何点だろう。ぎりぎり合格点か。

「会社が一番問題視しているのは、この情報がどうして漏れたか、なんです」

畠中は、拳を胃にねじこまれたような不快感を覚えた。どうして漏れたか——それは畠中が一番よく知っている。何しろネタ元がすぐ横にいるのだ。

「どういう意味ですか」

「言った通りです」Ｘが淡々と言った。

「それがどういう問題に――」

「会社は、ＰＴ――プロジェクトチームを作りました」Ｘが畠中の言葉を遮《さえぎ》った。

「プロジェクトチーム？」

「犯人探しの」

まさか。畠中は唇をきつく引き結んだ。確かに、こういうことがあると、犯人探しが始まるのは珍しくない。しかし本気で犯人探しをするつもりなら、タチ自動車は大きな勘違いをしている。やるべきことは、他にいくらでもあるはずだ。

車内が急に静かになる。エンジンを停めるまではエアコンが効いていて、車内は暖かいはずなのに、畠中は奇妙な肌寒さを感じた。タチ自動車が本当に犯人探しを始めたら、Ｘの正体がばれてしまう。ネタ元は何としても守らないと――畠中は決意を新たにした。

「あなた、目をつけられてませんか？」

「今のところは大丈夫でしょう」

「気をつけます。あなたの名前は、絶対に表に出ないようにしますから」

「お願いします。必ずしも、辞めたい――馘《くび》になりたいわけではないので。それより、この件は書けますか」

「書き方の問題ですね。ストレートニュースとしては難しいかもしれないけど、何かの形で……会社の姿勢を問う、というような原稿でもいいと思います」

「書かれないと、意識は変わらないかもしれません」Ｘが硬い口調で言った。

「こっちは、会社に制裁を加えているつもりでも、世直ししようとしている訳でもないです。事実を伝えるだけですよ」

「それは、私には何とも言えません。新聞は新聞だし、私は……立場が違うので」

「分かります」畠中は前を睨みながら言った。駐車場は薄暗く、人気《ひとけ》もない。密会するには相応《ふさわ》しい場所だが、頻繁にこの場所を利用していると、誰かに勘づかれる恐れもある。タチ自動車が本気で犯人探しを始めたら、Ｘも尾行対象になるかもしれない。

「一つ、聞いていいですか」

「どうぞ」

「あなた、どうしてこの件を私に教えてくれたんですか」

「それ、言わないといけない話ですか」Ｘの声が急に冷たくなった。

「いや、そういうわけではないですけどね」畠中は慌てて言った。内部通報をしようとする人間には、様々な動機がある。純粋な正義感から義憤に駆られて、という場合もあるし、会社でないがしろにされている恨みを晴らすためという、私怨によるものもある。記事というアウトプットに問題がなければ、動機などどうでもいいかもしれないが、意外な動機に足元をすくわれることもある。気をつけないと……しかしＸにとって、この話題はタブーのようだ。となると、私怨が根っこにあるのかもしれない、と畠中は心に刻んだ。

「自動車メーカーとして、許されることと許されないことがあるでしょう」

「それは分かりますが……」

「私は一般常識に従って仕事をしているだけです。何かおかしいですか？」

「いや、まったく正しいですよ」畠中はさっと引いた。この件をあまりしつこく聞き続けると、Ｘの方が引いてしまう恐れがある。今のところは、向こうが積極的に話してくれているのだから、機嫌を損ねたくない。

「プロジェクトチームが具体的に何をやるのかは、分かった時点でまたお知らせします。その際はこちらから連絡しますから」

「となると、しばらくは書くべき原稿がないですね」

「それはそちらの都合なので」Ｘが肩をすくめる。

「余計な話でした」畠中はまた座り直した。ようやく、コートのよじれが直る。「こちらはこちらで、別の筋からも突っこんでみますよ。それともう一つ、会う場所はここに固定しない方がいいんじゃないですか？　犯人探しの罠《わな》に引っかからないためには、いくつか場所を決めておいて、使い回した方がいい」

「考えておきましょう」Ｘがエンジンを始動させた。これで終わり、の合図。「それもこちらから提案します」

「分かりました」

「続報に期待しています」Xがシフトレバーを「D」に入れた。かつん、という軽いショックが畠中の背中にも伝わる。

「一つ、いいですか」畠中は慌てて言った。もう少しだけこの会見を引き延ばしたい。

「タチ自動車は、どうしてこの件を隠したんでしょう」

「重要事故ではない――そう判断したからでしょう」

「それでは社長の答弁と同じですよ」畠中は午後一杯かけて、植本が録音してきた会見の様子を全て聞いた。数えた限り、城社長は五回、「重要事故ではない」と言っていた。

「人が死んでいない――あるいは社外の人間に迷惑をかけていないなら、重要事故ではないという判断になるんでしょう」

「自動運転の一番の目的は、事故と渋滞の撲滅じゃないんですか？　その過程で事故が起きて、それを重要視していないとなると、そもそもが間違ってる感じがする」

「そう思われるなら、その通り書けばいいでしょう」Xが冷ややかに言った。「私は、論評する立場にありません」

「でもあなたは、タチ自動車のやり方は間違っていると思っているんでしょう？　それは一種の論評じゃないですか」

「単なる個人の考えです」

フロントガラスに向かって、Xが「申し訳ない」とでも言いたげに頭を下げた。これで本当に会談は終わり――畠中はドアハンドルに手をかけた。

第二章　会社というもの

5　2016年3月17日

深夜の首都高。伊佐美は愛車のスカウトのハンドルを握り、首都高都心環状線を回るドライブの三周目に入っていた。カーブの多いテクニカルコースなので、制限速度内で走っていても、かなりの緊張を強いられる。そういう運転に専念していると、心配事は吹っ飛ぶのだ。一番手軽なストレス解消法である。

城社長が情報漏れを気にするのも当然だ、と伊佐美は思った。

自動運転導入の流れは変えられない。この流れに乗り遅れた自動車メーカーの命運は、遅かれ早かれ尽きるだろう。そしてタチ自動車としては、乗り遅れはあってはならないことだ。グループ企業も含めて五万人もの社員がいる会社として、新しい潮流の中でむざむざ沈没するわけにはいかない。もちろん、古くからのユーザーのためにも。

タチ自動車は戦前の創業で、日本の自動車メーカーの中でも古株に入る。「国民車」が求められた一九六〇年代初めには、一〇〇〇ccエンジンを積んだ小型車「ハイト」で市場を席捲《せっけん》した。レースにも積極的に参加し、六〇年代半ばには国内では無敵を誇った時期もあった。オールドファンの中には、未だに「レースのタチ」のイメージを持ち続けている人も多く、今に至るまで、ラインナップからスポーティなクーペモデルが落ちたことはない。それは九〇年代、各社が一斉にミニヴァン路線に舵《かじ》を切った——タチ自動車も例外ではない——時代も同様だった。

八〇年代にはサーキットからラリーに戦いの場を移し、パリ・ダカールラリーでも何度も好成績を残している。当時開発された４ＷＤ技術は、伊佐美の愛車・スカウトにも活かされており、ワゴン車にしては硬い足回りと軽快なフットワークは今も健在だ。元々ラリーで活躍したのはスカウトのセダンモデルで、二十一世紀になってカタログ落ちした時には、非難轟々《ごうごう》だった。現在のワゴンモデルは、八〇年代の香りを辛うじて伝える存在と言っていいだろう。

タチ自動車のスポーティなイメージは、実は安全の追求と表裏一体である。長時間高速走行をキープしても安定して音《ね》を上げないエンジン、へたらない足回り、思い切って踏めるブレーキ——信頼性の高い操縦感覚は、いざという時の危険回避を可能にする。もちろん、アクティブなセーフティ機能にも力を入れており、この手の性能に敏感なアメリカでは、毎年「安全な車」のリストに名前が挙がる。

自動運転技術に関しては、ユーザーの反応も概ね好評だった。日本の自動車メーカーの中ではいち早く、運転支援システム「ＡＢセーフ」を導入したのだが、これは昔からタチ自動車の車を乗り継いできたオールドファンにも人気だった。

スカウトにもオプションでＡＢセーフは用意されていたが、伊佐美はそれを選択しなかった。それどころか、選んだのはシンプルなマニュアル車である。

ターボで過給して二百八十馬力を発する二リットル四気筒エンジンに６速マニュアルトランスミッションの組み合わせは、伊佐美の感覚では一番「美味《おい》しい」。公道でもエンジンパワーを十分引き出して、パワーバンドを外さずに走れる。

首都高環状線では、使うのは３速から４速が中心になる。オーバードライブとも言える６速に入れることはまずなく、５速も滅多に使わない。過給機つきでパワーバンドは広いが、それでも美味しい回転域を使うためには的確なギアチェンジが必要だ。景色を見る間もなく——そもそも首都高環状線周辺には見るべきものもないが——運転に専念せざるを得ない。そのうち、心が真っ白になっていく。

長い千代田《ちよだ》トンネルを抜けると、千鳥《ちどり》ヶ淵《ふち》公園の近く。街の明かりで周囲がぱっと明るくなり、伊佐美はギアを４速から３速に落とした。アクセルの微妙な調整でエンジンの回転数を整え、ゆるい上り坂でもスピードが落ちないように気をつける。間もなく、五号線への分岐。

伊佐美は少しだけアクセルを緩めた。こういうのはガソリンを撒き散らすだけで、会社が――社会全体が求めるゼロエミッションの動きに反する、まったく無駄な行為だと思う。マニュアル車に固執するのも時代遅れだ。今やマニュアルよりもはるかに動作が早い自動変速システムは、いくらでもある。タチ自動車でも、レースシーンからフィードバックされたデュアル・クラッチ・システムが高評価を受けている。そしていずれ、完全自動運転が実現すれば、マニュアル車は絶滅するだろう。

技術のタチ。スポーツのタチ。

その看板が今、泥を被っている。

もちろん、どの自動車会社にも失敗はある。開発開始から実際に発売されるまでは何年もの歳月がかかるのだが、その間、一度も失敗なしということはあり得ない。

とはいえ、今回のＡＢオートの問題は、安全性に直結するだけに深刻だ。特別開発室はプライドを持って仕事をしているし、城社長が懸念しているように、これは会社の命運を握る重大なプロジェクトである。失敗は許されない。許されない中での失敗。とはいえ、どんなことでも失敗のリスクは折りこみ済み――ああ、クソ。伊佐美はギアを再び４速に入れ、肩を二度上下させた。どうにも釈然としない。

集中していた間は切っていたカーステレオを起動させる。スマートフォンに保存してある曲が流れ出した。ボリュームをぐっと上げると、ドッケンの『イン・マイ・ドリームス』のメロディがはっきりする。甘ったるいメロディにハードなサウンド。今では「ヘア・メタル」と揶揄される——メンバーがだいたい長髪なので——八〇年代のハードロックが、伊佐美の好みだ。中学生の頃にはまって以来、三十年近く。そんなに音楽通というわけでもないので、一度定まった好みは年をとっても変わらないのかもしれない。

そろそろ帰るか……ダッシュボード上のデジタル時計は午前零時を表示していた。この時間なら、自宅までは二十分ほどで帰り着く。明日も仕事。本当はもう、とうに寝ていなくてはいけない時間だ。

ハンドルを握る手の力を抜き、一つ溜息をつく。

指示された仕事はきちんとやらねばならない。それは分かっていても、不安は消えなかった。

社内の人間を調べることになるとは。

翌朝、伊佐美はさっそく動き出した。

田辺の判断で、プロジェクトチームは「集まらない」ことになった。調査すること自体、社内では秘密にしておきたいのだ。どこかの部屋を拠点にして調査を始めたら、嫌でも目立ってしまうだろう。連絡はメールやメッセンジャー、電話で取り合い、資料は全て個人で管理。会う必要がある場合は社外で、というルールを田辺はまず定めた。用心し過ぎではないかと伊佐美は逆に心配になったが、田辺はあくまで慎重だった。

伊佐美はプロジェクトチームに引き入れられた総務課の若手、井本茉莉花《いもとまりか》と一緒に千葉に向かった。特別開発室の本部は、実験特区に近い八千代《やちよ》市にあり、交通の便があまりよくない。車なら、本社から一時間もかからないのだが、公共交通機関を使うと、電車を乗り継いで一時間以上、さらに最寄り駅からバスを使うことになる。

「こんなところへ電車で行く人、いないですよね」

行きの電車の中で、茉莉花が早くもぶつぶつ文句を垂れた。ほっそりとした体形に薄めの化粧。地味な顔立ちで、総務課では非常に影が薄い。ただし、間違いなく優秀だ。

どういうわけか、茉莉花は本来歩むべきキャリアを途中で大きく変えた。司法試験に合格したものの、法曹界には進まず、タチ自動車に就職したのだ。もちろん、タチ自動車は毎年就活生の人気ランキング上位に入ってくる優良企業だが、それでも超難関の司法試験合格という実績を捨てたのはどうしてだろう……以前、本人に確認したところ、「車が好きなので」とあっさり言っていたが、あれは本音《ほんね》だろうか。もちろん、車が好きでない人間が自動車メーカーに就職することはないだろうが。

「なるべく目立つな、というのが田辺さんの指示だから」この電車の一時間は苦痛だ、と伊佐美は早くもうんざりしてきた。茉莉花はお喋りで、しかも相手の気持ちをまったく考えていない。これまでもそういう気配は感じていたのだが、二人きりで初めて遠出することになって、彼女の性癖を改めて思い知ることになった。結局、話し相手は誰でもいいのではないだろうか。もしかしたら、鏡に向かってでも、延々と喋り続けられるのかもしれない。

「車でいいのに……タチの車に乗ってても、目立たないじゃないですか」茉莉花はまったく納得していないようだった。「会社の車を使うのがまずいなら、私、自分の車を出しましたよ」

「あれはもっとまずいよ」伊佐美は苦笑した。以前聞いたのだが、茉莉花の愛車は、十年以上前に生産中止になった、タチ自動車史上唯一のオープンカー、「メーゼ」である。軽量、過給機なしの小型エンジンにツーシーターのオープンボディ。スポーツカーの入門編として最適な車だった。今でも時々街中で走っているのを見かけるが、トップを下ろしていると非常に目立つ。そして今日は、一気に春がきたような陽気……見た目は地味な割に何かとあけすけな茉莉花が、オープンにしないわけがない。

「とにかく、隠密行動だ」

「面倒ですねえ」茉莉花が両手を組み合わせて、ストレッチするようにぐっと前に突き出す。

「何だかお疲れみたいだけど」

「昨日は夜中にツーリングでした」

「どこまで？」

「箱根《はこね》です。定番ですみませんけど」

「別に謝ることじゃないよ」

全長四メートル弱、車両重量が一トンを少し超えるぐらいのオープンモデルを、マニュアルで操る快感は何とも言えないだろう。夜中にオープンにしても爽快感は薄いし、まだまだ寒いはずだが。

「自動運転って……個人的には興味ないんですよね」

「おいおい」伊佐美は苦笑した。「それは、自分の会社の全否定みたいなものだぜ」

「分かってますけど、あれってもう、車じゃなくてロボットですよね。そうじゃなければパーソナルなバスか電車っていう感じで」

「目的地に自動で連れていってくれるという意味では、そうかもしれないな」

「自分の意思で動かさなくて、何が楽しいんでしょうね」

「でも、自分で運転する車は普通に残るだろう」

「運転して楽しい車、最近はタチも出してませんからねえ。何でメーゼは生産中止になっちゃったんですかね」

「売れなかったからだよ」

伊佐美はあっさり言った。自動車メーカーにとって、ラインナップの充実と整理は、いつの時代でも大きな課題だ。九〇年代からゼロ年代には、タチ自動車もワンボックスカーを大量にラインナップに載せなければならなかったが、あれもユーザーのニーズに応えるものだった。メーゼは狂い咲きのようなものだろう。クーペモデルは意地でもラインナップから外さないタチ自動車にしても、オープンモデルのメーゼは不良債権になってしまった。むしろスカウトのように、姿を変えながら何十年も生き残っている車の方が珍しい。その辺は、同じ名前の車をロングスパンでモデルチェンジしながらずっと作り続ける欧米のメーカーとの大きな違いだ。

　特別開発室の所在地は、千葉県八千代市。ここに広大なテストコースがあるのだ。タチ自動車の場合、登記上の本社は静岡市である。そこが会社発祥の地でもあり、現在も一部の本社機能と、通常モデルの開発に使われるテストコース、それに最大の工場がある。しかし実際には、伊佐美たちが所属する東京本社の方がはるかに社員数が多い。

　八千代市のテストコースは、先端技術実験用にと十年前に設置されたもので、運転支援システム「ＡＢセーフ」もここで生まれた。場所柄、社内では「島流し」とも揶揄されているが、ここを拠点にする特別開発室が、これから五十年間のタチ自動車の命運を握っているのは間違いない。

　そんなに重要な部署なら、もう少し便利な場所に設置すべきだったのでは、と伊佐美はいつも思っている。朝と夕方には、最寄り駅からテストコースまで会社のバスが走っているのだが、昼間の時間帯はそれもなくなる。路線バスを利用することになるが、それほど本数が多いわけではない。約束の時間が迫って、伊佐美は結局タクシーを選んだ。車で十分ほどの間に、メーターの数字は見る間に上がっていく。

多少なりとも賑《にぎ》わいのある駅前の光景はあっという間に消え、すぐに田園風景が取って代わる。八千代市は東京のベッドタウンではあるが、それでもまだ農村らしいのんびりした雰囲気が残っていた。

田園風景の中に突然出現する、長い塀。人の頭よりも高いその塀は、テストコースをぐるりと一周する目隠しだ。陸上トラックのような楕円形《だえんけい》で全長約六キロの高速コースと、その内側にある複数のコーナーを組み合わせたコースの二つ。本格的なテストコースというには少し距離が短いが、ここから新たな技術が生まれる。

特別開発室自体は、テストコースのホームストレッチ側に作られた、体育館のように巨大な建物である。スタッフ五十人ということを考えるとやけに大きいが、風洞設備を備えた実験室などもあるので、これだけの大きさが必要なのだ。伊佐美は何度か来たことがあるが、茉莉花は初めてだという。タクシーを降りて敷地に入った瞬間、彼女が目を輝かせる。デザイン隠しのための市松模様の擬装が施された車が、高速周回コースを飛ばしている。車高がぐっと低い、スポーツタイプのセダン。完全な新型の一台――コードネームは「Ｔ８」――だとすぐに分かった。タチの量産車としては初めてＶ８エンジンを積み、さらにモーターを組み合わせて、システム総合出力が五百馬力を軽く突破する化け物だ。数年後にはＥセグメントの新たなフラッグシップになるだろう。

「Ｔ８は、いいですよね」茉莉花が吐息をついた。「音がセクシーです」

Ｖ８エンジンは、アイドリングではどろどろという独特の低い音と振動を吐き出すが、高速域に入ると一転して、しばしば「カキーン」という擬音で表現される金属的な音に変化する。確かにこういう音は魅力的だが、今日の用事は、新たなフラッグシップマシンを視察することでない。

池本特別開発室長——いわば「本丸」との面会。情報漏れがあったとしたら、ここが怪しいと伊佐美は踏んでいる。何しろ、情報を一手に握るセクションなのだ。

二階の室長室に入ると、池本が緊張した面持ちで二人を出迎えた。技術者にはよく、豪放磊落《ごうほうらいらく》なタイプ——一般常識は無視して開発に全てを捧げる——がいるのだが、池本はむしろ「常識人」タイプだ。今回もだいぶ打ちのめされた様子で、顔色がよくない。

三人は、応接セットで向き合って座った。池本徹、五十三歳。小柄で、髪は半ば白くなっている。特別開発室の「制服」であるロゴ入りの地味な作業着を着て、ファスナーを首元まで上げていた。緊張しているのがありありと窺《うかが》える。体格の割にごつい両手を組み合わせ、リズムを取るように膝にぶつけていた。

「今日は、特命で来ました」伊佐美は切り出した。

「特命というのは？」

不安げに池本が訊ねる。面会のアポイントメントだけは取ったものの、内容については明かしていない。余計な準備をさせないつもりだったが、池本もある程度はこちらの狙いを読んでいるはずだ。プロジェクトチームが結成されたことは、公式には明らかにされていないが、池本ぐらいの立場の人間——次は役員である——なら、状況は把握しているだろう。

「今回の事故について、特別に調べることにしました」

「それなら、うちでもやってるよ」

「それは、事故原因の究明ですよね？」

「他にやるべきことはないだろう。バグを見つけて、それを修正する——我々が今やるべき仕事はそれだけだ」

「もう一つ、重要な問題があります」少し思わせぶりかもしれないと心配しながら、伊佐美は切り出した。

「誰が東日にタレこんだか、です」

伊佐美が言おうとしていたことを、茉莉花があっさり言ってしまった。余計なことを——注意が必要だと思って彼女を見ると、涼しい顔である。重大なポイントだけ持って行って、主役になるつもりか？

「タレこんだ……」池本の表情が渋くなる。

「東日に情報提供した人間がいるんですよね」それが既成事実であるかのように、茉莉花があっさり言った。「我々は、その犯人探しをするように命じられました」

「犯人って……まさか、特別開発室の人間が漏らしたとでも言うのか？」池本の眉が吊り上がった。

「そう断定したわけではないです」伊佐美は、茉莉花を黙らせるために素早く言った。彼女は一つも間違ったことを言っていないのだが、あまりにも率直——露骨過ぎる。

「しかし、要するにうちのスタッフの中から犯人を探そうというわけだよね」

「特別開発室の人が何かやったと決めつけているわけではありません。ただ、あの事故について知っている人間は限られていますから」

「となると、君たちも容疑者じゃないか」池本が皮肉っぽく唇の片端を持ち上げた。「事故の一報が最初に伝わったのは、広報課と総務課、それに役員室ぐらいだろう」

「ええ」伊佐美は認めた。

「情報漏れだったら、そういうところ全てをチェックしないといけなくなる」

「実際にはもっと多いでしょうね」伊佐美は言った。「一度情報が流れ出れば、止めておくことはできません。聞いてしまった話をつい誰かに話したくなるのは、人間の本性みたいなものですから」

「だったら、全社員が対象だ」

「それプラス、社員の家族も対象ですね。社員が家族に話して、家族が近所の人に話したかもしれない……それぐらいまで気にしなければいけません」

「そこまでやる意味はあるのか？　コストパフォーマンスが悪過ぎる」

「社長直々《じきじき》の特命ですから」

「となると、しょうがないか……」池本が顎を撫で、溜息を漏らした。

「ご協力、よろしくお願いします」伊佐美はすぐに頭を下げた。一番避けなければならないのは、自分たちが「社内の警察」だと思われることだ。権力を背景に、横暴の限りを尽くしている——そんな噂《うわさ》が立っただけでも、伊佐美たちは会社にい辛くなるだろう。五年前の嫌な記憶は、まだ胸に生きている。いや、今でも陰で何と言われていることか。

「まあ、社長の特命なら仕方がない——それで、どういう手順で？」

「まず、事故当日にどういう風に情報が流れたか、教えて下さい」

伊佐美は手帳を広げた。隣で茉莉花も同じようにする。無言——最初は勢いよく飛び出したものの、茉莉花はこの場の主導権を自分で握るのを放棄したようだった。

事故が発生したのは午後四時過ぎで、負傷した特別開発室のスタッフは、まず直属の上司に連絡を入れた。八千代市から幕張の特区までは遠くない。すぐに、池本も含めた三人が現場に向かい、事態の収拾を図った。警察による事故処理、巻きこまれた他の被害者を言いくるめること——あくまで、「単なる物損事故」「軽傷事故」として処理するつもりだった。それは取り敢えず、成功したように思えた。

事故に巻きこまれて車が壊れたドライバーに対しては、十分な補償を約束した。少なくとも、ごねるような相手はいなかったはずだ、と池本は請け合った。

「後になってあれこれ言い出す人もいますよ」伊佐美は指摘した。

「今回に限っては、それはない」池本が断じた。「全員、身元がしっかりしている。怪我もないし、修理費にプラスして一種の慰謝料を支払うことで、一筆書いてもらった」

「その場で、ですか？」

「まさか」池本が厳しい表情で言った。「次の日に、改めて全員の家を訪ねて回ったんだ。菓子折りを持ってね……こちらの事情を説明して、納得してもらった」

「なるほど」それを完全に信じていいものかどうか。途中で気が変わった人がいてもおかしくはない。これはやはり事故隠しでは？　正義感の強い人なら、そう考えてもおかしくない。「警察の方はどうですか？」

「向こうも事情はよく分かってくれている。特区で実験をするにあたっては、入念に打ち合わせをしているから。それに警察は、軽傷の事故では広報しない」

「となると、やはり社内の人間が漏らしたと考えるべきですか？」

池本の顔が引き攣《つ》った。論理的に可能性を潰していたつもりだろうが、結果的に自分の首を絞めている。

「では、これから順番に、話を聴いていきます」伊佐美は手帳を閉じた。「何日か、かかると思います。仕事には迷惑がかからないようにしますが、ご了承下さい」

「……分かった」釈然としない様子だったが、それでも池本はさっと頭を下げた。「できるだけ穏便に。特別開発室のスタッフも動揺しているので」

「承知しています」

とにかく、情報漏れのルートを探す――やはり警察のような仕事だ。しかし伊佐美は既に決心を固めていた。ＡＢオートは、今後五十年のタチ自動車の命運を決める技術だ。絶対に潰してはならない。守るためには、多少の人的犠牲も仕方がない。

６　２０１６年３月17日

「ふざけた話だな、おい」岩田が揉《も》み手しながら、嬉《うれ》しそうに言った。

Ｘと会った翌日、畠中はすぐにタチ自動車のプロジェクトチームの件を岩田に報告した。とは言っても急ぐ用件ではないと判断したので、話をしたのは夕方近くになってからである。この日、朝刊の担当デスクである岩田は、深夜勤に備えて遅い出勤だったのだ。人の多い社会部では話しにくいので、遊軍部屋に来てもらっていた。

「ふざけた話ですよ、実際」畠中も認めた。「事故原因の調査よりも、犯人探しを重視するとはね」

「完全に方向性を見失ってる」

「まったくです」

「書けるか？」

「それは……ちょっと難しいですかねえ」Xから話を聞いた時には頭がカッとなって興奮したのだが、冷静に考えればやはりストレートニュースにできる素材ではない。敢えて書くとすれば、何か別のニュース——新しい素材が出てきた時にくっつける形だろう。

「無視したらもったいないぞ。何か、書く手を考えろよ」

「今書くとしたら、生のニュースじゃなくてコラムかなあ。それも揶揄する感じになるでしょうね」

「あるいは解説記事か……この件で、まだ解説は書いてないから、それにくっつけるか」

自動運転技術は、一般のドライバーにはまだ馴染《なじ》みの薄いものである。自動運転全般、それに問題点を解説記事にまとめるのは一つの手だ。そこに、プロジェクトチームの話をはめこむ。極めて真面目《まじめ》な解説記事に、揶揄するようなニュアンスが入ってしまうのは避けられないだろうが。

畠中の感覚では「ふざけた話」だ。事実、そして原因の探求を忘れ、犯人探しに躍起になっている姿は、滑稽《こっけい》でさえある。

「ちょっと検討しますよ」

「この際、持ってるネタは全部ぶっ放した方がいいぜ。これで終わりにするなよ……一発書いて終わり、なんてのは、俺は好きじゃないんだ」

苦笑しながら畠中はうなずいた。「一発屋」という業界用語通りに、実際に続報の出ない特ダネもある。今回も、そうなる可能性はあるのだ。急に入ってきた情報。しかも事故が起きたのが直近だったから、生ニュース的な意味合いも強かった。それ故、記事を何本か続けるためのネタを仕込む余裕もないまま、初報を書かざるを得なかった。

急遽一緒に仕事をすることになった連中はどうだろう。タチ自動車の中にコネクションを作ろうと動いているが、今のところ上手くいっていない。今のうちに別の取材方法を探しておくのも手だな、と畠中は考えた。例えばライバル社に当たるとか。自動車業界の競争は激しく、普段から情報収集を進めているはずだ。産業スパイとまではいかないが、ライバルの存在を無視して開発は進められないだろう。

この線は必要だ、と畠中は受話器を取り上げた。発信先は経済部。こういう時は恥も外聞もなく、情報を知っている人間に当たっていくに限る。

五分後、畠中は嫌がる相手を捕捉することに成功した。

「こういうのを僥倖《ぎょうこう》って言うんだよなあ」畠中はニヤニヤしながら椅子に腰を下ろした。

「一番頼りになる後輩が、こっちが欲しい情報を持ってるっていうのは、最高だね。今日は搾《しぼ》り取ってやるから、覚悟しておけよ」

「勘弁して下さいよ」

目の前に座った男、八幡《はちまん》が苦笑する。畠中が最初に赴任した秋田支局の二年後輩の記者で、新人時代に畠中が県警キャップとして鍛《きた》え上げた男だ。本社に上がってからは経済部一筋で、今は自動車業界を担当している。

連絡はすぐに取れたものの、八幡が指定してきた場所が奇妙だった……銀座三丁目——日比谷《ひびや》線の東銀座《ひがしぎんざ》駅に近い甘味屋。東日の本社からも歩いて五分ほどだったので、密かに社外で会うには適しているのだが、どうして甘味屋なのだ？　甘いものが好きではない畠中は、店に入った途端にくすぐったいような気分を抱えこんだ。江戸《えど》の香りというべきか……ビルの一階にある店なのに、古民家を移築してきたようなインテリアである。自分たち以外は年配の女性客だけ。買い物客が一休みするための店なのだろう、デパートの買い物袋がやけに目立った。

「何でここなんだ」畠中は周囲を見回した。

「酒、やめたんですよ」

「ああ？」畠中は思わず目を見開いた。自分が知る限り、八幡は無類の酒好きである。秋田支局に赴任してきた初日、歓迎会の居酒屋でいきなり一升瓶を一人で空にして、先輩たちを驚かせたものだ。

「何かあったのか？」

「ちょっと、医者に脅《おど》かされまして」苦笑しながら、八幡が胃の辺りを擦った。

「だったらどうして甘味屋なんだ？　体によくないって意味では同じような気がするけど」

「まあ、糖質の代替ということで」

そんな変な理屈は通らない。こっちとしても、最近太り気味だから甘いものはできるだけ避けたい……しかし今日は、互いの体調の問題を話し合うのが目的ではないので、追及はやめておいた。結局八幡は汁粉を、畠中は甘いものを避けるために磯部巻きを頼んだ。昼飯をちゃんと食べた後なのだが。

「あの記事、評判よくないですよ」八幡がいきなり切り出した。

「どこで？」

「業界で」

「へえ。タチが叩かれれば、ライバル社は喜ぶのかと思ってたぜ」

「いやいや、そう簡単な話でもないので」

「お前、ちゃんとやってるのか？」

「何がですか？」八幡がすっと顔を上げる。極端な丸顔で、畠中は目の前でサッカーボールが揺れる様を想像した。

「知ってて書かない情報、結構あるんじゃねえか？　取材相手に気を遣い過ぎたりしてさ」

「それで、全然気を遣わない社会部が、横から全部かっさらっていく、と」

「今回もそういうことなのか？」

「いえ……今回の件はまったく知らなかったです」

「経済部のアンテナも鈍ってるんじゃねえか？」

畠中の皮肉に、八幡がむっとした表情を浮かべた。そこで汁粉と磯部巻きが出てきて、場の空気が少し緩む。磯部巻きねえ……こんなもの、最近まったく食べていない。実家との折り合いがあまりよくない畠中はここ数年、餅がつきものの正月にも、田舎《いなか》に帰っていないのだ。故郷の長崎とは年々縁遠くなっている。「自分は東京の人間だ」と自らに言い聞かせて、故郷の言葉も封印し、意識的にべらんめえ口調を使っている。

「汁粉の世界も奥が深いんですよ」八幡がぽつりと切り出した。

「そうなのか？」

「関東と関西で全然違いますしね。ぜんざいと汁粉の違いとか、ぜんざいのルーツは島根県だとか……」

「わざわざそんなこと、調べてんのか？」磯部巻きに手を伸ばしながら、畠中は目を見開いてみせた。

「わざわざっていうほどじゃないですよ。今はどこにでも情報が転がってますから」

「なるほどねえ」

久々の磯部巻きは……美味かった。小ぶりな餅は軽く焦げ目がつくまで焼かれ、巻かれた海苔《のり》はしっとりしている。醤油《しょうゆ》と米と海苔、つまり日本人が一番馴染んだ味がここにあるんだよな、としみじみ思う。ずっと神経が剝き出しのように感じていたのだが、興奮も苛立ちも急速に収まっていた。

「自動運転の事故って、結構あるのか？」

「ないではないですね」

「だったら今回の一件は、記事にするほどじゃなかったと思うか？」

「そんなことないですよ。人身事故は、自分が知ってる限りでは初めてですからね」

「新聞は、初物が大好きだ」

「ええ……まあ、いろいろあるでしょう。開発途上の技術だから」

「あまり問題視してないみてえじゃねえかよ」

「そりゃあ、あくまで開発途上ですから」八幡が繰り返した。「まだ完成していないものに関して、そんなに目くじらをたてることもないでしょう」

「じゃあ、あの記事はいらなかったって言うのか？」

畠中はしつこく繰り返し聞いた。八幡はうんざりした表情を浮かべている。

「そうは言いませんけど……まあ、特ダネは特ダネですからね」

八幡はさっさと汁粉を食べ終えてしまった。こんなに甘いものを欲するということは、もしかしたら糖尿か？　八幡も今年三十八歳だから、体にガタがきているのかもしれない。

「他のメーカーは、この件についてどう見てるんだ？　お前なら話を聞いてるだろう？」

「それぞれですよ」八幡があっさり言った。「大したことはないと見てる会社もあるし、大事と捉えている会社もあります」

「お前としてはどう思う？　タチは、この件の危険度をどの程度と見てるんだ？」

「うーん」八幡が汁粉の椀を押しやり、腕組みをした。「五十パーセントぐらい……いや、やっぱり判断できませんね」

「もっと深刻に考えろよ。十年後には、俺たちは自動運転に全部任せてるかもしれないんだから」

「畠中さんは、自動運転には興味ないでしょう？　マニュアル車大好き人間なんだから」

それは間違いない。その嗜好《しこう》が固まったのが、秋田支局時代である。秋田県には、走り抜けるのが楽しいワインディングロードがいくらでもあり、そこで運転の楽しさを覚えたのだ。社会部に上がって来てからは長距離のツーリングに出かける時間もあまりないが、この十年はタチのメーゼにずっと乗ってきた。ミニヴァン全盛期の九〇年代に突然生まれた、ツーシーターの小型オープンスポーツカー。一・六リットルのエンジンに後輪駆動というオーソドックスなモデルで、非力なものの、ワインディングでは脚がよく粘る。この車が生産中止になった後、畠中はタチ自動車を見限った。車というのは実用品であると同時に嗜好品なのだから、売れないからといってすぐに生産中止にするのはいかがなものか――。

「他の会社に当たったら、何かタチ自動車の情報は出てこないかね」

「技術的な話なんかは出てきませんよ。市販車ならともかく、実験段階の車の情報は、そんなに流出しませんから……この件、まだ書くんですか？」疑わしげに八幡が訊ねる。

「材料はないわけじゃないけど、書くほどのものはねえんだよな」

「なるほど。あまり無理しない方がいいんじゃないですか？」

「そうかね」

「会見に社長を引っ張り出したんですから、十分じゃないですか。あまり自動運転をくさしても……」

「別にくさしてねえよ」むっとして畠中は言い返した。

「自動運転は、日本にとって重要な技術ですからね。日本は、ＩＴ化が進んだ時に、世界標準の波に乗り遅れたんです。携帯もそうですよね。今やガラパゴス……新しい技術は、トップを走る人間が圧倒的に有利です。というより、自動運転は、ゼロエミッションと一緒に、自動車の新しい基幹技術になりますよ。これからしばらくは、運転アシストとして通常の車の付加価値になりますし、本格的な自動運転が実現したら、車社会が抜本的に変わります。そこでアメリカやヨーロッパのメーカーに先手を取られたら、この先日本の自動車業界は一気に斜陽化しますよ。それはまずいですよね？」

　そう問われても、イエスとは答えられない。経済部の記者は日本経済全体の流れを考えるのかもしれないが、社会部の記者は、目の前の問題に取り組まざるを得ない。

「ま、何かあればお話ししますけど、今のところはネタになりそうな話はないですよ」

「よろしく頼むよ」畠中は伝票を引き寄せた。二人で千八百円……銀座価格だな、とつくづく思う。

　しかも八幡の話には、千八百円分の価値もなかった。

7　2016年3月17日

　目の前に座る鈴井は、今にも倒れてしまいそうだった。最初に事故現場で会った時と同じように、顔色が悪い。事故を心配して体調が悪化しているのだろうか、と伊佐美は心配になった。

すぐには話を始めないことにした。鈴井がこの場の雰囲気に慣れるのを待って、ゆっくりやろう。三月……外は冷たい雨。特別開発室の広い会議室には暖房が入っているが、それも十分ではなかった。伊佐美は普段、自席につく時には背広の上衣を脱ぐのだが、今日はその気になれない。

広い窓に視線を向けると、雨粒がガラスに透明な筋をつけていく。その向こうに見えるテストコースでは、事故を起こしたのとは別の車両がテスト中だった。前席に人がいないので、自動運転だとすぐに分かる。

「今は、何のテストをしているんですか？」外に視線を向けたまま、伊佐美は鈴井に訊ねた。

「定速走行——高速道路なんかを想定したテストですね」

「確かに速いですね」

直線部分では百キロ近くに達するだろう。このコースは、陸上のトラックを長く引き伸ばしたような形で、第一から第四までの各コーナーはかなり急カーブである。テスト車は直線の最後で余裕を持ってブレーキをかけてスピードを落とし、カーブに入っていった。二車線分の幅があるのだが、内側——最短距離を綺麗《きれい》にクリアしていく。第二コーナーからの立ち上がりでは一気に加速し、すぐにまた先ほどの直線と同じぐらいにまでスピードが上がる。

「安定してますね」

「クローズドのコースでは、もうまったく問題はないんです。自動運転の車だけでレースができますよ」

「ＡＢオートは雨や霧や雪に弱いなんていう話も聞いてますけど」

　鈴井が伊佐美に冷たい視線を向ける。心外な、とでも言いたげだった。

「センサーの誤作動を心配しているんでしょう？　ＡＢオートは複数のセンサーとカメラ、ＧＰＳを組み合わせて、外部の状況を認識します。滅多なことでは誤認しませんよ。それに、霧や雨、雪が激しくなれば、ちゃんと運転できないのは人間も同じでしょう」

　まるでＡＢオートという「人格」を庇《かば》うような言い分だった。長くつき合ううちに、「愛着」ではなく「愛情」を抱くようになったのかもしれない。

「事故当日の話ですが」

「はい」鈴井がぴしりと背筋を伸ばした。

「あなたは、真っ先に現場に駆けつけた一人ですよね」

「そうです……開発室の人間としては、私が一番早かったと思います」

「現場でも話を伺《うかが》いましたので、状況は分かっています。知りたいのは別のことです」

「ええ」鈴井の表情が深刻になった。

「事故の時にどう対応するかは、何らかの形でマニュアル化されているんですか？」

「ある程度は。ただし、事故の形態は様々ですから、マニュアルで全て対応できるものではないですね」

「今回のように、軽傷の事故の場合は？」

「警察への通報、関係者への告知……通常の交通事故の場合と同じです」

「保険会社には？」

鈴井が呆れたように言葉を切り、伊佐美を睨んだ。

「伊佐美さん、冗談を言っているような状況じゃないでしょう」

「今のは本気で聞いたんです。どれぐらいの人がこの事故を把握しているか、知りたい」

「保険屋さんは、この件には関係ないと思います」鈴井が冷たい口調で答えを拒絶する。

「近所の人はどうですか？」伊佐美は質問を変えた。「現場は団地の目の前でしょう？　交通事故が起きると、野次馬がたくさん集まりますよね。目撃者が東日に情報提供した可能性もあります」

「――確かに、野次馬はいましたよ」

「近くのマンションの人？」

「たぶんそうですけど、確証はないな」

「そういう人に対して、口止めはしてないんですか？」

「そういう指示はなかったんです」鈴井は急速に不機嫌になっていた。事故隠しの責任を負わされている、とでも思っているのだろう。

「私だったら、その場にいた人間全員に言い含めますけどね」

「そうですか？」少し驚いたように、鈴井が目を見開いた。

「ＳＮＳなんかで書かれたら、あっという間に話が広がってしまいますから」

この件は、伊佐美はもうチェック済みだった。ネットでは、あの事故に関する情報はまったく流れていない。ツイッターなどでは、何も考えずに見たままをつぶやいてしまう人もいるのだが、そういうメンタリティを持つ人でも、さほど興味を引かれないレベルの事故だったのだろう。まさに不幸中の幸いだ。ただし、事故そのものに対する批判はネット上に溢れ返っている。

「その後、マンションの住人に対する口止めはしていない？」

「そこまではできません」鈴井の表情が歪《ゆが》む。「事故自体、特別開発室にとっては大変なことだったんですよ。そもそも、事故処理はうちの仕事なんですか？　こういうのは、まさに総務課辺りの仕事でしょう」開き直ったように、鈴井が低い口調で訊ねた。

「それはうちの担務じゃない……そもそも、どこの担当かも決まっていないんじゃないですか。だいたい、この近くで事故があっても、本社から駆けつけるには相当時間がかかりますよ」

何で言い合いになってるんだ、と思いながら、伊佐美は反論せずにはいられなかった。

こちらに責任を押しつけられたら、たまったものではない。口を閉じ、鼻でゆっくり深呼吸する。それで少しだけ気持ちが落ち着き、鈴井をじっくりと観察する余裕もできた。

追いこまれている。

先日、事故現場で説明を受けた時には、ただ戸惑《とまど》っているだけのように見えた。まさか、あんな事故が起きるわけがない——開発担当者として、意外な出来事にショックを受けたようだった。しかしあれから数日が経ち、鈴井は明らかに追いこまれている。もちろん、事故原因究明のために、夜も昼もなく働き続けているのだろう。だが彼の疲れは、肉体的な消耗によるものだけではないように見えた。まるで誰かに責められ、精神的にダメージを受けたような。

「鈴井さん、特別開発室の中は、今どんな状態なんですか」

「どうって……」鈴井の顔に戸惑いの表情が浮かぶ。

「責任のなすり合いになったりしていませんか？」

「そういうことはないですよ」自信たっぷりという感じではないものの、鈴井は即座に否定した。

「そうですか……聞きにくいですが、東日と接触した人はいませんか」

「特別開発室の中に内通者がいるとでも言うんですか？」鈴井の声が裏返る。

「例えばですけどね……」

隣に座る茉莉花に目で合図すると、彼女はすかさず傍らに置いたスクラップブックを開いた。茉莉花は、鈴井がスクラップブックを読めるようにと、上下ひっくり返してから押しやった。広いテーブルを挟んで対峙《たいじ》しているので、茉莉花がテーブルに腹を押しつけ、さらに腕を一杯に伸ばしても、スクラップブックは中央まで行かなかった。鈴井が立ち上がり、身を乗り出してスクラップブックを手に取る。

「半年前の東日の記事です。あなたが取材に応じて、ＡＢオートについて説明していますね」伊佐美は指摘した。

「それは……広報課から回ってきた仕事ですよ」鈴井が目を細める。

「ええ。取材には広報課の人間も立ち会っています」

各社の自動運転技術に関する情報を集めた記事はかなり大きなもので、インタビューを受ける鈴井の写真も掲載されている。いわば各社の技術陣の「代表」として認められたようなものだ。すなわち、タチ自動車の自動運転研究が、国内メーカーの最前線を行っているとメディアが評価したことにもなる。それ自体は誇らしいことだが……。

「これを書いたのは、東日経済部の八幡記者ですね」記事には署名がある。「あなた、この取材の後も八幡記者と接触していたんじゃないですか」

「まさか」鈴井の顔が一気に蒼褪《あおざ》めた。「私が情報をリークしたとでも？」

「リークしたんですか？」

「否定します」

不機嫌に言って、鈴井が腹の上で両手を組み合わせ、椅子に背中を預けた。上体が反り、伊佐美と少しだけ距離が広がる。それを元に戻そうと、伊佐美は両手を組み合わせてテーブルの上に身を乗り出した。しかし、追撃の一言を口にしようとした瞬間、茉莉花が先に口を開く。

「この取材の時に、特別開発室のスタッフがあと二人、立ち会っていますよね」

「ええ」渋い表情で鈴井が認める。

「高木《たかぎ》悠二《ゆうじ》さんと大宮《おおみや》蓮《れん》さん。いずれも二十代の若手スタッフですね」

「……そうです」

「彼らも、東日の八幡記者とは話をしていますよね？　名刺も交換したはずです」茉莉花がさらに突っこんだ。

「それは、もちろん……取材があれば当然、名刺は交換しますよ。まさか、二人を疑っているんですか？」

「東日と関係ありそうな人間については、全員から話を聞きます」茉莉花が宣言した。

「だったら、広報課の人間にも当然、話を聞いているんですよね」

「もちろんです」不満そうに茉莉花が答える。どうして当たり前のことをわざわざ聞くのか、とでも言いたげだった。

鈴井の喉仏《のどぼとけ》が上下した。伊佐美はこの男を特には疑ってはいない。今も、単に緊張した状況に追いこまれて焦っているだけだろうと見ている。それでも相手の顔色を窺い、本音を読むのが、この仕事では必要だと思う。

「あなたは、その取材の時以外に、東日の記者と会ったことはありませんか？」

「一切ないです」茉莉花の質問を、鈴井がすぐに否定した。

「他の方は？」

「それは……会社を出てからのことまではチェックしていないですから」

「あなたは、特別開発室のプロジェクトリーダーですよね？　ある程度は、スタッフの行動に責任を持つのが筋では？」

「うちのスタッフを疑ってるんですか？」鈴井が両目を見開いた。

「いえいえ」茉莉花は顔を伏せ、目を合わせようとしない。

「まあ……」伊佐美は助け舟を出した。「あらゆる可能性を調べているということですよ。後でその二人にも話を聞きますから、よろしくお願いします」

一時休憩。伊佐美と茉莉花は、建物の外へ出た。庇の下に立ち尽くし、テストコースを周回する車をぼんやりと眺める。雨が降っていて鬱陶しいし、少し寒いのだが、ずっと社内に押しこめられていたので、多少は気が晴れた。

隣で茉莉花が煙草を吸い始める。何だか疲れた様子で、煙と一緒に溜息を吐き出した。

「ちょっと厳し過ぎるんじゃないか？」伊佐美は言った。

「あれぐらい言わないと、本音は引き出せませんよ」

「司法試験では、取り調べのやり方も問題に出るのか？」冗談を飛ばすと、茉莉花が睨んでくる。伊佐美は咳払いした「……鈴井の本音が聞けたかどうかは分からないけど」

「伊佐美さんこそ、もっと厳しくやって下さい」茉莉花は引かなかった。「犯人を見つけ出さないと、この仕事、終わらないんですよ。さっさと本来業務に戻りたいです……総務課のメンバーにも迷惑をかけますし」

「それは分かってるけど、任された以上、今は通常業務のことは忘れないと」

「イレギュラーな仕事はさっさと終わらせて、通常業務に戻るべきですよ」茉莉花が主張した。「だいたい、そんなに大変な話じゃないし」

「いや、大変な話だよ」伊佐美は反論した。「情報は企業の生命線だ。簡単にマスコミに漏れるようじゃ、この先どうなるか分からない」

「でも、事故は事故ですよ」

「うちのやり方が間違っていたというのか？」

「どうですかねえ」茉莉花が肩をすくめる。「公道走行中の事故は、別に珍しくもありません。死亡事故や、一般の人を巻きこんでの事故でない限り、表沙汰にはならないでしょう？　だいたい、交通事故なんて毎日全国で何百件も起きていて、全部が記事になるわけじゃないし……ただ、これは注目の実験ですからね」一気に喋って、茉莉花が周囲を見回した。明らかに人の目を気にしている。「先んじて公表した方がよかったんじゃないですか？　あの程度の事故なら、公表しても新聞は書かなかったかもしれません」

伊佐美は黙りこんだ。情報を出すべきか出さざるべきかは、広報課にいる時に散々議論した。失敗も成功もあった。経験して分かった結論は「完全な正解はない」。よかれと思ってやったことが裏目に出るのも珍しくなかった。その最たるものがリコール隠し事件で、あの時は何を言ってもマスコミに叩かれ、ネットでは嘲笑され、打つ手がなくなった。ある調査会社の人が、「ネットが荒れている時、それに乗って騒いでいるユーザーは、実際にはほんの数十人ぐらい」と言ってくれて、辛うじて慰められたものだ。

今回は……あの時ほど大変ではない。東日も、初報こそ一面で大きく打ち出してきたものの、その後の続報がない。各紙とも後追いしたものの、扱いはそれほど大きくなかった。しょせんは軽傷の事故だし、自動運転の将来に大きな影響を与えるものではない。

ただ、東日の出方がまったく読めないのが痛かった。次のネタを持っているのか、もう全て吐き出してしまったのか。

「お疲れ様」

この場で聞くとは思ってもいなかった台詞に慌てて振り向くと、池本が立っていた。茉莉花が慌てて、煙草を携帯灰皿に押しこむ。それを一瞥《いちべつ》して、池本が「煙草は建物の裏で」と短く警告した。

「調査はどうだ」

「まだ何とも言えません」探りを入れにきたか、と伊佐美は警戒した。こっちが警察官とすれば、特別開発室の人間は容疑者のようなものである。調査の進展が気になるのは当然だろう。

「それほど大騒ぎにはなっていないよ……少なくとも私の周辺では」池本が遠慮《えんりょ》がちに言った。

「いや、ネット上では、かなり批判の声が高まってますよ」

茉莉花が指摘した。事故を公表しなかったことに対しては、やはり批判の声が圧倒的、という報告が入ってきていた。というより、タチ自動車を庇う声はゼロと言っていい。いわく――「また隠蔽かよ」「タチの技術力、怪しい」「自動運転なんか、本当に実現するのかね」「リコール隠しの前科があるから、何度でも同じことをやるだろう」等々。

騒いでいるのはほんの数十人ではないかと思ってみても、こういう意見が目に入るとやはり心がざわつく。

「室長、率直にお伺いしますけど、自動運転技術の開発は、やはり相当難易度が高いんですか？」

「文系の人間はこれだからねえ」池本が苦笑する。「特別に新しい技術は、一つもないと言っていいんだよ」

「そうなんですか？」

「センサー、判断、コントロール――自動運転の三大要素それぞれに関しては、技術的な問題は何年も前にある程度解決している。センサーなんて、バックモニターやバックアラームから進化してきただけだしな。敢えて言えば『判断』の部分が一番難しいけど、これはコンピューターの進化とデータの蓄積に左右されるから、これからどんどんよくなるよ」

「ビッグデータの一種ですよね」

「そう」池本がうなずく。「道路環境や渋滞状況は逐一変わるけど、それに対応するためには大量のデータが必要だ。例えば、高速道路の渋滞予測だって、データの蓄積から導き出しているんだから」

「そうですね」伊佐美はうなずき返した。「データは多くなればなるほど、正確性が増す。予想もしやすくなる。だから、地図情報は自動運転の肝になりますよね」

「文系の人間でも、それぐらいは分かってるのか」池本がにやりと笑った。

「そりゃそうですよ。今時、ビッグデータのことを知らないと、サラリーマンはやってられないでしょう」

「総務課にしてはよく勉強してるな……とにかく、自動運転は間違いなく実現するよ。ただし、数年先じゃない。これから残る部分――ラストワンマイルの精度を上げるのは相当難しい。それに、通信技術の進化頼りのところもある。5Gの本格導入がどうしても必要だけど、それは自動車会社が主役になれる部分じゃないから、受け身になる。あとは他社との競争の問題だね」

「どこが最初にレベル4を実現するか、ですね」

「うちであって欲しいね。俺にとっては最後の大仕事だから」

「室長、定年までにはまだ間があるじゃないですか」茉莉花が突っこんだ。

「いやいや、あと七年……あっという間だよ。俺ももう古株だ。何しろ、入社して最初に関わったのはB15の開発だから」

「B15」は、二代目スカウトのコードネームだ。発売は、ほぼ三十年前になる。車名を開発時のコードネームで呼ぶのは、タチ自動車内の伝統だ。大した意味はなく、内輪の暗黙の了解のようなものだが、伊佐美は初めてコードネームを交えて話をした時に、妙な誇りを覚えた。歴史あるメーカーの一員になれたというプライドを抱いたものだ。

「パリダカで活躍したマシンですよね」伊佐美は話を合わせた。

「そうそう」池本が相好を崩す。「もちろん新入社員だったから、大したことはできなかったけど、パリダカで現地にまで同行したのは強烈な体験だったなあ。あれが俺の原点だよ」

「そうして今は、自動運転ですか」

茉莉花はさらりと指摘したのだが、その言葉の何かが池本の心に触れたようだった。急に表情が硬くなる。

「運転する楽しみとは別に、我々が追求していかなくちゃいけないことがある」伊佐美、茉莉花と順番に顔を見る。「交通安全は、自動車メーカーにとって永遠の課題だ。そのための積極的な研究は、日本では八〇年代から始まっていたんだ。つまり、私が入社した頃だな。もちろん、開発と実験は細々と続いていただけだったけどね。当時、時代はバブルに向かって一直線だった」池本が右手を斜め上に向かってぐっと上げてみせた。「車の基本とは関係ない付加価値をつけて車を高く売る——馬鹿げた車もたくさん作ってきたよ。その後の不況の時代は、実用一辺倒のミニヴァンや小型車だ。そして今、自動運転という波が海外からやってきた」

「アメリカとドイツですね」伊佐美は相槌を打った。

「ドイツの自動車メーカーはともかく、アメリカのＩＴ企業が車の開発に乗り出すとは思わなかった。ＩＴ企業の連中が欲しがるのは、インフラだろうな。自動車の次はエネルギー分野に乗り出すという噂もある。もちろん、エネルギー分野は自動車業界とも密接に結びついてるわけだが」

「ええ」

「我々は自動車の専門メーカーだ。ＩＴ企業に負けるわけにはいかない。こんな事故で立ち止まっている場合じゃないんだけどな……雑音はいらない」

自分たちの仕事を雑音扱いか。むっとしたが、伊佐美は言い返さなかった。池本には池本の理想や仕事があるように、自分にも使命感がある。

それが「雑音」だと言われようが、やるべきことは変わらない。

８　２０１６年3月17日

東日の畠中は、たぶん自分のことを「Ｘ」とか「Ｚ」と呼んでいるだろう。本名が出ないようにするための配慮だ。同僚の記者に対しても「Ｘ」で通しているかもしれないと考えると、笑えてくる――。

Ｘには本当の目的があり、そのために危ない橋を渡っていた。目的を果たすために会わねばならない相手との接触は、畠中と会う時よりも慎重を要する。Ｘが選んだ手段は「手紙」だった。メールやＳＮＳの全盛期で、手紙はほとんど忘れられたツールになっているが、足がつきにくいという利点がある。差出人を追跡するのは相当困難だ。

それに相手とは、それほど頻繁に接触する必要はなかった。最初に大枠だけは入念に設定して共有していたが、その後の細部についてはXの判断で運んで構わないことになっていたのだ。向こうもそれで了承している。というより、「一度動き出せば、後は軽く背中を押してやるだけでいい」という判断のようだ。

「動き出した」後初めて、Xは相手と会った。場所は西麻布《にしあざぶ》にある目立たないバー。個室があるので、出入りの時だけ気をつければ人目につかない、と相手は説明していた。それを聞いたXは、自意識過剰だ、と密かに笑った。芸能人じゃあるまいし、店の前で張り込みされるはずもない。二人とも、良い意味でも悪い意味でも目立つルックスだとは分かっていたが、あくまで「普通の人」だ。

　相手は呑み過ぎないように気をつけているようだった。ハイボールを注文したものの、「できるだけ薄く」とリクエストする。薄いハイボールなど、ほとんどアルコールドリンクとは言えないのだが、相手は慎重を期するつもりなのだろう。確かに酔う訳にはいかないと、Xも同じものを頼んだ。

「東日の第二弾の記事は？」

「タチの社内にプロジェクトチームができたのはご存じですか？」

「いや」相手が眉をひそめる。「事故原因究明のためか？」

「違います。誰がリークしたかを探るためです」

　口元にハイボールのグラスを持っていこうとした相手の手の動きが一瞬止まった。再び手を動かし、軽く一口呑むと、「馬鹿だね」とぽつりとつぶやく。

「完全に勘違いしている」

「ええ」

「君はよく分かっていると思うが、タチ自動車は日本を代表する企業としてなっていない。同族経営の弱点をまったく克服できていないようだな。プロジェクトチームの件も、城社長が主導したんじゃないか？」

「仰る通りです」

「何か問題があると、社会的な義務を果たすよりも、内輪の責任追及に向いてしまうんだよ。同族経営の会社ではよくあることだ。だから内紛が絶えない」

「タチ自動車は、まだそういう状況には至っていません」

Xはぐっと長くハイボールを呷《あお》った。微炭酸の刺激が喉に心地《ここち》好《よ》いが、気分は晴れない。この問題にかかわったことは間違いではないと確信しているが、どこへ着地するか分からない、という不安はある。

「何か心配そうだな」

「今後のことを考えれば、気楽ではいられません」

「君はそんなに心配性だったか」

「いえ……自分でも意外でした」

「伊沢《いざわ》先生の評価とはだいぶ違うね。君は、積極的かつ大胆な人だと聞いていたが」

　懐かしい名前が出てきて、Ｘは思わず表情を緩めた。自分と目の前の相手は、大学のゼミの指導教授だった伊沢を軸につながっている。同じ師を持っているのは、なかなかに強い絆《きずな》なのだ。特に、自分たちが卒業した大学では、「どこのゼミにいたか」というのは卒業後も大きなポイントになる。ゼミのＯＢ同士の関係で仕事が決まることも珍しくはないのだ。これを「まるで戦前みたいだ」と揶揄する人間もいるのをＸは知っていたが、そういうことではない。最高レベルの研究機関で学んだ者同士、一種の絆を感じるようになるのは当然ではないか。マンモス私大で四年間遊んで暮らした人間には、自分たちのプライドは理解できないだろう。

　Ｘのプライドは一度破壊された。

　そのプライドを再構築するためには、やはり伊沢ゼミの絆が必要だった。相手がゼミの先輩だからこそ、この作戦は上手く動き出したのだ。

　人生の命運は、大学時代にほとんどが決まってしまう。

「そのプロジェクトチームの話は？」

「東日にはもう流しました」

「まだ掲載されていないな」

「記事になりにくいんじゃないでしょうか」

「なるほど……」

相手が煙草をくわえ、素早く火を点けた。X以外に見ている人間がいないのに、まるで隠すような態度。彼の年齢、立場で喫煙者というのは、あまり格好いいものではないのかもしれない。漂い出した煙が狭い個室にすぐに充満する。Xはわずかに眉をひそめたが、相手に遠慮させるほど大袈裟な仕草は控えた。この男が、自分の未来を握っているのは間違いないのだから。

「記事にするには、ファクト《事実》が必要なんです」Xは言った。

「何か、その材料はあるのか？」

「あると思います」

「結構だ」相手が満足気にうなずく。「君の立場なら、機密情報を入手することは不可能ではないだろう」

「ええ」それに対する良心の痛みは――あまりない。ないのが不思議だった。自分はもう、タチ自動車に対する愛社精神や忠誠心を失ってしまったからなのかもしれない。

「東日も、焦ってるんじゃないか？　花火を一発打ちあげて、それで終わりでは何の効果もない。やるからには、とことんやるべきじゃないのかね」

「今時、そんな気概のある記者はいないでしょう。新聞なんか、すっかり骨抜きですよ」

思い切り皮肉を吐いてしまった。

「それはそうだが、まだ一定の社会的影響力はあるぞ」

「最終的な着地点はどこになるとお考えですか？」Ｘは話を切り替えた。「会社が潰れるとか」

「まさか」相手が即座に否定した。「タチ自動車は、日本の輸出産業の大きな柱だ。潰れでもしたら、貿易収支に悪影響が出る」

「今やそこまで大きな存在じゃないでしょう」

「いや、私は高く評価している。タチ自動車は何十年も、自動車を武器に海外と戦ってきた。ただしそれが今後も続くかどうか……自動運転は、業界にとって大きな転換点になる」

「そこに、タチ自動車が入る余地はないわけですね」相手は本音を言っていない、と思った。

「技術の乱立は、無駄な競争を招くだけだ。技術力の競争は歓迎するところだが、無駄な努力ということもある。二大勢力の争いは、実はよくないんだ。君の年齢では、ビデオのベータとＶＨＳの争いは知らないと思うが……」

「歴史としては知っています」

「確かに歴史だな。ずいぶん昔の話だ」相手が苦笑する。「あれは実に無駄だった」

「私もそう聞いています」

「これから日本では、さらに少子化が進む。その一方で、グローバル化も一層進展するだろう。そういう中で日本が生き残っていくためには、政府と民間が一丸となった努力が必要なんだ」

「分かります」

「ところが、自動運転の問題では、積極的に音頭《おんど》を取る人間がいないわけでね。本来民間がやるべきことだから、官は口を出しにくい」

「それも理解できます」

「せいぜい裏から手を回して、こちらが想定する方向へ導いてやるぐらいだ。とにかく、今後のコントロールは君に任せる」

「コントロールするのは……難しいのではないでしょうか。情報を流すことはできますが、それを新聞社がどう書くかまでは指示できません。それに対して会社がどう動くかも、何とも言えません。意思決定は、ごく一部の人間だけで行われるわけですから」

「同族会社だからな」相手がうなずく。「判断は早いかもしれないが、往々にして間違った方向へ行きやすい。取り敢えずしばらくは、様子を見守るしかないだろう。何かあったら……まあ、緊急時には他の連絡方法も考えよう。電話だから足がつきやすいわけでもないだろう。盗聴するほど暇な人間はいない」

二人の会見は、わずか二十分ほどで終わってしまった。もともと、同じ伊沢ゼミのＯＢ

という以外に共通点はない二人である。この件以外で話が合うとも思えないし――お互いにプライベートな話題は避けていた――会っている時間が長くなればなるほど、気詰まりになる。

　別々に店を出る手もあったが、相手は「そこまで神経質になる必要はないだろう」と軽く笑った。結局一緒に店を出て、タクシーをつかまえられそうな外苑西《がいえんにし》通りまで歩いて行くわずかな時間を利用し、Ｘは今夜話題に出なかったことを確認した。最終的に自分にとっては、これが一番重大事なのだから。

「私の身の振り方ですが」

「心配するな」相手が、人を安心させる深く低い声で言った。「君の方の話もちゃんと進めている。ただし今は、表だって動かない方がいい」

「ええ」確かに……急に自分の身の上に変化が生じたら、怪しまれかねない。

「少し間が空く、と考えておいた方がいいだろう。仕事をしない時間があると不安になるかもしれないが、そこは我慢してくれ。三か月や半年ぐらい、遊んで暮らせるぐらいの貯金はあるだろう」

「そう……ですね」この年まで独身を通し、車以外に金のかかる趣味はないから、半年どころか一年、二年何もしないでも、今の生活レベルは維持できる。

　しかしＸは、そういう安穏とした暮らしがしたいわけではないのだ。仕事がしたい。心底打ちこめる仕事がしたい。

人間、生きがいを取り上げられると、とんでもない方へ突っ走ってしまうのだ。

９　２０１６年３月22日

今後の自動車社会のキーになる自動運転技術。交通事故をなくすためという目的に反して、タチ自動車の実験車が事故を起こした。この事故を検証し、自動運転の問題点を洗い直す。


硬いリードだなあ、と畠中は苦笑した。この解説記事については、それなりの時間をかけた。タチ自動車の会見から六日。事故原因については、その後タチ自動車側から公式にある程度の情報提供があったので、解説ではそれを軸に書きこんだ。それにしても、情報提供が遅過ぎる。やはりタチ自動車側は、自分たちのミスは大したことがないと思いこんでいるのではないだろうか。

畠中は煙草を口の端でぶらぶらさせながら、解説記事を読み直した。二度、三度。当面はこれで十分だろう。

問題は、解説記事の中に盛りこんだ一つの「生ニュース」だ。

この事故で、タチ自動車は情報漏れについて調査するため、社内にプロジェクトチームを立ち上げた。本来、事故原因を究明するために全力を尽くすべき状況で、「犯人探し」に熱を入れ始めたタチ自動車のやり方は、「隠蔽体質」と批判されても仕方がないものである。

いい情報なんだけどな……と畠中はまだ不満だった。この手の情報は、新聞では生ニュースとして扱いにくい。いわば「内輪の話」で、対外的な影響はあまりないからだ。週刊誌なら喜んで飛びつき、あることないことつけ加えて大きな記事に仕立て上げるだろうが、新聞の場合そうもいかない。こういう記事の出し方が限界だった。真面目な話をずっと続けてきた後で、「実は」とちょっとしたジョークを披露する感じ。

もちろん、ジョークで済まされる問題ではない。

「送信」ボタンをクリックし、記事をサーバーに送る。原稿をチェックする岩田に電話で報告しておいてから、畠中は遊軍部屋を出た。近くの喫煙室に入り、久々に煙草に火を点ける。原稿の最終チェックに集中していて、ここ一時間ほど煙草を吸っていなかった。畠中にしては珍しい「禁煙」時間だった。

マスコミ業界は喫煙者が多いと言われているが、今やさすがに社内でも少数派で、喫煙室も、最近は混み合うこともない。それでも壁はすっかり薄茶色になっているし、空気清浄機は苦しそうに動いている。植本が入って来た。肩からバッグを提げているということは、外出から帰って直接喫煙室に来たわけだ……こいつも、数少なくなってきたヘビースモーカーの一人である。

「どうだい？」

「このまま科学部に異動できそうですね」

植本の自虐的にも聞こえる冗談に、畠中は声を上げて笑った。今日、植本は自動運転を研究している大学の教授に取材してきた。字になるかどうかは分からず、一種の背景説明を受けた感じである。あわよくば、新しいネタを拾えるかもしれないと期待していたが、植本の表情を見ると、そこまでの成果はないことが分かった。

「自動運転、実現は相当難しいと思いますよ」

「そうか？　原理的にはもういつでも実現できると聞いているけど」

「車側の技術だけじゃなくて、周辺環境の問題もあるんです」と言って、植本が忙しなく煙草を吸った。「例えば、地図情報をどうやってアップデートするか」

「新しい道路もできるし、既存の道路のルートが変わることもあるからな」

「そういう情報をどう更新して共有するかが、大きな課題みたいですね」

確かに、「誰が」「どうやって」アップデートするかが大きな問題だ。自動車会社がやるのか、官公庁なのか、それとも地図の会社の責任か。日本だけの問題ではなく、世界的に一定の基準が必要になるはずだ。実は自動運転の肝は「地図」という説もあり、これから地図会社の持つ重要性がさらに高まる、と畠中も取材先で聞いていた。

「車同士の通信の問題もあります」

「それで、渋滞や事故の情報を共有するわけだ。地図情報の更新にしても、車同士の通信にしても５Ｇ通信は必須だけど、まだ自動運転技術と上手くリンクしてないからな」畠中はうなずいた。「それに、互いにつながっているということは、誰かに乗っ取られる可能性もある。セキュリティの問題は重要だ」

「そういうことです……それより、ちょっと聞きかじってきた話があるんですけど」植本が打ち明けた。

「何だ？」

「自動運転に関しては、自動車メーカーもそうですけど、大学レベルでの基礎研究も相当進んでいるんです。自動車メーカーと協力して研究をしている大学も少なくありません」

「企業から補助金なりをもらうためだろう？」

「それって、やっぱり皮肉っぽくないですか？」植本がにやりと笑う。

「事実じゃねえか」企業と大学の癒着と見るか、大学の研究活動の底上げにつながる企業の援助と見るかの違いだ。

「タチ自動車は、東理大《とうりだい》工学部の坂村《さかむら》教授と、長年良好な関係にあるそうです。坂村教授の理論を、タチ自動車の実験でフィードバックしている、という感じですかね。そして坂村教授は、自分の教え子を何人もタチ自動車に送りこんでいるそうです」

「なるほど。就職ゼミってわけか」

それ自体は決して悪いことではない。日本における大学は、就職するまでの四年間のクッション、という意味合いも強いのだ。あるいは就職に備えるための四年間。その中で、企業と強いコネクションを持つ教授と出会えるかどうかは、就職の大事なポイントになる。

「坂村教授に突っこめば、ＡＢオートの問題点を炙《あぶ》り出せるかもしれねえな」

「ええ。で、早速アポを取ってきました。明日の午後、会えます」

「そいつは任せるよ」自分が一緒についていく手もあるが、若い遊軍記者を育てるには、独立独歩で取材させるに限る。そもそも「若手」と言っても、植本ももう三十歳である。支局や社会部の警察回りで十分な経験を積んでいるはずだし、これまでのところ、難しい取材を上手くこなしている。

「それともう一つ……こっちの方が話として面白いかもしれないんですけど」もったいぶった口調で植本が打ち明ける。

「何だ」少し苛ついた口調になってしまったことを意識しながら、畠中は訊ねた。畠中は直接的な物言いを好む。回りくどい相手は敬遠してしまいがちだった。

「坂村教授がタチ自動車と密接な関係にあるように、他のメーカーと協力関係にある教授もいるんですよ」

「例えば？」

「日本工科大の伊沢教授。元々、自動運転技術の研究では、日本の第一人者だそうです。東大を定年で辞めてから、工科大の教授に転身したんですが、自動運転の研究は東大時代から続けてますから、長いですよね」

「その人はどことつながってるんだ？」

「チューリング社」

「おっと」畠中は思わず背筋を正した。長くなった煙草の灰が床に零れ落ち、反射的に、靴底で踏み潰す。「自動運転の大本命じゃねえか」

　世界有数のＩＴ企業であるチューリング社は、早くから自動運転技術の開発に乗り出した。というよりも、「チューリング社が自動運転の開発に乗り出した」というニュースが流れてから、一気に現実味が増したと言っていい。それぐらい、影響力のある会社なのだ。現在はアメリカで実証実験を繰り返している。

「チューリング社と協力しているということは、やはり伊沢教授はその道の第一人者と言っていいのかね」

「ですね。日本では自動運転研究の元祖みたいな人なので……個人的な動機もあるんでしようけど」

「というと？」

「子どもさんを亡くされてるんですよ。まだ五歳の時に、交通事故に巻きこまれて……それが、絶対に交通事故が起きない自動運転技術を目指すきっかけになったそうです。業界では有名な話らしいですよ」

「なるほどねえ。そっちは、俺が当たってみるかな」

「そうします？」植本がちょっと悔しそうな表情を浮かべた。摑んだネタは、何でもかんでも自分で取材しないと納得できないのだろう。しかし社会部の仕事はチームワーク。効率よく進めるためにも、取材を分散させるのは当然だ。

「取り敢えず電話してみる……いや、今、大学は春休みだな」

「ですね。でも、大学の先生って、春休みはだいたい大学にいますよ。学生がいない時期の方が研究に集中できるからって」

「伊沢教授、何歳なんだ？」

「六十九……今年七十歳になりますから、工科大ももうすぐ定年ですね」

「なるほどね」

七十歳の人を取材することだってある。相手が大学教授なら、頭もはっきりしているはずだし、理路整然と話してくれるだろう。問題は、取材の名目だ。

「タチ自動車の自動運転技術の問題点を教えてくれませんか？」

まったく関係性のない人間が、そんな質問に答えてくれるとは思えない。

畠中は、最初から取材が難航すると予想した。大学に電話を入れるとすぐに取り次いでもらえたものの、取材意図を説明しても今一つ乗ってこない。畠中の経験では、大学教授という人種は、自分の専門分野についてはとかく話したがるものなのだが……それでも何とか、取材のアポを取りつけた。自動運転技術は、今後の日本の産業の軸になる。その実証実験の過程において起きた事故は極めて重要な問題だ。専門家である伊沢教授の見解をお聞かせ願いたい――それでようやく伊沢は折れた。翌日、水曜日の午前中に大学を訪ねることにして、畠中は通常の作業に戻った。長い原稿を出しているから、入念にチェックしなければならない。

早版用のゲラの確認を終えると、畠中は植本たち取材スタッフを誘って、近くの居酒屋へ夕食を摂《と》りに行った。銀座で飲み食いというといかにも高いイメージがあるのだが、新《しん》橋《ばし》に近い方には、安く飲み食いできる店も多い。今夜も、社会部がよく使う安い店を選ぶ。酒はビールだけにしておこう、と畠中は決めた。今夜は、まだ何かあるかもしれない。

二本目の記事は出たものの、なかなか意気が上がらない。解説記事は生ニュースではないのだ。このままだと「一発屋」で終わるのではないかと畠中は心配になってきた。

「他社と取材はぶつかってねえか？」思わず取材スタッフに確認してしまう。

「今のところはないです」植本が即座に答える。他の二人も同様。

「取材先はたくさんあると思うけど、本当にポイントになる人は少ない。特にタチ自動車の関係者に当たる時には、他社の動向も探っておいてくれよな」

「でもそも、なかなか会ってくれないんですよ」警察回りの上田《うえだ》が弱音《よわね》を吐いた。

「居留守を使われます」

「小森《こもり》はどうだ？」遊軍の若手に訊ねる。

「門前払いってわけじゃないですけど、会っても素っ気ないですね。昨夜は城常務と会えたんですけど、『調査が終わっていない時点で言うことは何もない』で終わりですからね。話をしたのは三十秒ぐらいだと思います」

その報告は、昨夜の段階でも聞いていた。夜回り取材は、常に上手くいくとは限らない。特に最近は、プライベートはプライベートと割り切って、自宅では絶対に記者と会おうとしない人間も多い。

「上田、居留守を使われたりして会えなかった時には、郵便受けに名刺を突っこんでおけ。必ずメッセージを一言添えるんだぞ」畠中はアドバイスした。

「そんなの、効果あるんですか？」上田が目を見開く。

「百回に一回ぐらいは、な」畠中も先輩記者から教わったやり方だった。居留守を使ってまったく反応しない人間も、朝になれば郵便受けは確認する。その時に記者の熱意を知る……それが何回も続けば、熱心さにほだされて取材に応じることもあるのだ。

もっとも畠中も、その手で成功したことは一度もないのだが。

あまり意気が上がらないまま、夜の会合は終わってしまった。若い連中に腹いっぱい食わせたことには意味があるが……。

解説面の最終版を確認し、畠中は会社を出た。十一時半……あと三十分会社にいれば、送りのハイヤーを出してもらえるのだが、その三十分をグダグダと潰すのが面倒臭かった。明日は朝九時に大学に来るように言われているから、できるだけ早く帰宅して休みたい。何しろ工科大は、都心から離れた八王子《はちおうじ》市にあるのだ。最寄り駅は八高《はちこう》線の小宮《こみや》駅で、そこからさらにバスで十分ほど。自宅のある新中野から小宮までは一時間以上かかりそうだし、郊外にある大学のキャンパスは往々にして広大で、正門から目当ての場所に辿り着くまで、十分以上歩かねばならないことも珍しくない。

東京っていうのは、案外広いんだよな……多摩《たま》地区に行くと、しばしば実感する。明日もそれを強く感じることになるだろう、と畠中は予想していた。

やはりＪＲを利用するのが一番早そうなので、畠中は東京メトロ新中野駅近くにある自宅から、ＪＲ中野駅まで歩いた。下りの中央線は空いていて楽だったものの、とにかく時間がかかる。新宿《しんじゅく》へ出て、中央本線の特急にでも乗るべきだったと後悔した。あれなら新宿から八王子まで三十分ほどのはず……快速だと四十分かかる。朝の十分の差は大きいんだよな、と考えながら、車中で八高線のダイヤを確認した。午前七時台や八時台には本数が多いが、あとは一時間に二本の過疎ダイヤだ。まあ、事故でもない限り、約束の九時にはキャンパスに着けるだろう。

八高線とバスの乗り継ぎも上手くいき、九時五分前には大学の正門を通った。予想通り、やたらと広い……正門横の警備員室で、伊沢の研究室の場所を訊ねると、地図を渡された。地図が必要なのか、と苦笑してしまう。工科大のキャンパスは東西に細長い。正門は東の端にあるのに対して、伊沢の研究室が入る建物はほぼ西の端だった。人の良さそうな警備員に「どれぐらいかかりますか」と訊ねると、「歩いて十分、小走りで五分」だった。

真夏だったらあっという間に汗だくだよ、と考えながら、慌てて走り出す。最初は全力疾走。すぐに息が上がってしまったので、早歩きレベルのスピードに切り替えた。それでもなかなか呼吸が安定しない。まともな運動なんて、もう何年もしてないからな、と不摂生な日々を反省する羽目になった。

それにしても静かだった。学生の姿がほとんどないせいだが、大学と言えばいつもざわざわしているものだというイメージがあるので、逆に落ち着かない。正門から大学本部へ続く道路は広々としていて、しかも両側が桜並木である。もう少し後だったら、満開の桜の中を走る感じになるわけだ。

途中、背中が少しだけ曲がった小柄な男を追い越す。直後、この男が伊沢だとピンときた。一瞬立ち止まって振り返る……やはり伊沢だった。大学のホームページで本人の写真を確認しておいたから、間違いない。

大きく深呼吸して息を整えながら、「伊沢先生ですか」と声をかける。自分の声ではないような、情けない感じ……それでも伊沢には通じた。「ああ」と短く言ってうなずくと、怪訝《けげん》そうな表情で畠中の顔を見る。

「汗をかいてますよ」

指摘されて額に手をやると、べっとりと汗がついてくる。今日は、三月にしては少し気温が高めなので、ちょっと走っただけで汗が噴き出てくるのも当然だ。コートを着ているので、背中にも汗をかいているようだ。

「遅れそうだったので、走って来ました」

伊沢が左腕を持ち上げて腕時計を見る。苦笑して「では、私も遅刻ですね。今、九時一分前です」と言った。

「まだ遠いんですか？」

「私の足ではここから三分かかります。まあ、いいでしょう。ここでお会いできたんだから、ゆっくり行きましょう」

昨日電話で話した時の、渋々といった雰囲気は消えていた。一種の怪我の功名かもしれないと思いながら、畠中は何度か深呼吸して、まともに話せるようになるのを待った。並んで歩き出して「先生もバスだったんですか？」と訊ねる。同じバスに乗っていたから、ここで出くわしたのかもしれない。

「私は車ですよ」

「ご自分で運転されるんですか？」

「好きでしてね」

趣味と専門の研究が合致しているということか。羨《うらや》ましい限りだと思いながら、畠中はもう一度深呼吸した。ようやく呼吸が落ち着く。キャンパスの桜の話をしながら、ようやく研究室に辿り着いた。まだ真新しい五階建ての建物で、伊沢の部屋は最上階だった。大学教授の部屋というと、本に埋まってろくに整理もされていないイメージがあったのだが、伊沢の部屋は整然としている。左右の本棚はびっしりと本で埋まっていて、さながら図書館の様相だ。デスクにはパソコンのモニターが二台載っているだけだった。

伊沢は、自分のデスクの前にあるソファを勧めてくれた。こちらはだいぶ古びているが、座り心地はいい。ようやく正面から顔を見て、やはり扱いにくい人間ではないかと畠中は想像した。小柄な割に頭が大きいのでバランスが悪く、しかもやたらと眼光が鋭い。どことなく、敵意を感じさせる空気を発散している。ここまで会話は無難に転がっていたが、こちらが間の抜けた質問をしたら、一気に斬り捨てられそうだ。畠中の取材経験では、大学教授というのは、自分の専門について話すのは大好きなのに、相手が理解できるまで懇切丁寧に説明するのを面倒臭がる人種なのだ。要するに、頭の悪い人間を嫌う——ここは気を引き締めて、ポイントを外した質問はしないように気をつけないと。

「何かお飲みになりますか」伊沢が丁寧に切り出した。

「いえ。お手数をかけると申し訳ないので」遠慮すると、伊沢はもう勧めてこなかった。早々に話を切り出した方がいいだろうと、畠中はバッグからノートを取り出し、記事の切り抜きを見せた。先日の第一報と今朝の朝刊に出た解説記事。

「ああ、これはあなたの記事でしたか」

「はい」

「言い方が変ですけど、一部で話題になってましたよ」

「一部だけ、ですか」

「一般のユーザー……ドライバーにはあまり縁がない話じゃないですかね。自動運転の車は、まだ公道を走っていないんですから、ピンとこないんでしょう」

「今回の事故なんですが、タチ自動車はプログラムのバグだと説明しています。そのバグの原因を探るにはもう少し時間がかかるだろうということで、まだ原因を完全に明らかにはしていないんです」

「バグを拾うには、それなりに時間がかかるものですよ。しかも今回は、コンピューターの問題だけとは限らない。センサーやコントロール部分などハードウエアとの連動がどうなっていたかもポイントですから、物理的な検証も必要になるでしょう」

「ということは、原因は簡単には分からない、ということですか」

「バグ、ねえ」伊沢が顎を撫でた。何か納得していない様子だった。

「何かおかしいですか？」すかさず訊ねる。

「タチ自動車は、もう半年も公道での実証実験を重ねています。これまで事故は？」

「物損事故も含めて一度もなかったと聞いています」

「公道での走行実験とはいっても、狭い特区内でのことです。道路のデータも全て揃っているわけですから、半年も実験を重ねた後で事故を起こすとはちょっと考えにくい」

「じゃあ、バグではないんですか？」

「それは分かりません。プログラムは常にアップデートされていますから、その際にバグが入りこむ恐れもある」

「そんなに頻繁にアップデートが必要なんですか？」

「もちろん」伊沢の目つきがさらに鋭くなった。「あなたも、パソコンやスマホをよくアップデートするでしょう？　不具合を解消するためのアップデートもあるし、新しい機能が実装されたためのアップデートもある。プログラムに関しては、これで開発が終わりということは絶対にないんですよ」

「ではやはり、プログラムのバグが原因の事故ということは考えられるんですね？」

「向こうがそう言っているなら、そうなんじゃないでしょうか」素っ気ない口調。それを反省したのか、少し慌てた様子で、「私は関係者ではないですから、何か言える立場ではないですけどね」とつけ加えた。

「でも先生は、自動運転技術の研究に関しては、日本の第一人者じゃないですか」

「昔から研究している、というだけの話ですよ」

「実現に向けて、一番大きな問題点は何なんですか？」

「それは多々あります」伊沢が両手を組み合わせた。「実際には、もう技術的問題はほぼ解決していて、実証実験でデータを積み重ねること、それにハード、ソフトそれぞれの精度を上げることが課題です。この、精度を上げるというのが非常に難しいんですけどね……もちろん、通信環境などのインフラ整備も大事です。後は、政府が余計な規制をかけないことが重要でしょうね」

「今のところは、政府も旗振り役ですよね」

「ええ。ただ政府は、何かあるとすぐに足を引っ張りますから」伊沢が皮肉っぽく笑った。

「民間が必死でやっていることを政府が邪魔するというパターンは、これまで何回も繰り返されてきましたからね。日本の技術を世界に輸出して、世界標準を狙うためには、官民一体になった取り組みが大事なんですが」

まるで官僚答弁だ——いや、官僚批判をしているから官僚答弁ではないのだが……伊沢も「規制」の壁に悩まされてきたのかもしれない、と畠中は想像した。

「タチ自動車の事故の原因を私に聞きたいというなら、ちょっと筋違いですね」伊沢は早くも話を打ち切りにかかった。「基本的なことは話せますが、個別の事情について答える資格はないと思います。私はタチ自動車と協力関係にあるわけではないですから」

「自動運転に関しては、大学とメーカーの協力関係も大事だと聞いていますが……先生は、チューリング社と協力しているんじゃないですか？」

「協力というほどの協力ではないですけどね。つまり、金のやり取りが発生するようなものではない、ということです」

結構露骨な言い方だ……もっとも、大学教授とて、浮世離れした生き方はできないだろう。研究を進めるにしても、一番の問題は「金」のはずだから。

「でも、協力はされているんですよね」畠中はさらに突っこんだ。

「アドバイザーのようなことはしています。ただし、日本法人ではなく、アメリカ本社ですよ」

「本社と？　だったら、結構密接な協力関係じゃないですか」

「チューリング社の自動運転開発をチェックするのも、私の研究の一つですから」

微妙な取材拒否……表沙汰にしたくないのには、何か理由があるのだろうか。やはりチューリング社との間に金のやり取りがあり、それが表に出るといろいろ都合が悪いとか。想像するのは勝手だが、それを口に出すことはできない。畠中はあっという間に攻め手を失ってしまった。伊沢も、自ら話を盛り上げるつもりはないようだった。しかし、手ぶらで帰るわけにはいかない……畠中は「大学の中で、自動運転の車には乗れないんですか」と訊ねた。

「ああ、乗れますよ。あなた、乗ったことがないんですか?」少し非難するような口調で伊沢が言った。

「普段から自動車業界を取材しているわけではないので」言い訳だな、と思いながら畠中は言った。「今回、この事故を取材するので、慌てて自動運転の勉強を始めたばかりなんです」

「なるほど。そもそも専門ではないということですか」少しだけ馬鹿にするような口調が滲む。「だったら、ここで経験しておくのもいいかもしれませんよ。五年後には、これが普通になっているかもしれませんから」

研究室を出て、建物の裏手に向かう。小さなガレージがあることに、畠中は違和感を覚えた。まるで大学の構内に、自動車修理工場が突然出現したような感じである。伊沢が、リモコンキーを使ってガレージのシャッターを開ける。陽光が射しこむと、タチ自動車の小型車「ストーム」が姿を現した。現行モデルではなく先代モデル。丸っこい、どこか虫をイメージさせるようなスタイルで、畠中の好みではないが、ヨーロッパではBセグメントのカテゴリーでベストセラーの小型車だ。

「タチの車なんですか」

畠中の声に皮肉な響きを感じ取ったのか、伊沢が苦笑した。

「他意はないですよ。中古車が安く手に入っただけです……まあ、どうぞ」

言って、伊沢が別のリモコンキーを取り出す。かちゃん、と軽い音がしてドアロックが解除された。伊沢が運転席に、自分が助手席に座るのかと思っていたのだが、伊沢は後部座席――運転席の後ろに入りこんだ。ドアを閉める直前、「横へどうぞ」と声をかける。

本格的なレベル４の自動運転か。少し緊張しながら、畠中は後部座席に乗りこんだ。タチ自動車の事故も、研究スタッフがここに乗った状況で起きたんだよな……と考えると、少し嫌な気分になる。

シートに落ち着いた伊沢が、運転席の背中部分に埋め込まれたタブレット端末に触れた。見慣れないアプリが起動する。「どこへ行きますか？」と大きな文字でメッセージが浮かんでいた。

「私は工業デザイナーではありません」伊沢が唐突に宣言した。言い訳めいた口調だった。

「ええ」

「この車の開発を手伝ってくれた学生たちも同じです。コンピューターの専門家もいません」

「ええ」同じ相槌を繰り返しながら、彼は何を言いたいのだろう、と畠中は訝《いぶか》った。

「実験車両というのは、味気ないものです。コントロール用のこの端末も含めて……市販のアプリだったら、こんなみっともないインターフェースはないですね。そもそも実用化に際しては、音声入力になるでしょう」

そういう意味か……そう言えば、運転席回りにも、市販車にはない配線などが見える。レース車両かと思えるほど、ごちゃごちゃしていた。これでは、運転席に人が座るのは無理だろう。

「まず、目的地を打ちこみます」伊沢が画面上のソフトキーボードで、「大学駐車場Ａ」と入力した。

「大学駐車場Ａへ向かいます」すぐにアプリがメッセージを打ち返してくる。それと同時に、エンジンが自動で始動した。さらに「ピン」という警告音に続いて、「シートベルトを締めましょう」というメッセージが流れる。

「自動運転車では、シートベルトも必要ないと思いますが。事故はゼロになるんでしょう？」畠中はつい皮肉を吐いてしまった。

「実験段階ですから、いろいろ盛りこんでいます」伊沢が正論で返してくる。

車がいきなり発進した。いや、別に急発進したわけではなく、慎重にアクセルを踏んだ時のようなゆっくりした動き出しは、安全運転を心がけるドライバーが車を発進させる時と同じような感じだ。

「これも悪くない車ですが、狭いんですよね」伊沢がぶつぶつ文句を言った。

「タチで一番小さな車ですよね」

「そもそも、後部座席に座るのに慣れないんですよ」

「運転、本当にお好きなんですね」

「そういう人間が、自動運転の研究をしているのはおかしな話です」

それは息子《むすこ》さんのことがあるからじゃないですか——質問を何とか呑みこんだ。実験車に乗りこんでいる時に、気軽に話題にできる話とは思えない。

車はスムーズに走った。もちろん、大学構内の道路だから公道とは違うのだが……丁寧なドライバーのタクシーに乗っているのと似た感覚だった。身を乗り出してスピードメーターを覗くと、きっちり二十キロをキープしている。構内は最高速度が二十キロに制限されているのだろう。交差点——こういうのも交差点というのだろうか——では減速。一時停止の小さな標識があるところでは、確実に停まった。

キャンパスが広いので、構内の道路は相当入り組んでいるようだが、まったく迷いがない。左折し、広大な駐車場に向かう橋を渡り——そこで急に「ピピピ」という甲高《かんだか》い警告音が鳴り響いた。次いで「停止します」というアナウンス。急停止というほどではないが、体が軽く揺れるぐらいのショックがあった。

見ると、車の前を二人の学生が横切ろうとして、道路端で立ち止まっていた。伊沢がウィンドウを開けて身を乗り出し、先に渡るように手を振って学生たちに促す。二人が車の前を通り過ぎると、車はまたスムーズに発進した。

「大したものですね」

思わず褒《ほ》めると、伊沢は「これぐらい、大したことはないですよ」とさらりと言った。

「今の運転支援システムでも、この程度の自動停止はできるんです。既に実用化されているわけですよ」とつけ加える。

「何か、不自然な感じがしますが……」

「すぐに慣れますよ。まずは、タクシーから始まるんじゃないかな。あなたたちは、タクシーはよく利用するでしょう」

「最近は経費削減で、タクシーも使いにくくなりましたが」

車がゆっくりと停まった。かと思うと、ハンドルが大きく動いてまた前進する。すぐに停まり、今度はバック——自動駐車だ。今は春休み中なので、駐車場内に車はそれほど多くないとはいえ、冷や冷やする。しかしストームは、一発で綺麗に線の内側に入った。同時にエンジンが停止する。

「免許取りたての人間より、よほど上手いですね」畠中は率直な感想を述べた。

「日本には、こういう狭い駐車場が多いでしょう。ショッピングセンターとか……そういう場所での物損事故は日常茶飯事なんですが、それも減りますよ」

「警察も、細かい仕事をする必要はなくなるわけですね」

「自動運転が普及すれば事故も減るし、交通取り締まりの仕組みも変わるでしょうね。ネズミ取りなんか、無意味になりますから」

伊沢がドアを押し開け、車から降りた。畠中も後に続く。だだっ広い駐車場には風を遮るものが何もなく、急に風の冷たさを覚えて、畠中は身震いした。

ストームのすぐ横にあるジャガーに気づいた。ＸＪ-Ｓ。背が低いせいか、妙にボディが長く見える。イギリス車の象徴とも言える色、ブリティッシュ・レーシング・グリーンのボディが、落ち着いた佇《たたず》まいを演出していた。居室——主に後部座席を犠牲にしてまでプロポーションを重視した、贅沢《ぜいたく》な造りのクーペだ。伊沢がドアロックを解除し、運転席に乗りこむ。伊沢の車？伊沢が運転席で目配せしたので、畠中はすかさず助手席に滑りこんだ。車高が低く抑えられているので、スムーズには乗りこめない。シートに座るというより、畳に直に腰を下ろすような感覚だった。

「少しドライブしましょうか」

伊沢がいきなり車を出した。おいおい、取材なんだぞと思ったが、こういう機会は貴重だ。それに、このドライブを通じて、伊沢との距離を縮められるかもしれない。

　ジャガーは、八王子市北側の住宅地をゆっくりと抜け、国道十六号線に入った。いわゆる八王子バイパスと呼ばれる道路で、交通量も少なく、走りやすい。ここで初めて、伊沢はジャガーの実力の一端を解放した。エンジンの回転数が上がると、甲高いエンジン音が車内にまで入りこんでくる。V12エンジン搭載車に乗ったのは初めてだが、何とも言えない心地好い音……高級車にのみ許された多気筒エンジンにはそれなりの意味があるのだ、と体で実感した。高回転を維持しやすいというメリットの他に、この滑らかかつ金属的なエンジン音の虜《とりこ》になる人は多いだろう。

「いい音ですね」

「あなたも、相当の車好きですね」

「車歴は大したことはないですが……ええ、車は好きです」

「今の愛車は？」

「タチのメーゼです」

「ああ」ちらりと横を見ると、伊沢は深くうなずいていた。「あれは面白い車だ。独特の色気がある」

「色気というより愛嬌《あいきょう》という感じかもしれません」

「車好きにとってはいい選択肢ですよ」

「運転する喜びはありますね」軽量コンパクトなＦＲオープン。過給機なしの一・六リットルエンジンは百六十馬力を絞り出す。今時百六十馬力は大したことはないが、車重が一トン強と軽いので、アンダーパワーな感じはしない。

「後輪駆動のツーシーターオープンは、自動車の基本的なスタイルの一つですよ。アルファロメオのスパイダー、ＭＧＢ……名車は数え上げればきりがない。排気量の大きい、ラグジュアリーなオープンカーとは違う味わいがある」

「そうですね」

「人間というのは、機械を自在に動かすことに喜びを感じる生き物なんですよ」

「分かります。考えてみれば、自動車というのは相当大変な機械ですよね。重いし、馬力もあるし、メカニズムは複雑……それを手足のように扱う喜びはあります」

「まったくその通り。だから、モータースポーツというのは、本当の意味でスポーツなんですよ」

こんなに熱く車について語る人に会うのも久しぶりだ。こういう談義なら、いつまでも続けていられるが……伊沢は十六号線から二十号線にジャガーを乗り入れ、さらに細い都道に入った。静かな住宅地の中ではＶ12エンジンを思い切り吼《ほ》えさせるわけにもいかず、アクセルワークには気を遣っているようだった。大学まであと十分ほどだろうか……恐らく、最初の対面はそれで終わる。

しかし、このジャガーはそれほど「運転を楽しむ」車ではないだろう。大排気量の利点を活かし、「Ｄ」レンジに叩きこんでおいて、あとは右足の動きだけで楽にコントロールする車だ。どちらかというと、古き良き時代のアメ車に近い感覚だろうか。

「先生は、自動運転についてどう思っているんですか」

「近い将来に、必要不可欠な技術になるでしょうね」

「運転する楽しみがなくなっても？」

「それとこれとは話が別です。自動運転で恩恵を受ける人はたくさんいる……例えば、自分で運転ができなくなっても、車が必要な高齢者は多い。そういう人は、自分で運転する必要もなく、それまでと同じ生活のレベルを維持できるわけです」

「地方の、公共交通機関が少ない場所なんかでは、特に便利ですね」

「それに、自分で運転するのが好きな人は、自動運転ではない車を選べばいいわけです」

「全て自動運転にならないと、事故は減らないんじゃないですか？　人間が運転する車は好き勝手に動くでしょう」

「そういう危ない車は、自動運転の方で避けてくれるでしょう」伊沢が短く笑った。

「一般論ですけど」畠中は無難に切り出した。「ライバル社同士は、いろいろ探り合いをするものですよね」

「どうですかね。私はそういうことは知らない……一度も会社という組織に籍を置いたことはないので」

「ですから、一般論です」畠中は食い下がった。「自動運転の技術に関しても、探り合いがあるんじゃないですか」

「スパイ行為とか？　それはないでしょう」

ちらりと横を見ると、伊沢が神経質そうにハンドルを指先で叩いている。触れてほしくない話題に戸惑っているのか、あるいはまったく興味のない話題を早く打ち切りたいのか。

「自動運転の世界標準はできるんですか？　だいたい車なんて、各メーカーが個性を競い合って技術が発展してきたものでしょう？」

「ＩｏＴはご存じですね？」突然伊沢が話題を変えた。

「ええ。インターネットで全ての物がつながる……」

「自動運転についても同じです。それぞれの車がネットにつながって情報共有し、自動運転はさらに安全かつ確実なものになる。そういう技術のベースになるものが、各社ばらばらでは不都合が生じる」

「車をコントロールする頭脳――ソフトの共通化ですか？」

「そういうことです。自動運転に限らず、ソフトの開発には多大な時間と人員が必要です。専門のメーカーでないと対応できない」

「自動車メーカーでは無理、ということですか」

「コストパフォーマンスの問題ですよ。そういう部分は専門家に任せて、自動車メーカーはハードウエア関連の開発に専念すべきだという考え方もあるし、全てを自社開発すべきという意見もある。逆に、ソフトの開発だけに専念し、機械的な部分は既存の自動車メーカーに任せればいいと考える会社もあるでしょう」

「例えば、チューリング社とかですか？」

「私は、あの会社の方針は知りませんが」

そんなことはないだろうと思いながら、畠中は「でも、協力されているんでしょう？」と突っこんだ。

「あなたが考えているような協力ではありませんよ」

伊沢が言葉を切る。こういう場合、「金」が関与しない協力関係はありうるのだろうか。アイディアを提供する代わりになにがしかの金をもらうのは当然だと思うが……。

ジャガーは大学の駐車場に戻った。短いドライブだったが、畠中はかすかに興奮していた。車に運転を任せきりにしていたストームでは得られなかった感覚である。自分でハンドルを握らないという点では、自動運転と同じだったのだが……そこに、伊沢の運転の個性が現れていたのだと思う。今年七十歳になることを考慮に入れれば、伊沢の運転は非常にきびきびしていた。急発進・急停止するわけではないが、メリハリが利いている。車に楽をさせない運転、という感じだった。

エンジンを切ると、車内が妙に静かになった。伊沢はジャガーを降りるわけでもなく、両手を組み合わせて腹に置いている。

「研究室までお送りしますか？　自動運転で」

「いえ」これ以上話をしても、情報を引っ張れるとは思えない。「今日はこれで失礼します」

「私に当たっても、今後も何も出ませんよ」

「それは分かりませんよ」畠中としては、「これで終わりではない」とやんわりと告げたつもりだったが、それが伊沢に伝わったかどうかは分からない。

「そうですか。記者さんは諦《あきら》めが悪いですね。私としては、何も言うことはありませんが」

「私の方で、別の質問を思いつくかもしれません……伊沢先生、本音では自動運転についてどう考えているんですか？」

「日本の産業がこれからも生き残れるかどうかの戦いです。日本人としては応援せざるを得ないでしょう。そういう研究をしている自分を誇りに思いますよ……もうよろしいですか？　私の個人的見解を聞いても、何にもならないでしょう」

「……失礼します」

畠中はジャガーを降りた。伊沢も続き、ストームに乗りこむ。すぐには発進せず、ウィンドウを下ろした。

「行き先の指示ぐらいは、音声でしたいものですね。音声入力との連携が研究課題です」

ストームはすぐに動き出し、畠中はそれを黙って見送った。運転はまったくスムーズで、丁寧なベテランドライバーが運転しているのとまったく変わらない。

もう少し突っこんでおくべきだったかもしれない。伊沢が自動運転の研究に取り組んだ理由……いや、それは今回の取材には直接関係ないのだと思い直す。何でも聞くのが記者の仕事とはいえ、プライベートに興味を持ち過ぎると嫌われる。しかし、気にはなる。「事故で亡くなった息子のために」という理由は、雑誌か何かの取材に答えてのものだったらしいが、畠中にすれば「又聞き」である。本人の口から直接聞いたものでない限り信用できない——少なくとも記事にはできない。

もちろん、こんなことを記事にする必要があるかどうかは分からなかったが。

ただ、伊沢という男はどうにも気になる。何なのだろう、何か含みのある態度……何か隠していると思うと、突っこみたくなってしまうのは記者の習性だ。

まあ、後の話だ。今日は自動運転車に同乗できただけでも成果だったかもしれない。自動運転の話を記事にしているにもかかわらず、乗ったこともないというのでは話にならない。

取り敢えず帰ろう。しかしこの駐車場がキャンパス内のどこにあるか分からない。畠中は警備員からもらった地図を取り出して広げた。何と、ここから正門までは、伊沢の研究室から正門までよりも遠い。

何も知らずに適当に流していると失敗するものだ。これまで何十回となく失敗してきたのに、自分は何も学んでいない、と畠中は反省した。

第三章　第二の矢

10　2016年3月23日

最悪の朝だ。予兆は前日からあった。

夕方、東日からかかってきた取材の電話。「情報漏れに関するプロジェクトチームを作ったのは間違いないか」と確認する内容だった。広報課でこの電話を受けた田辺は、回答に時間をかけた――かけざるを得なかった。こんな情報まで漏れているのか、と小パニックを起こしたのである。会社を離れて千葉の特別開発室で事情聴取を続行していた伊佐美にまで電話をかけてくるほどだった。

これはあくまで、広報課で対応すべき事態――しかし、だから「関与できません」というのも、あまりにも官僚主義に徹し過ぎかもしれないと思い、伊佐美は「否定するのは不自然ですよ」とアドバイスした。

会社に戻って田辺に確認すると、東日に対しては曖昧な返事をしたことが分かった。いわく「事故原因を究明するチームの中で、社内の情報管理についても調査している」。いかにも「ついでにやっている」というニュアンスだが、これがそもそも嘘だということが伊佐美には気になった。だいたい、事故原因について調べているのは、特別開発室のスタッフなのだ。伊佐美たちのプロジェクトチームは、その調査とは何の関係もない。こういう適当な話が後でばれると面倒なことになると心配になりながら、伊佐美は何も言わなかった。やはりこれは、広報課マターで、自分は口出ししてはいけない――いや、広報課が責められることを想定して、意識的に距離を置いておきたい。サラリーマンは、失敗で減点されないことが最優先だ。

「嘘」には関わらなかったと自分を納得させようとしたが、どうにも釈然としない。夜も悶々《もんもん》として眠れなくなり、またスカウトで夜の首都高を走ろうと思ったのだが……半分寝ていた朋子に止められた。少しでも寝ておいたら？　その言葉を聞かされたのは、午前三時だった。

そして今朝、寝不足でぼんやりしたまま出社して、最初に見たのが田辺の細い目だった。既に自宅で、東日の朝刊はチェック済みだった。見逃すぐらいの小さな記事……解説原稿に、形だけくっつけるようなものだった。こういう内容では、そもそも生ニュースにはならないのだろう、と少しだけほっとしたものである。しかし田辺は、そうは考えていないようだった。

「ちょっと……」と誘われて本社十二階にある社食に向かう。この時間はまだ料理は供されておらず、人気もない。厨房《ちゅうぼう》から料理を準備する匂いが漂い、かたかたという金属音が聞こえてくるだけだった。

二人はがらがらの食堂内の隅の席に陣取った。田辺が、小脇に抱えていた新聞をテーブルに置く。伊佐美はまだ頭がぼうっとしていて、濃いコーヒーが欲しくなった。遮るものがないので、春の陽光が遠慮なく入りこんできて、心地好い暖かさが眠気《ねむけ》を誘うのだ。自販機が近くにある……コーヒーというよりお湯に近い液体が出てくるだけなのだが、それでもカフェインを体に入れれば少しはましになるだろう。しかし田辺は、そういうことすら許さない気配を発していた。

「こんなことまで書いてくるものかね」

「新聞のことなら、田辺課長の方がよくご存じでしょう」

「あり得ない」疲れた表情で、田辺が首を横に振る。「向こうはどういうつもりなんだ？」

「それは分かりません。ネタが切れたんで、取り敢えず摑んだ材料を書いただけじゃないですかね」

「まずいんだよ、これは。向こうは完全に、こっちの動きを把握している」

「そこまで心配しなくてもいいんじゃないですか」伊佐美は、田辺を安心させるためだけに言った。

「いや、気にする」田辺がさらに目を細める。もはや、二本の細い切れ目だ……。

伊佐美は眼鏡を外し、両手で目を擦った。クソ、頭がまったく働かない。田辺の緊張が伝わって、伊佐美も不安になってきた。眼鏡をかけ直し、記事に目を通す。解説記事は紙面の半分ほどを割いた長いもので、プロジェクトチームの件はその最後につけ加えるように書かれただけである。普通の読者は見落としてしまうかもしれない。

「一々、こっちをチクチク刺激するような書き方なんだよな」田辺が零す。

「それは分かりますが……」


この事故で、タチ自動車は情報漏洩《ろうえい》について社内のプロジェクトチームで調べている。本来、事故原因を究明するために全力を尽くすべき状況で、「犯人探し」に熱を入れ始めたタチ自動車の方針は、「隠蔽体質」と批判されても仕方がないものだ。


「冗談じゃない」田辺が吐き捨てた。「こんなことは、どこの会社でもやってる」

「分かりますけど、今回は問題が問題ですからね」伊佐美はできるだけ冷静でいようと決めた。自分まで熱くなっては、事態は混乱するばかりだ。

「だいたいこの記事は間違いだろうが。うちは、犯人探しのためのプロジェクトチームを作ったとは言っていない。こちらが否定していることを、どうして平然と書いてくるんだ」

「記事は、微妙に逃げてますよ。そのためにプロジェクトチームを作ったとは書いていない。プロジェクトチームで調べている……それは、昨日課長が対応した言葉そのままでしょう」

「微妙に違う」

「水かけ論ですよ」

「電話の内容は録音してあるぞ」

「やめましょう」伊佐美は首を横に振った。「抗議しても無駄ですよ」

「黙っていたら、相手を喜ばせるだけだ」

「忘れて下さい。気にしなくてもいいでしょう」田辺の機嫌を取るのは俺の仕事じゃないんだが、と思いながら伊佐美は言った。

「取り敢えず、広告出稿を止めることになると思う」

「ああ、それはそうですね」

「それで、東日にある程度のダメージを与えられるだろう」

「基本的には、連中は気にしないと思いますけどね」

五年前のリコール隠し事件の時のマスコミの対応を、伊佐美は思い出した。あの時は、こちらから新聞・テレビに対する広告出稿を取りやめた——つまり「自粛」である。今回は「広告を引き上げる」と脅すわけだが、それで東日側にダメージを与えられるとは思えない。自動車業界は、新聞にとっては大クライアントなのだが、それでも連中は、広告より記事を大事にするだろう。

「それでも、やらないよりはましだ」田辺は強硬だった。

「それを決めるのは宣伝課の仕事です」

「うちから話を持ちかける」

何だか、田辺はあっという間に追いこまれてしまったようだ。上の役員から何か言われているのかもしれない。その焦りと怒りがそのまま自分に落ちてきている……総務課の係長に愚痴《ぐち》を零されても困るのだが。

「君、個人的に東日と接触してないだろうな」

伊佐美はむっとして「内輪の人間を疑ってどうするんですか」と反論した。さらに我慢しきれず、「課長こそどうなんですか」とつけ加えてしまう。

「まさか」

「そう、『まさか』でしょう？　身内で疑い合うのはやめましょうよ。時間の無駄です」

「……そうだな」

「この件、また上に報告ですか？」

田辺の顔がさらに蒼褪める。嫌なことを思い出させてくれた、とでも言うように胃の辺りを擦った。

「これから、谷内さんには言わないといけないな。昨夜のうちに、今日の朝刊に記事が出そうだとは言ってあるけど」

「しょうがないですね」

「君、一緒に行ってくれないか？」

「まさか」伊佐美は強固に否定した。それはあくまで広報課の仕事だ。プロジェクトチームの仕事は社命なのできちんとやるつもりだったが、広報課に深入りした手伝いはできない。何でも屋の総務にも限界はあるのだ。

「君が一緒なら頼りになるんだけど」

「頼られるのはありがたいですけど、体は一つしかないので」

「この際、広報課に異動してもらうか」

「課長にしてくれるなら、考えてもいいですよ」

　田辺が唇を引き結ぶ。四十歳で課長になってもおかしくはない。タチ自動車は基本的に年功序列の日本的企業で、課長への昇進は四十代前半というのが一つの基準なのだが、開発部門などでは、成果によって「二階級特進」で三十代で課長になることも珍しくはない。総務部門でそういう抜擢人事があっても不自然ではないだろう。

「それは、俺がお払い箱になる前提だぞ」

「田辺さんこそ、この件を上手く処理して部長、のパターンじゃないんですか？」

「世の中、そんな風に上手くはいかないんだ」

ようやく会話がスムーズに流れ始めた。少しは田辺をリラックスさせられたようだとほっとする。何だかんだ言って面倒見がいいのは、自分の強みでもあり弱点でもある。

「調査の方はどうなってる？」

「具体的な証拠があるわけじゃないですけど、やはり特別開発室から情報が出たとしか考えられません。取材を通じて、東日の記者と知り合いだった人間もいますから。若手は、会社の利益がどういうことなのか、よく分かっていませんしね」

「変な正義感に駆られて、あるいは記者に騙《だま》されて、情報を漏らしてしまうこともあるわけか」

「あり得ない話じゃないでしょうね。今日から、ちょっと絞りこんで事情聴取を続けます。一回りしたので、二巡目……話を聴くべき相手を絞ります」

「二回目となると、自分が疑われていることも分かるだろうな」

「それはそれで仕方がないです。早く進めること優先ですよ」

「そうだな……ちょっと待て」

テーブルに置いた田辺のスマートフォンが鳴り出す。画面を見た瞬間、田辺が顔をしかめたので、相手が推測できた。

「谷内常務ですか?」

「ああ」

「常務は重役出勤かと思いました」

「あの人は、朝は早いんだ……もしもし?」

スマートフォンを摑み、田辺が立ち上がった。伊佐美に背を向け、窓の方を向いて話し始める。低い声音だが、緊張して焦っているのは分かった。電話でこれだと、直接会ったらまともに話もできないのではないか。やはり、自分が一緒に行くべきかもしれない……いや、自分には自分の仕事がある。陰で「スーパー総務」と呼ばれているようだが、そんな自分にも限界はあるのだ。

今日の調査は、大きな分岐点になるかもしれない。


八千代市の特別開発室まで通うのに、伊佐美と茉莉花は結局車を使うようになった。公共交通機関の便が悪過ぎて、往復するだけでも時間がかかる。それに電車の中では内密の話ができないし、機密書類を広げるわけにもいかない。

運転を茉莉花に任せ、伊佐美はパソコンを開いていた。これまでの事情聴取は全て文字起こししていて——それ故残業が続いた——何回も目を通していたのだが、何か見落としていないかと不安になったのだ。

「昨日、呑み会があったんですけどね」茉莉花が切り出した。

「ずいぶん気楽だな」伊佐美は鼻を鳴らした。「こっちは、田辺さんに泣きつかれてえらい目に遭ったんだ」そして苛々して寝不足。本当だったら、この車での移動を睡眠時間に充てたいぐらいだ。

「仕事ですよ。スパイ大作戦です」

「何だ、それ」

「よく一緒に呑みに行くメンバーに、社長室の人がいるんです」

「何か、面白い話でもあったのか？」

「社長が相当ご機嫌斜めだそうで」

「そりゃそうだろう。この状態で、人生バラ色ってわけにはいかないよ」

「情報漏れの犯人が分かったら、即刻馘にするって言ってるそうです。告発も検討しているとか」

「これが刑事事件になるのかね……」伊佐美は首を傾げた。

「会社に損害を与えたら、業務妨害になるんじゃないかって、弁護士と個人的に相談してるみたいです」

「社長が自分で？」伊佐美は目を見開いた。「そういうのは、法務課がやるべきことだろう」

総務部の一セクションである法務課は、社内外の法律的な問題を一手に引き受けている。別名「裁判課」。実際、自動車会社が訴えられることはそれほど珍しくもないのだ。それ故か、最近は弁護士資格を持った社員を抱えるようになっている。顧問弁護士はいるにせよ、法律の専門家を社内に置いておいた方がいい、という判断だ。茉莉花こそ、そのセクションに相応しいのだが、一度も所属したことがない……この会社は時々、不可解な人事をやる。

「法務課を飛ばして、顧問弁護士と直接話したそうです」

「そいつは相当おかしな状況だな。間違いないのか？」

「間違いないです。それで、昨日の呑み会の話に戻りますけど、社長秘書の花田《はなだ》さん、知ってますか？　花田ゆり子さん。彼女から聞きました」

「ああ、なるほど」花田ゆり子は、ある意味有名人だ。伊佐美と同期入社で、東大工学部を出て技術者として入社してきた「逸材」である。そして期待通り、ハイブリッド車の開発で手腕を発揮してきた。それが三十代後半で突然、畑違いの社長秘書になったので、社内がざわついた。理由ははっきりせず、「社長の愛人説」が流れたりしたものである。確かにゆり子は美しい……時々見かける伊佐美も見蕩《みと》れてしまうぐらいだが、そんな露骨な人事があるはずはないと思っていた。城は創業者一族の人間ではあるが、決してワンマンではない。経営に関しては役員会のパワーバランスを重視しており、勝手に暴走したことは一度もないはずだ。先代社長が、リコール隠し問題の時に独断であれこれ決めて失敗し、結局辞任せざるを得なかった経緯を間近で見ていたからかもしれない。よく言えばバランス型、実際には「何も決められない」「リーダー失格」。そんな人間が、自分の都合で人事を強引に進めるとは思えなかった。

「君、花田さんと仲がいいのか」

「ええ。それはともかく、社長がかなり焦っているというか、事態を大袈裟に考えているのは間違いないみたいですよ」

「そうか……面倒だな」

「そのうち、私たちも直接ネジを巻かれるかもしれません」

「覚悟しておくよ」

言葉を切り、窓の外を眺める。車は東関道を降りて、国道十六号線に入ったところ。この辺は片側四車線の広い道路だ。それにしても、国道十六号線というのは、どこでも同じような表情をしている。横浜《よこはま》、八王子、川越《かわごえ》、柏《かしわ》と首都圏の大きな街をつなぐ大動脈なのだが、都心部を外れているので、妙なローカル感がある。一時、そのローカル性が「国道十六号線文化」などと評されていたこともあったな、と思い出す。どこへ行っても車のディーラー、チェーンの飲食店、ガソリンスタンド、駐車場がやたらと広いコンビニエンスストアが建ち並び、地域色がまったくない……。

車でも、特別開発室への道のりが遠いことには違いがない。本社からは首都高湾岸線、東関道とずっと高速を使えるのだが、東関道を降りてからが遠い。広大な土地が必要なので、交通の便が悪い場所になるのは仕方ないのだろうが、本社の目が届きにくい場所だ、ということが気になっていた。もちろん今は、電話でもメールでも、あるいはテレビ会議でもつながっているから、物理的な距離はあまり関係ないが……本社をはるか遠くに感じて、勝手にやってやろうと考える輩《やから》がいてもおかしくない。

特別開発室へ来る度に、ぴりぴりした雰囲気が強くなっている。スタッフは、顔を合わせれば目礼ぐらいはしてくれるものの、きちんと挨拶はしない。嫌われ仕事を引き受けるのも総務の役目だと分かってはいたが、さすがにこれはきつかった。一方、茉莉花は何とも思っていない様子である。完全に割り切っているのか鈍いのか……この件について彼女と話し合う気にはなれなかった。

高木悠二と大宮蓮。二人の二十代のスタッフに、伊佐美は目をつけていた。事故現場にいち早く駆けつけており、当然状況は全て頭に入っている。しかもまだ若いから、会社に対する忠誠心も薄いのではないだろうか。二人が話し合い、協力して東日に情報提供した可能性もある。

先に高木悠二に話を聞くことにしたのだが、その前に伊佐美は茉莉花と情報のすり合わせをした。二人を集中的に調べようと決めた後で、個人情報も集めておいた。

「高木悠二、二十六歳、独身。日本工科大を出て入社後、すぐに特別開発室に配属されて四年目、ですね」

「評判は？」

「査定は悪くないですよ。ここ二年ほど、ずっとBです」

五段階評価で上から二番目か……若手の技術者は結果を出しにくいだろうから、何か別のことで評価されているのだろうか。

「この前話を聞いた限りでは、普通の人間だったな」中肉中背、髪型も普通の七三分け。話しぶりは慎重だったが、言い淀《よど》んだり、口籠ったりすることはなかった。

「だいたい世の中に、そんな個性的な人なんていませんよ。人間なんて、皆似たり寄ったりでしょう」

「君はニヒルだねえ」

「ニヒルって何ですか？」

真顔で茉莉花が訊ねる。こういう言葉は既に死語なのだろうか、と伊佐美は訝った。

約束の午前十時ちょうどに、会議室のドアがノックされた。伊佐美が「どうぞ」と声を張り上げると、ドアが開く。隙間から高木が顔を突き出し、「失礼します」と不安げに挨拶した。

「どうぞ」

伊佐美が再び声をかけると、高木がドアの隙間をほとんど広げないまま、室内に入って来た。この前会った時と同じ、作業着姿。伊佐美と目を合わせようとはせず、広いテーブルを挟んですぐに座った。

しばし、沈黙。伊佐美は頭の中で情報を整理した。高木を疑っている理由は――東日の記者と名刺交換をしていたというのは、どちらかと言えば曖昧な状況証拠に過ぎない。もう一つの証拠が、彼を「有罪」の方向へ引っ張っていた。大宮についても同様である。二人が協力して東日に情報提供したのでは、という考えに伊佐美は傾きつつあった。

まず、名刺の件からいこう。

「あなた、東日経済部の八幡記者と名刺を交換しましたね」

「え？」高木がはっと顔を上げる。

「半年前です。八幡記者がＡＢオートの取材に来た時」

指摘すると、茉莉花が折り畳んだ新聞記事を無言で広げ、高木に示した。高木が眉をひそめながら、記事を覗きこむ。手を出そうとはしなかった。

「主に取材を受けていたのは鈴井主任ですね。広報課も立ち会いました。その場にあなたもいた。違いますか？」

「……いました」

取り敢えず認めたのでほっとする。こちらは既に事実として摑んでいるので、わざわざ確認する必要もないのだが、これが第一の「壁」だった。この段階で否定されると、この先やりにくくなる。

「名刺を交換した他に、何か話しましたか？」伊佐美はさらに突っこんだ。

「いえ」

「雑談も？」

「取材でしたから。私はあくまで立ち会っていただけで……鈴井さんがほとんど説明したので、特に口を挟むこともなかったです」

「八幡記者と二人きりになる時間があったでしょう」

「え？」

「実験車に乗って、周回コースを走りましたよね？　その時、ナビゲーターで一緒に車に乗ったのがあなたです」

「それは……あくまで念のためです」嫌そうにしながらも高木が認めた。

「後部座席で二人きりでしたよね？　そこで何か話は出ませんでしたか？」

「それは……車の話はしましたけど」

「何周したんですか？」伊佐美はなおも畳みかけた。

「さあ……三周か、四周か」

距離にして二十キロ程度か。周回コースはクローズドで、それなりにスピードも出せるから、実際にはほんの十数分だったのではないだろうか。それでも何かのきっかけにはなるだろう。ことが動き出すには、一分も要さない。

「あの頃にはもう、自動運転実験特区での実証実験は始まっていましたよね。美浜区の現地で実験車に乗せて取材を受ける方法もあったと思いますけど、敢えて遠いこっちに来たのはどうしてですか」

「それは分かりません」高木が首を横に振る。「その日にいきなり、取材に立ち会うように鈴井さんに言われただけですから」

「鈴井主任は、どうしてあなたに立ち会いを要請したんですか？」

「理由は特に聞いていません」

高木のこめかみから汗が一筋垂れた。この部屋は陽光が燦々《さんさん》と入りこむうえに、暖房も効いていて暖かい。しかし汗をかくほどの温度ではないのだが……嘘をついている緊張感、という考えが伊佐美の脳裏を過った。

「試験走行のデータは、全て特別開発室のサーバーに蓄積していますね」

「ええ」

「パスコードを渡された人だけが、自分の作業用パソコンからアクセスできる。あなたの場合、パスコードは渡されていませんね？」

「下っ端は持ってないんですよ」高木が皮肉っぽく言った。

「重要情報だからね。自動運転の肝になるかもしれないデータだ」

「そうです」

「誰でも触っていいわけじゃない」

「そうです」繰り返す高木の声に、わずかに苛立ちが混じった。

「となると、パスコードを持っていない人がサーバールームからデータを引っ張り出すには、三つしか方法がないわけですね。他人のパスコードを盗む、パスコードを持っている人のパソコンをログイン中に勝手に使う、サーバールームに入りこんで直接データを引っ張る」伊佐美は指を三本、順に折って行った。

「俺がデータを盗んだと言うんですか？」高木が立ち上がりかける。顔は真っ青になっていた。

「そうは言ってません」

「言ってるも同然じゃないですか！」

　切れるのが早過ぎる、と伊佐美は思った。思い当たる節があるからか？

「君がサーバールームに入ったことは確認されている。サーバールームに入るには社員証によるロック解除が必要……しかもログは全部残る。問題の記事が出る二日前の深夜、君はサーバールームに入っていますね。時刻は、午後十一時四十五分。さすがにその時間だと、他のスタッフはほとんど帰っていたはずだ。どうなんですか？　サーバールームに入ったんですか？」

「覚えてません」

「ログから明らかなんですよ。何をしたんですか？」

「それは……」

「何かデータを引っ張り出したんですか？」

「してませんよ」

「だったらどうして、サーバールームに入ったんですか？」

「それは……」

　この件の調査を思いついたのは伊佐美だった。何か怪しい動きはないかと考えた時、実験車に関する全てのデータが集約されたサーバールームの存在を思い出したのである。ここにアクセスできるのは、主に特別開発室の幹部社員のみ。本社サイドでは、数えるほどの人間しかアクセスできないし、そもそも触った形跡がなかった。そして、不自然な形でサーバールームに入ったのは二人だけ——高木と大宮。

　二人は事故直後に現場に出向いている。しかし事故を起こしたスタッフから直接話を聞いたわけではなく、あくまで処理の手伝いをしただけだ。事故の情報は鈴井に集約され、彼が非常に詳しいレポートを作成した。そのデータはサーバールームに保存されている。

　サーバーに直接手を突っこんで情報をコピーしたら、その記録は残るのだろうか。伊佐美は会社のＩＴ部門を統括する電算課——古めかしい名前だが、一九六〇年代から存続しているのだから当然かもしれない——に確認した。答えは「状況によって違う」。念のため電算課に調査を頼んだが、「不正操作された形跡はない」という答えが返ってきた。つまり、誰かがデータを引っ張り出したかどうか、実際には分からない。

「何らかの目的がないと、サーバールームには入らないでしょう」

「それは……」高木の目が泳ぐ。「言うとマイナスになるので」

「マイナスになるようなことをしたんですか」伊佐美はさらに厳しく言った。

「特別開発室のサーバーには、たくさん情報が入っているんです。今一番多いのは、自動運転の実験に関することですけど、人事情報も……」

「人事情報？」

「査定ですよ」吐き捨てるように高木が言った。「自分の査定、気になりませんか？」

「気にはなるけど、違法にサーバールームに入ってまで知りたいことなのか？」

「そこにデータがあると分かったら、見たくなるのが人情でしょう？」

「褒められた話じゃないね」

「分かってますけど……」

　本当だろうか。伊佐美はすぐには納得できなかった。アクセスしてはいけないデータを盗み読みするのは、当然問題である。しかし「罪の重さ」には軽重があるわけで、実験の機密情報を盗むよりは、自分の査定に関する情報をそっと見ていた方が、当然罪は軽い。

伊佐美は質問を変えつつ突っこみ続けたが、高木の答えは一貫していた。まるで事前にシナリオを用意してきたよう……この事情聴取に備えて、伊佐美たちが証明しようがない話をでっち上げてきたように思えた。

高木を解放すると、伊佐美は眼鏡を外して目を擦った。そのまま両手で顔を擦り上げる。

「ちょっと厳しく攻め過ぎじゃないですか」茉莉花が指摘する。

「そうでもない」

「警察官みたいでしたよ」

「君は警察官に調べられたことがあるのか？」

「ないですけど……」茉莉花の言葉が不機嫌そうに消える。

「今のは、事前に用意しておいた答えのような気がする。あれで上手く逃げられると思ってるんじゃないかな」

「そうですかねえ」

「大宮も同じことを言い出したら、ますます怪しいぞ」

「でも、こっちとしては証明できないじゃないですか」茉莉花が指摘した。「二人の証言が合致したら、それを崩すのは大変ですよ。というより、不可能じゃないですか？」

「その時はその時でまた考えよう。とにかく、次は大宮だ」

二人は既に、話をすり合わせているかもしれない。こういうところが甘いというか……いや、社員から事情聴取する機会などまずないのだから、慣れていないのも当たり前だ。

自分を鼓舞しつつ、伊佐美は眼鏡をかけ直した。

11　２０１６年３月25日

千葉市美浜区を管轄する美浜警察署は、千葉街道と東関道が交差する、道路交通の要近くにある。周囲は基本的に住宅街だが、管内には幕張メッセやマリンフィールドなどの大規模な集客施設や企業もあるので、なかなか忙しい署だろう。しかし、庁舎自体はそれほど大きくなく、県警の所轄規模では「B」ランクというところか。大きなイベントがある時は、機動隊や他の所轄から応援が来るのかもしれない。

これは、地元の支局には知らせない訪問だ。本社の記者は、取材の際に地元の記者にいちいち連絡を取ったりしないのが慣わしだが、これにカチンとくる奴もいる。地元署の取材は、あくまで地元の記者が担当する。東京本社の人間だからって、勝手に口出しして欲しくない——畠中も支局時代、本社の社会部が知らぬ間に取材に入って来たと聞いて、激怒したことがあった。結局その時の取材は、記事にはならなかったようだが。

四階建てで真四角の素っ気ない庁舎は、いかにも「警察署」という感じだった。最近は、新築の警察署は厳めしさを取り除く方向でデザインされているようだが、ここは昔ながらの役所である。ハイヤーの運転手には、「東日新聞」と書かれた社旗を取り外した上で、駐車場で待つように指示した。これは警察ではなく、他社対策だ。ここへ取材に来たことは知られたくない。

一階にある副署長席に向かう。ここには一度、電話をかけたことがあるだけだ。それも、事故の有無を確認するためだけの電話。「電話では答えない」という傲慢《ごうまん》な副署長もいるから、その際は地元支局の出動を要請するしかないと思っていたのだが、幸いガードの甘い男だった。

初めて名刺を交換する。副署長は畠中との電話を覚えていて、「ああ、えらい目に遭いましたよ」と第一声をぶつけてきた。

「どうも、その節は失礼しました」畠中は下手に出て、副署長席の前のソファに腰を下ろした。別に警察官に媚《こ》びる必要はないのだが、この副署長は見た目が結構怖い――筋骨隆々で、目つきがやけに鋭いのだ。今の警察官の制服は、体の線がそれほどはっきり出ないのだが、それでも鍛えているのが一目で分かるほどだった。柔道だろうか……毎朝定時より三十分早く登庁して、署の道場で若手に胸を貸しているのかもしれない。

「東日さんが書いてから、問い合わせ殺到で大変でしたよ。おたくの千葉支局からもね」

「申し訳ないですねえ。支局を飛ばして記事にしてしまったので」畠中は頭を下げた。こういう時はひたすら下手に出ておくに限る。

「しかし、記事にするような話だったのかね」副署長が疑義を呈した。「普通の交通事故だったら書かないレベルでしょう」

「これは特殊な事故ですからね。この実験には、日本経済の将来がかかってるし」

「それは大袈裟じゃないか？」

「いやいや、自動運転技術は、これからの産業の核ですよ」

ずいぶん話し好きの副署長だ、と畠中は安心した。それに、この前記事にしたことについても、「えらい目に遭いました」と言う割に、さほど怒っていない様子である。

「遅れましたけど、ご面倒をおかけしましたので、ちゃんとご挨拶しておこうと思って」

「そりゃまたどうも、ご丁寧に」

お茶が運ばれて来た。昆布茶か……こういうのを出す署も珍しい。一口飲むと、体がじんわりと温まった。滋味溢れるこの味と、しばらく縁がなかったのを思い出す。

「この辺が自動運転実験特区になってから、半年ぐらい経ちますね」

「そうね」

「いろいろ大変だったんじゃないですか？　無人の車が管内を走り回っているのは、気持ちの悪いものでしょう」畠中は、工科大での気持ちの悪い「乗り味」を思い出していた。

「実際には、ほとんど見ることはないんですがね。うちの管内もそれなりに広いので」

「これまで、事故は一件もなかったんですか？」念押し。電話取材の時にも確かめたことではあったが。

「ないよ」副署長が即座に否定した。「物損事故ぐらいはしょっちゅう起きるだろうと思っていたんですがね。特区に決まってから、海外の実験の様子を調べたんだけど、結構事故が起きているんですよ」

「そうみたいですね」

「日本車は、やはり優秀なんでしょうね。これまでは、物損事故一つなかったんだから」

「警察に報告しない事故とか、あったんじゃないですか？」

「まさか……すぐに疑うのは、記者さんの悪い癖だよ」副署長が苦笑した。

「すみませんねえ、元々疑り深いところにもってきて、記者なんかやってるもので、こんな風になっちまったんですよ」よしよし、話は上手く転がっている。畠中は思い切って切り出した。「でも、ちょっとした物損事故だったら、警察に報告しないで誤魔化《ごまか》す、というのはいかにもありそうですけどね」

「考え過ぎですよ。今、ここでは五社が実証実験をしているけど、走行実験を行った日には、必ず警察にも報告書が提供される――そういう約束になっているので」

「結構な管理体制ですね」

「こっちも上から強く言われているから」副署長が人差し指を上に向けた。

「事故が起きないように」

　副署長が無言でうなずく。さて、問題はここからだ……畠中は気持ちを引き締め、昆布茶を一口飲んだ。むしろ気合いが抜けそうな味なのだが。

「この前の事故の時、タチ自動車から圧力はありませんでしたか？」

「うん？」副署長が自席から身を乗り出すようにした。

「発表しないように念押ししてきたりとか」

「そういうことはないね」あっさり否定する。

「タチ自動車にすれば、事故なんか起こしたらイメージダウンが甚《はなは》だしい。絶対に表に出したくなかったでしょう」

「それが分かっていて書いちゃうんだから、おたくらも人が悪いよねえ」副署長が皮肉っぽく言った。

「事実は事実ですから」

「問い合わせがあった時、ばれたと思ったね」

「いやいや」畠中は思わず苦笑した。「警察が隠していたわけじゃないんでしょう？　だったら、ばれたもクソもないじゃないですか」

「揚げ足を取るようなこと、言わないで下さいよ」

「失礼しました」畠中はひょいと頭を下げた。こういうやり取りは、警察回り時代が思い出されて妙に懐かしい。警察官というのは猜疑心《さいぎしん》が強いが、基本的に新聞記者を嫌いではないのだ。特に階級が上の人間は……むしろ新聞記者を上手く利用して、警察に有利になるような記事を書かせようとしている。この副署長がどういう考えでいるかは分からないが、幹部的な思考の持ち主ではないかと畠中は推測した。

「タチ自動車では、本当に他に事故はないんですか？」

「ないよ……そういうことで続報を書こうとしてるわけですか？」

「そりゃあ、何件も事故を隠していれば書きますよ。でも、ないんでしょう？」

「ない。報告は上がっていない」

畠中は口を閉ざし、一瞬会話の流れを切った。今の言い方は気になる……「報告が上がっていない」というのは、自分たちは聞いていないと言っているのと同じではないか。

「そうですか」

短い相槌。その瞬間、副署長の顔色が変わった。畠中はまた無言に戻り、副署長の顔を凝視する。

「いや、今のは言葉の間違いで」副署長が目を合わさぬまま、慌てて言い訳した。

「事故は他にもあったんですね？　ただの物損事故でも、警察に届けなければ問題だなあ。順法精神が足りないと非難されても仕方がない」

「いろいろ難しい問題があってねえ」

「でしょうね。自動運転なんて、警察もどう対応していいか分からないでしょう。いずれ、道交法の改正も必要になってくるんじゃないですか？」

「それは中央官庁が考えることだけど」

今のところ、レベル3――緊急時に人間が介入できる――までの自動運転で事故が起きた場合は、ドライバーの責任になるだろう、と言われている。しかし完全自動運転のレベル4に関しては、事故の責任がどこへいくか、まだはっきりしない。メーカーが全責任を負うとしたら、リスクが大き過ぎる。自動運転で本当に交通事故が完全になくなるという保証はないのだから。

「報告は上がってないんですね」畠中は念押しした。

「私は聞いてないけどね」

「副署長が聞かない案件なんてあるんですか？　基本的には、どんな些細な事故でも判子を押すでしょう」警察は垂直統合型の組織で、所轄の場合、現場の巡査から署長まで、一直線に情報が上がっていく。上から二番目の立場にいる副署長が、何も知らないわけはない。

ただし、その流れをどこかで止めることは可能だ。握り潰してしまえばいい。一番簡単なのは、課長クラスが現場に出た警察官から報告を受けた時、書面にさせなければいいのだ。実際畠中も、支局時代に、県議の息子が起こした事故を警察が握り潰した一件を記事にしたことがある。特ダネとしては「Bクラス」で、大した扱いにはならなかったが。

「まさか、交通課長が隠蔽したんじゃないでしょうね」

「滅多なことは言うもんじゃないよ」副署長の顔色が変わる。

「どうなんですか？　そういうことがあったかなかったか……物損事故で、特に被害がなければ、現場で処理もしないで終わらせることもあるんじゃないですか？」

「適当な憶測でものを言われたら困るよ」副署長の表情が曇る。

「私は、たまたまこの一件に首を突っこんでいるだけで、普段はここを取材しているわけじゃありません。だから、こういう話は支局に通してみてもいいですね。支局の連中は、本部にも顔が通じているから、すぐに情報を探り出すんじゃないかなあ」畠中は耳を弄《いじ》った。「そうなったらお互い、後味が悪いでしょうねえ。そちらは事故を隠していたことになる。支局はそれに気づかず、本社の人間である私に、いわば抜かれた。私は支局を苛めるつもりはないですけど、この世界、社内でも抜いた抜かれたはよくあることなんですよ。目の前にネタがあれば食いつきます」

「おたくも強引だねえ……」副署長が苦笑した。「この件は、うちに取材しないでくれるかな」

「と言いますと？」

「私がまともに報告書を見ていないのは間違いない。署長もだ。この件は、交通課から本部の交通部に直接連絡が回っている」

「署長まで飛ばして？　事故隠しですか？」そんなことがあり得るだろうかと思いながら畠中は訊ねた。

「それはない」副署長の顔がにわかに真面目になった。「然るべく処理はされている。公表しなかっただけだ。公表する基準を満たしていなかったから」

摑んだ、と興奮する一方、畠中は若干の違和感を覚えていた。この件では、地元の支局も追加取材をしたはずだ。東日だけでなく、他社の支局も同じだろう。普段から毎日のように顔を出してつながっている警察回りの若手は、こんな簡単な事実を探り出せなかったのか？

いや、それでもおかしくないかもしれない。

タチ自動車の一件を、各社は追いかけて記事にしたものの、扱いはそれほど大きくなかった。もちろん、抜かれて追いかける時には、最初に書いてきた社の記事より大きくしない、というのは暗黙の了解なのだが、今回はベタ記事で終わらせてしまった会社さえあった。こっちが一面で書いた記事の後追いがベタ記事かよ、と考えて情けなくなったものだ。

しかしそういう風習は別にして、「大したことはない」という感覚なのだろうか。だとしたら甘過ぎる。畠中は既に、タチ自動車に対して不信感を抱いていた。事故を隠したこともそうだし、よりによって情報漏れの調査を始めたこともそうだ。

あの会社は、何か根本的に歯車が狂っているのではないか？　そういう体質なのか？　五年前のリコール隠しの時から、まったく変わっていないように思える。

それなら徹底して叩かなくては。

戦いはまだ始まったばかりだ。

「何なんですか、この扱いは」畠中は早版のゲラを受け取ってすぐ、二階下にある社会部に駆け下りた。こんなことで喧嘩する年齢ではないと分かっているものの、どうしても怒りは抑え切れない。

「しょうがねえだろう。今日は紙面がきついんだから」当番デスクの柴田《しばた》が胡散臭《うさんくさ》そうな視線を向けた。「それは、夕方の立ち会いでも出てた話だぜ。お前の方からは、出稿予定がなかったじゃないか」

「その後に出てきた話なんですよ。全部予定通りってわけじゃないでしょう」

畠中は、ゲラを叩きつけるように机に置いた。柴田が睨みつけてくる。

「三段はないでしょう。トップにしろとは言いませんけど、漫画横ぐらいにはなる記事ですよ。特ダネなんだから」

「タチ自動車　他にも事故隠し」の三段見出し。原稿は一行も削られていないが、扱いが悪過ぎる。

「ああ、分かった、分かった」柴田が面倒臭そうに手を振った。「遅版で何とかするから。でも、トップは無理だぞ。これは動かせないから、せいぜい準トップだ」

「分かってますよ」

それで畠中も引き下がることにした。いつまでもごちゃごちゃと言い合いをしてる余裕はない。早版はもうすぐ降版——最終的に内容が確定するのだ。遊軍部屋に戻ると、音を立てて椅子に腰を下ろす。植本が心配そうに近づいて来た。

「どうですか？」

「遅版で準トップにするって言ってるけど、どうかねえ」準トップは、社会面トップの左側、連載漫画の右に置かれる記事である。

「社会面トップでもいいじゃないですか。冗談じゃないです」植本の怒りは収まらないようだった。この情報を摑んだのは金曜日。植本は散々走り回って裏を取ってきて、ようやく日曜日に原稿にできたのだ。

「俺が最後まで残って面倒を見るから」

とはいっても、柴田と戦うぐらいしか、やることはない。昔は記事の扱いを巡って殴り合いの喧嘩になることも珍しくなかったというが、さすがに最近は、そういうこともない。

「飯、食ったか？」

「ええ」

「そうか……」今日はこのまま、本社に張りついていた方がいいだろう。社食で済ませてしまうか。しかし、食事の前にまず電話だ。

　畠中は遊軍部屋を離れ、喫煙室に向かった。煙草に火を点け、ほっと一息。半分ほどの長さになったところで、おもむろにスマートフォンを取り出した。呼び出した相手は、美浜署の副署長。何かあったら……ということで、強引に携帯の番号を聴き出していたのだ。

「書きましたよ」

　こういう風に通告するかどうかはケースバイケースだ。そういえば、最初にタチ自動車の事故のことを書いた時には、会社側から社会部に「お伺い」の電話がかかってきたものだと思い出す。あれは実にみっともない話で、タチ自動車の慌てぶりが窺えた。今日は、あくまで好意で取材に協力してくれた人が相手だから、こちらから通告しておく必要がある。それが記者なりの義理だ。

「特ダネかね」

「そうなると思いますよ……副署長が他社に漏らしていない限りは」

「聞かれていないことには答えない」

　こういうスタンスの人なのだ、と分かった。自分から漏らすことはないが、情報を摑んで当ててきた記者に対しては否定しない……もっとも今回、畠中は誰かから情報を持ってきたわけではなく、副署長との会話の中で端緒を摑んだわけだが。

「大きい扱いかい？」副署長が訊ねる。

「そこそこ……もっと大きくなるように、今交渉中です」全国紙が細かい版に分かれているのは、配達地域が広いからだ。印刷工場から遠い場所は早めに紙面を作り終えねばならず、東京に近づくに連れて遅い版になる感じだろうか。千葉は東京近郊なので、副署長が読む新聞は早版ではない。

「これ以上の騒ぎは勘弁して欲しいね」

「大丈夫です。この件で、警察の悪口を言う人間はいませんよ」

畠中は原稿で少しだけズルをした。警察のことは一切書かなかったのである。現場での事故処理から、その後の情報伝達の流れのどこかに齟齬《そご》が生じたことは分かっているのだが、実際に事故処理しないことを決めたのが誰かまでは割り出せなかった。おそらく所轄の交通課長の独断だと思われたが、その責任を追及するのは今回の目的ではない。実際には、事故が起きても、記録に残らないこともあるのだし。

とにかく畠中は、「警察の調べによると」と書いただけで、あくまで警察は当事者ではないというニュアンスを貫いた。

「今後も事故が起きたら、教えて下さいよ」

「そう頻繁に事故が起きるわけがないでしょう」

「でも、実験が始まって半年で七件というのは、多くないですか？」

「まあねえ」副署長が認める。「どんなに下手クソな初心者ドライバーでも、半年でそんなに事故を起こすことはない」

「つまり、ＡＢオートは初心者ドライバー以下ということですか」

「論評は避けるけどね……しかしこれで、タチ自動車は実験を控えるんじゃないか？　東日さんにこんなに何度も書かれたら、いくら何でも公道での走行実験は続けられないだろう」

「そうかもしれません」

「おたくらの目的はそれじゃないの？」

「どういう意味ですか」畠中は眉をひそめた。

「タチの公道走行実験が中断すれば、他の会社が有利になるでしょう」

「そんなつもりはないですよ。新聞は不偏不党ですから」

「とはいっても、結果的に誰かを利することになるかもしれない」

「まさか」

「まあ、私みたいな田舎の警察官がどうこう言う問題じゃないけど、思いもよらぬ結果になることもあるから。気をつけた方がいいよ」

「……ご忠告、感謝します」

　確かに、副署長の言うことには一理ある。だが、どんな結果が待っているとしても、書かねばならない時はあるのだ。

12　２０１６年3月28日

「広報課に当たりはなかったんですか」伊佐美は月曜の朝から苛立っていた。

「なかった」田辺の声は暗かった。すぐに、むきになって続ける。「だいたい、おかしくないか？　こちらに何もぶつけずに勝手に記事を書くのは、ルール違反だろう」

「こういう記事にルールもクソもないでしょう」

伊佐美はむしろ、自分が真相を知らなかったことに怒っていた。社内でも情報を隠していたとしたら、調査などできないではないか。

「課長は知らなかったんですか」

「初耳だ」田辺がむっつりとした顔で答える。

「だったらこの件は、特別開発室で情報を握り潰していたんですね」本当に田辺は知らなかったのだろうかと訝りながら、伊佐美は確認した。

「それはまた調べてみないと分からない」

「そんなことまでこっちの仕事なんですか？」頭に血が昇ってきた。何でもかんでも押しつけられたらたまらない。プロジェクトチームは、雑用係ではないのだ。

「焦るな……まだ上から何も言われてないからな」

「だけど、取り敢えず何かしないと……どうしますか？」

「特別開発室とは、私が話をしておく」田辺が言った。「こうなると、もっと調査の規模を広げる必要が出てくるかもしれない。今回の人身事故はともかく、それ以前の物損事故の情報が一切本社に上がってこなかったのは大問題だ」

「東日の記事が本当なら、ですけどね」

「いくら何でも、適当な情報では書かないだろう」

　電話を切り、伊佐美は両手で思い切り顔を擦った。まだ顔も洗っていない。せめてちゃんと朝の支度をして、怒りを鎮めよう。ここで自分が怒っても、何にもならないのだ。

　三月も間もなく終わりなのに、洗面台の水はまだ冷たい。伊佐美は思い切り水を流して、顔に叩きつけた。肌がひりひりするほどの冷たさに背中がぞくりとしたが、それで意識が鮮明になった。ただし怒りは消えない。

　誰に怒っていいのか……書いてしまった東日か、情報を隠蔽していた特別開発室か。

　リビングルームに戻ると、朝食の用意が整っていた。

「月曜の朝からどうしたの？」妻の朋子が心配そうに訊ねる。

「ちょっとね……広報課長がぐずぐず言うから」

「田辺さん？」

「ああ」

「例のプロジェクトチームのことで？」

「ああ」説明するのも面倒臭くなり、伊佐美は適当に相槌を繰り返した。

「その件、このまま続けて大丈夫なの？　あなたにとってマイナスにならない？」

「それはまだ分からない」

伊佐美はテーブルにつき、コーヒーを一口飲んだ。偶数日の朝食は常にパン。今日のメニューはサラダに目玉焼き、自家製の野菜ジュースだった。

「最近、ずいぶん無理してるみたいね」

「無理しなくちゃいけない時もあるからね。サラリーマンは、しょうがないんだよ」

「体を壊したら元も子もないわよ」

「そこまで無理してないよ」

「眉間《みけん》の皺が深くなる一方なんだけど」朋子が人差し指で伊佐美の額を押した。

「まさか」伊佐美は思わず額を触った。

「そのまま固まっちゃうわよ」

「それは困る」中指で、眉間をぐいぐいマッサージした。こんなことをしても、皺が伸びるかどうかは分からないのだが。「とにかく、いつまでも続くとは思えないから。どんな大変なことでも、いつかは決着がつくよ」

「あまり長くならないといいんだけど」朋子は本当に心配そうだった。

「俺もそう思うよ」

「私は、会社を辞めてよかったわ」朋子がぽつりと言った。「仕事のせいで顔が変わったら、困っちゃうし」

「そんなに変わるわけないよ……さあ、食べようか。今日も少し早めに出ないと」

食べ慣れたいつもの朝食。しかし今日は、サラダのドレッシングがやけに酸っぱく感じられた。ストレスで胃酸が出過ぎているのではないかと心配になる。こんなことでは、胃《い》潰瘍《かいよう》一直線だ……。


こういう記事が出た日の締めくくりとしては、最悪の仕事だろう。お互いに、どうにも居心地が悪い。少なくとも伊佐美の方では、今すぐにでも逃げ出したい気持ちだった。別の日ならともかく、今日というのはいかにも日が悪い。同席している田辺も同じようだった。広報課長で、普段新聞記者ともつき合いが多いくせに、自分以上に緊張している。

「遅いな」実際にはまだ、約束の時間になっていないのに、田辺の中では時間の進み方が早いようだ。腕時計を見下ろすのは何回目だろう。

「まだ時間前ですよ」伊佐美はお茶に手をつけた。

新橋の居酒屋。ビル全体が呑み屋なので、入った途端にざわざわした雰囲気に襲われたが、五階にあるこの店は落ち着いていた。個室に入ると、他の客の声もほとんど聞こえない。密談にはいかにも適した場所だった。

約束の七時ちょうどに扉が開いて、東日新聞の八幡が入って来た。コロコロした体形で、三十八歳という年齢にしては顔が若い。

「どうも、遅れまして」荷物を下ろして座るなり、ハンカチを取り出して額の汗を拭う。汗が出るほどの陽気ではなかったのだが……荷物が重いのかもしれない。何を入れているのか、キャンプにでも行けそうな巨大なバックパックを背負って来ていた。

「時間ちょうどですよ」田辺が愛想よく言った。

「だいぶ待ったんじゃないですか？」

「いやいや、我々も今来たところですので」

「飲み物、どうしますか？」伊佐美はメニューを示した。この店は焼酎《しょうちゅう》の品揃えが豊富である。しかし、汗だくになっているから、最初は生ビールだろうか。

「あ、それじゃ私はウーロン茶で」八幡が遠慮がちに答える。

「ビールか何かじゃなくていいんですか？」

「最近、ちょっとアルコールを控えてましてね」八幡が胃の辺りを擦った。

「健康診断で引っかかりましたか？」伊佐美は話を合わせた。

「あまりよくないですね。気が弱いもので、医者に脅されると、すぐに言うことを聞いちゃうんですよ」

「年をとればいろいろありますよ。我々はビールをいただきますが、よろしいですか」

「もちろん、どうぞ」

結局八幡はウーロン茶、田辺と伊佐美は生ビールを頼んだ。気をつけないとな、と伊佐美は自分に警告した。呑まないと場は盛り上がらないが、呑み過ぎると話が滅茶苦茶になってしまう。そもそも田辺はあまり酒が強くないので、自分が注意しておくしかないだろう。

最初から今回の記事の話を持ち出すわけにはいかない。八幡は自動車業界を長く取材しているから、田辺は業界内の噂話——特に人事の話で始めた。総務課にいて、今は対外的なつき合いのあまりない伊佐美にすれば、他社の話は新鮮な話題でもある。

酒は呑まないといいつつ、八幡は食べるものは特に制限していないようだった。健康診断で引っかかったら、まず肉や揚げ物を避けそうなものだが、揚げ出し豆腐も鳥の唐揚げも、二人よりも多めに食べている。最初は明らかに警戒している様子だったが、食事が進むうちにリラックスしてきた。

「今回は、ずいぶん苛められましたよ」頃合いと見たのか、田辺がさらりと切り出した。

「まあまあ……いろいろありますよね」警戒したように、八幡が曖昧に返事をする。

「八幡さんは、今回の件は取材してないんですか？」

「あれは社会部がやっていることなので。うちは蚊帳《かや》の外です」

「普通は、経済部さんの領域ですよね」

「事件になると自分たちの出番だと思ってるんですよ、社会部は」八幡の言い回しは妙に皮肉っぽかった。

「事件と言われましてもねえ」田辺が困ったような表情を浮かべ、右手で顔を擦った。

「わざとやっていることではないので」

「好きで事故を起こす人はいないでしょう」八幡が苦笑する。

「社会部っていうのは、そういう部署ですよ」

「東日さんには、だいぶ厳しく突っこまれましたけどねえ」

「普段つき合いがないところですから、対応に困りますよ」田辺が愚痴を零した。

「社会部とつき合いがあるようだと、いろいろ問題ですよ。それだけトラブルが多いということですから」八幡がまた皮肉っぽく言った。

「経済部さんだと、こんな具合にはならないんでしょうけどね」

「それは何とも言えませんけど」眼鏡の奥で、八幡の目つきが急に鋭くなる。「書くべき時は書きますよ」

「記者さんは怖いですよねえ」田辺がおどけた口調で言った。「取材している社会部の記者さんといえば、植本さん……若い方ですか？」

「どうですかねえ」八幡が適当な口調で言った。「社会部は、百人からの大所帯ですから。普段つき合いもないし、事情は分かりませんよ」

　本当に知らないのだろうか、と伊佐美は疑った。こちらが探りを入れようとしていることは、八幡も当然気づいているだろう。同じ新聞社といっても、部が違うとそれほど仲はよくないはずだ。同じネタを巡って取り合いになることも少なくないと伊佐美は聞いていた。今回も、社会部が中心になって取材を進め、経済部の記者は苛々しているのではないかと伊佐美は想像していたのだが。

「ちょっと神経質過ぎませんか？」八幡がやんわりと指摘した。「これぐらいの問題で、そんなに大騒ぎすることはないでしょう」

「御社は、大問題にしたいようですけどね」田辺が反論した。

「大問題にしたいのは、社会部の連中だけですよ」八幡がさらりと言った。「あの連中は、とにかく騒ぎたがるから。扱いがでかくなれば、ネタの内容なんかはどうでもいいと思ってるんです」

「八幡さんは、そんなに大変なことではないと思ってるんですか」田辺が突っこむ。

「あくまで個人的な感想ですけどね」八幡が丁寧に箸《はし》を揃えて箸置きに置いた。「死者が出たわけじゃないし……公道での実証実験になれば、クローズドのテストコースでは考えられない事故も起きるでしょう？」

「そうなんですよ。そもそも、リアルな道路環境にアジャストしていくのが、実証実験の目的ですから」

「自動運転は、遅滞なく進めていくのが大事ですよね。意外に時間はない……それこそ東京オリンピックが開かれる二〇二〇年には、ある程度実現していないと、世界に取り残されてしまいます」

「まったくその通りなんです」田辺が大きくうなずく。「日本の自動車業界にとっては、今後の命運を握る技術開発ですよ」

「私もそのつもりで記事を書いたんですけどね」

「あれはいい記事でした」田辺が満面の笑みを浮かべてうなずいた。半年前、実証実験が始まるタイミングで、八幡は自動運転の現状と今後の展望について記事を書いたのだ。

「開発の状況全体を網羅して、しかも今後の課題もしっかり指摘しておられた。さすが、専門記者は違いますね」

「あれからまた、状況も変わってるでしょうけどね。技術発展のスピードは速いですから」

「何でしたら、また取材していただけませんか？　自動運転は、頻繁にフォローしていただく価値のある技術ですよ」

八幡は、この手の話にはしっかり乗ってくる。やはり、自分が担当している業界でも、一番ホットな話題だと意識しているのだろう。

「まあ、この件が落ち着いたら、ですね」八幡が一歩退いた。「社会部が一生懸命書いているうちは、経済面で普通の記事にはしにくいですよ。それとも何か、すぐに記事にできるような新しい材料があるんですか？」

「残念ながら、今のところはないですね。ただ、ハイブリッド関係ではお話しできることがあります」

「ほう」八幡がぐっと身を乗り出す。

「バッテリー問題で、大きな進展がありそうです。対外的な——海外企業との協力の話なんですが、結構なインパクトがあると思いますよ」

「それは楽しみですね。ハイブリッドの新しい技術は、まだまだ主役を張れる話だし」

「一週間ほどいただければ、詳細をお話しできると思います」

　事前に決めていた取り引きが始まった、と伊佐美には分かった。経済面で大きく書けるネタを提供する代わりに、東日側の情報をもらう。

「では、その件は改めてご連絡いただければ」

　八幡があまり食いついてこなかったので、伊佐美は心配になった。それほど面白いネタではないと思っている？　しかし実際には、八幡はこちらの予想の上をいく反応を示した。

「ところで、取り引きはしませんよ」

「え？」田辺が目を見開く。

「ネタを一本もらったぐらいでは、別に恩義には感じませんから。いや、もちろんありがたい話ではありますけど、それで社会部の動きをそちらに教えるようなことはないですよ」

「これまでも、そういう協力はあったんですけどね」田辺の顔色は少し蒼くなっていた。

「そういうことが普通だと思う記者もいるでしょうけど、私は違うので。社会部の連中は好きではないですけど、外部に情報を売るようなことはしませんよ」

「売って欲しいわけでは……」

「これだけは忠告しておきます。タチさんがどんなに必死になっても、記事は止められません。広告出稿をストップしても、まったく抑止力にはなりません。そういうことになると、むしろ反発するのが記者という人種なんですよね。広告の担当者は、間に挟まって大変ですけど」

八幡は意外に堅い人間なのだな、と伊佐美はむしろ感心していた。記者はしばしば、取材先と馴れ合いの関係になってしまう。五年前のリコール隠しの時には、伊佐美も知り合いの記者に頭を下げ、記事が出るのを抑えたこともあったが、八幡にはその手は通用しそうになかった。結局その後は、話が盛り上がらずに終わった。八幡は自分の分の金をしっかり払って帰って行った。饗応《きょうおう》は受けない、と態度で示したわけだ。

八幡を見送ってから、伊佐美と田辺は、どちらから誘うでもなく、近くのバーへ向かった。地下にある穴蔵のような店で、実際天井が低く、照明も薄暗い。田辺は前から知っている店のようだった。

「ここは、煙草が吸えるのがありがたいんだ」カウンターにつくなり、すぐに煙草を取り出して火を点けた。

「田辺さんも、そろそろ禁煙したらどうですか？　今時、煙草なんか流行《はや》らないですよ」

言いながら、伊佐美は体をずらして煙草の煙から逃れた。

「分かってても、やめられないこともあるさ」

二人ともハイボールを頼み、軽くグラスを合わせる。一口呑んで、田辺が溜息を漏らした。

「彼は、案外ガードが固かったな」

「ああいうタイプの人なんですか？」

「いや、普段はもっと気軽につき合ってるよ。この件が特別なんだろう」

「まあ……自動車業界って、記者さんから見ると少し特殊なんでしょうね。悪口を書かれても、あまり文句を言わないですし」

「それは、商品のことに限るけどな」

車に対する批判が堂々と紙媒体に載る——それが自動車業界の常識だ。特に自動車雑誌や専門サイトでは、昔から普通に批判が行われて、メーカー側もそれを受け入れている。基本的には「悪口」ではなく「前向きな批判」だから、拒絶すべきではないという大らかな考えなのだ。

「特別開発室の方、どうでしたか」伊佐美は声を潜めて訊ねた。

「事故を上に報告しなかったことは認めた」

「動機は何なんですか？」

「報告するに値しない情報だと」

「そういうのを勝手に判断されたら困るんですけどねえ」

「まったくだよ」田辺がグラスを回した。「騒ぎが大きくなってきたな」

伊佐美は無言でうなずいた。今日の朝刊で東日が書いてきた後、各紙が夕刊で後追いした。午前中、広報部がその対応に追われたことは、伊佐美も手伝いに出たからよく知っている。

「この先、取材攻勢は厳しくなると思いますよ。しかも相手は、東日だけじゃない」

「そうなんだよな」田辺が煙草を灰皿に置いた。「本当は、こんなところで酒を呑んでる場合じゃないんだが」

「でも、家に帰ったら夜回りの連中が待ってるんじゃないですか？」

どういう方法でか、各社の担当者は、課長クラス以上の自宅を割り出しているようだ。

帰宅を待ち伏せして、あるいは寛いでいるところを急襲して話を聞き出そうとする——昔からある取材方法なのだが、伊佐美はずっと、違法とは言わずとも無礼なやり方ではないかと思っていた。取材ならあくまで、会社の枠の中で完結させるべきではないか。プライバシーを侵さないのが最近の風潮なのに。

「それもあるから、帰りたくないんだ。家にいる時まで、記者の相手はしたくない」

「まったくです」

「君も課長になると、夜回りの被害に遭うぞ」

「そう考えると、課長になりたくないですね」

「しかし……簡単に東日を抑えることはできないだろうなあ」田辺が溜息をつく。

「ですね」

「あそこは何か、うちに恨みでも持ってるのか？」

「そういうことはないと思います。ただ、美味しいネタを引っ張ってこられたから、調子に乗ってるだけでしょう」

「そうか……ところで、そっちの調査はどうだ？」

「絞り込みを始めました。もしかしたら今日の朝刊の件も……」

「同じ犯人か？」田辺が、ざわめきに溶けてしまいそうな小声で訊ねた。

「立場がやばくなってきて、自暴自棄《じぼうじき》になって東日に喋った——そういう構図なら簡単なんですけどね」

「違うのか？」

「疑いを持たれているのに、さらに危ない橋を渡りますかね？」伊佐美はハイボールを一口呑んだ。コースターの中心にグラスがくるように丁寧に置く。「あるいは、馘になるのを覚悟でしょうか」

「そこまでの大問題かどうかだな」

「査定する立場としては、どうしますか？　大きなバッテンをつけますか？」

「そうだな……」田辺が煙草を灰皿から取り上げ、深く吸った。そのまま腕組みし、唇の端で煙草をぶらぶらさせながら天井を見上げる。ほどなく煙草を指先で摘んで、「取り敢えずE査定はつけるだろう」と言った。

「馘にはしませんか？」

「会社に損害を与えたのは間違いないにしても、そこに悪意があったかどうかがポイントだ。たまたま向こうの口車に乗せられて、ということもあるだろう」

「状況次第ということですね」

「ああ」

伊佐美はカウンターに両手をつけ、すっと顎を上げた。天井付近に漂う紫煙が照明に照らし出される。頭上に広がる雲海で天井が見えない……まるで今の自分たちと同じようなものだと思う。この雲海の上に何があるかは分からない。もしかしたら、今にも何かが落ちてくるかもしれない。

「しかし、どうも上手くいかないな、今回の件は」愚痴を零しながら、田辺が灰皿に煙草を押しつけた。

「そうですね」

「なかなかしんどいよ」田辺が溜息をつく。

「それはそうですけど、やらなくちゃいけない仕事ですよ」

「君は強いねえ」半ば呆れたように田辺が言った。

「強いも何も」伊佐美はハイボールのグラスを強く握った。冷たさが掌から脳天に伝わり、意識が研ぎ澄まされる。「会社員としては、会社を守るのが第一ですから」

「これからますます、風当たりが強くなると思うが」

「体が吹き飛ばされるほどの風は、滅多なことでは吹きませんよ」

たとえ台風でも、しっかり足を踏ん張っていれば前へ進める。ただし今は、まだ強風域にさえ入っていない気もした。

13　２０１６年３月29日

先日とよく似たバーの個室……ただし、街が違う。相手はあちこちを転々とすることで、目立たないようにするつもりらしい。Xもそれは分かっていて、今夜会っている相手との接触には十分気を遣っているのだが、ここまで慎重になる必要があるのだろうかと、最近馬鹿馬鹿しくなってきている。東京は孤独な街である。誰も他人のことなど気にしない。

「昨日の東日の記事は、あまりショックではないようだな」

言われて、Xははっと顔を上げた。どう反応していいか分からず、曖昧な笑みを浮かべてしまう。

「もう、タチはどうでもいいわけか」

「そういうわけではないですが……」相手の皮肉な台詞に戸惑う。

「タイミングはどう考えているんだ？　そちらの希望は？」

「どうでしょう」Xは肩をすくめた。「なにぶんにも相手がある話ですから、私一人が張り切っても、どうにもならないと思います」

「そうだな」

「それより、方針が変わったんですね？　タチ自動車を切り捨てるんですか？」

「切り捨てる、は人聞きが悪いな」相手が苦笑する。こういう立場の人間は、絶対にはっきりとものを言わない。どうとでも解釈できる言葉で、自分に責任がくるのを避けるのだ。そういうテクニックに関しては天下一品と言っていいだろう。「手厚い援助はしない、ということだ」

「それを、世間では切り捨てと言いますけどね」

「我々は何も公表しない。公表する意味もない。これはあくまで、民間企業の問題なんだから」

「それはごもっともですが……」

「何か迷いがあるようだが」相手が横からXの顔を覗きこんだ。

「いえ……」

「今になって、会社に忠誠心を感じたとか？」

「それはないです」Xは即座に否定した。

「だったら、もう少し喜んでもいいんじゃないかな。望み通りに事が進んでいるのは間違いないんだから」

「そうですね」同意したものの、元気一杯というわけにはいかない。

「あまり気のりしていないようだな……確かにどんな組織であっても、一定の期間所属していれば、それなりに愛着を感じるようになるものだ」

「そうかもしれません」

「それをあっさり捨てるのは、日本人のメンタリティに合わないかもしれない」

「ええ」相手の言うことは、いちいち身に染みる。

「もちろん、あなたにとって今回の一件は大事なステップアップなんだから、今はそのことだけを考えていればいい」

「そのつもりです」

「次のステップが、あなたの能力を活かせる場であることを祈るよ」

「それは大丈夫だと思います」

「おかげで私も助かった」

「そう言っていただければ……」Ｘはうなずいた。礼を言われてもむずがゆいだけだが、この良好な関係はキープしておかねばならない。今後の自分のためにも、この相手はどうしても必要な存在なのだ。

　思えば自分の人生は、「師匠」によって何度も導かれてきた。そういう人たちに出会えただけでも、満足すべきだろう。いい「引き」がないまま、どんなに努力しても水面に浮上できずに一生を終えてしまう人も少なくない。

「これが私の最後の大仕事になるだろうな」

「まだまだ業界に関わるんじゃないんですか？」

「先のことは分からない。取り敢えず、今の私の仕事はグランドデザインを描くことだけだから。この件はあくまで、民間企業主導でいくべきだ」

民間企業をやけに強調する。Ｘはこの相手の将来はそこ——民間企業——にあるのでは、と想像していた。天下りはよくある話である。自動車業界の未来デザインを描いておけば、自分がそこに身を置いた時にも安泰だ。

勝手な理屈だ。

しかしこの手の人間は、仕事に社会的な意味を持たせるのが得意である。そこに自分の私利私欲を目立たぬように滑りこませる。卑怯なやり口だとは思うが、これが長年の日本の伝統なのだ。いい悪いではなく、染みついて抜けないことはある。

「ところで」相手が静かに切り出した。「昨日の東日の朝刊の記事だが……あれも君から流したのか？」

「いえ」

「誰か別のネタ元がいるのか？」

「おそらく、警察筋かと」

「警察も、ずいぶん簡単に話すものだね」相手が苦笑した。「こういうのは、しっかり秘匿しておくべき情報じゃないのかな。なんでもかんでも広報してしまったら、重大な情報がダダ漏れだ」

「どういう経緯があったのかは分かりませんが……いずれにせよ、こちらの情報が先に使われた感じですね」

「手が一つ消えた」

Xはうなずき、相手の指摘を認めた。まだまだ手はあるが、心配なのは、畠中がこちらを軽視するようになることだ。他にもネタを流してくれる相手がいるとしたら、自分に会う必要もない——それではまずい。畠中には、自分が絶対唯一のネタ元だと思ってもらわないと。

「他の手はあるのか？　例のプロジェクトチームはどうなっている？」

「容疑者を二人に絞りこんだようです」

「ほう」相手が目を細める。「それは冤罪《えんざい》じゃないか」

「冤罪……私は罪を犯していますか？」

「失礼」相手が拳を口に当てて咳払いをした。「とにかく、見当違いの調査になっているわけだな。それにしても、その二人を最終的に犯人に仕立て上げて、幕引きするつもりじゃないだろうな？」

「そこはトップ判断ですが」

「プロジェクトチームも、大したことはないようだ。もっと優秀な人間に任せないと、最終的に大変なことになる」

「実質的に調査を担っているのは、優秀な人間です」

「私が知っている人物か？」

「いえ、総務の係長ですから……係長まではご存じないですよね？」

「自動車業界は、人が多いからね」言い訳するように相手が言った。「とても覚えきれませんよ」

「あなたのように記憶力のいい人でも無理ですか？」

「さすがにね」相手が苦笑する。「しかし、そんなに優秀な人材なのか」

「五年前のリコール隠し事件の時に広報にいて、身を張って対処しました。それで一気に名を上げた――実際、今はスーパー総務と呼ばれています」

「ということは、相当優秀なんだろうな」相手がうなずく。「開発や営業なら、手柄は数字で出やすい。しかし総務は縁の下の力持ちだ。査定もしにくいのでは？」

「そうですね」

「そういう部署でそれだけ評価されているということは、将来の役員候補だな」

「そうかもしれません」

もっともXの感覚では「総務のエース」の実態は「スーパー雑用係」である。究極の何でも屋。もちろん自分にはない能力で尊敬はできるが、所詮《しょせん》は何の専門も持たずに一生を終える存在である。専門がないということは、打ちこめるものがないと言うに等しい。

「次の手は？」

「打ちます」

「東日にとっては大サービスだな」

「東日を利するつもりはありませんが。利用する相手というだけです」

「もちろん……しかし、身の安全には十分気をつけてくれ」

「心配ありません」Xはうなずいた。「自分の身は自分で守ります」

14　２０１６年３月31日

第二の矢は放った。各紙ともまた追いかけてきた。今のところは完全にリードしているが、まだ手綱は緩められない。第三の矢をどう用意するか、畠中にとっては悩ましいところだった。

編集委員の片山《かたやま》に声をかけられたのは、最初に事故を報じてから約二週間後の三月三十一日だった。片山は社会部の先輩で、交通問題の専門家である。警視庁クラブで交通部を担当したのをきっかけに、その後国交省でも交通問題を専門に取材した。交通行政などの取材はむしろ政治部の仕事なのだが、そこへも平然と突っこんでいき、煙たがられていたという。ただし本人はまったく気にしていない様子で、「金ヅルは摑んだら離さないもんだ」と言い放っている。

「お前、気合いが足りてないんじゃないか」

第一声がそれかよ、と畠中は思わず苦笑してしまった。確かに、このネタで「独走」している感じではない。独走と認められるためには、何本も記事を書いて他紙を圧倒的にリードしていなければならないのだ。ベテラン編集委員から見れば、気合いが足りていないのかもしれない。

遊軍部屋にふらりとやって来た片山は、普段植本が使っているデスクについた。椅子に浅く腰かけ、両足をだらしなく伸ばす。その直後に植本が部屋に入って来て、自分のデスクが占領されているのに気づいたものの、何も言えないまま出て行ってしまった。苦笑しながら、畠中は片山の相手をした。

「タチ自動車のプロジェクトチームについて教えてくれよ。社内で犯人探しをしてるんだって？」

「ええ……構いませんけど、そんなに詳しくは分かりませんよ」

「何だよ、書いておいて、その後のフォローはないのか？」片山がからかうように言った。

「そう簡単に犯人が分かるわけでもないでしょう」

「その犯人が、お前とつながってる人間なんだろう？」片山がにやりと笑った。

「それは勘弁して下さい」畠中は顔の前で手を振った。

「まあ、そこは突っこまないけど、ちょっとコラムの材料にしたいんだよ」

「『偏西風』ですか？」

「そうそう。タチ自動車を皮肉ってやろうと思ってね」

ネタ漁《あさ》りか、と畠中は少しだけ白けた。一ページある解説面の三分の一ほどを占めるコラム「偏西風」は、編集委員がローテーションで書いている。内容は何でもありで、それぞれの専門を活かして、硬軟様々な記事が掲載される。

「俺、自動運転のことは前にも書いたんだよね。一年ぐらい前だったかな……その時は、『未来は明るい』みたいなトーンにしたんだけど、今回はタチ自動車に苦言を呈してやるつもりなんだ」

「皮肉る」から「苦言を呈する」か。畠中にとってはありがたいことに、東日の「反タチ」姿勢は短時間にエスカレートしたようだ。

「片山さん、タチに直接取材したことはあるんですか？」

「五年前のリコール隠しの時にも取材したよ」

「その頃って、もうデスクだったんじゃないですか」

「あれだけの問題だったら、デスクもクソもない……いずれにせよ、最近はご無沙汰だ。今更改めて取材ってわけにもいかないし、お前さんのお力をお借りしたいと思ってね」

「いいですよ」

「別に俺が批判記事を書いても、お前とネタ元の関係に影響はないだろう？」

「たぶん、大丈夫です」

「だったらネタ元は、相当の不満分子なんだな」

さすがに鋭い。Ｘの個人的な事情を詳しく聞いたことはないが、恐らく片山が想像する通りだろう。日本人は、内部告発をあまりしないものだが、敢えて東日に情報提供してくるぐらいだから、よほどの覚悟——会社に対する恨みの強さが想像できる。

結局、片山に要求されるままに、畠中はプロジェクトチームに関する情報を流した。まったく、編集委員ってやつは……自分ではろくに取材もせずに、後輩たちから話を聞いただけで記事をでっち上げている、とよく揶揄される。実際、片山のやり口につき合っていると、彼らの怠慢さを実感した。

「助かったよ」片山が膝を叩いて立ち上がる。「一回、飯を奢《おご》る」

「奢ってもらうほどのネタじゃないでしょう。それより、片山さんの方でも何か摑んだら、教えて下さいよ。俺、自動車業界には全然顔が利かないんで」

「急遽取材して顔つなぎをするのは、社会部の記者が得意とするところだろうが。社会部のモットーは、『常に泥縄』だ」

笑いながら片山が遊軍部屋を出て行く。それと入れ替わりに植本が戻って来た。

「今の人、誰ですか？」片山に汚されたとでも言いたげに、植本が椅子を恨めしげに見つめる。

「編集委員の片山さんだよ。社会部の大先輩だぜ？　知らないのか？」

　無言で首を横に振り、植本が椅子に腰を下ろそうとした……が、ゴミでも落ちているかのように、手で座面を払う。確かに片山さんはだらしない人だが、そこまで嫌わなくてもいいんじゃないか？　苦笑しながらも、畠中は自分の取材の甘さを恥じた。

　そろそろ三本目の矢を用意しなくては。そのためには——まずXに連絡だ。


　畠中の方からXに連絡するのは初めてだったので、本当に接触してくるかどうか、自信はなかった。ベランダの箒を動かしておく……そもそもXは、どうやってそれをチェックするのだろう。もしも、会社に近いゆりかもめの沿線に住んでいるとしたら、新中野の畠中のマンションを毎日チェックするのはほぼ不可能だ。やはり、自分の家の近くに住んでいるとしか考えられない。そうだったら、新中野の駅でばったり会う可能性もある。無視するしかないが、居心地は非常に悪くなるだろう。あるいはこの近くに、信頼できる知り合いが住んでいるとか。

　アナログな方法の方が安全なのは間違いないが、正確性には欠ける。それでも、Xが望んで自分も合意したことなのだから、仕方がない。

　連絡は上手くいった。

土曜日、午後十一時、Ｘが指定してきたのは、結局また渋谷の宮下公園下にある駐車場だった。畠中は一度自宅へ帰って着替えてきた。ダンガリーのシャツに、裏地つきのタンカースジャケットというラフな格好。これだと昼間は暑いぐらいだが、夜になると結構ひんやりする。もう桜の時期なのに。

駐車場に車を乗り入れた瞬間、畠中はかすかな不安に襲われた。これまではずっと、自分は歩いてこの駐車場に入って来た。しかし今日は、敢えて愛車のメーゼを駆ってきたのだ。普段と違う状況に気づいたら、Ｘは何と言うだろう。

約束の時間ちょうどに、車が入ってきた。Ｘの愛車・ティエラ。いつも約束の時間ジャストに来るのは、駐車場の外の明治通りに車を停めて時間まで待機しているからかもしれない。だとしたら、かなり律儀《りちぎ》な人間だ。

ティエラが一発で、バックで駐車スペースに入る。やはりＸは運転が上手い。そこそこ大きなティエラを、さながら自分の手足のように自在に扱っている。畠中はメーゼを降りて、ドアをしっかりロックした。Ｘがすぐに気づき、運転席で目を見開く。

いつものように助手席に乗りこむと、Ｘがじろりと見てきた。

「車？　今日は休みですか？」

「土曜日ですからね」

「土曜日でも仕事なんですね」

「それはあなたも同じでは？」

「これは仕事ではありません」ハンドルを握ったまま、Xが首を横に振る。「会社に利益を与えることをしているわけではないですから」

「むしろ損害かな？」

Xが黙りこむ。Xはこれまで決して、感情的には会社の悪口を言わなかったな、と思い出す。もちろん、事故隠しについては批判を口にしたが、そこからだらだらと悪口につながっていかなかった。どこかで一線を引いているのだろう。

「あなたがタチの車に乗っているとは思わなかった」Xがぽつりとつぶやく。

「メーゼはいい車ですよね。生産中止にしたのは、とんでもない悪手です。あれ以来私は、タチ自動車に対しては愛憎半ばする気持ちを抱いています。五年前のリコール隠しから、憎しみの方が増えたかな？」

「大袈裟ですね……それで、物損事故の件はどうしたんですか」Xの方から話題を持ち出してきた。

「あなただけをネタ元にするわけにはいかないので」

「警察からの情報ですか？」

「すみません、そこはノーコメントで」

「分かりました」

Xは深追いしてこなかった。デリケートな話題だということは十分承知しているのだろう。ようやくエンジンを切ると、それまで低い音だった音楽がはっきり聞こえてきた。オーティス・レディングの『ドック・オブ・ベイ』。ずいぶん渋い趣味だ。それが一発で分かる自分も、四十歳としてはどうかと思うが。

「プロジェクトチームはどうなりました？」畠中は切り返した。

「なかなか……スムーズには進んでいないようですね」

「犯人を絞りこむまではいっていない？」

「いえ」Xが口を濁す。拳を顎に当て、二度、三度と軽く叩いた。「ある程度の絞りこみはしているようです」

「あなたに対して調査は？」

「特に何も」

畠中は思わず安堵《あんど》の息を吐いた。犯人は自分のすぐ横にいる——Xに害が及ぶことになったら、自分としては謝罪してもし切れるものではない。そしてXも、自分が完全に安全だとは思っていないようだった。ぴりぴりした気分は畠中にも伝わってくる。

「今度、この件がまた記事になりますよ」本当は言うべきではないのだが、一応の礼儀として畠中は告げた。

「何か別の材料でも？」

「いや、コラムです。生ニュースじゃありません。ただし、相当厳しい内容になると思いますよ」

「隠蔽体質の批判、ですか」

「そういう感じになるでしょうね」

　Ｘが溜息をつき、両手でハンドルを握りしめた。まるでそれが、唯一の命綱であるとでもいうように。それで畠中は、Ｘが会社に対して微妙な感情を抱いているのではないか、と想像した。完全な憎しみではない……仮にも自分が所属している組織が批判されるのは耐えられない、とでも思っているのではないだろうか。

「五年前のリコール隠しも、引き合いに出されると思います」

「仕方ないでしょうね」Ｘが、ハンドルを握ったまま肩をすくめる。「実際、あれは最悪でした」

「私はあの件は取材していないんですが、あなたは噛《か》んでいたんですか？」

「いえ」Ｘがさらりと否定した。「あの頃の私は、マスコミと接触できる立場にはなかったですから」

「なるほど」

「マスコミと接触といえば、広報課長と総務の係長が、そちらの経済部の記者に会ったそうですよ。会ったというか、軽い接待ですね」

「相手は誰ですか？」嫌な予感がして畠中は思わず訊ねた。

「八幡記者……自動車業界の担当らしいですね」

「そうですか……」クソ、気にくわない。奴はタチ自動車側に情報を流しているのか？

「何か？」畠中の口調が微妙に変わったのに気づいたのか、Xがすかさず聞いた。

「いや、よく知ってる後輩なんです。奴を丸めこもうとしたんですか？」

「会談の内容は分かりませんが、恐らくそうでしょうね。あるいは、そちらの動きに探りを入れようとしたか」Xがうなずく。「それも広報課の仕事です。それで八幡記者は、どういう反応を示したと思いますか？」

「どういう反応も何も、何も言えなかったんじゃないかな。あいつはこの問題を取材していないから」しかし、本当のところは分からない。八幡はきっと、社会部が主導権を握って取材していることを、あまり面白く思っていないのだし。

「だったら、間違ったところに突っこんでしまったわけですね」納得したようにXがうなずく。「広報課も、少し勘が鈍っているかもしれません」

「それだけ焦っているわけかな」

「あるいは。焦ると、まともにものも考えられなくなる……もしかしたら、あなたに接触してくる可能性もありますよ」

「俺の名前を割り出せるかどうかは分かりませんけどね。あちこちに手がかりは転がっているけど、果たしてそれに辿りつけるかどうか」

「馬鹿にしたものじゃないですよ」Xが警告した。「八幡記者と接触したのは、広報課というかプロジェクトチームの人間ですけど、そのうちの一人……総務課の伊佐美係長は要注意人物です」

「というと？」

「五年前のリコール隠し事件の時に広報課にいて、事態の収拾で活躍したんです。以来、総務のエースです」

「それは確かに、要注意人物ですね」畠中はゆるりと顎を撫でた。どうせなら、こちらから攻めていこうか、とも考える。プロジェクトチームの中心人物ならば、様々な事情に通じているはずだ。慎重にいかねばならないが、新たなネタ元として落としにかかるのも手である。

「あなた、耐え切れますか？」Xが唐突に訊ねた。

「耐える？　何に？」

「人に頭を下げられて、泣きつかれて——それでも、取材を続けられますか」

「もちろん」畠中は迷わず答えた。「一度取材し始めたことは、最後までやり通しますよ」

「それで、最後はどうなるんですかね」Xがぽつりと言った。「何をもってこの取材は終わりになるんでしょうか」

言われて唖然としてしまう。そういうことは何も考えていなかった。事故に関しては既に報じてしまい、今のところ次の手はない。タチ自動車は謝罪はしたものの、今のところそれだけだ。実験を中止する気配もない。

実験を中止させればそれで満足なのか？

違う。

違うが、答えは見つからなかった。

15　2016年4月5日

かつて、取材した人を窮地に追いこみそうになったことがある。詳細は明かせないが、重要な情報を提供してくれた人の名前が外部に漏れそうになったのだ。

極めて微妙な問題で、漏れれば情報提供者の立場が危うくなるのは間違いなかった。結果的にその人の名前が出ることはなく、事態は収束したのだが、今思い出しても冷や汗が出る。そして当時の怒りを思い出す。

5年前に発覚したタチ自動車のリコール隠し事件はまだ記憶に新しい。あの時非難の輪が広がったのは、まさに安全に直結する問題であったと同時に、「隠せば何とかなる」というタチ自動車の隠蔽体質が際立ったからだろう。

そのタチ自動車が、またも事故隠しに走った。それも重大な問題ではあるが、さらに悪質なことに、今回は「誰が情報を漏らしたか」を重視して、社内調査のためのプロジェクトチームまで作っている。

もちろん企業にとって、情報統制は極めて大事な問題である。新製品の開発に関する秘密が簡単に外部に漏れたりすると、会社の根幹が揺らぎかねない。ただしこれは、そういうこととはまったく別の問題である。

日本では「内部告発」が少ないと言われる。それは普段取材する立場の私たちが日々感じていることでもある。組織に対する忠誠心、発覚した時の恐怖などを考えれば、たとえどれほど問題があっても簡単に内部告発ができないのは理解できる。とはいえ、中には正義感を持って告発してくれる人がいるのも事実だ。

私たちは、そういう人を徹底して守らなければならない。正義のために動いてくれる人が、不利益を被ってはいけないのだ。

記者としての経験からも、情報源を守る大事さはよく分かっている。

タチ自動車は、プロジェクトチームによる調査で「犯人」を割り出した後、どうしたいのだろうか。罰するつもりなら、完全に方向性を間違えている。

もちろん、会社として罰しなくとも、その人が告発したのだと明らかになれば、会社にい辛くなり、結果的に不利益を被るかもしれない。自分が属する会社の悪口を言いふらすのがいいことだとは言わないが、今回の問題はそれとはまったく別である。

一つの会社の枠にこだわらず、広い意味で社会正義のために動いた人が不利益を被ってはいけない。それが民主主義の基本である。


下手くそなコラムだ、と伊佐美は白けた。強く訴える調子ではあるが、中身があまりない。署名のある片山という編集委員はこちらに取材もせず、手持ちの材料だけで適当に書いたのだろう。

だからこのコラムはどうでもいい。新しい事実が出ているわけではないし……と思っても、小さなトゲが刺さったように感じられる。不快感が強く残る。

乱暴に新聞を畳み、伊佐美はコーヒーを飲み干した。最近、朝刊を読んだ後に不機嫌になることがあまりにも多いので、朋子も一々「どうしたの」とは聞かなくなっていた。伊佐美も説明したくない。結果、特に問題があるわけでもないのに、夫婦仲がぎすぎすしている。

東日さんよ、こんなところにも影響が出てるんだぜ、と伊佐美は皮肉っぽく思った。

出社すると、茉莉花がすかさず訊ねてきた。

「今朝の東日、読みました？」

「読んだよ」答えると同時に、自分の顔が不機嫌になるのが分かる。

「大したことないですけど、何か不愉快ですよね」

「ああ」認めて顔を擦る。「書くことがないなら、無理に書かなければいいのに」

「これから会議だっていうのに、朝から嫌な感じですよね」

「まったく」気が重い。これまでプロジェクトチームは、特に専用の部屋も持たずに動いてきた。しかしさすがに、ずっとバラバラというわけにはいかず、調査の総責任者である谷内常務が会合を招集したのだ。場所は役員フロアの会議室。一度入ってしまえば、他の社員に見られることはないものの、そこへ行くまでが難儀だ。エレベーターで知り合いに会って、役員フロアで降りるのを見られたら厄介である——用心深い谷内の命令で、時間差で役員フロアに入ることになっていた。

「じゃあ、私、先に行きますから」

小声で言って茉莉花が立ち上がる。伊佐美はうなずくだけにした。総務課内でも、この件に関しては余計なことは言わないのが暗黙の了解になっている。五分後、伊佐美も席を立った。鼓動が少し速くなっているのを感じる。今日で一区切りと言われているわけではないものの、常務に直接報告するとなると、やはり緊張する。

会議室は、普段伊佐美たちが使っているのとは「格」が違う。什器《じゅうき》は上等、雑音は一切入ってこず、その気になれば昼寝にも使えそうだった。せめてものもてなしということか、谷内はコーヒーを用意してくれていた。一口飲んで驚く。これも上等……やはり役員フロアでは、いいコーヒーマシンを使っているようだ。

　プロジェクトチームのメンバーの他に、社長秘書の花田ゆり子も同席していたので驚いた。社長の代理なのだろうが、こういう大事な会議に秘書が出てくるのは、普通はあり得ない。よほど信頼されているのか……「社長の愛人」という噂が脳裏を過《よぎ》る。ゆり子はまったく平然とした表情で座っていた。それにしてもやっぱり美人だよな——というのがまず頭に浮かんだ感想だった。この人が元々技術畑の人だったとは信じられない。白衣、あるいは作業着で現場にいる姿が想像できなかった。

「大変な仕事でお疲れのところ、申し訳ない」

　まず谷内が立ち上がって一礼した。相変わらず背広は着ずにワイシャツ一枚。今からこれで、クールビズの季節にはどうするのだろう、と心配になった。

「今回は、これまでの調査結果の確認とすり合わせをしたい。社長も進展状況を気にしておられるし、今後の方針も決めないといけない」

　指名され、伊佐美は最初に立ち上がって調査経過を報告した。特別開発室の二人が怪しいという話はもう伝わっているはずだが、谷内は初めて耳にするような表情で、伊佐美の報告に耳を傾けていた。

　その後も報告が続く。伊佐美は途中まではメモを取りながら他のメンバーの報告を聞いていたが、やはり既に知っていることばかりで新味はない。今のところ、自分たちが摑んだ線が、一番筋がいいように思えた。だからといって、自慢する気にもなれなかったが。

「今朝の朝刊の件ですが」全員の報告が終わると、田辺が切り出した。「東日のコラムですが、筆者の片山編集委員はこちらに取材はしていません。社内取材だけで原稿を書いたと思われます」

「嫌な記事だな」谷内が顔をしかめる。「片山記者は確か、ずっと交通問題を取材しているはずだ」

「ええ」田辺が認める。「その関係で、自動車業界とも接点があります。元々社会部の記者なので、経済部の記者のように常時取材していたわけではないようですが」

「狙いは何だろう」

「つなぎだと思います。コラムの内容に新しい材料は何もありませんでしたし、取り敢えず忘れられないために書いておくというのは、よくありますから」

「社長は、非常にお怒りだ」

谷内が唐突に言うと、会議室の空気が凍りついた。社長は感情を露わにする人ではないのだが、それが怒っているというのだから、よほどのことだろう。伊佐美は、急に背中を汗が伝うのを感じた。

「先日の事故に先立つ複数の物損事故――その情報が上がってこなかったことを問題視している。特別開発室の方とは話したが、この件では早急に処分が必要だ」

「処分の方針は決まったんですか」田辺が訊ねる。

「それはまだだが、すぐに決める。特別開発室は、いったいどうなってるんだ？」

谷内の声に怒りが滲み、嫌な沈黙が会議室に満ちた。伊佐美はコーヒーを一口飲んだが、冷めて味が変わってしまっている。苦味が強い。

誰も返事をせず、怒りの行き先がなくなってしまったせいか、谷内が咳払いをした。

「それと、これは内密の話だが……絶対に外に漏れないようにしてくれ」

また危ない話か、と伊佐美は緊張感が高まってくるのを感じた。谷内が両手を組み合わせ、そこに顎を乗せる。会議室に集まったメンバーの顔を眺め渡し、もう一度咳払いして話し始める。

「公然と社長批判が出た」

伊佐美は軽く頭を殴られたようなショックを覚えた。世界的な自動車メーカーになっても、依然として同族経営――城一族が経営に責任を持っている会社として、創業者につながる社長は絶対の存在である。その社長に対する批判が出るというのは、尋常ならざる事態だ。

「昨日の取締役会で、竹村《たけむら》専務が、プロジェクトチームの活動に疑義を呈した。事情聴取が続いているせいで、社員――特に特別開発室の士気に影響が出ているということだ」

竹村が反発するのは当然と言える。竹村は、特別開発室の創設メンバーの一人なのだ。

ハイブリッド、そして自動運転開発の道筋をつけて、その後専務まで登りつめた人である。いわばこの道の先駆者で、特別開発室が虐められているのは、彼にすれば、我が子が拷問《ごうもん》を受けているようなものだろう。さすがに我慢できなくなって、公の場で社長に直訴《じきそ》したのだろう。

「それで、社長はどう反応したんですか？」田辺が遠慮がちに確認する。

「竹村専務は、プロジェクトチームの調査中止を要請したんだが、社長は却下した」

「それで収まったんですか？」田辺は心配そうだった。取締役会で何の衝突もなく、ただ社長の方針に対して「イエス」と言うだけなら、それはそれでまずいのだが、正面から反対が出ることもまた問題だ。

「社長がノーと言えば、それ以上は突っこめない。竹村専務にしても、ずっと社長と遣り合うことはできないと分かっているはずだ。きちんと抗議した、という実績を残したかったんだろう。取締役会の議事録にも、その記録は残っているはずだ」

「よろしいでしょうか」

ゆり子が遠慮がちに手を挙げる。谷内が無言でうなずきかけ、発言を許可した。

「社長は、竹村専務との遣り取りを議事録から削除するよう、命じられました」

「そうなのか？」この件については完全な初耳だったようで、谷内が目を剝く。

「社長が直接指示されましたので、間違いありません」ゆり子が、感情を感じさせない口調で言った。

「まずいな……」谷内が腕組みをした。「実際、社長の心理状態はどうなんだろう。昨日の取締役会でも、かなり焦っているように見えた」

「その通りだと思います」ゆり子がうなずく。「調査が進んでいないこともそうですが、竹村専務に疑義を呈されたことがショックなご様子でした」

「まさか、東日のネタ元は竹村専務じゃないだろうな」

谷内の指摘に、会議室の中がまた凍りついた。竹村は、会社の序列では五本の指に入る人間であり、社内のあらゆる情報にアプローチできる。そういう人物が東日とつながっていたら……いや、それはおかしい。東日にあんな記事が出れば、彼が一番大事にしている特別開発室にダメージがくることぐらいはすぐに分かるはずだ。

伊佐美は思い切って、谷内に訊ねてみた。

「他に、竹村専務に同調している人はいないんですか？」

「今のところは竹村さんだけだ」

「他の役員は、全員が社長の方針を了承している、という理解でよろしいんですね？」

「まあ……」急に居心地悪そうになって、谷内が体を揺すった。「役員全員にしっかり意思確認をしたわけではないが、一枚岩と言うのは無理がある」

「竹村専務に同調……というわけではないが、心情的に近い人はいるんですか」

「おそらく。顔色を見て、話し方を聞いて、それで何となく分かる感じだから、確証はないが」

「竹村専務に事情聴取しなくていいんですか」

今度は伊佐美の言葉が会議室の空気を凍らせた。特別開発室の現場スタッフ中心に行ってきた事情聴取を役員にまで広げる――そこまでやったら、調査を会社全体に広げなくてはいけなくなる。いったいいつまで調査が続くのか、見当もつかなかった。

「それは……取り敢えず予定はない」

「本当に必要ないんですか」否定されるとむしろ気になる。「竹村専務は、事情を全て知る立場の人ですよ？　東日とつながっている可能性も否定できません」

「君が竹村専務に話を聴くのか」

指摘され、思わず黙りこんでしまう。単なる総務課係長である自分が役員を事情聴取――あり得ない。やるなら、少なくとも同じ役員クラスの人間が担当すべきだろう……しかし、命令ならばやるしかない。結果はともかく、それが自分の将来につながるのだ。

「そういう指示があれば、担当します」

「検討する」谷内が真顔でうなずいた。「ただし、すぐに結論は出せない」ふいにゆり子に視線を向けた。「竹村専務への事情聴取、社長はＯＫを出すだろうか」

「今の心理状態だと、許可する可能性もあるのではないでしょうか」ゆり子が表情を変えずに言った。

「ということは、社長は本当にお怒り——焦っているわけだ」

「それは間違いありません」

ゆり子がうなずく。完全に社長の代弁者という感じで、伊佐美は微妙な違和感を覚えた。

ゆり子は社長を籠絡《ろうらく》して、権力の後ろ盾を得たのではないか？

「後で社長に相談する。それまでは、現在と同じ調査を進めてくれ。特に伊佐美、特別開発室の方はより厳しくやって欲しい。問題の二人は、やはり相当怪しいぞ」

「まだ状況証拠ですが」

「それでも、だ。二人の説明には、説得力がない」

「……分かりました」伊佐美はうなずいた。

これで会議は終わりになったが、始まる前よりも伊佐美の困惑は広がっていた。取締役会の混乱——社長に対する反乱は本物なのだろうか。だとしたら、これからタチ自動車は本格的な激震に見舞われる。外に対して守りを固めねばならない時に、内輪揉めは最悪だ。

それでも調査は進めていく。

足元をすくわれないようにしないと、と伊佐美は気を引き締めた。竹村専務が特別開発室を守ろうと本気で考え始めたら、今後の調査は一筋縄ではいかないだろう。

「一気に気が重くなりました」エレベーターの前で一緒になった茉莉花が、面倒臭そうに言った。「今日もこれから特別開発室じゃないですか。白い目で見られそうです」

「気にすることはないよ。いつも通りにやればいい」自分に言い聞かせるように伊佐美は言った。

しかし、我ながら説得力がないと思う。エレベーターに乗りこむ足取りは重かった。

第四章　犠牲者

16　２０１６年４月５日

空気が明らかに違う。

伊佐美は気を引き締めた。特別開発室の、いつもの会議室。しかし普段と違い、目の前には二人……「容疑者」の大宮だけではなく、特別開発室長の池本が同席している。これまで伊佐美は、事情聴取は必ず二対一で行うように調整してきた。相手にプレッシャーをかけるためだが、池本は「今日からは必ず自分が同席する」と宣言したのだ。伊佐美は反発したものの、池本は「それなら事情聴取は受けられない」と強硬な態度に出た。

仕方なく同席を許可したのだが、そのせいで空気が変わってしまった。二対二とはいえ、明らかにこちらが呑まれている。茉莉花も同様に感じているようで、先ほどからしきりに、不安げに体を揺らしていた。

それでも茉莉花は、第一声を発した。

「先日からの続きですが――」

「先日、全て申し上げています」

　隣に池本がいることに意を強くしたのか、大宮が胸を張った。そうするとやけに体が大きく見える。会社のクラブでサッカーをやっているという話だが、どうやらお遊びではなく、かなり本格的にトレーニングを重ねているようだ。

「これ以上申し上げることは何もないです」やけに自信たっぷりの口調だった。

　伊佐美は思わず、池本に視線を移した。緩く腕組みしたまま宙を睨んでおり、伊佐美と視線を交わそうとしない。つい声をかけてしまう。

「室長、協力していただかないと調査が進まないんですが」

「そもそも、この調査自体に疑問があると言っておくよ」池本が目を合わせないまま言った。

「どういう意味ですか」池本の口から、こういう反抗的な言葉を聞いたのは初めてだ。やはり、竹村専務の「反乱」から状況が変わってきたのだろうか。

「我々は社長命令で動いています。会社を守るためにやっているので、個人的な感情はさし挟まないように気をつけています」

「会社を守りたいのはこちらも同じだ」池本が言った。「会社を守る、イコール社員を守るだ。私には、特別開発室長として、スタッフを守る義務がある。部下が刑事被告人のような扱いを受けるのには耐えられないんでね」

「どうして今になって言い出したんですか？　気にくわないなら、最初からそう言えばいいでしょう」伊佐美はできるだけ冷たく言った。

「状況は刻一刻と変わるんだ」

もしかしたら池本は、大宮に対する事情聴取を完璧に叩き潰すつもりかもしれない。自分が矢面に立ち、大宮には一言も喋らせない……しかしそれでは、こちらは仕事にならない。

「大宮さん、あなたはサーバールームにも入っていないと言いましたね」

「入ってませんよ」大宮の態度はどこかふてぶてしかった。

「サーバールームのログを確認しました。あなたの社員証でロックが解除された記録があります」

伊佐美が指摘すると、茉莉花が一枚の紙を取り出した。表計算ソフトで作られたログで、日付、時刻と社員番号がずらりと並んでいる。茉莉花が、緑色のマーカーで素早く一行に印をつけた。

「これはあなたの社員番号ですね」茉莉花が追及した。

「そうですけど」大宮は動じない。

「動かぬ証拠があるじゃないですか。あなたは普段、サーバールームに入る用事はないですよね。それなのに何故《なぜ》、入ったんですか？」

「先日は入っていない、と否定しましたね？　今度は覚えていない。どっちが本当なんですか？」

「覚えてませんね」

「覚えてないですねえ」矛盾を追及されても、大宮はびくともしない。何故か、声には余裕があった。「誰かが俺の社員証を使ってサーバールームに入ったかもしれないでしょう」

「どうしてそんなことを？」

「さあ」わざとらしく大宮が首を傾げた。「別に、社員証は常に首にぶら下げているわけじゃないですから。誰かが使っても分かりませんよ」

「言い訳としては、あまり上手くないですね」茉莉花がちくちくと皮肉をぶつけた。

「でも実際、覚えていないので。サーバールームには防犯カメラもついていないでしょう？　本当に俺が入ったかどうかは、分からないですよね」

屁理屈《へりくつ》野郎が……伊佐美はやや口調を強くして攻め立てたが、池本という後ろ盾がいるせいか、大宮はまったく平気でのらりくらりの態度を崩さない。結局、一時間ほどが無駄に過ぎ、聴取は終わった。げっそり疲れ果て、伊佐美は次の事情聴取まで少し間を置くことにした。茉莉花も憮然《ぶぜん》とした表情で、腕組みをしたまま動かない。

「潮目が変わったな」伊佐美はぽつりとつぶやいた。眼鏡を外し、拳を目に押し当てて刺激する。

「潮目？」

「連中の態度が変わった。たぶん、朝方聞いた話……竹村の乱が影響してるんだろう」

「竹村の乱ですか。本当にそういう感じですよね」茉莉花が座り直した。気合いを入れようとでもいうように、背筋をぴしりと伸ばす。「どうします？　たぶん今は、特別開発室全体が、こんな雰囲気になってると思いますよ」

「サッカー部か……」

「はい？」茉莉花が眉をひそめる。「サッカー部って、大宮さんの話ですか」

「そう」伊佐美はうなずいた。「考えがある」

かなり強引な手段だが……ただし、多少は強引な手に出ないと、この状況は打破できそうにない。

午後八時前。伊佐美と茉莉花は、市川《いちかわ》市のサッカーグラウンドにいた。煌々《こうこう》と照明が灯り、選手たちの声が飛び交う。福利厚生――これも総務課の仕事だ――の一環で作られたグラウンドは、結構稼働率が高い。タチ自動車にはサッカー部だけで五つもあり、どのチームもここで練習、あるいは試合を行う。今日は大宮たちの部の練習日だった。

伊佐美はグラウンドと道路を隔てるネットに右手を絡ませ、練習の様子を見守り続けた。

実戦形式の練習の最中で、大宮は大きな体を活かしてディフェンダーを務めている。空中戦には絶対の自信があるようで、クロスボールをヘディングで楽々クリアする場面を伊佐美は何度か見た。背が高いだけではなく、いかにも体幹が強そうで、相手とぶつかってもびくともしない。相手を撥《は》ね飛ばすような勢いだった。

「そろそろだな」伊佐美が腕時計を見た瞬間、ホイッスルが鳴った。練習、終了。あとはクールダウンだろう。

「それにしても、よくやりますよねえ」呆れたように茉莉花が言った。「特別開発室からここまで、車で一時間もかかるじゃないですか。それで週二回も練習なんて、よほど好きじゃないとやっていられないですよね」

「まあな」他人には分からないのが趣味というものだろう。伊佐美だって、深夜の首都高をスカウトで何周もするし、茉莉花もよく箱根に走りに行く。これも他の人には理解されにくい趣味と言える。

今は、気分は多少上向いていた。一度家に帰って、愛車で乗り出してきたのだ。どんなに落ちこんでいても、スカウトのハンドルを握れば心は癒される。それに家からここまでのＢＧＭは、モトリー・クルーのお気に入りのアルバム『ドクター・フィールグッド』だった。

選手たちがゴールライン際に並んだ。ホイッスルの合図で走り出す——いや、走っているというより早歩きか。大宮はストッキングを下げ、長い手足をゆっくり動かしていた。まるで筋肉の動きを一々確認するかのように。一往復、そしてストレッチ。笑い声が混じるだらだらとした感じは、クラブ活動ならではだろうか。大宮は腰に手を当て、盛んに両のアキレス腱を伸ばしていた。

「終わったみたいですね」

茉莉花が言った。確かに、選手たちがベンチにぞろぞろと引き上げて行く。この後クラブハウスに戻ってシャワーを浴び、着替えて出て来るのは三十分後というところか。このチーム行きつけの焼肉屋が、グラウンドのすぐ近くにあることを伊佐美は調べ上げていた。二時間ほど食べて騒いでから解散だろう。

今夜、大宮には少し遅れて参加してもらうことになる。

茉莉花を残し、伊佐美は駐車場に向かった。クラブハウスを茉莉花が見張り、伊佐美が駐車場で待ち構える両面作戦だ。大宮の車は小型車の「サンタアナ」。「社会人になって初めて車を買う若者向け」というコンセプトで、三十年以上の歴史を持っているが、モデルチェンジを繰り返す度に売れ行きが落ちている。そろそろラインナップ落ちだろう。

しかしうちの会社も、デザイン力はイマイチだな、と伊佐美は苦笑した。サンタアナの現行モデルは、発表された途端に「『ミニ』のパクリではないか」と騒がれたものである。3ドアハッチバックというスタイルからしてそうだし、大口を開けたようなフロントグリル、独立した目玉に見える丸いヘッドライトなどは、まさにミニの意匠だったのだ。
二十分経過……茉莉花からスマートフォンにメッセージが入った。『クラブハウスを出ました。髪が濡れています』。髪が濡れているという情報は余計な気がしたが、シャワーを浴びて、髪も乾かさずに出て来たのは、かなり焦っている証拠だろう。もしかしたら今日は打ち上げではなく、別の用事があるのかもしれない。

ほどなく、大宮が駐車場に現れた。茉莉花の報告通りに髪が濡れている。今日はそれほど気温が高くなく、あれでは風邪を引くのでは、と伊佐美は心配になった。彼の背後からは茉莉花がついて来ている。見事な尾行ぶりというべきか、大宮はまったく気づいていない様子だった。

伊佐美は、サンタアナの陰からすっと出た。大宮が目を見開いて立ち止まる。昼間の余裕のある態度は消え去り、すぐに目が泳ぎ始めた。一人だと、何もできないタイプなのかもしれない。

「何ですか……」

「昼間の続きですよ」伊佐美はできるだけ抑えた口調で言った。「どうも、昼間の事情聴取は具合がよくなかったので。室長のいない場所で話をしたかったんです」

「もう仕事の時間じゃないんですよ。困ります」

「こっちは仕事なので。時間は関係ないです」

「冗談じゃねえよ……」うつむき、大宮が乱暴に吐き捨てた。

「そう、冗談じゃない。事は重大ですよ」

「俺は関係ないから」

「君の証言は信用できない」伊佐美はずばり指摘した。「証言が何度も変わっている。何を信じたらいいんですか」

「別に言うことはないんで」大宮がドアのロックを解除した。そそくさと運転席に乗りこみ、ドアを閉めようとしたが、伊佐美は素早くドアに手をかけた。

「何するんですか」大宮が気色《けしき》ばむ。

「呑気《のんき》にサッカーをやってる場合じゃない。君は説明責任を果たしていないんだから」

「ちゃんと話してるじゃないですか」

「説明になってない」

会話は平行線を辿り始めた。そこへ茉莉花も参加する。ただし彼女は、車からは一定の距離を置いていた。ただならぬ雰囲気に気づいたのか、近づかないのが得策だと考えたのだろう。

「特別開発室全体で調査に逆らうつもりかもしれないけど、そういうのは通用しない。室長だって、本当にやばいことになったら君を庇ってくれないぞ」

「別にやばいことはないんで……何なんですか？　こんな、社内で犯人探しをするような仕事、何が楽しいんですか？」

「仕事は、楽しいからやるわけじゃない」苛立ちながら伊佐美は反論した。

「俺は楽しい仕事しかしないですけどね」

「だから会社を裏切るようなことはしない？」

「あのですね」大宮が苛々した口調で言った。「会社をぶっ壊したいんですか？　やってもいないのに疑われて、それでも会社に忠誠を誓えって言われても、無理でしょう」

「忠誠は誓ってないんだな？」

「揚げ足を取らないで下さい」大宮が冷たい口調で言ったが、相変わらず目が泳いでいる。

「普通に話してくれるだけでいいんだが」

「話してますよ。何も情報が出てこないのは、そちらの聞き方が悪いからじゃないですか」

「何だと」伊佐美はドアを大きく開いた。「言っていいことと悪いことがあるぞ」

「今のは別に悪いことじゃないでしょう」大宮の口調は白けてきた。「何でそんなにむきになるんですか？」

「社長の命令だからだ」

「大変ですねえ」大宮が肩をすくめる。「社長がどんな人か知らないですけど、こんな訳の分からない命令を出すのはどうなんですかね。馬鹿殿様ですか？」

「いい加減にしろよ。だいたいこの件は、お前らの仕事がいい加減だから起きたんだ。自動運転の実験で、何度も事故を起こしているのはうちの会社だけだろうが。他社に後れを取ってるんじゃないか？　特別開発室がしっかりしていれば、こんなことにはなってないんだ」

　大宮が眉をひそめる。顔からは血の気が引いていた。

「全部うちの責任にするつもりですか？　冗談じゃない。話にならないですね」

　一瞬の隙を突いて、大宮がドアを思い切り強く引いた。手を挟まれそうになり、伊佐美は慌てて後ろへ下がった。すぐにドアがロックされる。伊佐美は思い切りウィンドウを叩いたが、当然大宮は反応しない。エンジンをかけると、すぐに発進した。

「今の、やり過ぎですよ」茉莉花が白けた口調で言った。「ただの感情論じゃないですか」

「しょうがないだろう、向こうがガキなんだから」伊佐美は思わず言い捨てた。「あんな風に逃げ回るのは、明らかにおかしい」

「それもちょっと、思いこみのような……私は、選手交代を提案しますね」

「俺じゃあ力不足だって言うのか」

「だって、何も聞き出せていないでしょう？　私もそうだけど……だから、ここは思い切って聞き手を代えてみるのも手ですよ。私、明日提案してみますから」

「おいおい、勝手に――」

「正直言って、うんざりしてるんです。こんな仕事、好きでやってるわけじゃないですし、伊佐美さんは暴走するし……私の将来も考えて下さいよ」

「別に、君の昇進を妨害してるつもりは――」

「結果的に妨害になりそうですね」茉莉花が冷ややかに言った。「とにかく、巻き直しましょう。この件は、我々には無理ですよ」

無理だとは言いたくないが、実際、結果を出していないのは確かだ。選手交代も一つの手……俺は駄目だと白旗をあげるようなものだが、仕方がない。

これだって仕事なのだ。結果が出なければ手を替えるのは当然である。

自分一人で何でもかんでもできるはずもない。何がスーパー総務だ。

17　２０１６年４月７日

続報がないのは、実に頭が痛い。じりじりし始めた頃、突破口を発見したのは植本だった。片山のコラムが出た二日後、夜回りから帰って来た顔を見た瞬間、畠中は彼が何か摑んだと直感した。

「あれ、まだいたんですか?」意外だ、とでも言いたげな口調だった。

「ああ、何となくな」畠中は椅子に座り直した。「何かあったか?」

「ようやく会えたんですよ」

「誰に」

「役員——竹村専務」

「おお、そうか」畠中は思わず膝を叩いて立ち上がった。「煙草でも吸うか？　喫煙室で話そうぜ」

「あ、いいですね」

　二人は廊下に出た。先を歩く植本の足取りは、少しだけ弾んでいる。先に喫煙室に入ると、畠中のためにドアを押さえた。ひょこりと一礼して中に入り、すぐに煙草に火を点ける。植本もそれに倣い、やけにゆっくり、満足そうに煙草を吸った。

「実は、竹村の乱というのがあったそうです」植本が打ち明ける。

「乱？　竹村専務が何かやらかしたのか？」予想もしていなかった展開に、畠中は眉をひそめた。

「役員会で、社長に正面から逆らったらしいんですよ。社内調査のプロジェクトチームはやめるべきだと進言したそうです」

「そんなの、ありえねえ。あの会社は、基本的に一枚岩のはずだぜ」

「いや、どうですかね」植本が耳を引っ張った。「同族経営の会社といっても、社長が常にカリスマ性のある人とは限らないでしょう」

「城社長にリーダーシップがないってか？」

「だってあの人、前の社長——父親がリコール隠し事件で辞めた後に、急遽社長になった訳でしょう？　準備もないまま、四十代で社長っていうのはきついですよね」

「でも、それから五年も経ってるんだぜ。それなりの経営手腕は身につくだろう」

「いやあ、ちょっと疑問ですね」植本が肩をすくめる。「だいたいこのプロジェクトチームも、社長の肝煎りで決まったものですよ。そういう発想をする人って、そもそも上に立つべきじゃないと思いますけどねえ」

「なるほど、そりゃそうだ。犯人探しにうつつを抜かしてる場合じゃねえよな」畠中はまだ長い煙草を灰皿に捨てた。すぐにもう一本に火を点けようとして躊躇《ためら》う。今日は吸い過ぎだ……。「それで竹村専務は、どうして急にお前に会う気になったんだ？　その、竹村の乱の影響か？」

「ぶち切れたんじゃないですかね」植本が表情を引き締める。「同族会社で社長に逆らったら、たとえ専務だって立場が危ないでしょう。立場がなくなる——もしかしたら馘になる覚悟を決めて、こっちに喋る気になったのかもしれません……でも、大事な話は何も出ませんでしたけどね」

「竹村専務は、技術畑のトップだったな」

「ええ。叩き上げの人ですよ」

「なるほどねえ」畠中は顎を掻《か》いた。そういう人物なら、少なくとも正確な事故原因についてはいち早くアプローチできるだろう。会社側が公表するより先に入手できれば、それはそれで特ダネになる。「今まで何度も通って、熱意が通じたってことかな」

「だといいんですけど、ちょっと黒い人ですよね」

「そうなのか？」技術者というのは、往々にして裏表のない人が多い、という印象を畠中は持っている。大事なのは自分が手がけている研究だけで、人事や対外的な評判はどうでもいい——いや、専務になれれば、そうも言っていられないか。そもそも周囲の状況を読む力のない者が、専務になれる訳もないし。

「会社に対して、だいぶ不満があるようです。俺が聞いても分からない話も多かったですけど」

「業種やレベルに関係なく、会社員には共通の悩みだな」自分の仕事が認められない、予算をもらえない——それは新聞社でも同じだ。

「ちょっと食いついてみますよ。この件って、まだ動きますよね？」

「当然」畠中はうなずいた。「最高のネタ元になるかもしれねえぞ」

「分かりました……ところで畠中さんのネタ元って、竹村専務じゃないですよね？」

「そんな訳ねえだろう」Xの名前を明かすわけにはいかないが、竹村でないと否定する分には問題ない。

「よかったです。ネタ元がダブったら意味ないですよね」

「ああ……とにかく、よくやった。他社は？」食いこむのはいいが、他社も同じ人間を情報源にしていたら、記事は同着になってしまう恐れがある。

「大丈夫じゃないですかね。今まで竹村さんの家では、一度も他社の記者を見てませんから。そもそも、この件に関してはあまり熱心じゃないでしょう」

「そのうち、吠《ほ》え面かかせてやるよ」畠中は鼻で笑った。「抜かれたネタを一生懸命追いかけるのは嫌だろうけど、そこをサボったらまた痛い目に遭うんだ」

「ですね」うなずき、植本が煙草を灰皿に押しつけた。「明日も竹村専務のところに行ってみます。取り敢えず、名前と顔を忘れられないようにしないと」

「おう、そうしてくれ」

二人は遊軍部屋へ戻った。植本はすぐにパソコンに向かい、物凄《ものすご》いスピードでキーボードを打ち始める。今日の会談の様子をメモに落とし始めたのだろう。

植本がキーボードを打つ音をＢＧＭにしながら、ぼんやりと考える。口元が緩み、ほとんど笑い出しそうになった。なるほど、なるほど——役員会に亀裂が入ったわけか。

竹村が実際に、社長に対してどういう態度で迫ったかは分からない。だが、異議を唱えた事実に間違いはないのだ。部下から面と向かって反論される——城社長にとっては、初めての経験だったのではないだろうか。役員会がどういう雰囲気だったかは、後でＸに確認してみよう。ただ、この件で話をするためだけに会うわけにはいかない。何か、もっと重要な話のついでに聞くレベルの問題だ。

取材メモを見直す。これまでの独自取材、それに経済部に協力を仰いで、社内の派閥については何となく分かってきていた。基本的にタチ自動車は、社長をトップに据えたワンマン体制である。いや、決してワンマンという感じでもないか……社訓「技術、安全、確信」が絶対の憲法で、社長も含めた全社員がそれに従っている感じなのだという。老舗《しにせ》のメーカーではそういうのも珍しくない、と業界事情に詳しい後輩の八幡は言っていた。

役員会は一枚岩。ただし、技術畑と営業畑の二大派閥はある。「作ってやっている」「売ってやっている」とそれぞれが強い意識を持つのは当然だろう。むしろそういうプライドがないと、会社は活性化しない。

今回の件は、やはり竹村が腹に据えかねた、ということだろうか。自分の子飼いの部下がいる特別開発室が狙い撃ちされたと感じて憤ってもおかしくはない。

データの中から、竹村の経歴を選び出す。経済部からもらったもので、主だった企業に関しては、役員の経歴はきちんと調査しているのだという。東日のオフィシャルな人物データベースよりもよほど詳しく、企業側でもこの調査に協力しない人間は一人もいないらしい。サラリーマンにとっては、役員になった証明のようなものなのだろう。

東大工学部卒、入社三十三年目の五十六歳。入社後はまず静岡の本社工場に勤務し、主にエンジン関係の開発に従事した。技術者として一線にいた期間は短く、早くから管理職のラインに入ったが、四十歳でハイブリッド技術を担当する開発課の課長に抜擢され、開発部門に返り咲いた。後に開発課の精鋭メンバーが集められた「特別開発室」の初代室長に就任。タチ自動車では「室」は「部」より実質的に格上で、竹村は部長を飛び越して二階級特進になった。

　ここでハイブリッド技術の開発、さらに自動運転技術の研究を進めたことが評価され、五十歳で執行役員、五十三歳で常務取締役、五十五歳で専務取締役とあっという間に出世の階段を駆け上がった。社長は創業家から、という暗黙の了解があるものの、この後はナンバーツーの副社長まで務める可能性がある。二人の副社長は技術畑と営業畑からそれぞれ出す、という決まりもあるようだ。

　しかし、逆らってはならない社長に嚙みついたとなると、どうなるだろう。将来を捨ててまで、自分の部下を守ろうというのだろうか。なかなかできないことで、男気はある……。

　横の席では、植本がずっとキーボードを叩き続けている。ちらりと見ると、ワープロソフトの狭い画面は文字で埋まりつつあった。そんなに実り多い会談だったのだろうか……それなら上々だ。すぐに記事にはできなくとも、こういうつながりは後々役に立つ。

　俺は次の一手をどう打つべきか。何もない……畠中はつい渋い表情を浮かべてしまった。

自宅へ戻った途端、畠中は「次の一手」が向こうから飛びこんできたことを知った。郵便受けに突っこまれたメモ。明日の夜の面会を希望するＸからのメッセージだった。このタイミングで会いたいということは、事故原因についてだろうか。あるいは植本が掘り起こしてきた「竹村の乱」についてか。いずれにせよ、すぐに記事になる話ではないだろうと判断する。本当に焦っているなら、明日の朝の面会を急ぐはずだ。

それからの二十四時間は長かった。一日が無為に過ぎるだけ……宮下公園の駐車場に向かう時、畠中はデートに出かける時のように興奮していることを意識した。新しい情報はいつでも、記者を一番興奮させる。「猫にマタタビ」と評した先輩もいる。

今夜は暖かく、コートはいらなかった。実際昼間は、薄い夏服でも大丈夫なぐらいまで、気温は上がっていたのだ。平日なのでマイカーを駆って行くわけにはいかず、渋谷駅から徒歩。やけに喉が渇き、わずかな道のりを歩くだけで、ミネラルウォーターのペットボトルを半分空にしてしまった。

ここへ来るのは何度目だろう。Ｘはより安全な場所を考えると言っていたが、結局候補は出てこなかった。考えてみれば、不特定多数の人が利用する公共の駐車場ほど、密会に便利な場所はない。出入りが不自然に見えないし、もしも尾行されていても、話している内容まで聞かれる恐れは少ない。

待つこと十分。珍しい……これまでXは、どこかで時間調整でもしていたかのように、約束の時間ちょうどにやって来た。ところが今日は五分以上の遅刻である。何かあったのではないかと、畠中は嫌な想像を抑えられなかった。何しろ、メモが入ってから丸一日以上が経っている。状況が変わっていてもおかしくないのだ。十五分。遅れ過ぎだ。こうなると、相手の携帯の番号を知らないのが痛い。今夜会えないのは仕方ないにしても、心配したまま一夜を過ごすのは我慢できなかった。

それでもまだ待つ。

——来た。約束の時間から二十分遅れで、ようやくティエラのヘッドライトが駐車場を照らし出した。思わずほっとして、車の前に出て両手を広げてしまう。急停止したティエラの運転席のウィンドウが下がり、Xが顔を出した。

「危ないですよ」

「待ちくたびれました」

渋い表情でXがうなずき、すぐに車を空いたスペースに入れた。畠中は駆け寄って、助手席によじ登る。

「危ないですよ」Xが低い声で再び警告する。

「珍しく遅れたから、心配してたんです。何かあったんですか？」

「途中で事故があって、渋滞に巻きこまれていただけです。帰ってもらってもよかったんですが」

「待ちますよ、せっかくの機会なんですから」実際には自分はどれだけ待てただろうかと思う。デートなら三十分というところか……これは仕事なのだから、日付が変わるまで、つまり一時間は待ったと思う。「今日は、緊急の用件ですか？」

「社長がたいそうお怒りで」Ｘが皮肉っぽく言った。

「竹村の乱ですか？」

「ご存じでしたか」

ちらりと横を見ると、Ｘが片眉を吊り上げていた。どうしてそんなことを知ってる？

「あなたにばかり頼る訳にはいかないので……こちらでも独自に取材を進めています」

「そうですか。竹村さんも腹に据えかねているようです」

「特別開発室の人間が疑われていることが原因ですね？」

「彼にすれば、自分が疑われているも同然だと思います。部下思いの人ですから」

「しかし、社長に噛みつくほどのことですか？　御社はそういう社風じゃないでしょう」

「プロジェクトチームの狙いが、特別開発室の特定の人物に向いているとすれば……竹村さんも焦るでしょう。無実の部下が疑われているわけだから」

「その調査、根本的な方向が間違っているわけですけど、大丈夫なんですか」

「大丈夫じゃなければ……何か問題があれば、そちらにはまた書くチャンスが出てくるでしょう」

「問題、ねえ」畠中は顎を撫でた。一日分伸びた髭《ひげ》が鬱陶しい。「何もこっちは、問題が起きるのを期待してるわけじゃないけど」

おかしな話だ。ネタ元は、自分の横に座るＸ。そのＸと、真相には絶対に辿り着けないプロジェクトチームの活動について話し合っている。

畠中は煙草を取り出し、パッケージを手の中で弄んだ。

「車内は禁煙ですよ」Ｘが鋭く言った。

「分かってます」吸うつもりはなかったのだが、指摘されるとニコチンが恋しくなる。畠中は煙草を背広の内ポケットに戻し、ペットボトルに口をつけた。水ではニコチンの代わりにならないのだが。

ふと、余計な考えが頭の中に入りこむ。取材は停滞中。タチ自動車は間違った方向へ行こうとしているが、それについては取り敢えず見守るしかない。つまり今、畠中には早急にやることがない——だったら、この場で厳しい取材を続けている意味がない。

「そろそろ、普通に話した方がいいのではありませんか」

「そういうわけにもいかないでしょう」

Ｘは意図的に、自分との間に壁を作ろうとしているようだ。それは理解できないでもないが、これまで何回も会っているのに、一向に打ち解けようとしないのは警戒し過ぎだと思う。どんな取材相手でも、何度も会ううちにはプライベートも接近した感じになってくるものだ。いい悪いの問題ではなく、自然にそうなる。互いに「秘密」を巡って命を削っているのだから、一種の「同志」のような関係になると言っていい。

特にXとの関係は、もう少しフランクなものになるべきだと思う。互いに知らない仲ではないのだから……向こうが畠中のことをどう考えているかは分からないが、畠中の方では距離は遠くないと信じている。

「私はリスクを背負っているんですよ」非難するようにXが言った。

「それは分かってます」

「どうすれば一番安全かは分かりません。でも、私がいいと思う方法でやらせてもらいます」

「……そうですね」ここは強引にはいけない。取り敢えずXの希望を受け入れるようにしないと。普通に話してはいるものの、Xがぴりぴりした本音を必死に隠そうとしているのは分かっている。

「あなたの携帯に電話して大丈夫ですか？」Xが唐突に提案した。

「私は問題ないですけど……履歴を消去すれば、簡単にはばれないでしょう。もっとも、携帯のキャリアを調べられたらアウトだ」

「警察ではないんだから、そこまでやることはないでしょう。ただ、こちらはプリペイド式の携帯を使います」

「用心するに越したことはないですけど、そんなに急に連絡を取らなくてはいけない可能性があるんですか？ 今までとやり方を変える意味は？」

「仮定の話です。そういうことがあるかもしれない、ということです」Xの説明が曖昧になった。

「こちらからは？ もうプリペイド式の携帯を持っているなら、登録しておきますけど」

「それはやめましょう。あくまで一方通行でお願いします」

「私の方で聞きたいことが出てくるかもしれない。しかも早急に」畠中は食い下がった。

「申し訳ないですけど、それはできません」Xは素っ気なかった。

「近々、何か重要な問題が生じる予定でもあるんですか？」

「予定はないです」Xが苦笑する。「ただし、予感はあります」

Xと別れた後、畠中は渋谷の華やかさとはおよそ縁遠い、渋い横丁に入りこんだ。看板を見ると「のんべい横丁」とある。山手《やまて》線のガード脇にある細い路地で、新橋や神田《かんだ》に通じる雰囲気を濃厚に漂わせていた。ここから五十メートルも歩けばスクランブル交差点で、この時間でも若者がたむろしているのだが、のんべい横丁に集う人たちの平均年齢は、スクランブル交差点を歩く人たちのそれより二十歳は上だろう。

十二時近くになっても多くの店が営業している。クールダウンの必要性を感じて、畠中は一軒のバーに入りこんだ。カウンターだけの店で、奥の壁一面が黒板になってメニューがずらずらと書き連ねてある。何か食べる気にはなれず、取り敢えずハイボール。一口呑んでほっとしてから、煙草に火を点けた。カウンターには、畠中の他に若いカップルが一組だけ。もう相当アルコールが入った様子で——ここで三軒目ぐらいだろうか——騒ぐでもなく、眠そうに体を揺らしている。

酒と煙草で、少しだけ気持ちが落ち着いた。

タチ自動車の中で何かが起こっている。それもおそらく、トップレベルの話だ。もしかしたら「竹村の乱」は、タチ自動車の歴史の中で最大のトラブルになるかもしれない。例えば、竹村がさらにヒートアップして、クーデターを起こしたらどうなるだろう。他の役員を糾合《きゅうごう》して創業者一族を経営陣から追い出し、自らトップに座る……メモ帳を取り出し、暗い照明の下で広げる。城一族で、経営陣に入っているのは社長、常務である社長の弟、さらに叔父——先代社長の弟が相談役に就いている。叔父には実質的に経営に口出しできる権利はないだろうが、役員会に親族が二人いることは、相当の「睨み」になるはずだ。そういえば、社長の弟に関しては、若手遊軍の小森に任せているが、上手く接触できたのだろうか。あとは……二年前に入社したばかりの社長の息子が、今年の頭から「タチＵＳＡ」に出向になっているという。海外での主戦場であるアメリカで若いうちから経験を積ませるのは、帝王教育の一環だろうが、現段階では創業者一族の「戦力」とは言えない。

しかし、こういうのはどうなんだろうな、と不思議に思う。優秀な人間の子どもは必ず優秀なのだろうか。政治家や経営者の世襲というのが、畠中にはまったく理解できなかった。最初に立場を築いた人間は、人並み以上の努力をしたはずだ。しかしそれを継ぐ人間は、一番努力が必要な部分を飛ばして、結果だけを受け取る。もちろん、教育に関してはいい環境を用意してもらえるにしても、そもそも「帝王学」などという学問があるのか。いや、学問ではなくノウハウか……。

カウンターに置いたスマートフォンが鳴る。つい先ほど頭の中で名前をひっくり返したばかりの小森だった。客は少ないが、さすがに店の中で話はできず、畠中はスマートフォンを握って外に出た。扉を開けるとすぐに階段。相当古びた建物の二階なので、ここもぼろぼろ……誰が掃除しているのだろう、と不思議に思った。埃臭い空気が充満していて、思わずくしゃみしてしまった。

「——大丈夫ですか？」

「ああ、悪ぃ、悪ぃ」畠中はスマートフォンを耳から離して、もう一度くしゃみした。花粉症の季節……畠中はこれまで花粉症とは縁がなかったのだが、とうとう引っかかったかもしれない。

「大丈夫ですか？」小森が繰り返す。

「花粉症じゃねえかな。で、どうした？」左腕を持ち上げて時計を見る。十二時五分。報告が入るにしても遅過ぎる時間だ。

「社長の弟の城常務と会いましたよ」

「何だって？」かすかな酔いがあっという間に吹っ飛ぶ。「よく会えたな」

「いやあ、大変でした」小森の声はふらついていた。明らかにアルコールが入っている。それもかなりハイペースで呑んだようだ。「城常務、ウワバミですね」

「そいつは死語だぜ」つい軽口を叩いてしまった。「で？　どこで会ったんだ？」

「家まで行ったんですけど、話すなら外の方がいいと言われまして……西麻布でバーを梯《はし》子《ご》です。普段から相当呑み歩いているみたいで、どこの店でも常連扱いでしたよ」

「しかし、何で急に気が変わったのかね」

「何か言いたいことがあるんですよ」小森の声に、急に筋が通った。「言いたそうにしてるのは分かりましたから」

「だったら喋らせちまえばよかったのに」

「喋りそうで喋らない……そういう時は、無理しない方がいいんじゃないですか。向こうから喋る気にならないと、ろくなことにはなりませんよ」小森が得々として語った。「無理やり喋らされたと感じると、後々禍根を残しますから」

「分かった、分かった」こいつ、相当酔っ払っているな……普段はそれほどペラペラ喋るタイプではないのだ。今夜は適当に切り上げて、明日の朝、ちゃんと報告を受けた方がいいだろう。

「明日は土曜日だけど……明日の朝、詳しく話してくれねえか」

「いいですか？　ちょっと呑み過ぎなんで」

「記憶はしっかりしてるか？」

「当たり前じゃないですか。俺はプロですよ」むっとした口調で小森が言い返した。

「了解、了解……とにかく明日の朝、遊軍部屋で会おうぜ」

電話を切り、バーに戻る。ハイボールのグラスを一気に半分ほど空にした。置きっ放しだった煙草は、既に三分の一が灰になっている。急に吸う気が失せて、灰皿に押しつけた。

明日の朝から戦闘再開……小森は妙に自信ありげだったが、いい情報を摑んできたのだろうか。あるいは城常務に会えたことで、単に舞い上がってしまったのか。急に扉が開いたように感じているのかもしれないが、向こうにすれば面倒臭い記者を追い返すのに、取り敢えず酒を呑ませておこう、と思っただけかもしれない。酒を呑んでいるうちに、話が曖昧になってしまう……。

まあ、いい。小森だって十分な経験を積んでいるのだ。手ぶらで帰って来るわけがない。

翌朝、小森はすっきりした顔つきで現れた。二日酔いの様子もなく、大きなカップに入れた飲み物――コーヒーだろう――をすすりながら、遊軍部屋へ入って来る。

「社長派と竹村専務派の対立、結構深刻みたいですよ」いきなり切り出す。

「ああ」この情報は既に入っており、今更驚くべきことではないが……「派」？　「城社長対竹村」という個人的な対決構図ならば、明らかに竹村の分が悪い。しかし「派閥対派閥」の対決になれば、事はそれほど簡単ではなくなるだろう。社長の絶対的な権力が脅かされる恐れがある。

「竹村の乱、とか呼ばれてるようですね」

「らしいな」

「竹村専務が、技術畑の役員を全員味方につけて、社長を追いこもうとしているそうです」

「そこまで露骨にやってるのか？」畠中は目を見開いた。

「そうですよ。社長の弟――裕二《ゆうじ》常務も技術畑の人なんですけど、間に挟まって大変だそうです」

「ちょっと待てや」畠中は、パソコンで裕二常務のデータを引っ張り出した。確かに……常務は入社以来ずっと技術畑を歩み、ＭＩＴに留学して博士号も取得している。仕事の面でも、それなりの評価を得ているようだ。経営者に向いているかどうかは分からないが、技術者としては優秀なタイプなのだろう。

ついでに、昨夜植本がまとめたレポートをプリントアウトし、小森に渡してやる。小森がざっと目を通し、にやりと笑った。

「植本さん、竹村さんに会えたんですか」

「ああ」

「竹村専務と裕二常務は、結構近い関係なんですよ。開発部門で一緒に仕事もしていましたから……ああ、裕二常務の話も出てるじゃないですか」

「そうなんだよ。裕二常務に対する竹村専務の評価は高いんだ。技術者同士で分かり合えることもあるんじゃねえかな」

「竹村専務から、引っ張りがきたそうです」小森がコーヒーを一口飲んだ。「竹村専務は、社長に一番近い裕二常務を味方に引き入れれば、事が有利に運ぶと思ってるんでしょうね」

「それで、裕二常務は？」

「相当迷ったそうですけど、拒否です。やっぱり血の方が濃いということでしょうね」自分の言葉に納得したように、小森がうなずく。「さすがに、家族は裏切れないでしょう」

「そんなことまで話したのか？　えらく率直なんだな」

何か裏があるのでは、と畠中は想像した。政治の世界でいうところの「観測気球」。新聞に書かせることによって、対立陣営や世間の反応を見る……いや、それは少しうがち過ぎか。

「裕二常務は、相当追いこまれているみたいですよ。竹村専務には『内密に』と言われて社長を引《ひ》き摺《ず》り下ろす相談を受けている。そういう話を聞いてしまっても、社長にそのまま話す訳にはいかない……身内の縁と、一緒に仕事をしてきた仲間の縁との間で、引き裂かれそうになっているんでしょうね」

「それで、新聞記者に愚痴を零したってわけか。何か裏があるとは思わねえか？」

「ないですね」小森が言い切った。「だいたいあの会社、今まで内輪揉めがほとんどないんです。創業者一族の力がそれだけ強いんでしょうけど、とにかく創業以来初の揉め事と言っていいんじゃないですかね。そういう状況だと、何かと弱気になるでしょう」

「だろうな」

「まあ、この件が俺たちにどう関係してくるか、分かりませんけどね」小森が耳の後ろを掻いた。「会社内部の争いなんて話は、社会部の担当じゃないでしょう」

「何か外に影響が出ない限りは、関係ねえな。そんな問題は経済部に任せておけばいい。俺たちが気にしなくちゃいけないのは、タチ自動車の内部抗争じゃない。そんなこたぁ、どうでもいいんだ」畠中は一度言葉を切った。「ただ、それが社会に影響を及ぼすようなら、書くことも考えるべきだ」

18　２０１６年４月11日

「死んだ？」

　無意識のうちに声を張り上げてしまい、伊佐美は慌てて周囲を見回した。午前九時……週明けで今日は少し早く出社したので、総務課にはまだ人が少ない。気づいた者はいないようだった。ただし隣に座る茉莉花は、敏感に反応してこちらに視線を向ける。

　伊佐美は前のめりになって、受話器の送話口を右手で覆った。

「どういうことですか」

「分からん」電話の向こうで、田辺も声を潜める。「今、特別開発室から連絡が入ったんだが、向こうも詳しい状況は把握していないようだ」

「現場はどこですか？　家？」

「いや、特別開発室」

「まさか……」言いかけ、伊佐美は口をつぐんだ。自殺。口に出すと、凍りついてしまいそうだ。「田辺さん、今どこにいらっしゃるんですか」

「もちろん、広報課だ」

「そっちへ行きます。電話で話すようなことじゃないですよね」

この広報課長は時々、自分を見失うほど慌てる。今の件も、直接会って話すべきことなのに——どうせ部屋は隣なのだ——その判断を間違った。

電話を切って立ち上がると、茉莉花が心配そうに見上げながら「伊佐美さん……」と声をかけてきた。

「君も来てくれ」

「何があったんですか？」

「まだ、はっきりしない。これから、田辺さんにちゃんと説明を聞くから。行くぞ」

隣の広報課に飛びこむと、田辺は自席の前で仁王立ちしていた。二人に、部屋の隅にある応接スペースに向かうよう、促す。二人がソファに座ると、田辺はすぐに、衝立《ついたて》を動かして周囲から隔離した。大声を出したら広報課のメンバーには聞こえてしまうだろうが、一応閉鎖空間にはなった。しかし、ずっと極秘で動いていたのに……それほど急な問題なのか？

「今朝出社した特別開発室のメンバーが、大宮の遺体を発見したんだ」ほとんど囁くような声で田辺が告げる。

「ええ？」

茉莉花が大声を上げる。伊佐美は唇の前で人差し指を立て、静かにするように、と注意した。

「詳しい状況はまだ分からないんだ」田辺の眉間には深い皺が刻まれている。「取り敢えず病院に運んだそうだが、心肺停止状態――つまり、もう死んでいる」

「死因は……」伊佐美は声を押し殺した。

「倒れていた、というだけで、それ以上の情報はまだない」

「分かりました」伊佐美は早くも立ち上がった。総務の人間として、気持ちよりも体が先に反応している。よく揶揄されるのだが、総務の腕の見せどころは、社員が死んだ時――しかも今回は、プロジェクトチームの調査も絡んでいる。伊佐美にすれば、二重に義務のある仕事なのだ。「すぐに特別開発室に向かいます」

「まだ何も言ってないぞ」田辺が怪訝そうな表情を浮かべる。

「これは総務の仕事ですよ――社員の冠婚葬祭は」

　葬儀を仕切ることになるかどうかは分からない。だが、まず実態を調べることは絶対に必要で、それは間違いなく総務の仕事である。ただし、今回はスムーズにはいかないだろう。もしも自殺だったら……自分たちが、大宮を追いこんだ張本人だと責められる恐れもある。

　伊佐美は、茉莉花を本社に残した。茉莉花は「自分も行く」と言い張ったのだが、伊佐美は危険性を感じていた。特別開発室では、罵《ば》詈《り》雑言《ぞうごん》を浴びせられる可能性がある。茉莉花は比較的飄々《ひょうひょう》とした性格だが、露骨な悪意を上手く受け流せるとは思えない。それにこのところ、精神的にダメージを受けている。

若手の総務課員に車の運転を任せ、伊佐美は助手席でじっと腕組みを続けた。動けない——彫像になってしまったような気分だった。途中、本社に残った田辺から何度も電話がかかってくる。普段なら鬱陶しく思うところだが、今日はむしろありがたかった。情報が少ないまま現場に到着しても、混乱する一方だろう。運びこまれた病院の名前が分かり、富山に住む両親には既に連絡がついた——それで取り敢えずほっとする。死を肉親に伝える仕事はしなくて済むのだ。

「自殺だ、という話がある」

田辺から決定的な情報が入ってきたのは、車が高速を降りる直前だった。

「間違いないんですか?」伊佐美は思わず、スマートフォンを強く握り締めた。

「断言はできない。とにかく混乱しているんだ。警察も特別開発室に行ったらしいぞ」

「それじゃあ、事件扱いじゃないですか」伊佐美は顔から血の気が引くのを感じた。

「自殺となると、一応ちゃんと調べるみたいだな」

「場所が場所ですしね」

「ああ。それと、総務には援軍を送るように要請した」

「私だけでも何とかなりますよ」

「いや、特別開発室の連中は相当かりかりしている。君一人で抑え切れるとは思えない」

「そうですか……」

田辺が「かりかりしている」というのだから、かなりまずい状況なのは間違いない。狼の群に放りこまれた羊状態になるのだろうか。あっという間に襲いかかられ、食い尽くされてしまう……。

五年前のリコール隠し事件を思い出す。あの時、最大の山場は、リコール対象になったブレーキの不具合で事故に遭った被害者家族との面会だった。

伊佐美は、重傷を負った小学生の女の子の両親と対面したのだが、向こうは最初からいきり立っていた。「訴える」「会社を潰してやる」と喧嘩腰で訴訟を強調したのだ。悪いことに父親は、東証二部上場の建設会社の二代目社長。それなりに名の知れた存在であり、彼が裁判に訴えれば、被害に遭った他の人たちも追従する恐れがあった。個別に対応するならともかく、被害者の会が結成されて集団での裁判になれば解決が長引く――。

その時伊佐美は、土下座した。躊躇いも何もなく、まったく自然に……そんなことができたのは自分でも意外だったが、結局はそれで、遺族の怒りを鎮めることができた。

以来、社内で自分を見る目が変わったと思う。陰口も耳に入ってきた。「今時土下座なんかあり得ない」「典型的な社畜」「出世のためなら何でもやるのかよ」

そう、会社のためなら何でもやる。

もちろん、出世も考えている。しかし、自分が土下座することで会社を守れるなら、安いものだ。結果的に出世がついてきたら、それはそれでいいではないか。そういう考えはもう主流ではないかもしれないが、そもそもタチ自動車自体が古い会社なのだ。元々律儀で義理がたい性格であるのに加え、会社の古い体質にも影響されたに違いない。

今回も問題はシビアだ。自分がやるべきことを、頭の中で必死に整理する。まず、大宮の遺体を発見した人間に話を聴かなければならない。さらに病院側とも話し合って死因を確認する。そこが分からないと、上京してくる大宮の両親に説明できない。あとは特別開発室のスタッフへの事情聴取……たぶん、警察の捜査も同じように進むのだろう、と伊佐美は想像した。

原因は、と考えると、途端に暗い気分になった。自分が、大宮を自殺に追いこんでしまったのではないか？　実際、しつこく事情聴取を繰り返していたのだし……大宮という男の対応がそもそも気に食わなかったから、当たりも強くなっていたと思う。総務の仕事を馬鹿にしている。協力しようという姿勢は一切見えず、のらりくらりと逃げようとしているだけ。本当に情報漏れの犯人だったら、ひどい目に遭わせてやるつもりだったが、もうそれどころではなくなった。

これで、こちらが責任を問われる恐れが出てきた。そう、まず警察に事情聴取される可能性が高いのではないか？　そうなる前に、こちらも必要な情報を全部把握して、事情聴取に備えなければ……しかし、いったいどうすればいい？　頭の中は混乱するばかりだった。

特別開発室の建物が見えてくると、鼓動が一気に跳ね上がる。周回コースに車は見当たらない。よく晴れて、いかにもテスト日和《びより》なのだが、さすがにそれどころではないということか。駐車場に車を乗り入れた瞬間、パトカーを見つけた。二台……警官は何人送りこまれているのだろう、と伊佐美は不安になった。

「これから特別開発室の連中に話を聞く。まず池本室長だ。余計なことは言わないで、聞き役に徹してくれ」

車を出る直前、伊佐美は若い総務課員の小泉《こいずみ》に命じた。

「分かりました」

しっかりした口調で応じたものの、小泉の顔色はよくない。自分とどっちが緊張しているのだろう、と伊佐美は想像した。

建物に入ると、ざわざわとした雰囲気がはっきりと感じられる。スタッフが死んでも、普段の仕事に影響はないはずだが、空気感は微妙に変わってしまうものだ。まず池本に話を聴かないと……二階にある彼の部屋に向かう間、何人もの特別開発室員に会ったのだが、一様に鋭い視線を向けられた。まるで伊佐美が大宮を殺したとでも言いたげである。無視したが、人とすれ違う度に小さく鋭いナイフで刺されたように感じた。

池本は室長室にいた。ドアは細く開いていて、中で彼が電話をしているのが分かる。ノックするタイミングが難しい。通話を終えたところで中へ入りたいのだが、声がはっきり聞こえないので、様子が分かりにくい。

しかし小泉は、伊佐美に何も相談せず、いきなりドアをノックした。

「おい」

慌てて注意したものの、小泉はドアノブに手をかけてしまった。不思議そうな表情を浮かべて伊佐美を見たまま、ぐっと押し開く。立ったまま受話器を耳に当てていた池本が、啞然としてこちらを見る。伊佐美は慌てて頭を下げ、部屋に足を踏み入れた。池本がこちらを見たまま、受話器を手探りで下ろす。仕方なく、伊佐美は切り出した。

「今日は、総務課の人間としてお伺いしました」

「あ……ああ」池本がぼうっとした表情のまま答える。「どうぞ」

ソファに浅く腰かけ、池本を待つ。池本はのろのろと、伊佐美の向かいに腰を下ろした。おもむろに煙草を取り出すと、こそこそと顔を背けるようにして火を点ける。

「室長、ここも禁煙――そもそも煙草は吸わないいんじゃないんですか？」

「十年ぶりに禁煙を破った」忙しなく煙草を吸いながら池本が打ち明ける。「今日ぐらいはいいだろう」

すっと立ち上がり、自分のデスクから携帯灰皿を持ってくる。既に膨れ上がっていた。

大宮の死を知らされてから今まで、何本ぐらい吸ったのだろう。忙しなく灰皿に灰を落とし、また急いで煙を吸いこむ。

「総務課としてここへ来たということは、大宮さんの死について調べて、会社としてできるだけのことはする、という意味です」伊佐美は淡々と説明した。

「今まで、どれぐらい話を聞いている？」

「大雑把《おおざっぱ》に、です。詳しい情報はまだ分かっていません」

「今、警察が調べているんだが……」池本が顎に拳を打ち当てる。軽くショックを与えて、正気を保とうとでもしているようだった。

「警察は警察、総務は総務です」ここは強く出なくては、と決意して伊佐美は言った。

「業務中に亡くなった場合、会社としても十分な対応をしなくてはいけませんから。どこで倒れていたんですか？」

そもそもそれが分かっていないのが問題だ。一番簡単に——最初に分かることだと思うのだが。

「サーバールームの前」

「まさか」反射的に言ってしまった。伊佐美たちが問題にしていた場所ではないか。

「何がまさかなんだ」池本の目つきが厳しくなった。

「いや……どういう状況で倒れていたんですか」

「言った通りだ」池本の説明は説明になっていなかった。

「監視カメラは――あそこにはなかったですね」

「その辺の事情は、あんたもよく知ってるだろう」池本が皮肉っぽく言った。「現場を見てもらった方が早いんじゃないかな」

「分かりました」

気が進まない――正直ビビっていたが、伊佐美は立ち上がった。総務課員として、葬儀を取り仕切ったことは何度もあるが、それ以前の状態――誰かが亡くなった直後にその現場に入ったことはない。

サーバールームは三階にある。廊下からガラス越しに見た限りでは、単なる部屋……しかし中は一年を通じて同じ気温、湿度に保たれていることは伊佐美も知っていた。階段を上り切り、サーバールームが見えてくると、伊佐美はぎょっとして足を止めた。警察官が何人もいる。どうやら鑑識課員のようだ。現場を調べているのだろうが、警察にとって自殺は、そんなに大変なことなのだろうか。

「警察は最初から入って来たんですか」伊佐美は小声で訊ねた。

「ああ。自殺――それもこういう場所で自殺となれば、いろいろ調べるらしい。詳しいことは分からないが」

「廊下に倒れていたんですね」

「そうだ」

規制されているわけではないが、近づけない。鑑識課員たちは廊下に這《は》いつくばるようにして、何かを調べていた。目を凝らすと、血の跡が見える。伊佐美は思わず息を呑んだ。自らを刃物で傷つけて死んだのか……。

池本が、突然はっと会釈した。見ると、サーバールームの前から、背広姿の中年の男がこちらに向かって歩いて来る。ごつごつした体形に太い眉、そして目つきが悪い。

「八千代署の刑事課長さんだ」

池本が紹介してくれた。伊佐美は会釈するぐらいしかできなかった。所轄の課長がわざわざ出て来るということは、大事ではないだろうか。

「こちらは？」刑事課長が池本に訊ねた。

「本社総務課の伊佐美係長です」

「ああ、本社の方ね……ちょっといいですか」刑事課長の興味が突然伊佐美に向いた。

「はい」伊佐美はさらに緊張して、かすれた声で返事をした。

「ちょっと時間をもらえますかね」

「ええ」

「室長、どこか空いている部屋は？」

「そこに会議室があります」

「じゃあ、ちょっとお借りしますよ」

　刑事課長が会議室に向かう。途中、やはり背広姿の若い刑事にうなずきかけ、会議室に同道した。行かなければならないと思いつつ、伊佐美の足は止まってしまう。刑事課長が歩きながら振り返り、一瞬厳しい表情を浮かべて伊佐美にうなずきかける。それでスウィッチが入って、伊佐美は何とか歩き出した。駄目だ、完全に呑まれている……伊佐美は小泉に「待っていてくれ」と声をかけた。

　会議室は、四人が入ると一杯になってしまう程度の広さしかなかった。三人でも息苦しい。若い刑事がゆっくりとドアを閉めた。刑事課長の態度は特に変わらず、まず普通に名刺交換した。高宮《たかみや》吾郎《ごろう》。警察官の名刺をもらうのは初めてだった。伊佐美は名刺を丁寧にテーブルに置いてから腰を下ろした。背広の内ポケットに手を突っこみ、スマートフォンをマナーモードにする。

「本社の人まで慌てて飛んで来たわけですか。大変ですねえ」椅子を引きながら高宮が切り出す。

「社員が亡くなったんですから、もちろん大変ですよ」

「そりゃそうだ。しかも自殺じゃねえ」

　かすかに同情の色を滲ませて、高宮が言った。それほど当たりが強いタイプではないかもしれない、と伊佐美は少しだけ緊張を解いた。向こうからあれこれ聞かれる前に、こちらから聞いてしまおう。

「自殺……らしいということは聞いています。でも、詳しい状況をまだ把握していないんですが」

「同じ会社の中の話なのに？」

「特別開発室は本社からずいぶん離れていますからね」まるで子どもの言い訳だと思いながら、伊佐美は言った。「朝一番で連絡を受けて、やっと着いたんです」

「本社はお台場の方でしたね」

「ええ……それで、自殺というのはどういう感じだったんですか」

「首を切ってね」高宮が右の掌で首の右側を叩いた。「これから解剖だけど、死因は出血多量だと思う」

廊下を汚していた血を思い出し、伊佐美は気分が悪くなってきた。どれほど出血すると、人は死ぬのだろう。

「首を切るような自殺なんて、あり得るんですか？」まるで切腹のようなものではないかと伊佐美は思った。

「それほど珍しいケースじゃない」高宮がさらりと言った。「それで、だ……亡くなった大宮さんは、昨日一度退社した後で、会社へ戻って来ている」

昨日は何曜日だ……伊佐美は頭の中でカレンダーをひっくり返し、昨日はサッカーの練習日だと思い至った。

「おそらく、習志野の方でサッカーの練習をしてきたんだと思います。会社のクラブ活動です」

「会社へ戻ったのが十一時……そんなに遅くなることがあるんですか？　最近は残業も休日出勤もうるさく言われるでしょう」

「技術系の人間は、用事がある時は時間を気にせず出てきます。特別開発室だけの話ではありません」

「なるほど」高宮が自分の手帳に視線を落とした。「あの部屋はサーバールーム？」

「そうですね」

「特別開発室のサーバーが置いてある部屋ですね」高宮が念押しする。

「そうだと思います。私は普段本社に詰めているので、あまり詳しいことは知りませんが」

「そんなところで自殺というのは、どういうことでしょうね」

「それは分かりませんが……」伊佐美は説明できなかった。大宮がサーバールームに対して、何か思うところがあったのは間違いないが……それを意識させたのは伊佐美だ。

「彼の仕事場は二階でしたね」

「たぶんそうだと思います……あの、当時この建物の中には誰もいなかったんですか？」

「記録によると、大宮さんが建物へ入ったのは午後十一時過ぎです。その後日付が変わるまでに、社員が二人退出しています。それで、建物の中には大宮さんが一人になったわけだ」

「だったら、亡くなったのは午前零時過ぎですか？」

「そこから朝までのどこかだね」高宮が手帳を閉じた。「その辺は、解剖でもう少しはっきりすると思いますよ」

「ええ」

「それで、だね」高宮がテーブルに肘を置いて身を乗り出した。「自殺なのは間違いないんだけど、問題は動機だ」

「でしょうね」

「亡くなった方、最近、何度かあなたと話しているそうだけど」

「それは……事実です」

「何か問題でもあったんですか？」

「会社内でいろいろとありまして」これで許してもらえるかどうかは分からなかったが、伊佐美は逃げにかかった。

「警察は首を突っこむなと？」挑発するように高宮が言った。

「そうは言いませんが、警察の手を煩わせるようなことはないんですよ」

「それを決めるのは警察なので。そちらで判断しないでいただきたい」高宮が厳しく言った。

「……分かりました」

「最近、御社のニュースといえばあれだね。自動運転実験の事故。東日にでかく書かれていた」

「ええ」伊佐美は汗が背中を伝うのを感じた。

「亡くなった大宮さんは、開発陣の一人だった？」

「そうですね」

「事故の責任を追及してたんですか？　それを苦にして自殺したとか」

「原因解明と責任追及は、特別開発室の仕事です。技術的な問題になりますので、私のような門外漢は口を出せません」

「自動車メーカーの人なのに？」

「仕事の内容が全然違うんですよ」

　どうやら高宮は、プロジェクトチームの仕事については把握していない様子だ。あれも東日に書かれたのだが、読んでいないのだろうか。それなら逃げようがある。こんなところで自分の責任を問われたらたまらない。

「事故原因の調査はまだ終わっていない？」

「それも特別開発室の方でしか把握していませんが、私はまだ報告を受けていません」

「なるほど」高宮が顎を撫でた。「しかし、死ぬほどの話なのかね。たとえ自分の責任で事故が起きたとしても、だよ」

「それは分かりません」

「彼は、自動運転の開発の中で、どれぐらい重要な立場にいたのかね。まだ若いわけだが」

「どこの会社でも、二十代の人間にできることは限られていると思います」

「ということは、何か重大なミスを犯して、その責任を取って自殺した、ということは考えにくいか……」

「どうでしょうか」伊佐美は口を濁した。話が回りくどい。この刑事課長は、それほど優秀ではないのかもしれない。

「ところで」

高宮がまた手帳を広げる。伊佐美の目は自然とそこに吸い寄せられた。下手な字がごちゃごちゃ書きつけてあってまったく読めなかったが、一体何が書いてあるのだろう。

「朝からざっと話を聴いただけなんだけど、あなたの名前が何度も出てくる。どういうことなんでしょうね」

「さあ」また背中を冷や汗が流れる。高宮の真意が読めなかった。とぼけているのか、情報を小出しにして伊佐美に圧力をかけているのか。

「どうもあなたが、大宮さんを追いこんでいたようだと……何をしていたんですか？」

「社員は何と言っているんですか」伊佐美は逆に聞き返した。強烈なプレッシャーを感じて、それだけ言うので精一杯だった。

「で？　あなたは何をしていたんですか」高宮は伊佐美の質問を無視した。

「はい？」

「事故原因の調査は、特別開発室が行っていたんでしょう？　本社の総務課は何の調査をしていたんですか」

来たな、と伊佐美は身構えた。ここは答えが難しいところだ。額に汗が滲み出すのが分かり、ついハンカチを取り出す。

「暑いですか？」

高宮がさらりと訊ねる。それがまたプレッシャーになった。

「今日は結構気温が高いようですね」できるだけ軽い調子で答え、伊佐美はハンカチで額を拭った。ハンカチをテーブルに置き、その上に両手を重ねて乗せた。「先ほどの質問ですが、社内事情なので、お答えできかねます」

「ああ、民間の会社はいろいろあるんでしょうね」

「社内機密もありますので」

「ええと」高宮が急に気楽な声を出した。「東日で読んだだけだけど、社内で情報漏れを調べているそうですね。誰が東日にリークしたか、問題になっているとか」

「新聞記事に関してはコメントできません」やはりチェックはしていたか、と伊佐美は緊張した。「向こうの事情なので」

「調査していないんですか？」

「それは社内秘ということでお願いできませんか」

「そうですか……いろいろ事情もあるんでしょうねえ」

「そうなんです」

「分かりました」高宮がうなずく。「また後でお話を伺うこともありますので、連絡が取れるようにしておいてもらえますか」

「私の方では、警察のお役に立つようなことはないと思いますが」

「それは警察の方で判断します」高宮が急に険しい表情を作る。「こちらから連絡した時には、無視しないようにして下さいよ」

あれじゃあ、脅迫だよ……伊佐美の鼓動は一向に落ち着かなかった。小泉を残したままふらふらと建物を出て、乗って来た車の助手席に落ち着く。しばらく一人で冷静に考えたい。このままでは、自分は容疑者になってしまうのではないか。いや、自殺だから容疑者ということはないと思うが……社内での立場は間違いなく悪くなる。

いきなり誰かが車のウィンドウをノックし、伊佐美は狭い車内で飛び上がりそうになった。高宮が追って来たのだろうかとゆっくり頭を巡らすと、田辺の姿が見えた。慌ててドアを押し開ける。

「来てたんですか？」

「何度も電話したんだが」

言われて、慌ててスマートフォンを取り出す。田辺からの着信は三回あった。

「失礼しました」一礼して深呼吸で気持ちを整える。車を出ると、生暖かい風が吹きつけてくる。いつの間にか、また額に汗が滲んでいた。

「顔色が悪いぞ」

「まずい状況です」

伊佐美は周囲を見回した。駐車場に人はいないが、誰に聞かれるか分かったものではない。特に、すぐ近くに停まっているパトカーの存在が気になった。

「乗って下さい」

田辺が不審げな表情を浮かべたが、結局何も言わずに運転席に回りこんだ。ドアが閉まって訪れた静寂に、少しだけほっとする。伊佐美はすぐに、警察の事情聴取を受けたことを明かした。田辺は相槌も打たず、伊佐美の説明を聞き続けている。話し終えるとすぐに、

「確かにまずいな」とつぶやいた。

「警察には、プロジェクトチームのことは何も話していません」

「話さなかったのがプラスかマイナスかも分からない。この段階で知られなかったのはいいことだが、いずれバレるだろう」

「……そうですね」伊佐美も認めざるを得なかった。

「警察は、いずれ探り出すはずだ」

「ええ」

「その時になって事情を説明したら、警察としてはあまりいい印象は持たないだろうな」

「でしょうね。だったらどうしますか？」

「そうだな……」田辺が腕組みをした。「今からでも、ちゃんと話した方がいいんじゃないかな。上と相談して、警察に話してもいいという許可を得た、という理由で」

「だったら、田辺さんが話した方が、説得力があるんじゃないでしょうか」逃げだと意識しながら伊佐美は言った。「立場が上の人間の言葉の方が、重みがあるでしょう」

「いや、君が最初に話をしたんだから、君が言った方がいい」

あなたも逃げるんですか、と思わず聞きそうになって言葉を呑みこむ。ここで田辺を追いこまなくてもいいだろう。会社が失敗するのはこういう時なのだ。外からの攻撃に対して慌てふためき、内部分裂してしまうケース。攻撃に対しては、絶対に一枚岩でいなければならない。

「窓口は絞った方がいい。君には申し訳ないが、ここはひとつ、警察の相手をしてやってくれ」

「……分かりました」

「取り敢えず、谷内常務に許可を取る」ほっとした口調で田辺が言った。「悪いな、いろいろ押しつけて」

「いえ」これも総務の仕事なのだ、と伊佐美は覚悟を決めた。広報課時代、リコール隠し事件で土下座した話が広まって、後に陰で「スーパー総務」と呼ばれるようになったことは自分でも知っている。感嘆されているわけではなく、揶揄。しかし、総務は会社のために何でもこなせてこそ一人前なのだ。他の社員が取りこぼしたこと、失敗したこと、全てをフォローして、損害を最小限に抑える——トラブルシューティングこそ、総務の最高の腕の見せどころである。

そういう腕の見せどころが出てこないことこそ、会社にとってはいい状況なのだが。

「上司の許可が出たので」と前置きして、もう一度高宮と話した。しかしその内容は、到底高宮を納得させられるものではなかったはずだ。

東日への情報漏れを調べるためのプロジェクトチームを作っていたのは事実だ。自分もその一員だった。しかし大宮が実際に事情聴取を受けていたかどうかは、最高機密に属するから言えない——高宮が、見る間に興味を失っていくのが分かった。せっかく話すつもりになったんだから、全部喋っちまえよ——彼の本音は簡単に読めたが、やはり何でもかんでも警察に話すわけにはいかない。一度裸になってしまったら、慌てて服を着こんでも手遅れなのだ。

高宮は厳しく攻めてはこなかったが、それでも彼の目つきは怖かった。明らかに、こちらが「隠しごとをしている」前提で話し続けて、会話を終わらせようとしない。ようやく解放された時にはくたくたになっていた。

それでも伊佐美は、最後の気力を振り絞って高宮に確認した。

「この件、警察は広報するんですか」

「いや」高宮が素っ気なく答える。「普通、自殺は広報しない。よほどの有名人か、公に影響が出るような自殺でない限りは」

「鉄道への飛び込みとかですか？」

「そういう風に考えてもらえれば」

これで一応、一安心だ。プロジェクトチームの調査が原因で自殺が出たとでも報じられたら、会社にとっては致命傷になる。会社だけでなく、伊佐美の命運も風前の灯になるだろう。一階の食堂へ行き、自動販売機でスポーツドリンクを買った。昼食の時間帯は過ぎており、ほとんど人はいない。ありがたい、とつい考えてしまう。特別開発室のスタッフの視線に耐えられるかどうか、自信がなかった。

食堂の片隅のテーブルにつき、スポーツドリンクを一口。煙草を吸う人間なら、ここで一服というところだな、と思う。椅子に浅く腰かけ直し、足を前に投げ出して目を閉じる。椅子の背に後頭部が乗る格好になり、少しだけ体が楽になった。一日が長い……そういえば今日は、朝も少し早めに出社したのだった。

ふいに誰かの気配を感じる。ゆっくりと目を開けると、目の前に高木がいた。いつもの作業着姿。しかし様子は普段と明らかに違う。目は充血し、唇からは血の気が引いていた。怒っているというより、何かを怖がっている。

「言っておきますけど、俺も大宮も何もしてませんからね。伊佐美さんが勝手に疑っていただけです」

「まだ判断は下していない」

「伊佐美さんは、最初から俺たちが東日に情報をリークしたと疑ってましたよね。冗談じゃないです。大宮は、それで追いこまれたんですよ」

「追いこむほど厳しく話は聴いていない」自分の事情聴取が厳し過ぎて、大宮が気に病んで自殺したとしたら……そんなはずはない。それに自分は、職務を果たしただけだ。

「悩んでたんですよ、あいつは。伊佐美さんは、会社の外まで追い回したでしょう？　やり過ぎですよ。どう責任を取るつもりなんですか？　人が一人死んだのに、何とも思ってないんですか？」

「残念なことだ」

「それだけ？」

「こっちは、自分の仕事をしているだけだ」

「そんな仕事、面白いんですか」高木が鼻を鳴らす。「警察みたいな真似《まね》をして」

「これも総務の仕事だ」

「クソみたいな仕事ですね。社畜って言葉、知ってます？」

伊佐美はゆっくりと立ち上がった。一転して素早く身を乗り出し、高木の作業着の胸倉を摑む。勢いでペットボトルが倒れ、テーブルの上にスポーツドリンクが撒き散らされた。

「会社から給料を貰《もら》っているのはお前も同じだろう。そもそもお前たちが事故隠しなんかするから、こういうことになるんだ」

ぎりぎりと絞り上げる。高木が伊佐美の右手首を両手で摑んだが、力は弱い。顔面は早くも蒼白《そうはく》になっていた。

「自分たちがやったことを棚に上げて、人の批判か？　盗人猛々《ぬすっとたけだけ》しいとはこういうことだぞ」

「……冗談じゃない……」

「伊佐美！」

声がすると同時に、体がぐっと後ろに引っ張られた。その勢いで高木の腿がテーブルにぶつかる。ペットボトルは床に落ちた。

「やめろ、伊佐美！」

田辺だった。伊佐美は何とか右腕から力を抜いたが、手首から先は固まったように動かない。高木が思い切り腕を振ると、ようやく離れた。勢いで、高木が床に尻もちをついてしまう。

「落ち着け」

言われて、完全に息が切れているのに気づいた。肩を上下させながらテーブルに手をつくと、スポーツドリンクで掌が濡れる。冷たい不快さで、ようやく正気に戻った。

「何なんですか！」高木が声を張り上げる。テーブルを掴んで立ち上がると、顔を真っ赤にしてまくしたてた。「総務課はそんなに偉いんですか！　警察の真似か何か知らないけど、同じ会社の人間を調べて、暴力までふるって、それでも許されるんですか？　だから大宮も死んだんだ！」

その頃には、特別開発室のスタッフがぞろぞろと集まって来ていた。いつの間に……と驚く。食堂にはほとんど人がいなかったのに。

田辺が伊佐美の肩に手をかけて振り向かせる。血の気が引いて、今にも吐きそうだ。高木は肩を上下させたまま、音を立てながら呼吸している。今にも爆発しそうな様子なのに対し、他のスタッフが何も言わないのが不気味だった。伊佐美はじりじりと後ずさった。リンチの前触れの静けさではないか……田辺が伊佐美の腕を摑み、大股で歩き出す。食堂から廊下へ。誰も追いかけて来ない。しかし田辺は歩調を緩めず、そのまま外へ出た。駐車場まで来て、ようやく立ち止まって伊佐美の腕を放す。それから大きく深呼吸して、周囲を見回した。

「何やってるんだ、君は」小声で叱責する。

「すみません……」ここは謝るしかない。こんな風にブチ切れたことなど生まれてから一度もなく、自分で自分が怖くなるほどだった。両手を上げると、まだ小刻みに震えている。

「何があったんだ」

「見てなかったんですか？」

「大きな音がしたから、慌てて食堂に入ったんだ」田辺が両手で顔を擦る。「参ったな……これから特別開発室を抑えなくちゃいけない」

「抑える？」

「理由はどうあれ、暴力は問題外だ。向こうもクレームをつけてくるだろう」

「同じ社内でクレームなんて……」

「冷静になれ」田辺が冷たく言い放った。「君が一生懸命やってるのは分かってる。こういう面倒な仕事を安心して任せられるのは、君だけだ。君がこんな風に暴走して下されたら、後を引き継ぐ人間はいないんだぞ」

伊佐美は思わず唾《つば》を呑んだ。今になって改めて、自分がしでかしたことのまずさを思い知る。

「とにかく、上に報告する。ちょっと待ってろ」田辺が、伊佐美が乗ってきた車に向けて顎をしゃくった。

伊佐美はのろのろと車に向かい、運転席に滑りこんだ。それを確認した田辺が、背広のポケットからスマートフォンを取り出す。すぐに伊佐美の乗った車に背を向け、話し出す。

伊佐美は溜息をつき、両手で顔を擦った。じわじわと、失敗が身に染みてくる。これは、処分を受けても仕方がない状況だ。調査から中途半端な状態で降りることになるのだろうか。

命じられた仕事は何でもこなすのが総務の誇りだと思っていたが、やはり身内の犯人探しをするような仕事は荷が重すぎる。もちろん、純粋な正義感はある。そもそもの始まりは、特別開発室の事故隠しなのだから……安全のためにやっている開発なのに、事故を内輪にも隠していたのでは、話にならない。この際膿《うみ》を出し切って、特別開発室のいい加減な体質を改善するために、自分は動くべきだろう。いや、特別開発室だけではなく、社内全体にはびこる隠蔽体質か……五年前のリコール隠し、そして今回の一件。どう考えても、タチ自動車に対する世評は最悪だ。これを機会に、一気に体質改善を図るのも総務の仕事だと、自分に言い聞かせていたのだ。

しかしここで、自分の仕事や考えを全否定された。伊佐美はがっくりうなだれ、胸に顎をつけた。社畜……自分を飼っている会社がどうしようもなかったら、どうしたらいいのだ？

覚悟はしていたが、謹慎、とはならなかった。本社へ取って返した伊佐美は谷内から直接事情聴取を受けた後、特別開発室に対する調査からは手を引くように、と命じられた。伊佐美の仕事は別の人間が引き継ぐ。

「よろしいんですか」

「暴力は、どんな状況でも絶対に駄目だ」谷内の表情は厳しかったものの、すぐに崩れる。

「……というのはこの時代だからの建前で、俺が若い頃は怒鳴り合いも殴り合いも珍しくなかった」

「そうなんですか？」谷内が若い頃というと、一九八〇年代の初めから半ばぐらいだろうか。

「俺たちの前の世代は、もっとすごかったらしい。ただしそれは、もう歴史上の話だから」谷内がすぐにまた表情を引き締めた。「とにかく、今はこういうことは許されない。

俺も特別開発室の連中の態度は気にくわないが、それとこれとは別だから」

「はい」

「実際、自殺した大宮という男が情報をリークしたと思うか？」

「こうなってしまっては何とも言えません。もう一人、高木という男をもっと厳しく調べるしかないでしょうね」

「そこは他の人間に任せろ。特別開発室をあまり刺激したくない」

「分かりました」

　返事はしたものの、心はあちこちを彷徨《さまよ》ってしまう。自殺の情報が漏れたら、会社は大変なことになる。しかし考えてみれば、一人の人間が自ら命を絶ったこと自体も大変なことなのだ。しかも、大宮を追いこんだのは恐らく自分……俺は人殺しか、と自問する。直接手を下したわけではないにしろ、目に見えない引き金を引いてしまった。

　人殺し。

　だが伊佐美は、心の中で顔を上げた。落ちこみ、立ち止まっている場合ではない。クソみたいな会社であっても、サラリーマンである限りは、会社のために生きていくしかないのだから。


　日付が変わる頃に自宅へ戻った。昼に続き夜も食事を抜いてしまい、ふらふら……エネルギーが切れているのをはっきりと意識する。

玄関のドアを開ける前に、車庫に入れたスカウトの運転席に滑りこんだ。最上級バージョンにのみ許された本革シートはパンと張っていて座り心地がいいのだが、今夜はどうにも落ち着かない。ハンドルを握り、前方を凝視する。暗く、狭い道。直進したら、向かいの家のブロック塀にすぐぶつかってしまう。

行き場なし。

走りに出ようか、とふと思った。首都高をぐるぐる回るだけのドライブは、格好のストレス解消法である。しかし今日は、どれだけアクセルを踏みこんでも、冷や汗をかきながら急カーブをクリアしても、余計な考えは消えない気がする。

やめておこう。

ドアに手をかけた瞬間、助手席のドアが開く。びくりとしてそちらに視線を向けると、ジーンズにトレーナー姿の朋子がシートに身を滑りこませたところだった。

「風呂《ふろ》は？」

「まだよ。なんでそんなことを聞くの……ちょっとドライブしない？」

「今から？」伊佐美は腕時計に視線をやった。ちょうど午前零時。

「いつも、一人で走りに行くじゃない」朋子がかすかに非難するように言った。

「そうだけど……君は一緒に行きたがらないじゃないか」

「たまにはいいでしょう」

「何も持ってないけど、いいのか？」伊佐美は妻を見た。いくら深夜とはいえ、女性が手ぶらで外出するのは考えられない。

「お金は、あなたが持ってるでしょう。携帯もいいわ。こんな時間には、電話してくる人もいないし」

「じゃあ、軽く一周だな」

「二周でも、三周でも、あなたが好きなだけ」

伊佐美はエンジンに火を入れた。ターボで過給された二リットルエンジンは、野太い排気音を吐き出す。マフラーをいじっているわけではないが、この時間だと近所の耳を気にしなければならないほどの音量だ。スピーカーから、クワイエット・ライオットの『カモン・フィール・ザ・ノイズ』が流れ出す。スピードに乗ったドライブにはいかにも適した一曲だ。

しかししばらくは、スピードを殺してのろのろと走る。ウィンドウを下げると、独特の排気音が遠慮なく耳に飛びこんできて、ぞくぞくした。よく、イタリア車は「音まで計算してエンジンを作っている」と言うが、タチ自動車も同様である。官能的とまでは言えないが、精緻かつ凶暴な機械音。軽く二百八十馬力を叩き出すこのエンジンは、日本国内でこれまで作られた二リットル直4エンジンの中で最高傑作の一つだと思う。

首都高に乗ると、伊佐美はエンジンの力を解放した——いや、解放したつもりでも、実際にはエンジンの能力の半分も出せない。それほど首都高は、スピードの出にくいコースなのだ。

それでもカーブには果敢に突っこみ、〇・一秒でもブレーキを踏むのを遅らせるように頑張る。思い切り振り回しても、ボディはみしりとも言わない。ワゴン車はセダンやクーペに比べて剛性は低いのだが、さすがにスカウトは違う。人車一体——伊佐美は自分がスカウトのシートの一部になってしまったように感じた。タイムアタックのような走りを繰り返しても、朋子は何も言わない。さすが、元タチの社員である。今では、よほどのことがないと自分でハンドルを握らないが、それでもスピードには慣れている。

結局環状線を二周した。アルバムはいつの間にか、最後の曲『サンダーバード』になっている。雄々しく美しいが、どこか暗い……掌にじっとりと汗をかき、額も濡れていた。もう一度ウィンドウを開けて四月の風を車内に呼びこみ、自分の汗と戦わせる。ワイシャツの襟元《えりもと》に人差し指を突っこんでネクタイを緩め、ほっと一息ついた。

「何かあった？」朋子が久しぶりに口を開く。

「どうして？」

「さっき——帰る前に電話してきた時、すごい声だったから」

「そうかな」伊佐美は顎の下を掴んで、二度三度と揉んだ。

「あんな声を聞くの、初めてだったかもしれないわ」

「そうか……」

「会社で何かあったんでしょう？」

「ああ」今回の仕事についても、朋子にはきちんと話している。もちろん全てではないが
……だが、今日の一件は、とても話せない。

「話したら楽になる？」

「ならないな」

「私じゃ力にならないかしら」

「誰が相手でも同じだよ」

「でも、試しに話してみれば？」

「やめておく」妻には重荷を背負わせたくない。

「そう」

　ちらりと見ると、朋子は両手を揃えて膝に置いていた。吹きこむ風に髪が乱れたが、気にする様子もない。女房に心配させるなんて最低だよな……伊佐美は拳で何度も顎を擦った。話さなければ彼女は今まで以上に心配するだろう。しかし話してしまえば、パニックに陥《おちい》るかもしれない。自分の夫が「犯罪者」だと知ったら、これまで通りの暮らしを続けていけるかどうか。

黙っているしかない。

この件は、ずっと一人で抱えて、解決するしかないのだ。たとえ、夫婦の間に隙間風が吹こうとも。

19　２０１６年4月11日

夕方五時——Xから畠中の携帯に電話がかかってきたのは初めてだった。

「どうしました？」気楽な口調で話し始めたものの、鼓動は激しい。直接電話をかけてくるのは緊急時だけ、というXとの約束を思い出した。

「会えますか？」Xが切り出した。

「今日ですか？　大丈夫です」

「六時半に、竹芝《たけしば》ふ頭公園。帆船のモニュメントがあります」

「帆船というか、マストのモニュメントでしょう？」行ったことがある。そこの光景を思い出して、畠中は訂正した。

「そこで六時半に。大丈夫ですか？」

「私は構いませんけど、そちらは平気なんですか？　会社の近くでしょう」

「あんなところで途中下車する人はいません。ゆりかもめに乗る社員は、全員新橋まで行きますよ」

本当だろうか？　Xだって、社員全員の住所を把握しているわけではあるまい。竹芝ふ頭公園付近にはマンションもあるから、職住接近を好むタチの社員が住んでいてもおかしくはない。しかし向こうが大丈夫だというなら、従うのみだ。

「じゃあ、六時半にそこで……それより、今日は緊急なんですよね？」畠中は念押しするように確認した。

「ええ」

「だったら今、話してくれてもいいんじゃないですか？　せっかく電話がつながっているんだから」

「この電話――プリペイド携帯は、今回限りで破棄します」

「え？」畠中は思わず聞き返した。

「足がつくとまずいので。新しい電話に替えます」

「ちょっと――」

やり過ぎだ、と思ったものの、畠中の心の声がXに届くはずもない。Xはさっさと電話を切ってしまった。まったく、急な話で……Xは相変わらず、スパイめいたやり方を好む。しかもプリペイド携帯を取り替えるなど、金もかけている。そうまでして会社を追いこみたい理由は何なのか。そこまで深い恨みがあるということが、畠中には想像できない。

一度じっくり、話を聞いてみたい。今までは「危険だ」と思って個人的な話は避けていたのだ。下手なことを言って機嫌を損ねられたら、大事なネタ元を失ってしまう。しかしこの一件が一段落してXが落ち着いたら、機会を作りたい。

「ちょっと出て来るわ」畠中は隣に座る植本に声をかけた。

「何ですか？」

「ネタ元と会って来る」

「ずいぶん早いですね」植本が壁の時計に視線を投げた。「いつも、夜遅くじゃないですか」

「何か事情があるようだ。何もないなら、念のために待機していてくれねえかな」

「書けそうな話なんですか？」植本が怪訝そうな視線を向けてきた。

「それは分からねえ。ただ、いつもとは様子が違うもんでね。念のためだ」

畠中は机の引き出しに突っこんであった自動車伝票を摑んだ。まだ時間はあるのだが、どうにも気が急《せ》く。それに今日は、このまま動き回らねばならない予感がしていたので、車が必要だった。

「あと、頼むぞ」

畠中は足早に遊軍部屋を出た。やはり気持ちがざわつく。何かあるのだ。停滞した事態を一気に動かすような何かが。

落ち着かない場所だ。畠中は公園に着いた途端、居心地の悪さに落ち着かなくなった。既に陽は落ち、公園の中はライトアップされている。中央には、記憶通りにマストのモニュメント。他に何があるわけでもないが、恋人たちの逢瀬《おうせ》の場としてはいかにも相応しい。特に海に向かって並んだベンチはほとんど埋まっていた。秘密の話をする場所じゃないよな、と苦笑してしまう。

畠中はマストの真下に立った。行き交う人たちが視線を投げてくる。一人でぽつんと立っていると、そんなにおかしいのかよ……視線を無視するためにスマートフォンを取り出した瞬間、声をかけられる。

「畠中さん」

振り向くと、Ｘが立っていた。ひどい違和感……その源泉は、Ｘが歩いていることだとすぐに気づく。いつも車の中で会っているので、座っている姿しか見たことがないのだ。

「ここは話しにくいですね」畠中は苦笑してみせた。

「海の方へ出ますか？」Ｘが提案した。

「向こうは向こうでカップルだらけですよ」畠中は顔をしかめた。

「別に問題ないでしょう」

こっちは何となく困るのだが……しかしＸは、戸惑う畠中を無視して、さっさと歩き出した。

海に面した場所は、南北に長いボードウォークになっている。その下は埠頭《ふとう》で、コンテナがずらりと並び、トラックが行き来していた。Ｘが空いているベンチを見つけ、腰を下ろす。少し間を置いて座った畠中は、素早く周囲を見回した。近くに高校生らしきカップルが座っているが、互いに夢中でこちらの姿は目に入っていない様子だった。声が聞こえる距離でもない。ボードウォークを散策している人も多いが、気にすることはないだろう。手すりの向こうには、黄色く塗られた貨物船が停泊している。向かい側は中央区の豊海《とよみ》辺りか。タワーマンションが林立して、最新の東京の顔になっている。潮の香りを含んだ風が吹きつけてきて、畠中は少しだけ気持ちがリフレッシュするのを感じていた。

「自殺者が出ました」Ｘの言葉は弱々しく、風に吹き飛ばされそうだった。

「え？」畠中は思わず腰を浮かしかけた。「それはどういう――」

「特別開発室の若手職員で、大宮という人です。今朝、特別開発室の中で、自分で首を切って死んでいるのが見つかったんです」

「まさか」畠中は思わずつぶやいた。「死ぬような事情があったんですか」

「例のプロジェクトチームに、だいぶきつく追及されていたようです。自殺の原因はそれかもしれません」

「というより、それ以外に考えられないのでは？」畠中は、声が震えるのを意識した。

この一件は、自分たちにも責任があるのではないか？　東日に記事が出なければ、プロジェクトチームができることもなく、大宮という若者が自殺することもなかったはずだ。全ては偶然が導き出したこととはいえ、気分は重い。

横を向き、ちらりとＸの顔を見る。感情は窺えない……表情は完全に消えていた。

「あなたは何とも思わないんですか」思わず訊ねた。

「論評は控えます。私が直接関係していることではないので」

「プロジェクトチームの連中が勘違いして、まったく関係のない人間を追いこんだ……そのきっかけを作ったのは我々ですよ」

「だったら、事故がいつまでも明るみに出なくてもよかったんですか」

Ｘの一言に、畠中は黙りこんだ。この人は、どうしてこんなに強くなれるんだ？　責任を感じろというのも筋が違うが、少しはショックを受けるのが、人間らしい反応ではないだろうか。

「死んだ人は生き返りません」Ｘが冷たい口調で言った。

「それはそうだけど……」

「書くべきですよ」

「この自殺を？」

「会社が一人の若者を死に追いこんだんですよ？　ニュースになるでしょう」

大きくは扱えない……そもそも、自殺の扱いは難しいのだ。本人自筆と確認できるしっかりした遺書でも見つかって、動機が社会的なものならば書けるが、そういうケースはさほど多くない。しかし、Xの言うことにも一理ある。ベタ記事でもいい。一人の若手社員が自ら死を選んだことは、タチ自動車の体質をはっきりと示す象徴だろう。社員を追いこむ一方で、会社としてはまったく責任を取らない。

「この件、表には出ていませんね」

「そう思います」

「分かりました」書こう、と決めた。ただし、裏取りはいつもより慎重にやらねばならない。Xも全ての状況を把握しているわけではないようなので、そこを詰めていく必要があるだろう。「書きます。ただし、明日の朝刊というわけにはいかない。確認するのに時間がかかりそうですから」

「そうですか」Xは、新聞社側の事情は気にしていない様子だった。

「あなたは……タチ自動車がこれからどうなると思ってるんですか？　どうしたいんですか？」

「私には、会社をどうこうできる力はないです。希望もありません」Xの声には元気がない。もしかしたら、自殺に追いこまれたのは自分だったかもしれない、と思っているのではないだろうか。立場が違えば、確かにXが犠牲になっていたかもしれない。

「でも、どうにかしたいからこそ、俺と接触しているんじゃないんですか？　マスコミの力をうまく利用して、会社を立て直そうとしている——違いますか？」

「あまり深く考えないようにしています」Xが力なく首を振った。「これから何がどう動いていくのか、まったく分からなくなりました」

「結局何も変わらずに、うやむやになることもよくありますよ」

「あなたは、それでもいいんですか？」Xが逆に聞き返してきた。「曖昧なまま、取材を終わらせるんですか？」

「冗談じゃない。そんなつもりはないですよ」

だからと言って、着地点がどこになるのかはまったく読めない。それほどにややこしいことなのだ。

Xを見送った後、畠中は待たせておいたハイヤーに乗りこんだ。もうしばらくこの場に留まるように頼み、本社に電話をかける。遊軍デスクの岩田を摑まえられたので、畠中は自分の幸運を確信した。今日は当番でもない岩田が、珍しく酒の気配を感じさせない口調で電話に出たのだ。何もない時の岩田は、六時を過ぎるとだいたい呑み始める。

事情を説明し終えると、岩田は「三段ぐらいだぞ」と最初に釘《くぎ》を刺した。三段見出しの記事だったらそれほど大きくない……しかしその程度の扱いは、畠中も予想していた。

「そんなものでしょうね。でも、絶対に書いておかないといけない話です。それで――」

「千葉支局に話をするよ。会社で首を切って自殺したとなったら、少なくとも所轄は調べているだろう」

「そうですね」

「地元の警察回りに突っこんでもらおう」

「お願いします。あと、植本には会社の方を当たらせます。俺はちょっと別の筋を探るので」

「朝刊に間に合うか？」

「無理はしません」自分に言い聞かせるように畠中は言った。「明日の夕刊でも、明後日の朝刊でも……デリケートな問題なので、しっかり裏を取ります」

「それがいい。焦るなよ」

「分かってます」

　電話を切って、すぐに遊軍部屋に電話を入れる。植本に事情を説明し、会社関係への裏取りを頼んでから、一度車の外へ出る。会社に出入りのタクシー会社も、今は車内は全面禁煙だ。取り敢えず一服して気合いを入れ、それからリスタートだ。結局煙草二本を灰にしてから車に戻り、電話をかけ直す。相手は美浜署の副署長。家が分かれば夜回りに行くところだが、取り敢えずは電話で情報を取るしかない。

「ああ、どうも」軽い挨拶。しかし彼が警戒している様子はありありと窺えた。

「ちょっと確認したいことがありまして」

「その後、事故はないよ」慎重に副署長が言った。

「ええ。今日は別件なんですが……隣の八千代署のことです」

「それは分からないよ。基本的に、別の署の管内で起きたことには関知しないからね」

「それは分かっています」畠中は一息置いた。「ただ、情報は流れますよね。私も警察回り時代に、自分が担当していない署の情報を聞いたことがあります。大抵は人事の噂でしたけど」

　副署長が声を上げて笑ったが、かなり無理している感じだった。その場の雰囲気を壊さないための、大人の気配りだろう。

「八千代署の管内で自殺があったようですね」

「自殺ぐらい、珍しくないだろう。だいたい、おたくらも自殺なんて一々記事にしないでしょう」

「タチ自動車の若手社員が――」

「それはやめた方がいいな」

　畠中の言葉に被せるようにして、副署長が否定した。あまりにも早い反応に、畠中はむしろ「嘘」の臭いを嗅《か》ぎ取った。

「どうしてやめた方がいいんですか？　八千代署でのことを知ってるからですよね？」

「おいおい、そういう揚げ足取りはやめてくれよ」副署長が頼みこむように言った。

「詳しい事情を知りたいわけじゃないんです。そういうことがあったのかなかったのか確認したいだけで……今朝だそうですね」

「参ったな」本当に参ったような口調で、副署長がつぶやく。「おたくも、本当に早耳だね」

「それが仕事ですから」

「……自殺者が出た、という話は聞いている」

「社内で首を切って自殺したそうじゃないですか。すごい死に方ですよね」

「詳しいことは知らないけどね」副署長はまだ、完全に話す気にはなっていないようだった。自分のところの話ではないので、無責任になってしまうと思ったのだろう。

「例のプロジェクトチーム――情報リークを調べているプロジェクトチームから、事情聴取を受けていたそうですね」

「らしいね」

「それが動機なんでしょうか」

「そこまでは聞いていない。ただ、八千代署では会社に対しても、かなり厳しく事情聴取しているそうだ」

「やはり責任があると考えているんですか？」

「状況的にそう判断しているようだが……これ以上は勘弁してくれよ。こっちの事案じゃないんだから、無責任なことは言えない」

「副署長が、責任感の強い方なのはよく分かってますよ」

「おたくに褒められても、全然嬉しくないのはどうしてだろうな」

電話を切った畠中は、思わず拳を腿に打ちつけた。これで二人の人間から確認したことになる。十分「裏は取れた」状態だが、もう一押しが欲しかった。最近はデスク連中も慎重で、できるだけ多くの確認を欲しがるのだ。

手は打ってある。植本がきちんと情報を取ってくれれば、これから準備して明日の朝刊にぶちこめるかもしれない。植本が駄目でも、千葉支局が八千代署に事実確認をしてくれれば……警察はきっちり調べているはずで、裏取りとしてはそれで十分だろう。

この記事がどれほどの衝撃をもたらすか、畠中は容易に想像できた。それほど扱いは大きくなくとも、ショッキングな出来事である。そしてこういうのは、週刊誌が喜んで後追いしてくれそうだ。

「社へお願いします」畠中は身を乗り出して運転手に声をかけた。後は報告を待ちながら原稿を用意しよう。ぎりぎりでも――最終版の締め切り間際でも突っこめるように用意しておかなくては。

自動運転実験の事故隠しが問題になっているタチ自動車で、開発に関わっていた若手社員が自殺していたことが、警察関係者などへの取材で分かった。

自殺していたのは26歳の男性社員。11日午前8時頃、千葉県八千代市にある同社特別開発室の3階廊下で、この社員が首から血を流し、倒れているのを、出勤してきた別の社員が発見した。男性社員はすぐに病院に運び込まれたが、既に心肺停止状態で、死亡が確認された。死因は失血死。

八千代署では、11日未明から朝までの間に、この社員が自らの首を刃物で切って自殺を図ったものとみて、動機などを調べている。

事故隠しに関して、タチ自動車はマスコミへの情報漏れを問題視し、社内のプロジェクトチームで調査していた。自殺した社員は、このチームの事情聴取を何度か受けていたという。

タチ自動車の話「社員が自殺したのは事実だが、動機は分かっていない。警察の捜査に協力している」

曖昧な――弱い書き方だということは分かっていた。動機がはっきりしていたら、そもそもリードから変える。

「自動運転実験の事故隠しが問題になっているタチ自動車で、開発に関わっていた若手社員が、社内調査で厳しく責められていたことを苦に自殺していたことが、警察関係者などへの取材で分かった」となるはずだ。

　実際に、警察でもまだ動機は詰め切れていない。それ故畠中は、自殺の事実関係にのみ絞って記事にしたのだ。それでも読んだ人は、この大宮という社員が会社側に追いこまれて自殺したと読み取るだろう。一方で東日側は、「動機についてははっきり書いていない」「プライバシーは重視して、名前も出さなかった」と言い逃れできる。

　いや、言い逃れする必要などないのだが。これは単に事実を書いただけの記事だ。

「四段扱いは予想以上でしたね」畠中は首を捻った。いわゆる「漫画横」。最終版に強引に突っこんだせいか、目立つように紙面を組み直してくれたのだろう。

「まあ、いいじゃないか」缶ビールを啜《すす》りながら、岩田がニヤニヤと笑った。「これぐらい騒いでもいいんだ。人一人の命が絡んでるんだから」

「まあ、そうなんですけどね」

「タチ自動車の方から何か言ってきたか？」

「いえ。広報に喋らせて、その後は何もないです……植本、広報課長はどんな様子だった」

「相当慌ててましたよ」植本が両目を擦りながら言った。「まさかって感じだったんじゃないですか」

「それだけ、自殺がばれるのは避けたかったんだろうな」岩田が言った。「自慢できる話じゃないし、また叩かれるのは一目瞭然だから」

「しかし、これ以上は書けないんですよね……」畠中は缶ビールに手を伸ばした。ゲラが上がってくるタイミングで、岩田がどこからか調達してきてくれたのだ。

「会社側のプロジェクトチームは、完全に犯人を読み違えているんです」

「ああ、そうだな」岩田の表情が渋くなる。「本当の犯人は、お前が押さえているわけだから」

「プロジェクトチームの読み違いは間違いないんですけど、それを書いてしまえば、会社側にヒントを与えてしまう恐れもあります」

「こっちの腹は探られたくないな。ネタ元は守らないといけない。この件は単発の花火だ」

　どうも上手くつながらない……発生した事故を起点に取材をスタートさせたから、どうしてもこういう感じになるのだろうか。タチ自動車の動きに伴走するような形でネタを追っていく——東日側にすれば、ゴールが見えない戦いだった。

「植本、竹村専務はどんな具合だった」

「激怒してましたよ」植本も缶ビールを手に取る。「もう一度社長を問い詰める、と言っていたぐらいですから。怒りは本物ですね」

「竹村の乱の第二章第二幕、か」岩田が言った。「そういうことが何度も続くと、役員会もぐずぐずになりそうだな」

「ですね」植本がうなずく。

「部下が疑われて自殺者まで出た――竹村さんにすれば、許せねえ状況だろうな」吐き捨てて、畠中は缶ビールのプルタブを開けた。ビールを口に流しこむと、苦味をやけに強く感じる。

「そろそろ経済部も本格的に取材に引きこんだ方がいいぞ」岩田が忠告する。「こっちがにわか仕込みで夜回りしてネタを取ってくるより、普段から取材している経済部の方が上手く食いこめるだろう」

「あるいは丸めこまれるか」

「お前は悲観的過ぎるんだよ」苦笑しながら岩田が反論する。「俺の方から経済部のデスクに話をしておく。何も、社会部と経済部合同のプロジェクトチームにする必要はないんだ。それぞれ独自に動いて、ネタになりそうな話が出てきたら、そこで情報共有して、記事にできるかどうか検討すればいい」

「……それはお任せします」勝手にしてくれ、という感じだった。畠中の感覚では、やはり経済部は丸めこまれるだろう。利益供与があるはずはないが、よく知っている人間の悪口は書きにくいのだ。

「明日、また大騒ぎになると思うけど、覚悟しておけよ」

「俺はここに隠れてますから、後はよろしくお願いします」畠中は岩田に向かって頭を下げた。

「いいよ。俺が矢面に立つような場面はないだろうけどな」

とにかく今夜は終了だ。後は次のネタを探すだけ。

戦いは終わらない。終わりが見えない。

送りのハイヤーで自宅に戻り、郵便受けをチェックする。さすがに今夜はメモはなかった。当たり前か。Xとは会ったばかりなのだから。

午前二時半。シャワーを浴びて濡れた髪のまま、ベッドに横になる。枕が濡れてしまうが、どうでもよかった。四十歳で独身の男は、たいていのことが気にならなくなってくる。

次のステップは何だろう……事故の原因と、それに伴う社内の処分をタチ自動車が発表し、それで一件落着というところか。少なくともタチ自動車は、それで終わりにしたいはずだ。これぐらいの事故では、自動運転の開発は止まらないだろう。死亡事故でも起きたら世間の批判が一挙に集まるから、しばらくは身動きが取りにくくなるかもしれない。だがこの程度の事故では、何一つ変わらないのではないか。

自動運転技術は、ゼロエミッション車の開発と共に、日本の自動車業界の未来を担うものだ。メーカー同士が技術を競い合うことで、より安全で確実な自動運転技術が確立されていくだろう。日本のメーカーにとって最大のライバルは、チューリング社。しかしあの会社は、ハードウエアの技術を持っていない。最終的には、既存のメーカーに新たなシステムを提供するか、自動車メーカーを買収する形で自動運転に参画するだろう。一方日本のメーカーは、ハードウエアとソフトウエアが一体になったサービスを提供する。

日本の技術が世界標準になれば、政府も経済界もメーカーも万々歳だ。

しかし、何だかな……と思う。マニュアル車がいつの間にか希少な存在になってしまったように、手動運転の車もいずれ少数派になっていくのかもしれない。あまりにもニーズが少ないと、生産中止になってしまう恐れさえある。そうなった時、手動運転どころかマニュアル好きな自分はどうしたらいいのだろう。

起き上がり、古い自動車雑誌を押し入れから引っ張り出す。それこそ、高校生ぐらいの時に買った雑誌もある……たまたま引き抜いた一冊は、「イギリス車の魅力」特集だった。日付を確認すると、まさに自分が高校生の頃、二十二年も前のものだ。

巻頭のグラビアは、ＭＧ・ＲＶ８だった。ロングノーズ・ショートデッキの典型的なスポーツカースタイル。丸目のヘッドライトや縦に細長い小さなコンビネーションテールランプが、クラシカルな雰囲気を加速させている。内装がまた美しい。シートやドアの内張りは、オフホワイトの革。ダッシュボードなどは、木目のはっきり出た、明るい色調のウッドで統一されていた。メーターは六連。シフトレバーはいかにもストロークが短そうで、コクコクと節度を持って動くだろう。

問題はパワートレインだ。レンジローバーにも採用されたV8ユニットは、このコンパクトなボディには明らかに重過ぎる。こんな大きなエンジンがフロントに収まっていたら、軽快感とは無縁だろう。果たしてどんな乗り味だったのか、興味は尽きない。

世の車が全て自動運転になってしまった後には、こういう車を発掘してきて、コツコツとレストアしながら乗るのも面白いかもしれない。完全な自己満足とはいえ、畠中の感覚では車を運転することは「運動」である。自分の手足を拡張し、大きな機械を自在に操る感覚。

くしゃみが出た。湯冷めしたのか、古い雑誌の埃で鼻を刺激されたのか、それともやはり花粉症か……雑誌を押入れにしまいこみ、畠中は布団に潜りこんだ。なかなか眠気は訪れない。特ダネを書いた時の高揚感は、簡単には鎮まってくれないのだ。特に今回は、ぎりぎりの取材で最終版に突っこむというシビアなものだったから、どうしても神経が高ぶっている。

それだけではない、とすぐに気づいた。

大宮を殺したのは自分、と言ってもいいのではないか。

もしも畠中があの事故のことを書かなければ。それがきっかけになってタチ自動車が情報漏れを探るプロジェクトチームを作らなければ。若い技術者は自ら命を絶たずに済んだのではないか。

あくまで仮定の話。だが、この一件は自分の中で長く尾を引きそうだと畠中は予感した。忘れた頃にまた思い出し、眠りを吹き飛ばしてしまう。

記者になって二十年近く、シビアな取材は無数に経験してきた。しかし、人の命がかかったような事案は初めてだった。今夜は、眠れぬ夜の第一夜になるだろう、と畠中は覚悟した。

それでも止まれない。一度手をつけてしまった事案とは、最後まで責任を持ってつき合わなくてはならないのだ。

第五章　第二の事故

20　２０１６年４月12日

Xは先ほどから、どうにも落ち着かなかった。自分の行動が誰かにばれているとは思っていないが、常に監視されているような感覚が消えないのだ。

今夜の密会場所は、西麻布のバー。相手は特に表情を変えず、態度にも変化はなかったが、それはこの一件の当事者ではないからだろう。こちらは、生きた心地がしないのに。

「自殺者が出たのは残念だったね」さほど残念そうでもない口調で相手が言った。

「ええ」Xは相槌を打って、ハイボールを一口呑んだ。

「家族は大丈夫なのか」

「特に問題はないと聞いています」

「普通は、騒ぎ出すだろう」相手が片方の眉を吊り上げる。「会社に殺されたようなものだ」

「そこまで明確ではないんでしょう」反論する意味もないと思いながら、Xは言った。会社を憎んでいるのは、相手ではなく自分なのだ。この機に乗じて、ボロクソに言ってやってもいいのに、何故かその気になれない。「自殺の動機は、はっきりとは分かりません。遺書が残っていませんでしたし、他の人間にも内心を明かしてはいませんでした」

「やはり事情聴取のせいでは？」

「それもあるでしょうが、それだけとは思えないんです。大宮という社員は、他にもいろいろトラブルを抱えていたようです」

「例えば？」

「サーバールームに侵入したのは、自分の査定を確認するため……それは、プロジェクトチームに疑われたもう一人の社員も認めています」

「褒められたことではないが、よくある話じゃないか」相手が首を捻る。「上司のデスクの引き出しを開けたりするのは、昔から珍しくなかった」

「今はそれがコンピューターで管理されているわけですが……特別開発室の査定データも、サーバーに蓄積されていました」

「そのことを責められたぐらいで自殺するとは思えないな」

「実はその他に、ちょっとした金銭の問題もあったようなんです」Xは顔が引き攣るのを感じた。「サーバールームを調べたところ、金銭がなくなったことが分かりました」

「社内で窃盗？」

「しばらく前から、金庫の中身が減っているという噂があったそうです、社員の共益費というか、部費というか……特別開発室が独自に集めて、宴会の費用や冠婚葬祭に使っていたものです。その帳簿も、サーバールームに保管されていました」

「金庫から金を抜いても、データを改竄《かいざん》してしまえば分からない……ということか」

「ええ。部費を管理している特別開発室の次長が、自殺をきっかけにして色々チェックしたところ、この半年で二十万円ぐらいがなくなっていたのが分かりました」

「たかが二十万？」相手が目を見開く。「それで自殺は、ちょっと考えられないな」

「額はあまり関係ないんじゃないでしょうか。大宮は他にも、色々と小さな悪さを重ねていたようです。今回、プロジェクトチームが動き出したことで、そういう悪さがばれてしまうかもしれないと考えたんでしょう」

「だったら、自殺に関する東日の記事は誤報じゃないか」呆れたように相手が言った。

「いえ、事実関係には間違いはありません。動機については、微妙に本筋《ほんすじ》を外して書いていました。あれはテクニックでしょう」

「分かった。ただ、この話はこれ以上広がらないだろう。君もそろそろ、自分の身の振り方だけを考えた方がいい」

「上手くいくでしょうか」

「心配はいらない。向こうと面会するタイミングは重要だが」

「ええ」

「売り込みの準備はできているか？」

「もちろんです」

「しかし。タチ自動車も馬鹿だねえ」相手が鼻を鳴らす。「適材適所で人を使えないんだから……ちなみに君は、どうして自分がこういう目に遭ったんだと思う？　何かヘマをしたのか」

ヘマはない……Ｘは思わずうつむき、苦笑してしまった。いや、会社員としては、あれはヘマだったのかもしれない。もう少し慎重になるべきだった。

「チューリング社のスパイだと疑われたようです」

「スパイか……」

Ｘは思わず言葉を呑んだ。この人は、本当は全部知っているのではないか？　考えてみれば、何も知らずに自分に声をかけてくるわけがない。「使える人間」として白羽の矢を立てたのではないか。

「そう思われていたことには、まったく気づきませんでしたけどね」Ｘは認めた。「昔の恩師に会っていただけなのですが」

「伊沢先生か？」相手が目を見開く。

「そうです。今はチューリング社の技術顧問のような仕事をされています。雇用関係があるわけではないですけど」

「ところが、タチ自動車はそうは見なかった。伊沢先生とチューリング社との関係性は、もちろん私も知っている。ただ、世間の感覚では、伊沢先生はいかにもチューリング社と共同で仕事をしている印象だ——自動運転技術の開発に関しては」

「そうですね」

「とにかくあなたは、スパイ容疑をかけられたわけだ」

「ええ。ただ、会社側に確かめても、はっきりしたことは分からないんです」

「それはそうだろう。異動の理由をはっきり言えば、君はすぐに辞めてしまいかねない。そういうトラブルは避けたかったんだろうな。君がいなくなったら、深刻な頭脳流出だから」

「でも今は、買い殺し状態ですよ。先はまったく見えません。異動直後は、本当に何も仕事がありませんでしたから」

「どんな業界でも、人材はもっと流動化していいと思う。最近の若い人は安定した終身雇用制を好むというが、それとこれとは別問題だ。人材が流動化すれば、その業界全体が活性化するのは間違いない」

「そうですね……自分がそういう状況に巻きこまれるとは思ってもいませんでしたけど」

「思い切るのは悪くない。人生を変える最後のチャンスかもしれないんだから」

　転身を決めるなら、ここは絶好のチャンス。相手の言うことは真理を突いていた。

21　２０１６年４月12日

　クソ、冗談じゃない。

　伊佐美は新聞を引きちぎりたかった。バラバラの細片にして、頭上でぱっと撒き散らしたい……できなかった。朋子は綺麗好きで、家の掃除は徹底している。床にゴミが落ちていると、時間に関係なくすぐに掃除機を持ち出すのだ。

　慎重に新聞を畳み、コーヒーを飲み干して立ち上がった。この件が東日で記事になることは、昨夜遅く、広報課に確認があったので分かっていたのだが、改めて紙面で見ると衝撃は大きい。

　自分は今、特別開発室の調査から外れているから、この件で煩わされることはないだろう。しかし、無風状態に身を置いておけるとは思えない。何かが起きる……嫌な予感がしてならなかった。

「出かける」

「ずいぶん早いけど、いいの？」朋子が心配そうに言った。

「念のためだ」

「大丈夫？」朋子が座ったまま伊佐美の顔を見上げ、眉根を寄せた。

「大丈夫……だと思う」

「無理しないでね」

「無理するも何も、自分ではもう状況をコントロールできないんだよ」伊佐美は笑みを浮かべたつもりだったが、実際には頬《ほお》が引き攣ってしまっているのを意識する。制御不能――もちろん、自分以外にコントロールできる人間がいるとも思えない。

出社すれば、何か無理難題をふっかけられるだろう。覚悟して家を出た瞬間、伊佐美は胃の痛みを意識した。今までこんなことは一度もなかったのに……ストレスで胃潰瘍になりかけているのかもしれない。

何がスーパー総務だよ、と自嘲する。自分の人生の先行きが、どんどん細くなっていくように感じた。

広報課が大騒ぎになっているのではと考え、顔を出してみた。予想通りの電話ラッシュ……課員はほぼ全員、受話器を耳に押しつけているようだった。伊佐美に気づいた課員たちが厳しい視線を向けてくる。これには耐えられない――社内でどんな噂が流れているのかを考えると、背筋が凍りつくようだった。

取り敢えず、ここでは相手にしてもらえないだろう。総務課に引き返そうとした時、ちょうど戻って来た田辺と出くわす。

「課長」

「ああ」

互いに素っ気ない挨拶。田辺は、廊下の奥へ向かって顎をしゃくった。そのまま階段をさっさと下り、踊り場で立ち止まる。伊佐美は二段ほど上で止まって、田辺を見下ろす格好を取った。何となく……上にいることで、精神的に優位に立ちたい。

「今、谷内さんに呼ばれた」

「ええ」

「谷内さんも、どうしていいか分からないようだ。今回の記事はまずいぞ。東日は、プロジェクトチームの調査が原因で大宮が死んだとは書いていないが、読む方はそうは取らないだろう。まずいことになった。もう、ネットでも騒ぎが広がっている」

「はい」相槌を打つしかできない。大宮の自殺から時間が経っても、記憶は薄れるどころか、自分の責任をさらに強く感じ始めていた。やはり、もう少しスマートなやり方があったのではないだろうか。

「大宮は、特別開発室の金をちょろまかしていたようだ。それは聞いたな？」

「ええ。その件についてまでは、詳しくは調べていませんが」

「だから、自殺の原因がプロジェクトチームの調査だとは限らない。むしろこの調査で、余計なことがばれるかもしれないと追いこまれて、自殺したんじゃないか？」

「可能性はあります」

「となると、東日の記事は誤報とは言わないが、半端な内容だ。谷内さんは、金の問題をマスコミにリークしようと考えている」

「駄目です」伊佐美は即座に否定した。思わず拳を握ってしまう。「余計なことをしたらさらに疑われるだけです。それに、東日に対して恭順の意を示すようなものじゃないですか」

「東日に対してじゃない。相手は他のメディアだ」

「諸刃《もろは》の剣ですよ」否定せざるを得ない。言葉を切り、頭の中ですぐに考えをまとめた。「まず、大宮の自殺の本当の原因は分かりません。警察もはっきりしたことは言っていませんし……そんな曖昧な情報を流しても、誰も食いつかないでしょう」

「この線が、可能性が高いんだ」田辺が眉間に皺を寄せながら言った。「実は大宮は、自殺する前の日、実家に電話をかけている」

「そうだったんですか？」この件の調査からは外されていたので、伊佐美にとっては初耳だった。

「ああ。具体的には言わなかったんだが、母親に対して『会社の金の関係でまずいことになるかもしれない』と零したそうだ。ところがな……」田辺が渋い表情のまま顎を撫でる。「母親は、『振り込め詐欺《さぎ》みたいなことは言わないで』と一笑に付したらしい。実は以前にも、同じような電話がかかってきたことがあったそうなんだ」

「振り込め詐欺への対応としては正しいですけど、本当に息子が相談してきたのにそういう対応は……しょうがないですかね」

「ああ」田辺がうなずく。「それでもヒントにはなる」

「仮にそうだとしても、今度は別の不祥事をマスコミに漏らすことになります。額はどれぐらいなんですか？」

「二十万」田辺がぱっと右手の指を二本出した。「確定していないが、奴は部費を自分の懐に入れて、サーバールームに保管してあった帳簿を改竄していたらしい。馬鹿馬鹿しいやり方だが、誰も気づかなかった。自殺騒ぎがあって、慌てて奴の身辺を調べて、分かったらしい」

「分かりました。でも、マスコミにリークする効果は絶対にありませんよ。むしろ、ネットを使って拡散させた方がいいんじゃないですか」

「そういうリスクは冒せない」田辺が首を横に振った。「うちの調べでは、今回の一連の件は、ネットではまだそれほど話題になっていない。要するに、一般ユーザーはあまり関心を持たない類の話なんだよ。できれば、寝た子を起こしたくはない」

「それでマスコミを利用ですか……」

「記事にするかどうかはともかく、マスコミの中で噂が流れれば、東日の取材の適当さが明るみに出る。それに週刊誌辺りが食いついてくれれば、東日を黙らせられるぞ」

「今日の朝刊の記事に対して、否定の声明を出せばいいんじゃないですか」田辺が持ちかけてきた裏工作は、いかにも面倒であやふやなものに思える。だいたい、手の込んだことをやろうとすると失敗するものだ。

「それだけじゃ済ませられない。君、東経に知り合いはいないか?」

「いますけど……」牧田《まきた》という記者と、広報課時代に何度か会っている。伊佐美とは同い年で、同じように車好き。牧田が極秘のアルバイトで、自動車雑誌に原稿を書いているのも知っていた。彼に言わせれば金のためではなく、あくまで趣味だというのだが。伊佐美は事情を明かした。「今、確か企業情報部のデスクです」

「そうか。ある程度影響力はあるだろう。会うだけ会ってみてくれないか?」

「しかし……」すぐにはイエスと言えない。面倒臭いからではなく、効果があるかどうか分からないからだ。

「谷内さん直々の指示なんだ」

「……分かりました」それでは断れるわけがない。また厄介な仕事だが、ここは頑張るしかないだろう。

効果があるかどうかはまた別問題だ。

「どうも、久しぶりですね」牧田がニコニコしながら現れた。東経本社近くの喫茶店。大《おお》手町《てまち》も、最近は再開発が進んで真新しい高層ビルが増えたが、それでも何十年も前に建てられたビルもまだ健在である。牧田が指定してきたのは、そういうビルに入っている、これまた古い喫茶店の一つだった。夕方近くなのに、席はそこそこ埋まっている。やけに広い店で、二か所にテレビが置いてあった。ここでだらだらとテレビを観て時間を潰す人が多いのだろう。内密の話をするにはあまり適した環境ではないが、今さら場所を変えるわけにはいかない。

　牧田と会うのは五年ぶりだったが、記憶に残っている通りの若作りだった。ベージュのスーツにボタンダウンのシャツ、黄色と紺色を組み合わせた派手なレジメンタルタイ。顔つきも四十歳にしては若々しい。

「総務課に異動されたんですね」牧田が切り出す。

「社内の何でも屋ですよ」

　自嘲気味に言ったが、牧田は真面目な表情で「何でも屋というのは、それこそ何でもこなせる人じゃないとできませんよ。万能選手みたいなものですね」と褒めた。否定も肯定もできず、伊佐美は曖昧な笑みを浮かべるしかできなかった。牧田が煙草に火を点け、「で、今日は何でしょうか」とさらりと訊ねる。

「ご存じでしょうけど、東日さんにだいぶ苛められていましてね」

「ああ、いろいろ大変ですね。東日さんも、いいネタ元を摑んだみたいだ。その件も調べてるんでしょう？　もしかしたら、伊佐美さんもその調査に関わっている？」

さすが、勘がいい。隠しておくべきだろうかとも思ったが、ここは認めた方が話は早く進むだろう。

「何でも屋なんで、こういうことも押しつけられるんですよ」

「そりゃ大変だ」牧田が真顔でうなずいた。「だけど、何で俺に声を？　伊佐美さんのターゲットは東日でしょう」

「その東日さんが今日書いた記事なんですが……ちょっと飛ばし臭いんですよ」

「御社の社員が自殺した件ですか？」声を低くして牧田が言った。

伊佐美はさらに小さな声で事情を説明した。話し終えると牧田が立ち上がり、レジのところにある新聞を持って来る。バサバサと音を立てて広げ、社会面を確認した。

「ずいぶんでかい扱いですよねえ」呆れたように牧田が言った。「一般紙はしょうがないのかな。たぶん、締め切りぎりぎりに確認が取れて、記事にしたんでしょう。そういう時って勢いがついて、見出しが一段大きくなるんですよね……ああ、伊佐美さんはそういう事情はよく知ってますよね」

「いや、私は部外者ですので。新聞社側の事情はよく分かりません」

「まあとにかく、そういうことなんです。あまり意味はないんですが、昔からの新聞社の慣習ですよ。それにしても、少し騒ぎ過ぎかな」

「そうですよね」味方を得た思いで、伊佐美はうなずいた。「書き方で上手く誤魔化してますけど、実際にはかなり無理がある。事実無根だったら、どうするつもりですかね」

「まあ、そもそも事実も分からないでしょうしね」牧田が新聞を畳み、ネクタイを直した。

「だいたい、自殺なんていうのは、動機が分からないことの方が多いんですよ。警察の方でも詰め切れるものじゃないし」

「そうですか」何とも心強い話だ。

「だから、書いた者勝ち、ということもありますよ」

「でも、東日さんは、金の問題については知らないはずです。知っていて無視したなら、それはそれで問題だ。ある意味、ミスリードでしょう」

「ええ」

「――ということを、お話ししておきたかったんですよ」

「私に話されても……正直言って、そういうことは経済紙では記事にできませんよ」牧田が渋い表情になった。

「分かってます」伊佐美は微笑を浮かべた。「ただ、東日が適当な――乱暴な取材をしてこの記事を書いたことは知っておいていただきたいんです。困った話ですよ」

「なるほど」牧田が顎を撫でた。「まあ……現場の記者には話しておきましょうか」

「そういう話は、東日にも伝わりますよね。記者さん同士の横のつながりもあるんでしょう」

「もちろん」

「牽制したいんですよ」伊佐美ははっきりと狙いを告げた。「東日の書き方には、弊社に対する悪意を感じます」

「東日さんが摑んだのがいいネタ元なのか悪いネタ元なのか。事故を表に出さなかったことなんかは……あれはいい記事でしたよ」牧田が認める。「扱いは少し大き過ぎましたけどね。でも、その後はどうかなあ。社会的影響はあまりない記事だ。御社内の不満分子がネタ元じゃないかと思いますよ」

「不満分子なんかいませんよ」伊佐美はすぐに否定した。

「不平を漏らす人間がまったくいない会社なんか、存在しないでしょう」牧田が指摘する。

「しかし、あまりにもひどい。会社に甚大な損害を与えようとしているんですから」

「それぐらいやる人もいる、ということでしょう」

「誰か、ネタ元として推測できる人間はいますか？」

「さすがにそれは分かりませんね」牧田が苦笑した。「むしろ、伊佐美さんの方がご存じじゃないんですか？　社内で調査を進めているんだから」

「そういう不満分子にはいき当たっていませんね」

「突っこみどころが違うんじゃないですか？」

伊佐美は、牧田の指摘を真剣に検討した。調査が、特別開発室に偏り過ぎたのだろうか……総務や広報に、より疑わしい人間がいるかもしれない。

それこそ田辺自身とか。あるいは、リコール隠しをマスコミにリークした人間。五年前の一件だけでは飽き足らず、再び会社にダメージを与えようとしているとか。

急に、頭の中に黒い雲が沸き上がって来るように感じられた。邪念……しかし大宮の死の原因がリークに関わるものではなさそうだと分かってきた今、誰を疑っていいか分からない。

自分以外、誰も信じられない。

緊迫した会話が途切れ、牧田はクールダウンを始めた。そうそう、妙に気の利く人だったんだよな、と思い出す。牧田はシビアな取材の後に、必ずどうでもいい話を持ち出してこちらの緊張を解《ほぐ》してくれた。次へつなげる気配りということだろうか。今回の話題は、最新の車の品定め。牧田は、今年のモーターショーで発表されるのではないかと噂されているタチ自動車のニューモデルを気にしているようだった。六〇年代の短期間にだけ製造されていたスポーツカー「タチＧＴ」の名前を現代に蘇《よみがえ》らせるモデルで——実際に開発は進んでいる。久々に登場するツーシーターの小型クーペで、時代の流れに乗ってプラグインハイブリッドになる予定だ。

伊佐美は適当に話を合わせた。もちろん、まだ公表できる段階ではない。しかしこの手の話題は悪くない……二人とも、先達《せんだつ》である六〇年代のモデルを直接は知らないのだが、新しいスポーツカーの話を始めると、止まらなくなる。

リラックスの時間は、スマートフォンが鳴り出して遮られた。

「ちょっと失礼します」

スマートフォンを手にして立ち上がる。店を出る直前に通話ボタンを押して耳に押し当てると、田辺の声が耳に飛びこんできた。今までに聞いたことのないほどに慌てた様子。

「どうしました？」

「事故だ。また事故だ」

伊佐美はスマートフォンを取り落としそうになった。

22　２０１６年4月12日

田辺は「本社サイドで処理する」と言っていたものの、任せてはおけない。彼は明らかに動揺して、まともな話ができる状況ではなかった。伊佐美は急ぎ、電車を乗り継いで所轄へ向かった。

署に着いた時には、既に日は暮れかけていて、警察は夜間の当直体制に入ったばかりだった。マスコミの連中が来ているかもしれないと、伊佐美は警戒した。取り敢えず、テレビの中継車などは見当たらない。まだ嗅ぎつけられていないようだとほっとしつつ、ネクタイを締め直して庁舎に入った。

田辺は一階にいた。交通課の前のベンチに腰かけ、両手を組み合わせて膝に置き、背中を丸めている。まるで身内が死んだかのような落ちこみようだった。まさか、実験車に乗っている社員が死んだのでは……それならまだましだ、と伊佐美は不謹慎なことを考えた。一般人が巻きこまれていなければ、それでよしとしないと。

「田辺さん」

「ああ」田辺が顔を上げる。顔面は真っ青で、唇が震えているようだった。

「どうなってます？」ベンチに腰を下ろしながら、伊佐美は小声で訊ねた。

「今、谷内さんと池本さんが、署長と会ってる」

「……公表しないように交渉中ですか」

「そういうことだ」

「事故に遭ったのは？」

「小学生」

消え入りそうな田辺の声を聞いて、伊佐美は顔から一気に血が引くのを感じた。まさか……歩行者を撥ねてしまったのか？　だとしたらこれはもう、隠しようがない。

「自転車に乗って塾に行く途中の、五年生の女の子が撥ねられた。すぐに病院に担ぎこまれたが、意識不明の重態なんだ」

「亡くなってはいないんですね？」伊佐美は念押しした。

「意識不明だ」田辺が繰り返す。「しかし、非常にまずい」

「警察側は何と言ってるんですか？　公表するんですか？」

「それを今、話し合ってるんだ」田辺が拳で腿を強く叩く。自分を傷めつけるかのような勢いだった。

「まさか……」ぽつりとつぶやき、伊佐美は壁に背中を預けた。ひんやりとした感触が背中に広がったが、気持ちはまったく落ち着かない。この先どうなるかと考えると、鼓動が速くなるばかりだった。

目の前が交通課……その横のスペースには、天井から「警務課」の看板がぶら下がっている。奥には副署長席。さらにその奥にある署長室のドアは閉まっていた。が、すぐに開いて谷内と池本が出て来る。伊佐美が慌てて立ち上がると、まず谷内と目が合った。厳しい表情で、話し合いが上手くいかなかったのが一目で分かる。

「どうでした？」

田辺が遠慮がちに谷内に訊ねる。谷内は無言で首を横に振るだけだった。

「公表ですか？」

「まだ決めてはいないが、公表しない理由はない、ということだった」

「まずいですよ」泣きつくように、田辺が言った。

「ちょっと、外へ」

池本が二人に目配せする。促されるまま、全員が外へ出た。駐車場へ回り、会社のワゴン車に乗りこむ。ドアを閉めると同時に、池本が切り出した。

「ここは思い切って、社長に頼んでもらうしかない」

「社長自らですか？」伊佐美は思わず訊ねてしまった。いくら何でもそれは……世界のタチ自動車の社長が、たかが警察署長ごときに頭を下げるというのか。

「打開策はそれしかなさそうだ」真剣な口調で池本が言った。

「しかし、警察署長に頭を下げるなんて……」伊佐美には想像もできない光景だった。

「署長じゃない。頭を下げる相手は、千葉県警の本部長だ」

「まさか」伊佐美は思わず、間の抜けた声を上げてしまった。「県警のトップに？」

「そこまでいかないと、話は通らない」

「そういうことだ」

谷内も池本に同調した。スマートフォンを取り出し、すぐに電話をかけ始める。残る三人は言葉を交わすことすらできず、谷内の会話に耳を傾けるしかなかった。

「谷内だ……社長を頼む」

しばし沈黙。ワンボックスカーの中の空気が一気に重くなった。呼吸するのも苦しいほどに……伊佐美は鼻からゆっくり深呼吸した。

「社長、谷内です。ええ、今警察と話しまして……所轄レベルでは判断できないということでした。はい、そうです。それで申し訳ないんですが、社長自ら出ていただけませんか？ そうです。千葉県警の本部長に会っていただいて……もちろん、私も同席します。はい、そうです。これは非常に大きな問題です」

一方的にまくしたてた谷内が、しばし言葉を切る。あまり線が太いとは言えない城社長が、警察としっかり交渉できるのだろうか、と伊佐美は心配になった。

「ええ、本部長は会って下さるという話です。今晩中に話をつけなければいけません。我々も県警本部へ移動しますので、現地で落ち合えればと思います。はい、よろしくお願いします」

通話を終え、谷内が額の汗を拭った。前を向いたまま、「社長がＯＫした」と短く告げる。城社長は会社から直接県警本部に向かうという。息を吐くと、一転してテキパキと指示を始めた。

「それでは私は、県警本部で社長と合流する。室長は特別開発室で待機。田辺君と伊佐美君はここにいてくれ。県警本部での調整が済んだら、ここの署長に連絡が入ることになっているから、話をすり合わせてくれ」

「分かりました」緊張しきった面持ちで田辺がうなずく。

二人が車に乗って走り去ると、急に静かになった。田辺が唐突に「飯を食っておくか」と切り出した。

「そんな気になれませんよ」

「食える時に食っておこう。それぐらい図太くないと、やっていけないぞ」強がってみたものの、田辺は胃の辺りを撫でている。食事などできるのだろうか。

「でもこの辺には、食事のできる店なんかなさそうですよ」

住宅地の只中《ただなか》にある警察署なので、ざっと見回してもマンションしか見えない。目の前にはスーパーがあるが、そこで弁当を買って、というわけにもいかないだろう。腹は満たされるかもしれないが、気分は侘しくなりそうだ。

「まあ、待て」田辺がスマートフォンを取り出して検索を始めた。すぐに「千葉街道沿いに何軒か、食事のできる店があるな」とほっとした口調で言った。

「じゃあ……軽く食べておきますか」

田辺に誘導されて千葉街道に出る。東京から千葉市の中心部に至る大動脈なだけに、夜になっても交通量は多い。左側は鬱蒼《うっそう》とした木立になっていて、やはり食事ができそうな店は見当たらない。十分近く歩いて、田辺がようやく立ち止まる。「定食」の看板がかかり、灯りは灯っているが、どうも寂れた雰囲気……街道沿いの店なのに駐車場さえない。どういう客層を狙っているのか、さっぱり分からない店だった。しかし他に食べられそうな場所もなく、二人は店に入った。年季の入った店内に、他に客はいない。今オープンしたばかりの雰囲気だった。

「お、ハムカツがあるじゃないか」嬉しそうに田辺が言った。

「お好きなんですか?」

「ガキの頃、よく肉屋で買い食いしたんだよ。それからずっと、頭に刷り込まれているんだろうな。居酒屋でも、ハムカツがあると必ず頼む」

「じゃあ、つき合いますよ」

厨房の方から揚げ物をする音が聞こえてきて、ほどなくハムカツ定食ができあがった。そんな状況ではないのに、田辺が表情を緩める。まあ、ハムカツ好きならたまらないだろうな、と伊佐美も納得した。カツはハムを何枚か重ねてミルフィーユ状にしており、それが六個もある。たっぷりのキャベツに味噌汁、壺漬けに生卵もついた豪華版だ。実は昼食の選択肢があまりないお台場で仕事をしていると、こういう定食屋の存在が羨ましくなる。

田辺は嬉々《きき》としてハムカツを食べ進めたが、伊佐美の感覚では少し分厚過ぎた。ハムカツというのは、もっとハムがペラペラで、ソースの染みた衣を味わうものではないだろうか。その方が懐かしい味がする。

　食事を終え、二人とも茶を啜る。戻るにはまだ早いだろう。とはいえ、社長と本部長の話し合いがどれだけ長引くかは分からない。

「今日は、相当遅くなるでしょうね」

「そうだな」

「終電までに帰れるといいんですが」

「嫌なこと、言うなよ」田辺が唇を尖《とが》らせる。

「すみません」一応頭を下げたものの、何だか釈然としない。このプロジェクトが始まって以来、田辺の打たれ弱さが目につくようになった。広報課長にまでなる人物でも、ここまでのトラブルを蹴散らすほどの能力はないということか。

　結局、七時半まで店にいて、署に戻った。交通課の向かいのベンチに腰かけ、無言のまま時が過ぎるのを待つ。そろそろ、千葉県警での話し合いが始まっているはずだ。八時、田辺のスマートフォンが鳴った。ずっと待ちかねていたはずなのに、まったく予想外の出来事のように、田辺がびくりと身を震わせて立ち上がる。

「谷内さんだ」

　言って、外へ向かって駆け出す。伊佐美もすぐに後を追った。田辺は署から出たところで電話を耳に押し当てたが、腕章をして立ち番をしていた警察官に睨まれ、すぐに階段を駆け下りてしまう。

「……はい、はい、了解です。連絡は……分かりました。すぐに署長と話をします」

通話を終え、田辺が振り返って大きく息を吐いた。右手で「ＯＫ」のサインを作ると、少しだけ表情を緩める。大股で階段を上がりながら、伊佐美に向かって「上手くいったようだ」と小声で告げた。

すぐに長野《ながの》署長への面会を求める。制服姿で、副署長と一緒に署長室で待機していた。長身痩軀《そうく》、眼鏡の奥の目は鋭い。立ったまま、田辺がすぐに切り出す。目が合わないように必死に視線を泳がせているのが伊佐美には分かった。

「ご面倒をおかけしまして……今、うちの常務の谷内から連絡を受けました」

「こちらも、交通部長から連絡を受けたところです」長野署長が渋い表情で応じた。伊佐美たちに向かって、ソファに座るよう促す。伊佐美はソファに座ったものの、尻を引っかけるような感じになってしまった。とても、ゆったりと深く腰かける気にはなれない。

署長室というのは、学校の校長室などと雰囲気が似ている――素っ気なく、個性がまったく感じられないところが。壁には風景画が二枚。「贈」の文字があるので、署長の趣味ではなく、恐らく地元の有力者から贈られた――あるいは絵が趣味の人から強引に押しつけられたものだろう。

「交通死亡事故には、統計上のルールがあります」長野が淡々とした口調で説明を始める。

しかし顔は強張《こわば》ったままだった。「一般的に死亡事故というのは、事故から二十四時間以内に死亡したケースを指します。二十四時間以上経った後に死亡した場合は、統計上は死亡事故に含めません」

「今回の被害者は……」

「まだ亡くなっていません。依然として意識不明の状態ですが」

「つまり」田辺が身を乗り出す。「事故から二十四時間――明日の午後まで亡くならなければ、統計上は死亡事故にならないんですね」

「そういうことです」長野がうなずく。「そして、死亡事故でなければ……必ずしも警察では発表する必要はない。これはマスコミとの暗黙の了解ですがね。昔は重傷の事故でも発表していましたが、最近はそうでもない」

「そうですか……」田辺がゆっくりと息を吐いた。「二十四時間以内に亡くなった場合は、どうなりますか？」

「発表します」長野が言った。「ただし、死亡時刻については……まあ、警察の記録に関してはともかく、外部に対しては何とでも言えるわけです」

　それでいいのか、と伊佐美は思わず目を見開いた。要するに、仮に事故から二十四時間以内に被害者が亡くなっても、「二十四時間経った後に死亡した」という理由で広報しない――ある意味、マスコミに対して嘘をつくわけだ。もちろん伊佐美は、警察が清廉潔白、四角四面の組織ではないと分かっている。不祥事などが絶えないのもその証拠だ。

　今は……この条件に乗るしかない。社長自らが頭を下げ、このような形での決着になったのだろう。だったら自分たち社員は、社長が敷いたレールを踏み外さないように走るだけだ。

「容体《ようだい》はどうなんですか？」田辺が慎重な口調で切り出した。

「そちらは病院に詰めていないんですか？」長野が目を細めた。「被害者に対しては、誠意を尽くすのが基本でしょう」

「いえ、あの、もちろん社員は派遣しています」田辺が慌てて言った。「ただ、病院側はきちんと症状を説明してくれませんし、ご家族もまともに話してくれないんです。警察におすがりするしかないのが現状で」

　長野が、副署長に向かって顎をしゃくった。副署長が素早くうなずき、「まだ意識不明の状態です。予断を許さない状況で、今夜が山だと報告を受けています」と説明する。

　沈黙。田辺が唇を引き結ぶ。伊佐美は、ともすれば丸まってしまいそうな背中を、意識して伸ばし続けた。気合いだ、気合い。気合いを抜いたら、それだけで崩れ落ちそうだ。

「私たちが言うことではないですが、ご家族に対するフォローはしっかりお願いします。一般の事故とは訳が違うんですから」長野が厳しい口調で言った。

「重々承知しています」

田辺が深々と頭を下げたので、伊佐美もすぐそれに倣った。ソファがぎしりと音を立てたので、田辺が頭を上げたのだと分かり、ゆっくりと姿勢を元に戻した。すぐに、長野の険しい視線に迎えられる。

「トップが何を決めるか、私たちには口を挟む権限はないんです」長野が田辺を睨みつけるようにして言った。「私も県警という組織の中では、中間管理職の一人に過ぎない。上から言われたことはきちんとこなすのが職分だと教育されてきましたし、実際にそう思っています。ただし、それが必ずしも正しいことだとは限りません。正直申し上げて、非常に腹立たしいですね」

「ご迷惑をおかけして、まことに申し訳ありません」田辺がまた頭を下げた。「ただこの件には会社の命運が——ひいては日本自動車産業の命運がかかっています」

「そうですか？　自動車会社は御社だけではないでしょう」

長野の一言が、署長室の空気を凍りつかせた。

23　２０１６年4月13日

午後十一時過ぎに自宅に戻った畠中は、郵便受けに、丁寧な字で書かれたメモが入っているのを見つけた。X。明日の朝、会いたいとある。朝？　今まではずっと夜だった。緊急の用件だと察して、緊張感が高まってくる。今度は明日十四日の夕刊勝負の話になるかもしれない。いや、そこまで急ではないか。本当に急だったら、プリペイド式の携帯で電話してくるだろう。

指定された時刻は午前六時半だった。場所は宮下公園駐車場。早い……畠中は何時でも対応できるが、Xは大丈夫なのだろうか。

部屋に上がり、Xについて思いを巡らせる。昔からあんな人間だっただろうか。思い出そうとしたが、思い出すほど接点がなかったとすぐに気づく。いずれにせよ、最初の出会いは二十年以上前のことだ。向こうから内部告発の話が持ち出され、顔を合わせた時も、ぴんとこなかったぐらいである。

気になる。

今まで、Xの個人的な問題については詮索《せんさく》しないように気をつけてきた。嫌がっている雰囲気を察していたから……だから、もしも畠中が調べていると気づいたら、Xは臍《へそ》を曲げるかもしれない。だが、こう何度も連絡が入るようなら、一つぐらいははっきりさせておいてもいいだろう。

Xはやはり、俺の家のすぐ近くに住んでいるのではないか？　だからこんなに簡単にメモを入れられるし、こちらのサインも見逃さない。街でばったり出くわしたら心臓に悪いし、せめてそれぐらいは調べておいてもいいだろう。だいたい、記者に「好奇心は封印しろ」と言っても無理なのだ……。

こういう時、話が聞ける人間はいる。高校時代の同級生で、地元に残って高校の教師をやっている今宮《いまみや》。気のいい男で、高校三年時のクラスの同窓会では「永久幹事」を自ら買って出ている。とにかく人の面倒を見るのが好きな上に、いつでも誰かとつながっていたいタイプなのだ。

もう遅いのだがと心配しながら電話すると、すぐに出た。

「おお、珍しいな」今宮は嬉しそうだった。疲れているだろうに――高校の先生もいろいろ大変なはずだ――声は元気一杯だった。「お前が電話してくるなんて、天変地異でも起きるんじゃなかか？」

「まさか」苦笑して、畠中は「ちょっと教えて欲しいことがあるんだ」と切り出した。すぐにXの名前を告げる。

「ああ、あいつね」今宮が軽い調子で応じる。「超優秀な」

「そうだったよな」

思い出して畠中は苦笑した。今はどうだか知らないが、畠中たちが在籍していた頃、高校ではテストの成績がいつも張り出されていた。そこでXは常にトップ……三年間通して学年トップだったかどうかまでは定かでないが、他のポジションで名前を見た記憶がない。

「今、どこに住んでいるか分かるか？」

「何で？　取材か？」急に今宮が警戒心を露わにした。

「そう、取材」

「だったら勤め先に連絡すればいいんやなかね。知っとるやろう？」

「そういうわけにもいかねえんだよ……」

畠中は一瞬言い淀んだ。あまり詳しく話すと、今宮は怪しむかもしれない。ヒントすら与えたくなかった。

「まあ、よかよ」今宮がいきなり譲歩した。「記者さんには、言えんこともあるとやろう？」

「まあな」こちらが説明せずとも、勝手に想像して判断してくれたのか……それならそれでありがたい。「そっちで、同窓会の名簿とかねえか？」

「あるよ。ちょっと待て」

カタカタとかすかな音が響く。こんな時間なのに、パソコンを立ち上げていたらしい。

「ええと……今、検索してるから……ああ、あった」

「今の住所、分かるか？」

「分かるよ」

今宮がＸの住所を告げた。畠中はメモを取りながら……途中で思わず笑ってしまった。

「何だよ」今宮がむっとした口調で言った。

「いやいや、びっくりした。うちのすぐ近くだ」

同じ町内会というわけではないが、たぶん歩いて十分もかからないだろう。早朝や深夜に俺の家まで来るのも、大した苦労ではないわけだ……住所から見ると、最寄り駅は中野坂上《なかのさかうえ》である。なるほど、あそこからなら都営大江戸線を使い、乗り換え一回で会社まで行ける。一時間弱の通勤時間なら、それほど不便とは言えないはずだ。

「ああ、お前も同じ中野区だな。会うたことなかとか？」

「東京は意外に広いからね……あいつ、最近同窓会に顔は出さねえのか？」

「ああ。だけどお前も、全然出て来んじゃなかか」

「遠いからな」

実際、長崎は遠い。よほどのことがないと——実家で不幸でもない限り、独り身の人間としては、帰ることを考えただけで面倒になってしまう。実際自分も、この前帰郷したのは四年前、父親が亡くなった時だ。その後はますます田舎が縁遠くなった感じがする。実家では兄夫婦が母親と同居しているから、特に心配もないし。母親は、四十歳で独身の次男の身の振り方を心配しているようだが。

「向こうも仕事は忙しいんじゃなかか？」今宮が自分を納得させるように言った。「理系の人間って、そういうもんやろう」

「たぶんな」

「で、あいつと会うとか？」

「ああ」

「仕事で？」今宮はやけにしつこかった。このしつこさというか人懐っこさは、昔とまったく変わらない。生徒にも、鬱陶しがられながらも慕われるタイプの教師ではないか、と畠中は想像した。

「仕事だよ」畠中は一音一音区切るように言った。

「いや、俺は別にどうでんよかばってん」今宮が今にも笑い出しそうな調子で返す。「ま、会うたらよろしく言うておいてくれよ」

「ああ、ありがとう。遅くに悪かったな」

「いやいや、こういう用事ならいつでんどうぞ。これぐらいしか役に立たんけん」

電話を切り、畠中はしばし考えた。Xの家を直接確認しておくべきだろうか……こちらだけが丸裸にされた状態には我慢がならない。ただ、迂闊《うかつ》に家の周りをうろついていて見つかったら、どうやって言い訳するか。散歩？　まさか。散歩に適した時間でもない。深夜のジョギングでも同じことだろう。だいたい畠中は、十メートル走ったらアキレス腱が切れてしまいそうなぐらい、運動には縁がない。

明日にしよう。何も、急いで危ない橋を渡る必要はない。今日は、情報を一つインプットしただけでよしとしなければ。

さすがに少しだけ寝不足だ。ここのところ、あれこれ心配で睡眠が浅い。警視庁クラブ時代は、よく体がもったものだ、と時折思う。二十代後半から三十代の初めにかけての二年半は、毎日午前二時に帰宅し、三時間後には朝駆け用の車が迎えに来る生活だったのだ。今同じことをしたら、三日でぶっ倒れるだろう。

時間がないわけではないが、タクシーを使うことにした。新中野の駅に向かって歩き出した途端、この時間には珍しく空車のタクシーが通りかかったのだ。タクシーに乗ると、普段は寝不足を埋めるためにすぐ目を閉じるのだが、今朝はそんな気にはなれなかった。逆に少しでも眠気を追い払おうと、ウィンドウを開ける。そろそろ暖かくなってくる頃だが、今日は冬に近い冷たい空気が吹きこんできた。朝六時台だと、新宿に近いこの辺りでもまだ車は少なく、青梅《おうめ》街道や山手通りでも、信号以外では引っかからなかった。

タクシーに乗っていたのは、十五分ほどだろうか。結局、約束の時間の十五分前には着いてしまった。いつものように駐車場に入り、柱の陰に身を隠してＸの到着を待つ。しかし、馬鹿馬鹿しいと言えば馬鹿馬鹿しい……歩いて十分の場所に住んでいるのだから、自宅近くで落ち合う場所を決めておけばよかったのだ。誰かに見つかる恐れは渋谷とさほど変わらないだろう。

約束の時間ちょうどに、Ｘが姿を現した。

ただし、徒歩で。

いやいや、ちょっと待ってくれ。畠中は慌てた。駐車場で車の中に座っていても、別に怪しまれないだろう。しかし立ったまま話していては、違和感ありありだ。早朝、この駐車場はほとんど空に近い状態で、出入りする車もない――畠中が入ってから一台も動かなかった――とはいえ、誰かに見られたら不自然な印象を残してしまう。

「車はどうしたんですか」用心が中途半端だ。畠中は思わず責めるような口調で聞いてしまった。

「故障中です」

「ああ……だったら別の場所でもよかったのに」

「そんなことを考えている暇はなかったんです……これを」

Xが手を差し出した。見下ろすと、右の掌に、折り畳んだ紙片が載っている。Xが急かすように、右手を二度、三度と上下させた。紙片を取り上げ、急いで広げる。

死亡事故。現場は前回の事故と同じ特区内。

「まさか」畠中は思わずつぶやいた。Xの顔をまじまじと見る。「本当なんですか？」

「厳密に言えば、死亡事故ではありません。つまり、統計上は――」

「事故から二十四時間以上が経過してから、被害者が死亡した、ですね？」畠中は即座に指摘した。それぐらいは、警察回りを担当した記者には常識だ。

「被害者は小学五年生、十一歳の女の子です」

畠中は無言で目を見開いた。まずい……というか、マスコミ的には「美味しい」事故である。被害者が子どもだと、どんな事件でも事故でも見出しが一段大きくなるのだ――摘み取られた未来が、大人に比べてはるかに大きいが故に。

「発生は？」

「一昨日の午後です。四時頃」

「警察は発表しないわけですね？　二十四時間以上経過したから、死亡事故ではないと」

畠中が支局で警察回りをしていた二十年近く前は、「重傷以上の事故なら発表」という暗黙のルールがあった。最近は、「死亡事故なら」と変わってきたのかもしれない。実際、地方版の紙面でも、「被害者が重傷」という記事はあまり見なくなっている。複数の人間が怪我していれば別だが。

「そういうことですけど……」Ｘの言葉は歯切れが悪い。「会社が警察に圧力をかけました」

「何だって」思わず、Ｘに詰め寄ってしまう。Ｘは軽いステップで一歩後ろに退いた。

「冗談じゃない。圧力っていうのは？」

「社長が、千葉県警の本部長と直接面会したんです」

畠中は頭に血が昇り、軽い頭痛を覚えた。千葉県警の本部長は誰だろう。城社長と以前から知り合いなのかどうか……人間関係に頼って事故を隠蔽した方が悪質か？

「事故を起こしたのは？」

「前と同じ、ＡＢオートを搭載した実験車です。前回事故を起こしたのとは別の車と聞いていますけど」

「事故の状況は分かりますか？」

「私はそこまでは聞いていません」

「このままだと、記事にはできないな。事故のもっと詳細な状況情報が必要です」

「申し訳ないですけど、立場上、私が知り得ることには限界があります」

「そうですか……分かりました」知らないと言い張る人間を追及し続けても、絶対に何も出てこない。あるいは知っていて隠しているのかもしれないが、その辺の事情を把握するにも時間がかかる。「重大な情報、ありがとうございます。社内はどんな感じなんですか」

「例によって、一部の人間だけで処理していますから、それほど騒ぎにはなっていません」

「それも例のプロジェクトチームの仕事？　誰が軸なんですか？　役員クラスが仕切ってるんでしょう？」

「担当役員は、総務担当の谷内常務です。でも、実際に現場で中心になって動き回っているのは、総務の伊佐美係長」

「係長？」畠中は目を見開いた。「係長クラスが処理できるような問題じゃないでしょう」

「伊佐美係長は、社内で『スーパー総務』と呼ばれていますから。特にトラブル対応に関しては、過去のタチ自動車のどんな人材よりも優秀だと評価されています」

「そんな人が、まだ係長なんですか」

「まだ四十歳ですから。この件を無事に乗り切れば、すぐ課長に昇進するでしょう」

「報奨人事ですか」

「実際、会社のためには何でもする人です。五年前のリコール隠しの時には、被害者の家族の前で土下座しました」

「今時、土下座？」畠中は思わず首を傾げた。

「そう、今時です」Xがうなずく。「だからご家族も圧倒されて、裁判に訴えることまではしなかった。裁判になっていたら、まだ揉めていたでしょうね」

「そんな人が四十歳ね……」

　自分と――そしてXと同い年か、と不思議な縁を感じる。自分はデスクへの昇進がほぼ決まっている。この事件を徹底的に取材して、それを手土産にするのだ。ただし、伊佐美という係長が本当に課長になれるかどうかは疑問である。今のところ、様々な処理が上手くっているとは言えないのだから。これでは、「スーパー総務」の肩書は返上せざるを得ないだろう。

「じゃあ、今日はこれで」Ｘが素早くうなずき、踵《きびす》を返した。

「歩いて行くんですか」

畠中が指摘すると、Ｘが足を止めて振り返り、「ここで五分待っていてもらえますか」と遠慮がちに切り出す。

「いいですよ。尾行するな……そういうことですね？」

「申し訳ないんですが、用心に越したことはないので」

畠中が無言でうなずくと、Ｘが歩き始める。横をすり抜ける時に、頭の中で様々な言葉が渦巻いた。昔の話をしたら、どんな反応を示すだろう。

共通の想い出など、一つもないのだが。

このまま黙って行かせるわけにはいかない。畠中は手にしていたコートを素早く着こんだ。コートを着るには少し暑い陽気だが、変装のためである。ボタンを上まで留め、さらにいつも持ち歩いている伊達《だて》メガネをかける。サングラスだと悪目立ちするのだが、眼鏡は顔の印象を素早く変えるのに便利な道具だ。

Ｘは長い駐車場の奥へぐんぐん歩いて行く。方向的には渋谷駅。一度深呼吸してから、Ｘとは反対方向へ早足で歩き出した。すぐに駐車場を出て、道路の角を曲がって明治通りに出る。そこから、山手線の高架沿いの細い裏道に入った。かすかに異臭が漂う、うす汚れた通り……そこでＸの後ろ姿を確認して、ほっと安堵の息を吐いてから尾行を始める。この尾行がどこにつながるかは分からないが……Ｘはこのまま会社に行くかもしれないし、一度自宅へ戻る可能性もある。あるいはタクシーを拾ってどこかへ行くか。タクシーに乗られたら、尾行はそこで終了だ。

　駅前まで出たものの、Ｘは駅の方へは行かず、左に折れると、すぐに交差点の真ん前にあるビルに入った。見上げるとマクドナルドの看板……ああ、なるほど。ここで朝食を食べていくつもりなんだ、とすぐに合点した。

　少し間を置いて畠中は階段を上がり、二階にあるマクドナルドに入った。まず、出入り口から中を見回してみる。まだ朝の六時台だというのに、そこそこ席は埋まっていた。客の五割は寝ている。三割はスマートフォンを弄っていて、残りの二割は食事中だった。寝ている客の中には、高校生もいる。東京は、夜明かしの場所には困らない街だ。

いた。

　Ｘはこちらに背を向けて座っている。小さなテーブル席だが、向かいに人が……初老というか、中年の終わりに足を踏み入れた年齢の男である。こいつは誰だ？　畠中は店に入るかどうか迷った。何も注文せずに席につくわけにはいかないだろうし、かといってカウンターに行けばＸに気づかれてしまう恐れがある。畠中は取り敢えず、男の顔つきを頭に叩きこんだ。がっしりとした長方形の輪郭。目つきは鋭く、眼鏡はかけていない。そして何より目を引くのは髪型だった。ライオンヘアとでもいうのだろうか、結構長く伸ばした髪には緩くウェーブがかかり、それが半ば白くなっているので非常に目立つ。スーツ姿だったが、仮に細身のジーンズにセーターという格好だったら、音楽家の休日、という感じになるかもしれない。

外で待つしかない。

畠中は空腹を覚えながら——脂《あぶら》っぽい香りは空っぽの胃を刺激した——店を出た。下へ降り、先ほど出て来た駐車場に近い方に陣取った。取り敢えず缶コーヒーを買い、空腹を紛らわせることにする。

十分……二十分が過ぎても、まだ出て来る気配はない。畠中は次第に苛立ちが募るのを感じた。難しい話をしているなら、一時間かかってもおかしくないのだが、果たしてそんなに長時間話し合わねばならないほどの難しい問題とは何だろう。

相手の男は誰なのか。極めて真面目な表情でXの話を聞いている。タチ自動車の人間、と想像した。Xを陰で動かしている黒幕で、畠中との会談の様子を早々に確認しようと待ち構えていたとか。それが一番、可能性が高そうだった。

缶コーヒーを飲み干すと、急に煙草が吸いたくなる。今朝最初の一本がまだだ……少し先の歩道上に喫煙所があるので、そこで一服しておこうか。そう考えて歩き出した瞬間、

Xが建物から出て来るのが見えた。後をつけようと思ったが、Xよりも、一緒にいた相手の方が気になる。

人目を気にして後から出て来るつもりかもしれないが、別の出入り口があったらアウトだ。こういうビルに入っているマクドナルドには、複数の出入り口があったりする。どうする……と迷って動けないでいるうちに、問題の男がXの後から階段を降りて来るのが見えた。Xとはまったく無関係を装っているようだ。

畠中は、眼鏡にコートという格好のまま、男の尾行を始めた。顔を知られているとは思えないから、Xを尾行するよりはまだ楽である。男は宮益坂《みやますざか》の交差点を渡らず、地下鉄——地下道と言うべきか——の出入り口に消えて行った。そのまますぐに、半蔵門《はんぞうもん》線の改札に入った。少し油断していた畠中は、慌てて男を追う。男は、ちょうどホームに滑りこんできた押上《おしあげ》行きの電車に乗りこんだ。畠中も後に続く。この時間でも車内はほぼ百パーセントの乗車率だったが、男は立っている人たちの間を縫うように、後方の車両へ歩いて行った。

男は表参道《おもてさんどう》駅のホームで降りた。ここで乗り換えるとすると、銀座線か千代田線……銀座線ではないだろう、と畠中は判断した。それなら、多少歩いても始発駅の渋谷から乗るのではないか。あるいは表参道で降りるつもりなのか。

案の定男は、向かいのホームに滑りこんできた銀座線を無視して、階段を降りた。そのままさらに深いところにある千代田線のホームへ直行する。千代田線は半蔵門線ほどは混んでおらず、シートに空きがあった。男がすかさず腰かけたので、畠中は彼が座っているシートの脇の方、ドアの近くに立った。ここなら、相手の動きを見逃すこともない。

結局男は、霞《かすみ》ケ関《せき》駅で千代田線を降りた。こんなところで降りるのは役人か新聞記者ぐらいだろう。霞が関は、やはり中央官庁の街なのだ。まだ人は少ない。通勤してくる人が増えるのは八時過ぎだろう。男の動きは、今日は特別なのか、それともいつも人より早く出勤して、早い時間帯に集中して仕事しているのか。

男は、桜《さくら》田《だ》通りを桜田門に向かって歩いて行く。このルートで畠中がすぐに思いつくのは警視庁か警察庁……しかし男は、霞が関一丁目の交差点を左折した。警察庁の入った中央合同庁舎第二号館を通り過ぎると、隣の建物の敷地に入る——国土交通省だ。

　さて、どうするか。

　畠中は歩きながら顎を撫でた。これは飛び切り厄介なことになる可能性がある。ただし、今の男——Zとでも呼ぶことにするか——について調べるのは後回しだ。まずは、Xにもらった情報を確認しないと。コートの前をはだけ、スーツのポケットに手を突っこんだ。そこには、Xがくれた手書きのメモがある。ただの紙切れなのに、やたらと熱を帯びているように感じられてならなかった。

八時に会社に着き、遊軍部屋に入って、途中で買ってきたサンドウィッチにかぶりつく。何だか自棄《やけ》になっているな、と自分でも意識した。気合いが入っているのとは違う。どうもこの件は……タチ自動車のいい加減さに腹が立ってきた。一度事故を隠蔽した事実を書かれたのに、また同じような隠蔽をするとは。しかも統計上は「死亡事故」ではないにしても、小学生の女児が亡くなっている。信頼を回復したいなら、本当は一刻も早く自ら発表して、責任者が頭を下げるべきだ。

あの会社はどうしようもない。こんな何度も事故を起こしておいて、自動運転の開発を続ける資格はない。

サンドウィッチを半分ほど食べたところで、まず植本に電話をかけた。歩いているようで、背後には街の雑音がある。

「今日の予定は？」畠中は切り出した。

「取り敢えず社に行きますけど」

「予定変更だ。千葉に行ってくれねえか。美浜署だ」

「はい？」

「死亡事故が起きた」

「マジですか……」言った後で、植本が沈黙する。

「おい、聞いてるか？」

「あ、すみません。でも美浜署へは、畠中さんが行った方がいいんじゃないですか？　向こうの副署長と通じてるんでしょう」

「それはどうかねえ」畠中は皮肉っぽく言った。「もう、通じてるとは言えねえかな。さっきから何度も携帯に電話してるけど、出ねえんだよ」意外に気楽に話してくれた副署長の顔を思い出す。さすがに、死亡事故の隠蔽に手を貸したとなったら、記者からの電話に出るわけがないだろう。署へ行っても埒《らち》はあかないだろうとは思ったが、ここは植本の提案に乗っておくことにする。

「分かった。取り敢えず、お前も本社に来てくれ。全員集まってから取材の割り振りをしよう。他の連中にも声をかける」

「分かりました」

　電話を切り、応援の二人にも連絡を取る。九時過ぎには全員が集まれそうだ。夕刊には間に合うだろうか……早版の締め切りは十時過ぎ。最終版にぎりぎり突っこむとすれば午後一時が限界だ。それまでに裏が取れればいいのだが、保証はない。

　畠中はノートパソコンの電源を入れた。取り敢えず、Ｘから聞いた話だけでも、事故のアウトラインは分かる。予定稿を書いておいて、後からどんどん新しい要素を追加することにしよう。

12日午後4時頃、千葉市美浜区の市道で、タチ自動車が実証実験を進めている自動運転車ABオートが、自転車に乗っていた小学生の女児（11）をはねた。女児は意識不明の状態で病院に搬送されたが、13日夕方になって容態が急変、全身打撲で死亡した。タチ自動車のABオートは、3月9日にも事故を起こし、同乗していた同社社員が軽傷を負ったばかり。（＊警察庁によると？　要確認）自動運転の実証実験で死亡事故が起きたのは、日本では初めて。

警察の対応については書くべきか書かざるべきか……畠中はキーボードの上で手を止めた。敢えて書かずにおいて、警察に恩を売るのも手だ。自分が具体的に書いてしまえば、事情をまったく知らない千葉支局の記者たちが迷惑を被るだろうし。

ここは、千葉支局にもきちんと話を通そう。そのためにはまず、岩田に話しておかないと。デスクならあちこちに手を回して取材を頼めるが、自分がやるとなると、取り敢えず岩田の許可を得ておかないといけない。

電話をかけると、岩田はまだ寝ていたようだった。声がぼけている。だが畠中が説明を終えると、急にはっきりした声を出した。

「分かった。夕刊でいけるか？」

「確認すべきことが多いので、分かりません」

「朝刊回しでもいいから、確実にいこう。他社が夕刊で書いてきたら、それはしょうがない」

「この件に関して他社は動きが鈍いから、大丈夫だとは思いますが」問題意識が低いんだ、と内心馬鹿にしながら畠中は言った。

「よし。俺もすぐにそっちへ行く」

「あらかじめ千葉支局に取材を頼んでおきます。それと、警察庁の担当にも……重要事故ですから、情報が入っているかもしれません」

「分かった、お前がひとまず話をしてくれ」

「九時ぐらいには、担当者が全員集まります」

「オーケイ。俺抜きで暴走するなよ」嬉しそうに言って岩田が電話を切る。

まったく、この人は事件が好きだよな……と苦笑してしまった。状況が混乱すればするほど喜ぶタイプなのだ。

スマートフォンをズボンの尻ポケットに突っこんで、畠中は遊軍部屋を出た。目指すは編集局の一角にある地方部。地方部には、各地から送られてくるニュースを処理するために、二十四時間必ず誰かが詰めている。今は宿直明けでのんびりしている時間帯だろうが、それはすぐに忘れてもらわないと。アクセルの一踏みで、全開の仕事モードに入るのだ。

地方部への取材依頼は終了。警察庁の担当者を摑まえて探りを入れることも了解させた。それが終わった頃、担当記者が続々と集まって来る。畠中は改めて事情を説明し、途中まで書いた予定稿を見せた。

「遺族に取材した方がいいですよね」植本が指摘する。

「そうだな。それも確認点の一つだ」

上田の顔を素早く見る。面倒な指示を覚悟したのか、上田が渋い表情を浮かべた。

「そんな顔するなって。こういうのも警察回りの仕事なんだぜ」

「……分かりました」

「小森は、城常務と連絡を取ってくれ」

「こういうことになると、逃げられそうですけどね。会社としては、絶対に認めたくないでしょうし」

「そこは頑張ってくれ。城常務から裏が取れたら、広報からコメントを引き出す」

「了解です」

そこへちょうど岩田がやって来た。畠中は仕事の割り振りを説明してから、すぐに立ち上がった。

「俺は、地元の所轄に行って来ます。副署長と顔が通じているので」さすがに今日は、取材を拒絶されそうだが。

「分かった。じゃあ、俺がここで留守番してるから。何かあったらすぐに連絡するように」岩田が全員の顔を素早く見回して告げた。「基本は夕刊勝負だ。どうしようもなければ朝刊に回すが、できるだけ早く記事にしたい」

　記者たちが散る。畠中は、今日は堂々と車を使うことにした。時間優先。署へ行った後も動き回らねばならないから、足はどうしても必要だった。車が社を出た瞬間、寝不足を解消しようと目を閉じたものの、とても寝る気にはなれない。代わりにパソコンを起動し、先ほど自分が書いた記事を見直した。これではまだまだ情報が足りない。

　夕刊には間に合わないだろう、と畠中は半ば諦めた。


　副署長は惚《とぼ》けた。

「聞いてないね」

「確かな筋からの情報なんですけど」

「どうだかねえ」

　知らんぷりして顎を撫でる。顔色に変化がないか、畠中は注視したが、まったく変わらない。さすがに百戦錬磨という感じだった。

「千葉県警は、死亡事故でないと広報しない、ということですか」

「基本的にはね。今は、重傷の事故は、記事にもならないでしょう。よほど悪質な事故だったり、複数の怪我人が出るような事故だったりしたらともかく」

「今回は一人だったから発表しなかったんですか？　それに、統計上は死亡事故ではないですよね」

「そう。死亡事故でなければ発表しない」

「副署長……」畠中は大袈裟に溜息をついてみせた。まずこの男の壁を突破しないと、「裏が取れた」ことにはならない。一歩突っこんでみることにした。

「タチ自動車の社長と県警の森嶋《もりしま》本部長が直接会って、この件を公表しないように決めたと聞いていますけど……隠蔽じゃないですか」

「まさか」副署長の顔色はまだ変わらない。周囲には人がたくさんいるから、大声も出せないのだろう。この人は、自分を抑える術を知っている。

「森嶋本部長も、危ない橋を渡らなくてもいいのにねえ」畠中は耳を擦った。「森嶋さん、千葉県警が二つ目の本部長でしょう？　順調に出世コースに乗ってますよね。こんなことで出世の階段から転げ落ちたら、大損ですよ」

「本部長が何をしてるかまでは、把握できていないんでねえ」

「キャリア組のやることには関与せず、ですか」

「こっちは現場の人間だからね」

畠中はなおも突っこみ続けたが、副署長はのらりくらりでかわし続ける。こいつは相当な難物だ、と改めて意識した。しかも、言わばオープンスペースで話しているので、こちらも声を張り上げるわけにはいかない。マナーモードにしたスマートフォンが何度か、背広のポケット内で鳴る。重要な電話かもしれないが、無視せざるを得なかった。

副署長が目の前の箱に視線を落とし始めた。未決箱だろう。あまり警察の業務を邪魔してもまずいな、と思うが副署長は何も言わない。しかしほどなく、書類を箱から摑み上げて立ち上がる。

「申し訳ないけど、決裁書類が溜まっていてね。署長の判子をもらわないといけない」

「失礼しました。どうぞ」あくまで、友好的な態度は崩さないようにしないと。畠中も立ち上がった。電話の内容を確認しないと……何か動きがあったに違いない。副署長が署長室に入ってドアを閉めるのを確認した畠中は、かすかな違和感を覚えた。そう……署長室のドアは、基本的にいつも開け放たれている。閉まるのは、内密の話がある時だけだと経験から知っていた。

警務課を抜けてロビーに出て、着信を確認する。岩田からだった。間違いなく何かあったな、とかすかに興奮しながら電話をかける。

「はい、岩田……ああ、あ、そう、ちょっと待て」

何を言ってるんだ？　しかしすぐに、岩田が別の電話で話しながら、畠中からの電話を取ってしまったのだと気づく。この男は気が急くあまり、時々こういうことをする。

「悪い、悪い」戻ってきた岩田の声は落ち着いていた。「裏が取れたぞ。千葉支局が県警に認めさせた」

「マジですか」畠中は思わず声を張り上げた。県警の若い警察回りが本部長と面会し、隠蔽を認めさせた？　慌てて周囲を見回し、警務課に背中を向けて声を潜める。「本部長が認めたんですか？」

「いや、交通部長だ。城社長と本部長が会っていた席には、交通部長も同席していたそうだ」

「なるほど……」千葉県警の場合、交通部長は地元採用・叩き上げのノンキャリアだろうか。いずれにせよ、部長クラスなら警察回りも普通に会えるはずだし、普段から顔つなぎもしているだろう。しかし、交通部長が認めたからと言って、本部長が否定したら話がひっくり返ってしまう。何しろ本部長はキャリアである。いかに県警のトップに近いポジションにまで上がってきた交通部長でも、抑えられないだろう。

「本部長が隠蔽工作を認めるかどうかはともかく、これで何とか書けるだろう」

「今なら……夕刊の最終版でいきましょうや」畠中は壁の時計を見上げながら言った。

「早版から無理に突っこむ必要はありません」

「間に合うか？」

「そっちまで一時間ですから、移動する間に記事を仕上げて送りますよ。他の連中から連絡は入りませんか？」

「まだだ。こちらからは声をかけないつもりだ」

「そうですね……」同意した途端、警務課の奥の方で動きがあった。署長室のドアが開き、副署長が出て来る。何かを探すように、周囲を見回した。自分を探している、と畠中は確信した。「ちょっとこっちでも動きがあったようです。また連絡しますわ」

返事を待たずに通話を終え、警務課に駆けこむ。ばたばたした動きに、警務課員たちが顔をしかめたが、無視して一番奥にある副署長席に直行した。副署長は立ったまま、両手を腰に当てて畠中を出迎えた。

「署長が、おたくに話があるそうだ」

「署長が、ですか？」意外な展開に、畠中は思わず聞き返した。

「そう」

「どういうことですか」

「話があるのは署長だ。私は関係ない」

先ほどまでの無表情と打って変わって、副署長の顔つきは露骨に不愛想になっていた。

「じゃあ……」

「どうぞ」副署長が、空いたままのドアに向かって顎をしゃくった。本当に、自分は関係ないと言いたげな態度である。

状況が変わったのか……畠中はドア横の壁を叩き、「失礼します」と声をかけて署長室に入った。

署長の長野は長身痩軀で、副署長に輪をかけて不機嫌な表情を浮かべていた。署長席についたまま、畠中の姿を認めても、ソファを勧めようともしない。仕方なく畠中は、署長のデスクの正面に立った。しかしこれで見下ろす格好になるから、多少はプレッシャーをかけられるかもしれない。腰のところで手を組み、「休め」の姿勢を取る。

「交通事故の件で取材に来られたそうだが」署長が切り出した。

「正確には、タチ自動車の自動運転実験の最中に起きた、交通死亡事故の件です」

「死亡事故は起きていない」

「事故から二十四時間以上経ってから被害者——小学五年生の女児が亡くなったと聞いています。これだと、統計上は死亡事故になりませんよね？　でも、タチ自動車の車がまた事故を起こしたのは間違いありません。事実関係はどうなんですか？」

「そういう事故はあった」

長野があっさり認めたので、畠中は一気に気が抜けた。署長が立ち上がり、開いたままのドアの方に視線を向ける。どういうつもりか、自らドアを閉めると、ソファに座るよう、畠中に勧める。署員——特に副署長にも聞かれたくない話をするつもりなのだ、と畠中は察した。畠中が座るなり、長野が切り出す。

「千葉県警では、死亡事故以外は積極的に広報しない。特殊な事故は別だが」

「ええ」先ほどの副署長の説明と同じだと思いながら、畠中は相槌を打った。

「ただし、記者さんの方で、どこかで事実関係を摑んで当ててきた場合は、否定はしない。きっかけはいろいろあるでしょう？　救急の出動から発覚したりすることが」

「ありますね」畠中も、新人時代に散々叩きこまれた。「サイレンの音が聞こえたらすぐに電話をかけろ」。パトカー、消防車……さすがに救急車までは手が回らないが、交通事故や火災の発生は、警察に確認しなくてもだいたい摑める。怠慢な記者は、そういう簡単な努力さえしないものだが。

　畠中は改めて手帳を広げた。こうなったら普通の取材と変わらない。必要な事実関係を確認して書きとめていくうちに、気持ちが落ち着いてきた。これで何とか記事にはできる。問題は背景だ。タチ自動車と千葉県警の「不適切な関係」をどう報じるか。

「タチ自動車の社長と本部長がお会いになったそうですが」

「そういう事実は知りません」

　長野が即座に言った。否定ではなく、「自分は知らない」。その辺の線引きはしっかりするつもりのようだ。

「事故を公表しないように、タチ自動車の方から圧力があったんじゃないですか」

「何があったかは、私は聞いていません」

「否定しないんですか？」畠中はなおも突っこんだ。

「聞いていないものは否定もできない」

「本部長と城社長は、昔からの知り合いだったんですか？　確か本部長は、ずっと交通畑ですよね。その関係で知り合ったとか」

「私は、本部長の経歴について詳しいわけじゃないですよ」

「なるほど」畠中は話を合わせた。

「それに、本部長の動きを一々観察しているわけでもない」

「ごもっともです——署長は、城社長とは会っていないんですか？」当てずっぽうの「当て」だった。タチ自動車側も、いきなり本部長に会いに行くより、まず所轄の署長を説得しようとするのが自然だろう。

「私は会っていません」

「じゃあ、署長は誰と会ったんですか」

「ノーコメント」

　そうきたか……署長が誰かと会ったのは間違いない。社長でなくても役員クラスの人間か、あるいは「スーパー総務」の伊佐美という男か。会ったこともない伊佐美に対して、畠中は不信感を募らせた。会社の利益を第一に考えて、死亡事故まで隠蔽しようとする男。それを可能にするのは高度なコミュニケーション能力だが、そういう能力をこんな下らないことに使わなくてもいいだろうに。会社内での評価はともかく、外では通用しないだろう。どうせろくでもない男のはずだ、と畠中は想像した。

この件は、これ以上突っこまないことにした。署長はこちらにきちんと情報を流してくれたのだから……裏で何があったか知らないが、警察官としての筋は通したのだ。

「書きますよ」

「そちらが端緒を掴んできたんだから、警察では止める理由はないですよ」

「そうですね……どうも」畠中はメモ帳を背広の内ポケットに落としこんだ。「ところで、どうして副署長ではなく署長が話してくれたんですか？　マスコミ対応は、基本的に副署長の仕事でしょう」

「こういうこともある……そういうことでご理解いただきたい」

「今のところ書くつもりはないですけど、警察はタチ自動車の隠蔽工作に乗ったんじゃないですか？」畠中は微妙に言葉を変えて質問を繰り返した。

「そんなことはない」長野は即座に否定したが、顔にわずかに朱が差していた。

「タチ自動車は、明らかに勘違いしていますよ。事実を隠蔽してでも、自社の利益を最優先にしている。安全を守るための自動運転なのに、交通事故を隠す——何だか逆転してませんか」

「それは、私の立場では何とも言えないことだ」

「自動運転は、警察としても難しい問題ですよね。完全自動運転の車が事故を起こしても、警察は事故処理しないといけないでしょう？　仕事がさらに煩雑になりそうですけど」

「自動運転が実現する頃には、私はもう退職してますよ。そんな先のことを考えても仕方がない。一つだけはっきりしているのは……タチ自動車は組織としては駄目だね」

「それは、どういう――」唐突かつ露骨な批判に、畠中は戸惑った。

「今のは独り言だから」立ち上がって、長野がドアの方に手を差し出す。取材はこれで終了、もう何も話さない、という宣言。

「別に、警察を叩くつもりはありませんよ」立ち上がりながら、畠中は言葉を変えて再度宣言した。こちらからすれば、最大限の譲歩である。裏さえ取れれば、「タチ自動車と千葉県警が癒着」と書きたいところだが、ここは見送ろう。武士の情けだ。

「警察というのは、完璧な階級社会だ」

「それは知ってます」

「実際には、年齢と階級が複雑に関係していて、一筋縄ではいかない」

「それも分かっているつもりですよ」

「ただそれは、我々のような一般の警察官の場合だけです」

「ええ」

「警察庁採用の人には、我々とは違う使命と仕事がある。それに関して口を出すことは、我々には許されない」

「キャリア批判は厳禁、ですか」畠中はつい皮肉を吐いた。「在任中、何のトラブルも起こさずに無事に任期を終えてくれればそれでOK、ということですよね」

「そういう本音は、記者さんの前では言えないね」初めて長野の表情が崩れた。

もう本音は喋ってしまっているのだが……畠中は言い返さず、一礼するだけで署長室を出た。

本格的に戦闘開始だぞ、クソッタレ。

「夕刊はこれで十分だろう」岩田が言って、細く息を吐いた。目の前には社会面のゲラ。畠中が帰りの車の中でまとめて送稿した記事は、トップを飾っている。

「一面が欲しかったですけどね」畠中は思わず不満を口にした。「前回は軽傷の事故だったのに、一面ですよ。今回の事故は、それよりずっと重い」

「分かってるけど、何でもかんでも欲しがるな。今日は一面が混んでたんだから、しょうがないだろう」

記者とデスクの普遍的なやり取り――「記事の扱いが悪い」「紙面が空いていない」というぶつかり合いは、何十年も前から続けられてきたはずだ。

「続報はどうする？　タチ自動車と県警の癒着で、一気に話を広げたいところだが」

「正直言って、難しいですね」事実を知っているのは城社長と千葉県警の本部長だけ。もちろん、他に同席していた人間もいるはずだ。タチ自動車側はおそらく役員クラスの人間、県警本部では交通部長が間違いなく一緒だった。

「それにしても、署長も交通部長もよく喋ったな。本部長がストップをかければ、口をつぐんでそのままだろう」

「詳しい事情は分かりませんけど、忸怩《じくじ》たる思いがあったのかもしれませんね。阿呆《あほ》な本部長の裏取引で、自分たちの正義感が踏みにじられたら――推測ですけど、先に交通部長が話すことを決めたんじゃないでしょうか。それで美浜署の署長にも通告してきた」

「そんなところだろうな」

「警察庁の方はどうですか？」

「事実関係は摑んでいなかった。千葉県警が報告を上げていなかったんだろう」

この辺は微妙だ。交通事故の「数字」としてのデータは、毎日警察庁に上がっているはずである。特異な事故なら、詳細も……しかし報告を上げるかどうかは、各県警の判断に任されているのだろう。

「警察には恩を売っておいてもいいと思います。この先、何か役に立つかもしれないし」

「お前も人がいいねえ」岩田がからかうように言った。「警察官なんて、恩義はすぐに忘れちまう人種だぜ」

「そうかもしれませんが、取り敢えず……どうせ裏が取れないなら、書かないでおくのも手でしょう」

「まあ、展開次第だな」

「これで、タチ自動車がどう出るかですね」

畠中はゲラを見直した。誰かが広報課に電話をかけてコメントを得ている。

「事故があったのは事実だが、詳細は現在調査中」

そう逃げたか……まったく、あの会社は何を考えているのだろう。往生際が悪過ぎる。

「会社は大揺れになるだろうな」岩田が指摘する。

「ええ」

「こっちも全面展開で行くぞ。朝刊で生ネタの続報がなければ、関係各省庁や専門家に話を聞いて、解説記事を大きく作ろう」

「そうですね」工科大の伊沢教授にもう一度話を聞こうか、とも思った。チューリング社との関係が本当はどうなのか、ずっと引っかかっているし。

「他の連中がもうすぐ引き上げてくるから、それから作戦会議だな」

「ですね。今のうちに飯でも食っておきますか？」

「おう、せっかくだから今日は外で美味いもんでも食おうや」

忙しい毎日の中で、美味い食事は唯一の愉しみ、息抜きだ。一発大きなネタを書いた日、少し遅めの昼食は格別の味になるはず……なのに何故か、心はまったく浮き立たない。

タチ自動車。あの会社はいったい、どうなってるんだ？

24　２０１６年４月14日

電話が鳴り止まない。

広報課にマスコミ各社からの電話が殺到することを予想して、伊佐美はずっとそちらに詰めていたのだが、考えていた以上だった。ようやく話し終えるとすぐにまた電話が鳴る。パニックとはまさにこのことだ……。

夕方五時になって、電話はようやく一段落した。誰かがテレビのボリュームを上げる。ちょうどＮＨＫの定時のニュースの時間だった。伊佐美も立ち上がり、田辺の席の横にある大型テレビの前へ足を運ぶ。

「――タチ自動車はこの事故について、現在状況を調査中、とコメントしています。また千葉県警は、通常、死亡事故でない場合は広報しない、と状況を説明しています。これに対して被害者の遺族は――」

田辺のデスクの電話が鳴った。血の気を失った顔をゆっくり電話に向けた田辺は、いかにも嫌そうに受話器を取り上げた。

「田辺です……はい、はい。分かりました。では、すぐに」

受話器をそっと置いて立ち上がる。背中が丸まって、何だか急に年をとってしまったようだった。「一緒に来てくれ」と伊佐美に囁きかけると、さっさと廊下に出て行く。

「何ですか?」廊下で田辺に追いついた伊佐美は、不安になって訊ねた。

「谷内さんに呼ばれた」大股で歩きながら答える。

「何でしょうか」不安はいや増すばかりだった。

「分からない。とにかくすぐ来い、と」

役員室へ向かうエレベーターの前で、茉莉花と一緒になった。彼女も不安げな表情を浮かべている。

「どうした」

「谷内常務から呼ばれました」

「君もか……どうやらプロジェクトチーム全員のようだな」田辺が低い声で言った。

「お叱りですかね」茉莉花が心配そうに訊ねる。

「そうかもしれない。今のところ後手後手に回ってるからな……今日のは致命的だ」田辺はもう絶望的な表情になっていた。

　エレベーターには三人だけ――言葉が出ない。頭の上から重石《おもし》を載せられたようだった。谷内の部屋に入ると、すぐに会議が始まった。役員の部屋もすっかり馴染みになった……会社員としては、将来の上がりポジションを想像するいい機会なのだが、今は居心地の悪さしか感じない。

「プロジェクトチームを解散する」

　谷内がいきなり告げる。何か言おうと思ったが、言葉が出ない。伊佐美は、これが自分のキャリアの中で最大の失敗になったと悟った。

「これまでいろいろとご苦労だった。皆さんの努力には頭が下がる思いだが、とにかく結果が出ていないから仕方がない。情報の流出元が特定できないまま、東日の記事で会社がサンドバッグ状態になっている。社長の方で、プロジェクトチームをこれ以上続けても意味がないと判断した」

「しかし、特別開発室の連中は……」伊佐美は反論しかけたが、谷内の鋭い視線に気づいて口を閉じざるを得なかった。社長の心変わりの原因は、もしかしたら、「竹村の乱」なのか？

「少なくとも今日の夕刊の記事に関しては、特別開発室の連中は関与していないと判断する」

「どうしてですか」伊佐美は食い下がった。

「考えてもみろ。これだけ疑われている状況で情報をリークするのは危険過ぎる。それが分からないような社員はいないだろう……とにかく、開発室の中に情報をリークしている人間がいると確定できたわけではない。自殺者まで出ている状況で、これ以上調査を進めると、世間の批判は高まるだけだ」

「確かに、広報課への抗議メールや電話も日毎に増えています」田辺が認める。

「それは分かっている。無視するわけにはいかないだろう……田辺課長、今夜会見を開こうと思うんだが」谷内が切り出した。

「これからですか？」田辺が腕時計に視線を落とした。

「そう、これからだ。これも社長の希望だ。とにかく会見で謝罪しておかないと、この先どうなるか分からない。このタイミングでの火消しは必要なんだよ」

「分かりました。今からだと……七時ぐらいに設定しますか？」

「そうだな。NHKの九時のニュースと、新聞の早版に間に合うようにやってくれ」

「会見者は？」

「私と社長、特別開発室長だ。室長の方からは、死亡事故の原因について報告がある」

「原因が分かったんですか？」伊佐美は思わず訊ねた。

「ああ。前回のソフトのバグと違って、今回はハード面——センサーシステムの不備らしい。要するに『目』のトラブルだ」

「それは確定ですか？」

「確定と言っていい、と室長は言っている」

「とにかく、会見の手配をします」田辺が立ち上がる。「詳細な打ち合わせは、手配が終わってからにしたいと思います。社長とも直接お話ししないといけないと思いますが……」

「そうだな」

「伊佐美、悪いが会見を手伝ってくれ。広報課だけでは手が回らないと思う」

「分かりました。総務課で、手が空いている人間は全員手伝わせます」

「頼む……常務、後ほど想定問答集を作ります。急ごしらえになりますが、ないよりはましだと思います」

「特に社長の想定問答集を急いで作ってくれ。質問は社長に集中すると思う」

「分かりました」

「……もたないかもしれないな」

谷内がぽつりとつぶやいた。ほとんど独り言のような小声だったが、伊佐美は凍りついた。もたない……何が——誰がもたないんだ？

社長？

　総務課へ戻ると、茉莉花が席にもつかずに、いきなり不満をぶちまけた。

「冗談じゃないですよ。あんな嫌な思いして仕事をして、中途半端な状態で放り出すんですか？　滅茶苦茶じゃないですか」

「井本……」伊佐美は唇の前で人差し指を立てた。「声がでかい」

「声だって大きくなるに決まってます」茉莉花がさらに声を張り上げる。「悔しいじゃないですか。総務は確かに何でも屋ですけど、上の都合で振り回されたらたまりませんよ。私、総務でこそ法律の知識を活かせると思ったんです！　こんな思いを味わうために総務にいるわけじゃありません！」

　さすがに課員たちの視線が集まってきた。心配になったのか、課長の中尾も近づいて来る。茉莉花の目から涙が零れ、頬に一筋流れた。これはまずい……伊佐美は茉莉花の背中を押し、廊下まで連れて行った。茉莉花はしゃくり上げていたものの、乱暴に目を擦って涙を消してしまう。

「落ち着けよ」

「無理です。落ち着けませんよ……だいたい、伊佐美さんはどうして落ち着いていられるんですか？　自殺者まで出たのに……私、あれからずっと眠れないんです」

「自殺の本当の動機は分からない。それに俺は、会社のためにやっただけなんだ。悪いとしたら、会社が悪い」

「そんな会社のために、こんな仕事をするのが正しいんですか？」

「今さら方向転換はできないよ」自分から「辞めてやる」と投げ出すわけにはいかない。「やると決めたからには最後までやるんだ」

「だけど、会社の姿勢はひどいと思います」

「俺だってむかついてる」伊佐美は低い声で打ち明けた。「プロジェクトチームの仕事を任されて、必死にやったつもりだぜ？　それなのに特別開発室の連中からは白い目で見られるし、他の連中からも『スパイ』と陰口を叩かれるし。だけど、それもこれも会社のためだと思って我慢してきた」

「だったら、ますます許せないじゃないですか」

「誰を？」

「え？」茉莉花が虚を衝かれたように目を見開いた。

「谷内さんか？　それとも社長か？　社長を恨んでも無駄だと思うよ」

「どうしてですか」

「社長、辞めるかもしれない」伊佐美はいっそう声を潜めた。

「まさか」

「元々、五年前に急遽社長になった人じゃないか。規定路線だったとはいえ、心の準備ができないうちに社長になって、ずっと落ち着かなかったと思う。そんなに強い人じゃないし、これだけ責められたら、もう気持ちが折れてるんじゃないかな」

「……ですかね」

「俺はそう思う。だから、忙しくなるのを覚悟しておけよ。これから先が、本当の総務の仕事なんだ」

「本当の仕事……」

「社長の退任。新社長の就任。総務の最高の腕の見せどころだ。社長の交代は俺も初めてだから、頑張らないとな」

「何でそんなに前向きになれるんですか？」呆れたように茉莉花が言った。

「プライドだよ。会社を背負っているのは俺たち総務なんだから」

そうとでも言わないと、あっという間に気持ちが折れてしまいそうだった。自分は強い人間だ――それは単なる思いこみだったのか。

　会見は午後七時からに設定された。報道各社へ連絡が回ったのは、午後五時半。その直後からまた広報課の電話がひっきりなしに鳴り続けたが、伊佐美は田辺に促され、谷内の部屋に籠もった。四十五分で会見の構成、それに想定問答集を作り、残る四十五分で社長とミーティング。総務課からも何人かがスタッフとしてかき集められた。

「前回の事故原因については冒頭で説明」

「なるべく専門用語を避けて分かりやすく」

「社長が一言喋ってから、特別開発室長が詳細をフォロー」

「今回の死亡事故については、前回の原因の説明を終えてから触れる」

「統計上の死亡事故でないことには言及しない」

茉莉花が書記役になって、必死にキーボードを叩く。内容はダイレクトに、大型のモニターにも映し出される。

一通り意見が出尽くした後で、谷内が調整を始めた。

「やはり最初に、今回の事故について謝罪しよう。ご遺族への謝罪にも、ある程度時間をかける。前回の事故原因の発表については、その後だ」

「それでいいんですか？」

田辺が遠慮がちに切り出す。今回の事故について言及するのは後から、と言い出したのは田辺なのだ。まずいことは後回しにする、できれば会見を時間切れに持ちこもうとするのが彼の作戦だろう、と伊佐美は推測した。

「印象の問題だ。とにかく人が一人亡くなっている。それを最初に謝罪しないと、マスコミの連中も納得しないだろう。前段で時間稼ぎをする必要はない」

「分かりました」

田辺が認めると、茉莉花がすぐに順番を入れ替える。先ほどまでの動揺は消え、今は冷静に仕事をこなしていた。キーボード操作にミスタッチはまったくない。

「会見時間は、全体で一時間半程度を想定しておけばいいだろう」谷内が腕時計を見た。

「八時半終了は、マスコミの連中にとってもぎりぎりの線だと思う。民放は多少余裕があるだろうが、新聞の早版とＮＨＫの九時のニュースに間に合うようにするには、この時間が限界だ。だから会見全体の流れとしては、冒頭の説明で最低一時間は稼ぎたい。質疑応答の時間をなるべく短くするんだ」

「特別開発室長がどれぐらいの時間を稼いでくれるかによりますけど、危ないですね」田辺が言った。「先ほど、報道陣に配る資料をもらったんですが、ペラ二枚なんですよ」

「短いな」谷内が眉間に皺を寄せた。「室長は喋りがイマイチだから、引き延ばすにも限界がある」

「特別開発室の次長も一緒にこちらに向かっていますが、同席させたらどうでしょう」田辺が提案する。「次長は、喋りは万全ですよ」

「そうだな。サポートとして入ってもらって、なるべくたくさん喋ってもらおう」谷内がうなずく。「となると、会見者は四人だな……よし、できるだけ社長の説明を短くして、特別開発室に頑張ってもらうのも手だ。資料はペーパーだけか？」

「一応、ペーパーと同じものをパワーポイントで用意してありますので、それを映写しながらの説明でいいと思います」

「少し手間取れ」谷内が意外な指示を出した。「機械のセッティングが上手くいかないとか、言い訳は何とでもなるだろう。一分でも三十秒でも、社長の喋りをカットするんだ」

「分かりました。それは広報の方で何とかします」田辺が暗い表情でうなずく。

「では、次に想定問答集だ」谷内の表情がさらに厳しくなる。

「一番心配なのは、千葉県警との関係についてです」伊佐美は切り出した。「これまでの問い合わせでは、千葉県警と協力して事故を隠蔽したのではないかという内容が一番多いんです」

「隠蔽というのは語弊がある……」谷内が不満そうに目を細める。「千葉県警側と接触したことは、徹底して隠そう。内容は、絶対に漏れることはない」

「そうでしょうか」伊佐美はまた急に不安になってきた。これまで何度も、「漏れることはない」と思われた情報が表に出てきたのだ。今回の件についても、隠し通せる自信がない。もしも千葉県警との一件が明るみに出たら……致命傷だ。タチ自動車は本当に終わるかもしれない。

「そこで疑心暗鬼になっていたら、何もできない」谷内が強気で押した。

「分かりました。では、千葉県警の対応については言及しない方がいいですね。死亡事故の統計についても、うちが言うのは筋違い、ということでよろしいですね？　千葉県警の広報の方針に関しても関与しない……知らない、ということで押し通す」

「そういうことだ」

「その件については、千葉県警が何も言わなければ表沙汰にはならないと思います。県警への対応については、我々は何も知らないんですが……谷内常務はよくご存じですよね？　社長と本部長の話し合いに同席されたんですから」

伊佐美としては皮肉をこめたつもりだった。自分たちも知らず、トップ同士の密室の話し合いで決まったこと……その失敗のつけは、必ず自分たちに回ってくる。谷内は素早くうなずくだけで、伊佐美にはそれが不満だった。もうちょっときちんと説明して欲しい……。

「実際、どうして本部長はＯＫしたんですか？　社長の説得が功を奏したんですか？」

どうしてもそうは思えなかった。社長のコミュニケーション能力について、伊佐美は常々疑問を抱いている。もちろん、会社を運営していく上で、無難に事を進めていくぐらいの能力はあるが、「トップ外交」をするほどの力はないはずだ。

「口添えがあった、とだけ言っておく」

「口添え？」

「国交省に、社長と懇意にされている方がいる。その方が、千葉県警の本部長に裏で話を通した」

「県警の本部長と国交省の方は、どういう関係なんですか？」県警のトップに影響力を与えることができる者といえば、国交省の中でもかなり上の立場にいる者だろう。

「よくは知らない。どうも、大学の先輩後輩の関係らしいが……」

キャリア同士の「縦のつながり」だろうか。昔から、そういうことはよく噂されている。大学のゼミの先輩後輩の関係は社会に出てからも継続され、狭い人間関係の中で国家の重大な方針さえ決まってしまう——馬鹿馬鹿しい話だとは思うが、それもエリートならではのことなのだろう。それで上手くいっているケースも当然あるのだろうし。

「いずれにせよ、我々は知らなくてもいい。社長の個人的な人脈だ」

社長を切り捨てるつもりか、と伊佐美は仰天《ぎょうてん》した。重要なポイントを「知らない」の一言で乗り切る。「知らない」のが罪になることもあるのに、谷内は知らなければ自分たちには累が及ばないと信じている。甘過ぎると思ったが、役員と遣り合っても勝てるわけがない。

想定問答集の作成はハイスピードで続けられた。被害者遺族との接触、会社として今後どういう方針を取るか……報道陣は、自動運転の実証実験を続けるかどうかを確認してくるはずだ。もちろん、引っこむわけにはいかない。今、自動運転の波に乗り遅れたら、タチ自動車は「二十一世紀の恐竜」として滅びてしまうだろう。世界的に高い評価を受けているハイブリッド技術のアドバンテージだけでは、今後の競争を勝ち抜けるはずもない。

「よし」谷内が膝を平手で叩いて声を上げた。腕時計に視線を落として、顔をしかめる。

「だいぶ時間が押した。社長に説明する時間は三十分しかない。井本君、今の想定問答集を社長秘書に送って、プリントアウトしてもらってくれ」

「了解です……送信しました」既に準備を整えて待ち構えていたのだろう、茉莉花がすぐに送信を終えた。

「あとは社長に説明だ」谷内が立ち上がる。「田辺課長、それと伊佐美君も同席してくれ。井本君たちは広報課に合流して、会見の準備を手伝って欲しい」

全員が立ち上がった。伊佐美は、死刑宣告まであと三十分、という気分になっていた。

社長の城が、秘書の花田ゆり子から受け取った想定問答集に目を通し始めた。沈黙のま、じりじりと五分が過ぎる。顔を上げると「よく分かった」と短く言った。

「では、細かい打ち合わせを——」

「それは必要ない」城が、谷内の言葉を遮った。「これだけ入念に想定問答集を作ってもらえれば、何とかなる」

「いや、しかしですね……特別開発室長ともすり合わせが必要です」谷内の声に焦りが生じる。

「室長には、事故原因についてしっかり喋ってもらう。後は私が全て責任を持つ」

こんな風にリーダーシップを発揮する人だっただろうか、と伊佐美は内心首を傾げた。

よく言えば穏やか、悪く言えば覇気《はき》がない、創業家の五代目の社長。会社の危機に際して、急にリーダーの責任感が芽生えたのか？

「社長、この会見はタチ自動車の命運——将来を決定するものになりかねません。時間がないのは承知していますが、できるだけの準備をしておく必要があります」

「これで十分だ」城が、まとめた書類でテーブルを二度三度と叩いた。「短い時間でよくやってくれました」

「社長……」谷内の声が溶けるように消える。「最後まで頑張りましょう。まだチャンスはあります。ここを上手く乗り切れば……マスコミの連中の集中力は続きませんから」

「もちろん、頑張ります。社長として、しっかり頑張らせてもらいます」

城がすっと立ち上がる。社長室に集まった面々の顔を見て、一人一人にうなずきかけた。何かおかしい……社長は本当に辞めるつもりではないだろうか、と伊佐美は訝った。元々、トラブルが原因の「早過ぎる社長就任」と揶揄された男である、本人の「やる気」と周りの状況が合致しないまま、五年が過ぎてしまった可能性もある。何しろ最初の二年は、リコール隠し問題の後始末に追われ、ようやくまともな仕事ができるようになったのはこの三年ほどなのだ。しかし業績は一向に上向かず、株主総会では毎年厳しい意見が出る。

元々、打たれ弱い人間なのは間違いない。五十歳を過ぎて急に荒波にさらされても、そこから強くなれるものではあるまい。ダメージを負い、精神的に追いこまれている可能性もある。

だいたい今日は、顔つきがどこか変だ。妙に淡々としているというか、何かを振り切ったような感じがする。このところ、眉間に皺が寄っているのを見る機会が多かったのだが、今はそれもない。

伊佐美は慌てて立ち上がった。こんなところで諦めてはいけません、と言葉が出かかる。しかしそれを言う権利は、総務の係長ごときにはないだろう。タチ自動車は古い体質の会社で、下の人間が上の人間に物申せる雰囲気など、一切ない。

「どうした、伊佐美係長」

「いえ」静かな城の声で、興奮は急速に収まり、伊佐美はまた腰を下ろした。

「とにかく、今回の件ではご苦労様。会見でまた面倒をかけるが、よろしく頼む」

城が深々と一礼する。伊佐美たちは慌てて立ち上がり、返礼した。伊佐美は不安が雲のように胸の中に広がるのを感じた。同時に、自分の中で何かが変わってしまったのを意識する。社長がそのポジションを投げ出す——だったら自分はどうすればいい？　こんな無責任な人間がトップに立つ会社に忠誠を誓っていたのは、間違いだったのではないか？

社長が実質的に打ち合わせを拒否したので、時間が余ってしまった。会見スタートまで二十分……それほど余裕はない。伊佐美と田辺は、社長室から会見場に設定されている会議室へ直接向かった。

ずらりと並んだ椅子は、既に半分以上が記者たちで埋まっている。テレビカメラもセッティング済み。城たちが登壇する部屋前方のテーブルには、マイクがずらりと並んでいた。さらに、ICレコーダーやスマートフォンの山。ただの小さな機械なのに、ごっそり集まると妙な不気味さがある。会社を潰そうとする圧力のように思えた。

いやいや……会社は絶対に潰れない、と伊佐美は自分に言い聞かせた。自動車メーカーは日本の誇り。戦後の経済成長の軸だったことを絶対に忘れるな――タチ自動車の新入社員は、入社直後の研修で、会社の歴史を徹底的に叩きこまれる。「誇り」を胸に染みこませるためだ。

茉莉花がすっと近づいて来た。不審そうな表情を浮かべている。

「早かったですね」

伊佐美は茉莉花を部屋の前方へ引っ張って行った。そのまま、会議室に隣接する倉庫に押しこめた。椅子などの備品をしまっておく部屋なのだが、会見の時には控室にもなる。真っ暗だったので、手探りで灯りを点けると、茉莉花の不安そうな顔がすぐ目の前にあった。

「社長はもう、切れたのかもしれない」

「え？　どういうことですか？」

「集中力ゼロで、想定問答の打ち合わせを拒絶した」

「まさか」茉莉花の顔から血の気が引く。

「本当に辞める気かもしれない」

「総務の腕の見せどころ……そんなこと言ってる場合じゃないですね」

「ああ。とにかくこの会見では、何があっても驚かないように覚悟しておけよ」

「まさか、会見で辞任は言い出さないでしょう。社内でも誰も知らないはずですよ」

「そうだけど、社長の気持ちは固まっていると思う。もちろん、辞任以上にとんでもない話を持ち出す可能性もあるけど」

「そんなこと、ありうるんですか？」

「分からない。分からないけど、覚悟はしておいた方がいい。そもそも――」

その時、廊下側のドアが開いた。社長秘書の花田ゆり子が先導して、城社長、谷内の順番で入って来る。特別開発室長と次長もすぐ後に続いた。急遽会見に引っ張り出されることが決まった次長は、明らかに戸惑いの表情を浮かべている。喋り好きとはいえ、記者たちの集中砲火を浴びる記者会見に出るとなると、また違うのだろう。

城が伊佐美たちにうなずきかける。伊佐美は深々と一礼を返した。

間もなく幕が上がる。

伊佐美はふと、広報課時代にドイツへ出張し、ニュルブルクリンクの北コースを走った時のことを思い出した。最新のスポーツセダンのタイムアタックのためだったが、自分で運転したわけでもないのに、人生で最高の興奮を味わったものだ。百七十二ものコーナーをクリアしていく九分強は、間違いなく人生において死に一番近づいた時間でもあった。そう、死には甘美な興奮がある。

今は、あの時と同じ……いや、走り終えた瞬間の心持ちに似ている。最高の時間が終わり「何とか生き延びた」という安堵感と「これで終わりか」という残念な気持ちが入り混じり、何とも言えなかった。

タチ自動車での「興奮の時間」は、この会見で終わりになるのだろうか。

第六章　終焉

25　2016年4月14日

ここは重大なポイントになる。

畠中は、タチ自動車の二度目の会見に自ら出席することにした。メモ取りは植本に任せてしまい、自分は社長たちの発言、そして態度の観察に集中するつもりだった。

それにしても、とんでもない熱気だ。最前列に陣取った畠中は、背中から熱波が押し寄せてくるように感じ、何度も振り返って後ろを確認した。記者、カメラマンは百人以上いるだろう。自分が書いた記事がこの騒動のきっかけになったわけで、それは誇りに思う。ただ騒動は、予想していたよりもずっと大きくなってしまった。記者は歴史の証言者とはよくいわれるが、まるで自分が歴史を作ってしまったようなものではないか。

「社長、この前の会見ではどんな感じだった？」畠中は小声で植本に訊ねた。

「淡々としてました。あの時は、まだ事態の重さが呑みこめてなかったんじゃないですか」

「だろうな。今日はさすがにそうはいかねえぞ」

「ですね……始まりますよ」

植本に言われずとも、カメラのシャッター音が豪雨のように降り注いだので分かる。畠中は背筋を伸ばして顔を上げ、登壇する首脳陣の姿をしっかり視野に入れた。濃いグレーの背広に紺無地のネクタイ姿の城が、座る前に深々と一礼すると、シャッター音が一段と煩《うるさ》くなった。登壇した四人が、誰かが合図したように一斉に顔を上げ、全員右手で椅子を引いて着席する。そこまで事前に打ち合わせていたのだろうか、と畠中は訝った。

城がテーブルに両手を乗せたので、左手首にはめた時計が見える。ブランドまでは分からないが、黒い革ベルト、薄型の地味な時計——記者たちが揶揄する「謝罪時計」だと分かった。以前、どこかの会社の社長が、謝罪会見ではめていた腕時計が洒落たフランクミューラーだったと報じられ、ネット上で「失礼だ」「チャラい」と悪評が流れたことがある。確かに、遊び心満点のあの時計は、神妙な謝罪の場には合わないだろう。城の時計は問題なし。今日は、スタイルについては完璧だ。

「それではただ今から、千葉市美浜区で発生した事故に関して、会見を始めさせていただきます。司会は私、広報課長の田辺が務めさせていただきます。会見者は弊社代表取締役社長の城……」

登壇者の名前をメモしていく。特別開発室の次長まで出席しているということは、事故原因について詳細に話をするつもりなのだろう、と畠中は判断した。ある意味時間稼ぎ……ここに集まった報道陣が本当に知りたいのは、千葉県警との癒着だ。この件に関しては、畠中たちもまだ確証が取れていない。長野署長との会談の印象では、トップ同士が談合したとしか思えないのだが。

「……それではまず、弊社社長の城から、今回の事故についてご説明させていただきます」

　田辺が言葉を切ると、城が立ち上がった。再び、深々と一礼。シャッター音が会見場を埋め尽くす中、畠中は腕時計の秒針に注意を向けた。三秒……五秒……長い。八秒経ってからやっと城が頭を上げた。マイクを取り上げると、「失礼して、着席でお話しさせていただきます」と第一声を発する。

　声が上ずっている、と畠中は判断した。やはり緊張のためだろう。畠中はカメラを取り出し、ファインダーを覗いた。ズームを最大にして城の表情を確認する。顔色は悪く、目は泳いでいた。レンズを少し下に向けると、マイクを持つ手が小刻みに震えているのが見える。大丈夫なのか、と他人事ながら心配になった。

「本日はお忙しいところお集まりいただき、大変恐縮です。先日、千葉市美浜区で弊社の自動運転実験車、ＡＢオートが起こした事故についてご説明させていただきます。この事故では、小学五年生の女子児童が、事故発生の翌日にお亡くなりになっています。ご家族のご希望もあり、お名前については伏せさせていただくことをご了承下さい」

それは東日としてはどうでもいいことだ。被害者の名前はとっくに割り出し、家族への接触にも成功している。明日の朝刊では、家族の話も記事に盛りこむ予定だ。

「事故の発生は、午後三時四十五分頃。ＡＢオートは千葉市美浜区で自動運転の実証運転中で、弊社社員が二人、同乗していました。通常、実証実験では社員が一人同乗することになっていますが、先日の事故以来、念のために二人が乗るように変更しました。乗車位置は運転席と助手席です」

これまでのところ、説明を誤魔化してはいない。畠中にしても、二人の社員の乗車位置などはここで初めて知る情報だった。

「走行ログによると、信号のある交差点の三十メートル手前で、亡くなった小学生の自転車を認識しています。信号は青で、ＡＢオートは交差点を左折する予定になっていました。ここで、やはり左折しようとした自転車を巻きこむ事故を起こしています。ログを確認したところ、事故直前の段階では、この自転車を認識していなかったことが分かりました。当然、停止、徐行、警告音を鳴らす等、自転車を避けるための措置は取られませんでした。同乗していた社員が、左に曲がり始めたところで自転車を巻きこみそうになっていることに気づき、急ぎコントロールを取り戻そうとしましたが間に合わず、自転車を巻きこむ形でぶつかってしまいました」

そこで一息つき、会見場をさっと見回す。再びマイクを口元に近づけ、「原因については調査中ですが、センサーの機械的な故障と見られています」と続けた。

さらにもう一度言葉を切り、「亡くなられた女子児童、そしてご遺族に対して、改めてお詫びを申し上げます。弊社として十分な補償をさせていただくことで、ご遺族とは話し合いを続けさせていただいております」と謝罪する。

さて、ここからはさらに詳しく事故原因の話をしてくるはずだ、と畠中は気持ちを引き締めた。カメラを覗くのをやめ、壇上に並ぶ四人全体を視野に入れる。城以外の三人は、彫像のように固まったままだった。自分の出番が来るまでは一言も喋らない、と事前に打ち合わせたのではあるまいか。

「今回の事故原因についてもう一度申し上げますが、センサーシステムの機械的な不備と見られています。前回の事故との関連については調査中ですが、現段階では直接は関係ないと判断しています。この件については後ほど、特別開発室長からさらに詳細を報告させていただきます」

こいつは長くなるぞ……畠中は反射的に腕時計を見た。締め切り時間の関係で、この場で会見の原稿を書くことになるだろう。植本は会見全体をきちんと記録するのが役目だから、記事は自分で書くしかない。

椅子に付属した、折り畳み式の頼りない小さなテーブルの上でノートパソコンを広げ、記事執筆用のソフトを起動する。会見を耳で聞きながら、記事を打ちこみ始めた。

千葉市美浜区の市道上で、タチ自動車の自動運転実験車「ABオート」が死亡事故を起こした問題で、同社の城宗一社長が14日、記者会見して全面的に責任を認め、謝罪した。

事故当時、「ABオート」には、運転席と助手席に同社社員が2人乗っていた。自動運転システムが、車道の左端にいた自転車の存在を途中から把握しなくなり、交差点で適切な減速、停止するなどの措置が取られずに、社員が気づいて手動運転に切り替えようとしたが間に合わなかったという。

この後は詳しい事故原因に触れよう。専門的な説明を、どう嚙み砕いて書くかがポイントだ。

予想通り会見は長引いた。三十分を過ぎてもまだ、会社側の説明が終わる気配はない。質疑応答の時間を短くするためだと気づいたが、途中で手を挙げても無視されるだろう。今は、特別開発室次長なる人物が、前回の事故原因について延々と喋っていた。専門用語の羅列で、このまま書いても読者は理解できないだろう。主にシステム全体をコントロールするソフトのバグが原因で、システム間の連携に問題があった……「認識」「コントロール」「動作」という、人間でいえば「目」「脳」「手足」の動きがずれていたということらしい。この辺はいずれ、専門知識を持った科学部の記者に、きっちりと解説記事を書いてもらうしかあるまい。自分では手に余る……実際今日は、経済部と科学部の記者も会見に参加しているのだ。

　四十分が経過した。いくら何でも長過ぎると焦れてきたところで、ようやく特別開発室次長の説明が終わった。これでやっと質疑応答に入れると思ったが、間髪《かんはつ》を入れず広報担当常務の谷内がマイクを握った。

「続いて、弊社の社内調査についてご報告させていただきます」

　プロジェクトチームのことを公式に語るのかと思って身を乗り出したが、実際には事故の調査についてだった。プロジェクトチームは表に出るものではなく、あくまで「なかったこと」としてスルーしてしまうつもりなのだろうか。

　いい加減にしろ……谷内の説明は二分ほどで終わり、ようやく質疑応答に入った。

「ご質問の前に、所属と名前をお願いします」

　会見では毎回繰り返される要請だが、何となく嫌な感じがする。広報としては、誰が何を言ったか把握しておきたいのだろうが、まるで危険人物のリストでも作っているようではないか。

　だったら自分は質問しない。タチ自動車側には名前を知られない方が、今後の取材もやりやすいだろう。

しかし、各社の記者の質問を聞いているうちに、苛立ちが募ってきた。広報課は事前に、質疑応答についてもある程度仕込んでいるだろう。無難な質問をするよう、「子飼い」にしている記者に頼みこむとか……経済紙の記者が二人、続けて質問に立ったので、畠中は疑念をさらに募らせた。質問が無難——事故原因についての技術的な問題だったのだ。そしてまた、やけに口数の多い特別開発室次長が中心になって答える。

時間稼ぎだ。

会見がタチ自動車側に完全にコントロールされているのは、マスコミにも責任がある。畠中の周りの記者は皆、ひたすらパソコンのキーボードを叩き続けているのだ。畠中が新人の頃は、こんな光景は見られなかった。会見は、きつい質問をぶつける場。同時に畠中は「こっちが摑んでいる事実は明かさずに、他社の狙いを探るのが会見の肝だ」とも教えられていた。他社が知らない情報を与えてしまいそうな質問は、絶対にしてはいけない。

そういう意味で、会見というのは社会部記者の取材の本道ではない。あくまで裏で情報を探るのが醍醐味《だいごみ》なのだ……しかし植本は、記録係としての自分の役割に疑問は持っていないようで、熱心にキーボードを叩き続けている。

質疑応答は、四十五分ほどが限界だろう。それで終わらないと、各社早版に間に合わない。じりじりしながら、畠中は特別開発室次長のだらだらと長引く説明を聞いた。

残り十分。何人もの記者が質問を終え、手が挙がらなくなってきた。我慢できない。正体を知られても、どうしてもこの場で摑んでおきたい情報があった。向こうが喋るかどうかは分からないが……しかし畠中は手を挙げてしまった。しかも思いがけず指名される。立ち上がり、マイクを受け取って「東日の畠中です」と名乗ってから、一息ついて質問を始めた。

「二点お伺いします。今回の一連の事故について、社内で様々な調査を行ってきた経緯は分かりました。情報漏れに関する調査については、今後も継続するのでしょうか。もう一点、社長としては何らかの形で責任を取られることを考えておられますか？」

途端にざわついた空気が流れる。東日の記者が、とうとうあの件を口にしやがった……馬鹿言うな。聞かない方が悪いんだと畠中は心の中で罵った。

「お答えします」

城がマイクを手にした。壇上の四人も司会の広報課長も、これまでにない緊張の色を見せている。畠中はゆっくり腰を下ろしながら城の言葉を待ったが、城はなかなか話し始めなかった。マイクを握った手がかすかに震えているのが見える。一瞬天を仰ぐと、畠中を険しい視線で突き刺しながら話し始めた。

「情報漏れの件についてですが、社内調査をしていたのは事実です。近年、情報管理は重大な問題になっていますし、弊社にとって情報が漏れることは、即座に自動運転技術の開発のダメージにつながります。ただしこの調査に関しましては、本日をもって打ち切りました。効果が認められなかったことと、人が亡くなる事故を起こしてしまった以上、このような調査をすることに重要な意味があるとは思えなくなったからです」

城の横に座る谷内の顔から血の気が引いた。すぐに城に身を寄せて、何事か囁く。もしかしたら、会見で話が出ても誤魔化すよう、想定問答集を作っていたのか？　城がそこから逸脱した？　しかし城は、まったく意に介さないようで、視線を正面に据えたまま話し続ける。

「次に会社の責任についてですが、会社全体でどう責任を取るかは、今後検討していくことになります。ただし私個人に関しましては、六月の株主総会をもって社長を退任し、会社の経営から一切手を引くことを決断しました。その時点まで、今回の事故の深刻性を鑑み、『ＡＢオート』の開発実験は一時中断します」

城がマイクを下ろした途端、だれきっていた会見の雰囲気が一変した。手が一斉に挙がり、囁き声がざわざわと広がる。キーボードを打つ音も甲高くなってきた。さあ、どうする。俺は答えを引き出した——まさか「辞める」宣言が出るとまでは思わなかったものの、日本を代表する会社の社長をその椅子から引き摺り下ろしたのだ。興奮していい場面だが、壇上の役員たちの姿を見ると、とてもそんな気にはなれない。慌てようからすると、事前の打ち合わせなしの、まったく突然の退任宣言だったようだ。

どうする？　ここをどう収めるかが広報の腕の見せどころだぞ？　しかし、会見を上手くコントロールしてきた広報課長の田辺は、ここにきて初めてミスをおかした。

「それでは時間ですので、これで会見を終わらせていただきます。今日はどうもありがとうご——」

「終わってないぞ！」

「社長、ちゃんと説明を！」

記者たちの怒声が田辺の声を打ち消した。田辺の目が泳いだが、それでも何とか会見を無事に終わらせようとする意志は死んでいなかった。社長たちが座る席に向かって歩み寄り、視線を送る。谷内がいち早くそれに気づき、城の腕に触れて立つように促した。城はぼうっとしていたが、それではっと意識を取り戻したようで、慌てて立ち上がる。膝がテーブルを打つ音をマイクが拾ってしまい、ごん、と鈍い音が会場中に響いた。四人が同時に頭を下げたが、今度は短い。一、二、三のタイミングでまた同時に頭を上げ、左手へ去って行く。広報課員たちだろうか、数人の男が四人を守るように報道陣の前に立ちはだかる。

「終わってないぞ！」

「これで打ちきりか！」

怒声が飛ぶ。久々に活気ある会見じゃないか……畠中は昔を思い出して相好を崩しかけたが、すぐにやるべきことを思い出した。

「植本、岩田さんに連絡してくれ」

「分かりました」

植本が弾かれたように立ち上がる。折り畳み式のテーブルに載せたパソコンが落ちそうになり、畠中は慌てて手を伸ばして押さえた。

さあ、もう一つ——そしてもっと大事な仕事がある。原稿の書き直しだ。畠中はすぐに、記事のリード部分に手をつけた。


タチ自動車の自動運転実験車「ＡＢオート」が死亡事故を起こした問題で、同社は14日に会見を行い、城宗一社長が責任を取って、6月の株主総会をもって辞任することを明らかにした。また、それまで自動運転の実証実験は中断されることになった。

26　2016年4月14日

あいつか……畠中という男の顔を、伊佐美はしっかり脳裏に焼きつけた。しかし何だか拍子抜けしてしまう。どうにも冴《さ》えないオッサンではないか。あんな男が、東日のキャップとして取材を仕切っていたとは。

会見は午後八時半までの予定より少し早く終わったが、騒動はしばらく続いた。広報課の電話は依然として鳴り続けで、社長の辞任についての問い合わせが大半だった。

電話が途切れた瞬間、やはり広報課の手伝いに来ていた茉莉花が「あれじゃ自爆テロですよ」と強烈な皮肉を吐いた。上手く切り返す余裕もなく、目の前の電話が鳴ったので伊佐美はそちらに手を伸ばさざるを得なかったが、考えてみると茉莉花の皮肉は実に上手い喩《たと》えだ。城の辞任宣言は、まさに自爆である。畠中が引き出したとも言えるが、城が自ら言い出したのは間違いない。そしてその自爆は、自分たち社員も巻きこんだ。社長交代は総務の醍醐味――それは間違いないのだが、こんな「自爆テロ」では醍醐味を味わう暇もない。実弟の常務が後を継ぐことになるだろうが、それがはっきり決まるまでの騒ぎを考えるとうんざりする。

午後十時過ぎ、電話攻勢は一段落した。今日一日で何本の電話を受けただろう……伊佐美は手帳を広げ、書きつけた「正」の字を確認した。五つ……二十五本もの電話を受けたわけだ。その場で済む話もあったが、確認して後から電話し直したケースもあったので、会見後はほとんど電話で話し続けていたような気がする。

肩と背中がひどく張り、頭痛がする。伊佐美はふらふらと立ち上がって、総務課に戻った。引き出しから頭痛薬を取り出し、水なしで呑み下す。夕食も摂っていなかったので、後で胃が痛むかもしれないが、今は頭痛を黙らせるのが先決だ。

広報課と違って総務課は静かだった。全員が広報課の手伝いに行ってしまっているから、当たり前……自分一人だ。急に、嫌悪感がこみ上げてくる。全てあいつのせい——東日の畠中の顔がくっきりと脳裏に蘇った。あの得意げな表情は何なんだ？　自分が最初の記事を書いたとアピールし、会社をここまで追いこんだのを自慢しているようではなかったか。日本を代表する自動車会社をこんな目に遭わせて、何が面白いのだろう。タチ自動車は戦後日本の経済復興を担い、基幹産業の屋台骨だというプライドを持って、全社員が努力を続けてきた。今回は意図的に起こした事故ではないわけで、ここまで責められる意味が伊佐美にはまったく分からない。

あの男と直接会って、決着をつけるべきではないか？　そんなことは総務の仕事ではないし、仮に広報課にいたとしても職分をはみ出した行為になるが、タチ自動車の社員として、どうしても知りたかった。

自分の会社員人生も、この一件で大きく変わってしまうかもしれないのだから。

茉莉花が、ミネラルウォーターのペットボトルを手に部屋に戻って来た。喉にまだ引っかかる錠剤の感覚……伊佐美は、デスクに置きっぱなしになっていた自分のマグカップを差し出し、「少し水をくれないか」と頼んだ。

「喉、渇きますよね」キャップを捻り取りながら茉莉花が言った。

「いや、頭痛薬を水なしで呑んだんだ」

「ああ……」マグカップに水を注いだ茉莉花が暗い表情を浮かべる。「私にも頭痛薬を分けてもらえますか？」

「こんなことで頭が痛くなってたら馬鹿馬鹿しいよな」伊佐美はまた引き出しを開け、頭痛薬を二錠、茉莉花に手渡してから、水を一気に飲んだ。それでようやく、喉の引っかかりが消える。

「今日、最後に質問した畠中という記者、知ってるか？」口元についた水を手の甲で拭ってから訊ねる。

「いえ」

「連絡先、調べ出せるかな」

「広報課で名刺を確保しているはずですよ」

「ああ、そうだったな」会見に出席する記者からは必ず名刺を貰う——そんな基本的なことさえ自分は忘れていたのかと、伊佐美は苦笑した。

立ち上がり、思い切り背伸びする。肩がばきばきと嫌な音を立てた。

「畠中という記者がどうかしたんですか？」茉莉花が不思議そうな表情を浮かべる。

「いや、何でもない」

彼と会うつもりだ、とは言えなかった。ルール破りを、わざわざ同僚に教える必要はない。

電話に出た畠中は、思い切り警戒していた。会見を終えた直後に、因縁《いんねん》の相手から電話がかかってきたのだから当然だろう。しかし伊佐美は、できるだけ平静を保ち、「確認したいことがあるんです」と繰り返した。

嫌がらせのつもりだろうか、畠中は「あと二時間後ぐらいなら会ってもいい」と切り出して来た。日付が変わる頃か……そう言えば諦めると思ったのかもしれないが、伊佐美は引くつもりはなかった。

「構いませんよ」

「そうですか。仕事が終わらないんでね……十二時ぐらいに、うちの会社の前に来てもらえますか？」

「分かりました」伊佐美は言った。「どこにいればいいですか」

「外堀《そとぼり》通り沿いの正面入り口ではなく、晴海《はるみ》通りの一本裏道に夜間の出入り口があります。来てもらえばすぐに分かりますよ。そこでどうですか？」

「では十二時に伺います」

電話を切り、伊佐美はほっと息を吐いた。何でこんな大胆なことをしてしまったのか……ばれたら問題になりかねない。しかしどうしても、向こうの真意を確かめたいという欲望は抑え切れない。

十時十五分か……伊佐美は一度自宅に戻ることにした。路上で立ち話というわけにもいかないし、帰りの足も必要だ。愛車を使うのが一番いい。

スカウトが一緒なら、大抵の試練は乗り越えられるはずだ。

十二時を過ぎたが、畠中が現れる気配はない。すっぽかすつもりか、と伊佐美は次第に焦りと怒りが募り始めるのを感じた。それでも、こちらが無理矢理面談を申しこんだのだから、電話をかけるのも遠慮して、とにかく待ち続ける。

銀座もこの辺りは、飲食店街ではなく、ショッピングの街である。それ故この時間になると、歩いている人もほとんどいない。車のウィンドウを下ろし、東日の本社ビルを見上げる。窓は明るいものの、静かだった。人の出入りもない。ウィンドウを上げ、道路の向かいに視線を投げた。牛タン屋の看板が目に入り、また空腹を覚える。家に帰る時に連絡を入れておいたので、朋子が握り飯を用意してくれたのだが、運転しながら慌ただしく食べたせいか、腹は膨れなかった。夜のニュースで会見の様子を見ていた朋子は、再び出かけていく夫に心配そうな視線を向けたのだが、伊佐美は何も説明しなかった——できなかった。これは総務課員の仕事ではなく、一人の人間として勝手にやっていることだ。同じ会社で仕事をしていた朋子にでも、自分の行動を納得させるのは難しいだろう。

カーステレオから低い音量で流れてくるのは、ラットの『ラウンド・アンド・ラウンド』。ミドルテンポとうねるようなリズムが心地好いが、今はこの曲に気持ちを委ねるわけにはいかない。結局再生を停めた。

十二時十分。

一人の男が、夜間出入り口から出て来る。暗がりの中でも、畠中だ、とすぐに分かった。もっさりとした髪型、ずんぐりとした体形。くわえた煙草からは煙が上がっている。すぐに、道路脇に停まっているスカウトに気づき、足を向けてきた。おいおい、禁煙の車内に火の点いた煙草を持ちこむのかよ……しかし畠中は、歩きながら携帯灰皿に煙草を突っこんだ。伊佐美はドリンクホルダーに挿《さ》したペットボトルを取り上げ、水を一口飲んで戦闘準備を整えた。

ドアが開く。伊佐美はそちらに視線を向け、軽く会釈した。

「伊佐美さん？」畠中が訊ねる。

「そうです」

「どうも」畠中が、かすかにうめき声を上げながら、助手席に滑りこむ。スカウトの車高は平均的——一般のセダンと変わらない——なのだが、ずっと車高の高い車に苦労して乗りこむような様子だった。

「自動車メーカーの人は、やっぱり車好きなんですか」畠中が唐突に質問した。

「車が嫌いなら、自動車メーカーには入りませんよ」

「スカウトの二リットルターボモデル、六速マニュアル……よほど車が好きな人じゃねえと選ばない車だ」

「名車ですよ」名車という言葉を口にした時、伊佐美の胸を一瞬だけ誇りが駆け抜けた。

「最近は、マニュアル車を探す方が難しくなりましたけどね」

「時代の流れです」ずいぶん気さくに話す男だ、と思いながら伊佐美は応じた。「あなたは何に乗ってるんですか？」

「メーゼ。いい車ですね」

「うちの車に？」伊佐美は目を見開いた。タチの車に乗りながら、記事では攻撃を仕かけてくるとは……矛盾していないだろうか。

車の話はここまで。伊佐美は座り直した。助手席に座る畠中が発する気配も変わったのが分かる。

「あなたが、東日の取材キャップだったんですか？」

「そういうことは、公表していません」畠中が首を横に振る。

「これまで、直接取材に来ていただいたことはないですよね」

「ないですよ」

「今日はどうして会見に来られたんですか？」

「あなたたちがやっていた犯人探しの実態を探るためですよ」

「その件については――」

「社長が自分で認めたんですよ。犯人探しをやっていたのは間違いないでしょう。今更否定しないで下さいよ」畠中の声が鋭くなった。「まさか、社長が辞任表明するとは思わなかったけど。あれも予定の内ですか」

「それは言えません」

「社長の暴走じゃないんですか？」

「それも言えません」

「辞めると言った時の皆さんの様子……あれは、事前に知っていた感じじゃないですね」

自分は何となく予感していた。しかしそれを打ち明けても何にもならない。

「社長が何を考えて、どういう風に決めたのかは、私のような平社員には分かりません」

「係長は平社員ではないでしょう」畠中が皮肉っぽく言った。「それで？　いったいどうして私に会おうと思ったんですか？　もう輪転機は回ってますよ」

「記事を止めることなんか、考えていませんよ」

「そうですか？　今回の一件では、記事が出る前に、御社から何回も電話を貰いましたよ。記事の内容を聞かれても、答えられるはずはないのに、ねえ」

畠中の皮肉に、伊佐美は耳が赤くなるのを感じた。会社としては、記事の内容を事前に把握して一刻も早く対応策を練るのが当然なのだが。

「あなたたちが何を言っても、書くと決めたら書きますよ。広告出稿を止めようが、普段のつき合いを盾に取ろうが、関係ありません」

「何で書いたんですか？」

「え？」畠中が間抜けな声で反応した。

「どうして事故を記事にしたんですか？」

「当たり前じゃないですか」呆れたように畠中が言った。「事故が起きれば記事にする。しかもそれが、社会的に注目を集めている技術が絡んだものだったら――これで書かない記者がいたら馬鹿ですよ」

「国益を損ねることがあっても？」

「大袈裟です」畠中が鼻で笑った。「確かに自動車産業は、日本の中核産業です。だからといって、事故を隠していいという法はない」

「我々は、これから五十年間の日本の産業を考えているんですよ。自動運転の技術は、日本がリードしていくべきです」

「どうして？」

あまりにも単純な畠中の疑問に、伊佐美は一瞬言葉をなくした。この男は、こんな簡単な理屈も分からないのか？　社会部の記者というのは、地面をはい回る蟻《あり》のような視点しか持てないのか？

「ユーザーからすれば、国産だろうが外国産だろうが関係ないんですよ。安全で高性能で、しかも安い車を作っているメーカーの車を選ぶ」

「日本がパソコン部門で出遅れたことが、ＩＴ系での地盤沈下につながっているとは考えませんか？」伊佐美は反論した。

「それはそうかもしれないけど、単に競争に負けただけでしょう？　確かに今のパソコンは、使いやすいとはいえない。所詮英語圏――アメリカで作られたものを日本語化しただけだから、日本人が使うには無理がありますよね。でも、使う方がそれに慣らされてしまう」

「それでも、自動運転技術で後れを取るわけにはいかないんです」伊佐美は言葉に力をこめた。「ゼロエミッションの分野では、日本の自動車業界はハイブリッド技術で世界をリードしました。自動運転でも負けるわけにはいかないんです」

「だけどそれ、要するに会社の都合でしょう？」畠中がつまらなそうに言った。「自動運転技術で他社に後れを取ったらボーナスが出ない、そういうことじゃないんですか」

「そんな卑近な話じゃない！」伊佐美は声を張り上げた。「これは、日本全体の問題なんだ！」

「そうかなあ。いいものだけが残る――パソコン関係で言えば、国産ＯＳよりも、ウィンドウズやマックの方が使いやすかったから世界標準になった、それだけの話でしょう。車だって同じはずですよ」

「しかしこれは、国家的な問題なんです」

「国の補助で開発を進めて、楽しいですか？」

啞然として、伊佐美は横を向いた。畠中は煙草を取り出し、掌で転がしている。「禁煙ですよ」と指摘すると、肩をすくめてパッケージに戻した。

「楽しいとか楽しくないとか、そういう問題じゃないでしょう」伊佐美は声を抑えた。

「楽しくない仕事なんか、仕事じゃないですよ」

「だったらあなたは――楽しく仕事をしているなら、恵まれているんだ」

「でしょうね。人の失敗を探る――重箱の隅をつつくような仕事は、本当に楽しいですよ」

皮肉なのか本音なのか、まったく読めない言い方だった。しかしこいつは、本音を語っていないだろう……伊佐美は気を取り直して話し続けた。

「今回の東日さんの記事には悪意がありました。うちの会社に何か、個人的な恨みでもあるんですか？」

「ありますよ。事故を起こして、それを隠蔽するような会社を恨まないはずがないでしょう」

「しかし、そういう気持ちを記事にぶつけるのはいかがなものですか」

「どんな仕事でも、個人的な動機で始まるものじゃないですか？　ただ会社の命令だから
やるだけだったら、ロボットと同じじゃないですか」
「うちの会社が今作っているのは、まさにロボットですよ」
言い返すと、冗談だと思ったのか、畠中が声を上げて笑った。笑うところじゃないんだ
よと思って睨みつけると、畠中の顔は真面目そのものだった。逆に伊佐美に訊ねてくる。
「あなた、社長が辞めることについてはどう思います？」
「まだ心の整理がつきません。聞いたばかりですから」
「世間の反応は微妙でしょうね。いかにも素早く責任を取ったと評価する人もいるでしょ
うし、無責任に会社を放り出したと非難する人もいるはずだ」
「それは……そうでしょうね。世間の見方は無責任です」
「そういうの、一々調べたりするんじゃないんですか？　最近の企業はネットの世論動向
まで気にするんでしょう？」
「それは広報課の仕事で、私は関与していません」伊佐美は即座に否定した。
「だいたいあなた、何で私に会いに来たんですか？　広報課の人が探りを入れに来るなら
まだ分かるけど、あなたは総務課の人でしょう？　マスコミ対応は本来の仕事じゃないで
すよね」
「個人的な興味からです。あんな記事を書いたのがどういう人なのか、知りたかっただけ

です」

「こんなつまらない人間ですよ……しかし、個人的なことは話しません。この件は終わったわけじゃないんだから。取材相手に自分のことを話すのは、間抜けな記者ですよ」

「それは分かっています。ただ、あなたの正義感は歪んでいるように感じる。うちを叩けば、他の会社を利することにもなるんですよ。国内の企業だけじゃない。海外で自動運転の開発に取り組んでいる会社も有利になります」

「チューリング社とか？」

さらりとその名前が出てきたことに、伊佐美は違和感を覚えた。まさか……嫌な予感が胸の中で膨らむ。

「あなた、チューリング社とつながっているんじゃないでしょうね」

「冗談じゃない」畠中が即座に否定した。「私は社会部の記者ですよ？　普段、企業の取材はしていない。つながりもクソもありませんよ」

「しかしあなたには、確実な情報源がいたはずだ。それが、チューリング社の人間であることも考えられます。ライバル企業同士は、常に相手の情報を探っていますからね。それに幕張の自動運転実験特区では、各社が実験を行っている。チューリング社も同様です」

「考え過ぎですよ」畠中が苦笑した。

「ではやはり、うちの会社にネタ元が？」

「そんなこと、言えるわけないでしょう。ネタ元を守るのは、記者の基本中の基本です。内部調査ではどこまで分かったんですか？」

「馬鹿な裏切り者が、絶対にいるんですよ。会社の機密を外へ漏らすなんて、あり得ない話です」

「それが正義感によるものだったとしても？　そういう人がいる限り、タチ自動車はまだ大丈夫ですよ。立ち直る可能性もあると思います」

「もちろん、絶対に会社は潰しませんよ。我々も生活がかかっていますし、タチ自動車の車を長年乗り継いでくれているお客様のためにも」

「なるほどね……これはもう、絶対平行線ですね」諦めたように畠中が言った。

「何がですか」

「あなたにはあなたの正義があるんでしょう。でもその正義は、世間の正義とはずれている。私は、自分の正義は世間の正義と合致していると信じています」

「正義は関係ない。私は会社を守らなければならない」

「だったら私は、正義を守らなければならない。新聞がいかに駄目になったと言われても、まだやれることはあります。私はそれを信じていますからね」

　畠中がそっとドアを押し開ける。外へ出るとすぐに煙草に火を点け、伊佐美に一礼してからゆっくりとドアを閉めた。寒いわけでもないのに、まるで寒風に追われたように背中を丸め、会社に戻って行った。

伊佐美はいつの間にか、ハンドルを両手できつく握り締めていたことに気づいた。ゆっくりと両手を広げ、シートに背中を預ける。深く息を吸って吐き、額に手の甲を当てる。汗が滲んでいた。

正義……俺は、守るべきものを間違っているのか？

27　２０１６年4月18日

同期で、既に政治部のデスクになっている栗田《くりた》と、たまたま社食で一緒になった。話題はタチ自動車のことになり――栗田の一言に、畠中ははっと顔を上げた。

「審議官？」畠中が密かに「Z」と名づけた男のことだった。

「ああ。ライオン丸だと思うよ」

「ライオン丸？」

「髪型が」栗田が自分の頭の周りで両手をもぞもぞと動かした。「昔からそんな風に言うだろう？　省内でも目立ってる」

「なるほど、あれは確かにライオンのたてがみだな。名前は？」

「滝谷《たきや》。滝谷啓《けい》。仕事はできる人だよ。そうでなければ、国交省の審議官にはなれない」

国交省では、審議官は次官級の大物という位置づけだ。そしてさらに上を狙えるかもしれない立場。そんな人間がXと会っていたことをどう考えるべきだろう。様々な想像が駆け巡ったが、詳しい話は栗田にも言えない。

この件はまだ終わっていない。さらに大きな「闇」が背後にあるのでは、と畠中は想像した。

「何でお前が、滝谷審議官なんかに興味を持つんだ？」栗田が突っこんできた。

「詳しいことは言えねえな」

できるだけ栗田から情報を絞り出してやれと思いつつ、畠中は曖昧に話した。詳しく話せない事情がある——そこは栗田も心得たもので、あまり突っこまずに、知っている限りの情報を話してくれた。畠中にとって幸運だったのは、栗田は数年前に国交省を担当していて、上級幹部とも親しかったことである。政治部の記者は、政治家にばかり取材しているわけではない。

「出身大学は？」

「東大工学部。キャリア官僚としては変わり種だな」

それで畠中はピンときた。

「ゼミは分かるかね」

「いや、そこまでは……そんな詳しいことまで知りたいのか？」

「調べるのは、そんなに大変なことじゃねえだろう?」畠中は食い下がった。「ちょっとだけ手を貸してくれねえかな」

「いいけど、タダ働きは嫌だなあ」

「何か奢るよ」

「……まあ、それで手を打つか。社会部から、うちが使えるネタが出てくるわけでもないから、バーターは無理だしな」

「それは分からねえぞ」畠中はにやりと笑った。「省庁のトップが関係してるなら、政治部のネタになるかもしれねえだろう」

反応があるかないか……心配しながら、畠中はベランダの箒を立てた。Xはもう、うちのベランダをチェックしていないのではないか? 先日の社長会見——今や辞任会見と呼ぶべきかもしれない——で状況も変わったのではないかと心配ではあった。

箒を動かした翌朝、いつもより三十分早く目覚めてしまって、急いで郵便受けを覗く。メモはなし。

翌朝もなかった。夜十時過ぎに帰宅した時には、あるいは……と思ったが、やはりメモは入っていない。

Xはもう、この件から手を引いたのかもしれない。

こちらから連絡を取る方法はまだある。Xが使ったプリペイド式の携帯電話。あの番号は、畠中のスマートフォンにもまだ残っている。思い切ってかけてみたが、反応はなかった。「廃棄する」と言っていたのは本当だったのだろう。

何が起きたのかを想像すると、不安に襲われる。Xの正体が会社側にばれてしまったとは思えないが……社長も、もう調査はしていないと明言していたし。いや、あれはXを油断させるために会見を利用したのではないか、とも思えてくる。油断させておいて、密かに「炙り出し」を続けるとか。

新聞記者は疑り深い人種である。一度考え始めると、嫌な予感ばかりが募った。

Xの方では、もう手を引こうと考えたのかもしれない。Xの「動機」が何かは分からないままだったが、今回情報提供しようと考えた背後には、会社に対する何らかの不満があるはずだ。それが解消されたら、もはや畠中と危険な接触を続ける意味はない。

まだ最後の手段が残されている。会社に直接電話することだ。もっとも、つないでもらうことはできても、即座に電話を切られる恐れが強い。

仕方ない……畠中は当面、Xを忘れることにした。Xに会えないなら、滝谷に直接ぶつかればいい。向こうは審議官だから、マスコミの取材にも慣れているだろう。何か理由をつけて接近すれば、話は聞ける。会いさえすれば何とでもできるという自信はあった。

よし、滝谷を攻めよう。記事になるような材料が出てくる保証はないが、残った謎《なぞ》を放置しておくわけにはいかない。タチ自動車に関する一連の特ダネは、十分デスク就任への手土産になったと思うが、それでも何故か、一抹の不安が消えないのだ。それを解消しない限り、タチ自動車の一件も解決しないように思える。

スマートフォンが鳴る。慌てて取り上げるとXだった。まさか……先ほどまであれこれ考えていた疑念が消散する。

「畠中です」

「合図は受け取っていました」Xが慎重に切り出した。

「だったら、どうして連絡してくれなかったんですか？」

「もうお会いする必要はないのでは？」

「いや、まだ知りたいことがある」

「電話では……まずいですよね」

「何だったら、これから会いませんか？」

「今日はもう遅いですよ」Xは明らかに嫌がっていた。

「これが最後になるかもしれません。俺の疑問を解いてくれませんか？」

「私にそんなことができるとは思いませんけど」

「いや、あなた自身のことだから。疑問を解くというより、説明して欲しい、と言った方が正確ですね」

Xが沈黙する。切られるだろうな、と覚悟したが、二人の間には、ただ冷たい沈黙が流れるだけだった。

「私のことなんか聞いても、しょうがないでしょう」Xが静かに言った。

「いや、そんなことはない。個人的な興味ということではなく……全ての背景に、あなたの問題があるのでは？」

「それは、私に対する過大評価です」

「中野坂上の交差点近く、青梅街道沿いにファミリーレストランがあるの、知ってますよね？　その辺に住んでるんでしょう？」

またも沈黙。Xの不安がじりじりと伝わってくるようだった。ややあってXが口を開いたが、不安というより呆れたような口調だった。

「油断できないですね」

「別に、あなたのプライバシーを暴こうとしたわけじゃない。それにプライバシーについても、十八歳までのことはある程度は知っている」

「そうでもないでしょう」

「……失礼。あなたは、とても声をかけられる人じゃなかったですね」

Xが声を上げて笑う。やや硬い笑い声だったが、これまで存在していた高いガードが少し下がった、と畠中は確信した。

「三十分後でどうですか」Xが出て来るにはもう少し時間がかかるかもしれないと思ったが、一応提案してみた。

「いいですよ」

「じゃあ……禁煙席で？」あのファミレスには喫煙席もあったはずだ。

「喫煙席にしましょう」

「それじゃ申し訳ない」

「私も吸うんです」

まさか……Xが煙草を吸っているところは一度も見たことがないし、煙草を吸う気配も感じさせなかった。Xのティエラにも、煙草の臭いは籠もっていなかった。

「じゃあ、喫煙席で、三十分後に」Xは電話を切ってしまった。

問題のファミレスには、Xの家の方がずっと近い。車を出そう、と畠中は決めた。ファミレスで話がしにくい様子だったら、こっちの車でドライブしてもいいし。

長い夜になるぞ、と畠中は覚悟した。

28　２０１６年4月20日

畠中が来るまで煙草は吸わないようにしておこう、とゆり子は決めた。ファミレスの喫煙席は、喫煙者人口の減少を反映して、非常に狭苦しい。換気はしっかりしているはずだが、煙が充満していて、とても食事ができる環境ではなかった。自分の煙草で、わざわざ汚染を加速させなくてもいいだろう。畠中が来たら一緒に煙草を吸うことになるだろうが、それまでは我慢しておくことにした。

約束の時間の五分前に、畠中がやって来た。いつものスーツ姿ではなく、Tシャツにジーンズ、モスグリーンの薄手のコートという軽装。自宅から来たのだからこんなものだろう。そういう自分も、ほとんど部屋着という感じである。

畠中が前の席に滑りこみ、うなずいた。コートのポケットから煙草を取り出し、火を点けながら「注文は？」と訊ねる。

「まだです」

畠中が店員を呼ぶベルを鳴らした。店員が来るまでの短い時間で、ざっとメニューに目を通す。

「アイスココアにしましょう」

その注文に畠中が笑う。思わず「何か変ですか？」と訊ねてしまった。

「ソフトドリンクは、コーヒー以外に飲まないような感じだったから」

「こんな時間にコーヒーを飲んだら、眠れなくなるので。あなたは？」

「しょうがねえな。俺もアイスココアをつき合いますよ」

注文を終えたところで、煙草に火を点けた。テーブルの上に、霧のように煙が漂う。それをすかすように畠中の顔を観察した。今回の件があるまで、二十年以上も会っていなかった。「会う」と言うより、「顔を合わせる」と言った方が正しいか……何しろ高校時代も、ほとんど話をしたことがなかったのだから。

「ところで、もう敬語はやめませんか」畠中が切り出した。

「どうして」

「何だか不自然だから」

「高校の同級生だから敬語抜きで話すのが自然とは限りませんよ。高校時代も、あなたと話したことはほとんどなかったし」

「君は高嶺《たかね》の花だったから」

「そういう風に言われるのは意外ですね。男子からは人気がないと思っていました」

「美人だし、頭が良過ぎて近寄りがたい……本当に、敬語はやめようよ。少なくとも今回の件は終わったはずだから。君を情報源として見ることは、もうないと思う」

「だったら、今の関係は何？」

「昔の同級生。それだけでいいんじゃないかな、花田ゆり子さん」

名前を呼ばれると、どきりとする。別に畠中を異性として見ているわけではないが、これまでと急に雰囲気が変わり、対応できていないのが自分でも分かる。

「あなたも、しつこいですね。昔はそんな感じじゃなかったと思うけど」

「お互いのことを語り合えるほど、仲がよかったわけじゃないだろう？　君は近づき難い人だった」

「でも、畠中君こそ、今は出世頭じゃない？　全国紙に入って、立派に仕事をして。署名記事が出れば名前も売れるし」

「記者の名前なんか、誰も見てないよ」畠中が苦笑する。「君の方こそ、立派だ」

「そんなことはないわ」ゆり子は即座に否定した。「今は、自分がやるべき仕事をやってないし」

「本当は、技術者としてタチ自動車に入ったんだもんな」

「機械を相手にしたり、計算しているのが楽しいから。技術者としては、ちゃんと実績を残せたと思う」

「それがどうして社長秘書に？　百八十度違う仕事じゃないか？」

「本当のところは私も知らないわ。人事なんか、動かされた本人には真相は分からないでしょう」

「ああ。何年も経ってから、『実はあの時……』みたいな感じで分かることはあるけどね」

「思い当たる節はあるんだけど」ゆり子は、火の点いたままの煙草を弄った。何だか急に吸う気がなくなり、灰皿に押しつける。

「どんな？」

「スパイ」

「俺とは……関係ないか。何があったんだ？」

「何があったか、私は知らないけど、一つだけ思い当たる節があるわ。ある外資の会社との関係を聞かれたの」

「チューリング社、かな」

畠中に指摘され、ゆり子は思わず目を見開いた。彼はやはり、記者としては優秀なのだろう。あるいは勘がいいのか……しかし、考えてみると少し気味が悪い。いつの間にか、プライバシーを丸裸にされたような気分だった。

「君の大学時代の恩師、伊沢教授は、チューリング社と協力関係にある」

「ええ。技術顧問、という感じ」

「本当にそうなら、俺が聞いたよりも少し関係が深いな。例えば……これは想像だけど、君が伊沢教授と会っているところを誰かに見られたとか？　それで誤解された可能性もある」

「実際、伊沢先生とはよくお会いするのよ。教授と教え子だし、私は先生の専門である自動運転について、ずっと研究していたわけだから。アドバイスを受けることも多かったわ」

「でも伊沢教授は、自動運転についてはタチ自動車のライバルであるチューリング社と協力関係にある。そういう人と会っているのを見られたら、疑われても仕方ないだろうな」

「本当に、それが原因で異動させられたかどうかは分からないけど」肩をすくめ、ゆり子はまた煙草に火を点けた。別に吸いたくもないのに……一服しただけで、あとは指先で灰が長くなっていくに任せる。

「しかし、技術屋さんの第一線から秘書っていうのは、あまりにも極端な転身だね」

「露骨よね。最初はろくに仕事もなくて、実質的な肩叩きだと思った」

「それが今や立派な社長秘書ってわけだ。どんな手を使ったんだ？」

「別に、女を使ったわけじゃないわ。あなたが想像しているような形では……でも、男って基本的に馬鹿よね」

「どういうことだ？」畠中が眉をひそめる。

「籠絡する手なんか、いくらでもあるのよ」

「君にもそういう能力があるのか？」

「その気になれば」

畠中が黙りこむ。ゆり子は敢えて説明しなかった。体を使ったと勘違いしているならそれでもいい。どうせ証明しようがないし、むきになって否定することでもない。

実際には、それほど大変なことではなかった。他の人間に対しては不愛想な態度で通していても、社長に対しては常に笑顔。話す時はしっかり目を見詰め、はきはきと。チャンスがあれば軽いボディタッチ。そういうことを繰り返しているだけで、「お気に入り」になるのは簡単だ。

「したたかに振る舞ったんだね」

「生き残るためには、何でもやるつもりだったわ。上手くいけば、開発部門に戻してもらえるかもしれないと思って。社内ではいろいろ噂されたけどね。それこそ、社長の愛人じゃないか、とか」

「君なら、愛人にしたいと考える馬鹿社長がいてもおかしくないと思うけど」畠中が皮肉っぽく笑う。「いわゆるトロフィーワイフってやつかな？」

「今のはほぼセクハラ発言だけど、いいわ……続けて」ゆり子は畠中に向けて左手を差し伸べた。

「俺が見た印象では、城社長は強いリーダーシップを発揮するタイプじゃない。そういう人に限って、仕事以外のところで楽しもうとするんだよな。それこそ女性とかね。秘書を愛人にするのか、愛人を秘書にするのか……どちらか分からないけど、上手い隠れ蓑《みの》だ」

「いい推理だけど、愛人説は否定させてもらうわ」

「だろうと思った」畠中がにやりと笑う。「君は、そういうタイプじゃなさそうだし」

「私のこと、知らないんでしょう？」

「このところ何回か会った印象で、だよ」

「否定はしないわ」

「それで、どうして今回は俺に情報を投げてくれたんだ？」話しながら、畠中が周囲を見回す。喫煙席に客は少なく、誰かに話を聞かれる恐れはなさそうだが。

「ああいう事故は許されないでしょう？　だから広く世間に知ってもらう必要があった。でも、自分でネットを使ってやると、ばれる可能性が高い……だから新聞に頼ったのよ」

「単純な正義感からと考えていいわけか？　何か裏はない？」

「あなた、五年前のリコール隠し事件の時は、タチを取材してた？」

「いや」

「あの時から、私は会社に絶望してたわ」

　ゆり子は二本目の煙草も灰皿に押しつけた。この時間に煙草を吸い過ぎると、明日、喉が辛くなる。畠中も、ほとんど吸わないままフィルター近くまで灰になった煙草を消した。

「会社のひどさに？」

「そう。まだ開発部門にいた時で、私には直接責任はなかったけど、とにかく何でもかんでも隠してしまおうとする体質……社員に緘口令《かんこうれい》を敷けば、絶対に情報は漏れないと思っていたのよ」

「だけど、漏れた」畠中が厳しく指摘する。

「リコール隠しの情報が、どういう経緯で表に出たのか、私は知らないわ。でも今回は……ある意味リコール隠しよりも悪質でしょう。最初にうちの社員が事故で怪我をした時、社長が何て言ったか、知ってる？」

「知らない」畠中が苦笑する。「君が教えてくれなかったら、知るはずがないじゃないか」

「社員の怪我は折りこみ済みだって。社外の人が怪我でもしない限り、公表する必要はないって、あっさり言い放ったのよ。私の前で」

「社長秘書だから、重要なことは自分の目で見ているわけだ」

「そう。だからあなたにとって私は、これ以上ないほどのネタ元だったわけ。社長を直接ネタ元にしているのと同じようなものだから」

「確かにね……それで、これからどうするつもりだ？」

「どうって？」

「だから……」

アイスココアが運ばれて来たので、畠中が一度言葉を切った。急に喉の渇きを覚えたゆり子は、すぐにグラスにストローを挿してココアを飲み、その甘さに辟易《へきえき》した。あまりにも甘みが強いと、後でまた喉が渇く。しかし畠中はまったく気にならないようで、ストローでホイップクリームを溶かしこむようにココアをかき回してから、大きく啜った。グラスの半分ほどが一気に空になってしまう。

「一連の騒動は、これで終わりだと思う。社長は六月で辞める。君はどうするんだ？　今までと同じように、新しい社長に秘書として仕える？」

「いいえ」

「開発部門に戻る予定でも？」

「いいえ」

「今更隠すことはないと思うけど……」

「異動じゃなくて、移籍するの」

「まさか、チューリング社じゃ……」畠中が身を乗り出した。先ほどの「スパイ説」を思い出したのだろう。

「違うわ」

「じゃあ、他の……国内の自動車メーカー？」

ゆり子は無言を貫き、無表情をキープするように努力した。そこまでは言う必要はないし、言えば変に勘ぐられる恐れがある。何もやましいことはないという自信はあったが、畠中がどう思うかは、自分の気持ちとは別問題だ。

「話は変わるけど」

畠中がさらりと言って、煙草に火を点けた。こういうのが記者のテクニックなのだろう、とゆり子は警戒した。話が行き詰まると、すぐに新しい話題を持ち出して目先を変える。

「君は、国交省の滝谷審議官とも知り合いなんだね。さすが、東大ＯＢの華麗なる人脈というところかな」

ゆり子は、ストローを摘む指先に力が入るのを意識した。意識してゆっくりと唇でストローを挟んだが、自分で考えていたよりも強い力で握っていたようで、ストローは潰れていた。ココアは少量しか口中に入ってこない。

「どうして知ってるの？」上目遣いに訊ねる。

「それは言えない。ただ、君も滝谷審議官も、伊沢教授のゼミのＯＢだ。そういう関係はずっと続くのか？　君と滝谷審議官だと、年齢も全然違うと思うけど」

「ゼミは大事なのよ。そこから人脈がつながるし、仕事が生まれることもある」

「大袈裟だけど、それで日本を動かすような話が出てきたこともある」

「それは本当に大袈裟だと思うけど」

ゆり子は笑ったが、畠中の表情は真剣なままだった。

「何を企んでいたんだ？」

「何も企んでいないわよ」

「俺はこれから、滝谷審議官に取材するつもりだ。君の方から、審議官に警戒警報を発してくれてもいい」

「そんなこと、しないわよ」

「俺が取材したら、真相を割り出すかもしれないよ」

「真相って、何？　まだ埋もれている事実があるの？」

「君の本当の動機だ」

畠中がグラスからストローを取り出し、ココアの雫《しずく》が垂れる先をゆり子に突きつける。

「私の動機は今言った通り……正義感から喋ったのは本当だから」

「でも君は、転職するんだろう？　タチ自動車を見限ったのか、他の会社でいい条件の仕事があったのか、どっちだ？　そもそも転職の話は、今回の一件が出てくるより先に決まっていたのか？」

「全部の質問に対して、ノーコメント」

「それは困るよ」

「畠中君」ゆり子は両手を組み合わせた。「私はあなたにたくさん情報を提供した。それであなたは、いい記事を何本も書いた。それで十分じゃない？」

「それは事実だ。だけど、何かが引っかかってるんだ」畠中が、髭の目立つ顎を撫でた。

「何かって？」

「君の動機だ。俺はまだ納得していない。それに何だか、誰かに上手く利用された気がしてならないんだ」

「でも、記事にはなったんだから、記者としてはそれで十分なんじゃないの？」

「ただ書けばいいってもんじゃないんだよ」

平行線、とゆり子は思った。同時に、いつまで隠しておけるだろうかと心配になる。畠中が記者として優秀なのは間違いなく、いつかは滝谷審議官との密約を割り出してしまうかもしれない。

その時、自分はどう対応すべきか。

深入りし過ぎたのかもしれない。ここまで畠中が突っこんでくるとは想像もしていなかった。

この情報を明かす相手として畠中を選んだのは、たまたま知り合いだったから、という理由が一番大きい。初対面の人間よりも、高校時代の同級生の方が信用されるだろうと判断したからだ。それは当たったのだが、実際には自分は畠中をまったく知らなかったのだと今になって思い知る。

秘密を打ち明ける相手を選ぶ時には、慎重の上にも慎重を期すべきだ。

29　２０１６年4月21日

社長の会見をピークにして、ざわめきは次第に収まり、伊佐美にはゆっくりと日常が戻ってきた。あれだけ書きたててきた東日も、会見の記事を掲載した後は沈黙している。六月の株主総会ではまたひと騒動あるだろうが、それまでには一か月以上あるから、準備は整えられるだろう。

総務課で通常勤務をすることが多くなり、隣の広報課にいる田辺とは顔を合わせる機会が少なくなった。今回の仕事では、お互いに嫌な思いもしたから、何もわざわざ会う必要もない……と思っていたのだが、会見から一週間経った木曜日の夕方、伊佐美は突然田辺に酒を誘われた。

「何なんですか」

田辺は、ごくさりげない様子で総務課にぶらりと立ち寄ったのだった。それで伊佐美はむしろ警戒した。あまりにも気安過ぎる……。

「別に何でもないよ。ごく内輪の打ち上げだ」

「だったら井本も誘った方がいいですかね。あいつ、頑張ってたんですから」

伊佐美は、主のいない隣のデスクに向けて顎をしゃくった。

「いや、今日はいいんじゃないかな。揃って派手に打ち上げをやってると……上にばれると目立つからな」

「会社としては、黒歴史として完全になかったことにしたいわけですか」

あのプロジェクトチームは何だったのだろう。やたらと気を遣い、同じ会社の仲間から白い目で見られ、空回りを繰り返し……今は自分でも、「無駄だった」としか考えられない。「なかったこと」にしたいのは自分も会社と同じだ。結局は完全に無駄骨に終わったのだから。

「まあ、いろいろ文句があるのも分かるけど、この辺で一度幕引きしておかないか？　社長の会見で実質的に終わってるけど、何だか中途半端な気分じゃないか」

「それはそうですけど……」

「あまり難しく考えなくていいだろう」田辺は妙に必死だった。

「まあ……いいですかね」

結局折れるしかなかった。田辺は普段さらりとしているように見えて、粘る時は粘るのだ。何故今、こんなに粘っているのかは分からないのだが。

定時に会社を出て、新橋に向かう。この街には、タチ自動車の社員が贔屓《ひいき》にしている店がたくさんある。

「今日は田辺さんの行きつけの店ですか？」

「いや、違う」

西口のＳＬ広場から、烏森《からすもり》神社の近くのごちゃごちゃした繁華街を抜け、日比谷通りに出る。途端に伊佐美は、止まっていた息が吹き返すのを感じた。新橋には気取らない店が多く、金がかからないのはいいのだが、人が多過ぎて、歩いているだけで息が詰まる。

呑み屋で憂さを晴らすサラリーマンたちの怨念が、空気に満ちているからかもしれない。多くのサラリーマンは、汚れた魂を酒で洗い、この街から帰途につくのだろう。

「ここだ」

日比谷通り沿いのビルの前で、田辺が自信なげに立ち止まった。初めて来る店なのだろうか……スマートフォンとビルの看板を交互に見ながら、ようやく納得してうなずく。この辺りまで来ると完全にオフィス街で、日比谷通り沿いに建ち並ぶのもオフィスビルばかりなのだが、今伊佐美たちがいるビルは、上階に中華料理屋が入っていた。

「居酒屋じゃないんですか？」

「まあ、いいじゃないか」

妙だ……別に中華が嫌いなわけではないが、二人で差しつ差されつという状況に、中華は合わない。いったいどういうつもりなのか、伊佐美は急に違和感を覚えた。

しかし田辺は、伊佐美の戸惑いに気づかないか、あるいは無視してさっさとエレベーターに乗りこんでしまった。四階にある中華料理店以外は、全てオフィスのようである。田辺は扉の方を向いたまま、一言も発しない。

エレベーターの扉が開くと、伊佐美は思わず足がすくむのを感じた。豪華……一人当たり一万円は取られそうな店である。

「田辺さん、ここはちょっと敷居が高いですよ」

「俺だって、自分の小遣いでは来られないよ」

「だったら今夜はどうして……スポンサーでもいるんですか」

「ああ。たまには人の金で美味いものを食うのもいいんじゃないか」

田辺はまったく気にしていない——むしろ楽しみにしている様子だが、伊佐美は気に食わなかった。飯を奢られる、イコール利益供与。後でろくでもない要求を持ち出されるのは分かり切っている。

田辺はさっさと店に入って行った。伊佐美は嫌々ながら後に続く。中に入るとすぐに、巨大な甕《かめ》が二つ置いてあるのが目についた。店内の装飾はひたすら派手な金と赤。派手過ぎて安っぽい感じもしたが、それでも客単価を引き下げる材料にはならない。田辺は、店員と一言二言言葉を交わしてから、すぐに個室に入って行った。伊佐美は一つ深呼吸してから後に続く。

この人だったか……伊佐美は既にテーブルについている谷内の姿を見てほっとした。総務担当役員は、自分にとっては直結の上司だし、プロジェクトチームで一緒に苦労を——無駄な苦労だったが——した仲でもある。

「ああ、ご苦労さん」

谷内が気軽な調子で切り出し、立ち上がった。二人に手を差し伸べ、テーブルにつくよう促す。円卓ではなく、普通のテーブル。料理は大皿ではなく、一人分ずつ運ばれて来るタイプの店だろう。谷内が部屋の奥側の席についていたので、伊佐美と田辺は出入り口に近い方に座った。よく知った相手とはいえ、役員が相手だとやはり緊張する。

「ビールからいこうか」

谷内は、気軽な調子を崩さなかった。ベルを押して店員を呼ぶと、生ビールを三つ、さっさと頼む。こっちの希望は関係ないわけか、と伊佐美は少し嫌な気分になった。谷内の顔を見てから、急に酒を呑む気がなくなってしまい、ウーロン茶でもいいかな、と考え始めていたのに。とはいえ、運ばれて来たビールを無視するわけにもいかない。乾杯の後、取り敢えず一口だけ呑んだ。やけに苦味が強く、美味くない。

「社長交代後の人事について、遅滞なく進めなければならない」

「ええ」いきなり切り出した谷内に対して、田辺が緊張した口調で答える。

「もちろん、人事は上から決まっていくものだし、新社長の意向が一番大事だが、私は総務担当の役員として、自分の周囲の人事については予め固めておきたい。総務は会社の柱だからな」

「ごもっともです」田辺ががくがくと頭を上下させる。

「それで、だ。まず、田辺課長には総務部長をお願いしたい」

「私がですか？」田辺の声が裏返る。どうやら本人も初耳らしい。

「ああ。広報課長として十分役目を果たしてくれたから、次は部長として総務部門を統括する仕事を任せたい」

「しかしそれは、通常の人事のルートからは外れています」

総務の出世ルート——部長への道は、人事課長か総務課長を経験しないと開けない。総務部内の各課にも序列があり、その中で人事と総務はツートップなのだ。年功序列が徹底しているタチ自動車にあって、田辺のような「二階級特進」の人事は珍しい。本人がピンとこないのも当然だ。

「構わない」ビールをぐっと呷ってから、谷内があっさり言った。「今回の一件では、タチ自動車には大変な逆風が吹いた。それを受けて、社内でも機構改革などの刷新を行うべきだという意見が出ている。新社長には、まずその辺に着手してもらうことになるが、君を総務部長にするのも、刷新の一環だと考えてもらいたい。もちろん、受けてもらえるね？」

「ご指名とあれば、精一杯やらせていただきます」田辺は、テーブルにくっつきそうなほど深く頭を下げた。

「それと、伊佐美君」

「はい」いきなり話を振られ、伊佐美は慌てた。

「田辺君の後釜の広報課長は、君だ」

「それは……考えてもいませんでした」

「今回のプロジェクトチームでも、君はよくやってくれた。さすが、スーパー総務だよ」

「よして下さい」耳が赤くなるのを感じながら伊佐美は言った。「それは、単なる何でも屋、ということです」

「しかし、そんなことができる人間はほとんどいない。このタイミングで広報課長を引き受けるのは、リスクが高いことは分かるな？」

「ええ」世間の監視の目はきつくなる一方だろう。気を配らねばならないポイントが多過ぎる。

「これからの厳しい状況を乗り越えるために、全力を尽くしてもらいたい。その後は当然、田辺課長の後を襲って総務部長、というルートが待っている。私が取締役でいる間に、そういう線路はきちんと敷いておくから、安心して仕事に邁進《まいしん》してくれ。全て私に任せてくれれば、君たちに不利なことは一切ない」

要するに「谷内派」を作ろうとしているわけか……タチ自動車の社内には、「開発系」と、ディーラーなどを束ねる「営業系」の二つの大きな派閥がある。総務系は派閥を作ることもなく、開発と営業の勢力争いの間でまごまごしているだけだが、谷内はこれから、主導権争いに名乗りを上げるつもりかもしれない。社長と遣り合ったことで、その自信が生まれたのではないだろうか。

「強い会社は、結局総務が強い会社だ。これからは、我々が会社を引っ張っていかなくてはならない」

総務にも、「派閥争いにつけ入る隙がある」と見ているわけだ……伊佐美には、谷内の狙いが簡単に読めた。今回の一連の事故で、特別開発室を含めた技術スタッフは萎縮するだろう。営業の方も、ユーザーの厳しい声に対処するだけで手一杯になるはずだ。となると、開発も営業も派閥争いどころではなくなる。そしてこれまで、「中立」「草刈り場」とも言われていた総務の動向が、会社のキャスティングボートを握る。

料理が運ばれ始めて、生臭い話は中断になった。まあ、さすがに美味い……会社の金で食べるのだと考えると気楽になって、純粋に高級中華の味を楽しめるようになってきた。自分の将来については、後で考えればいい。

食事の最後はビーフン。デザートが出て来るまでのわずかな時間に、谷内は突然、今夜の二つ目の重要な話題を切り出した。

「それで……今回の情報リークの犯人は誰だと思う？」

田辺がびっくりしたように目を見開く。今更そんな話題を持ち出されるとは、思ってもいなかったのだろう。

「その件は、社長の指示通り、中途で調査を打ち切りました」言い訳するように田辺が言った。

「特別開発室の人間ではないと思います」伊佐美は思い切って口を開いた。

「伊佐美……」田辺が低い声で窘《たしな》めた。

「構わない、話しなさい」谷内が促した。

「大宮君が自殺したのは残念でしたが、彼の自殺には別の動機がありました」

「だったら君は、どう推理する」

「お話しできるほど、具体的な材料は摑んでいません」

「具体的な話ではなくて、推理でいいんだ」谷内が食い下がる。

「失礼かもしれませんが……役員会の中の誰かかもしれません」

「おい！」田辺が声を荒らげる。

「構わん。続けて」谷内の声は冷静だった。

「東日に流れた情報は完全でした。それにプロジェクトチームの話は、特別開発室とは直接関係ありません。むしろ、プロジェクトチームを設置した社長側の話です。そういうことを総合して考えると、役員会……トップに近い人が東日のネタ元になっていた可能性は否定できません。しかしそれは、我々には検証しようがありません」

「そうか……」谷内が、お絞りでテーブルを拭いた。特に汚れているわけではなかったが。

「君の考えに、ほぼ同意する」

　まさか……伊佐美は思わず顔を上げて、谷内の顔を正面から見た。生ビール二杯の後に紹興酒《しょうこうしゅ》と続けたのに、酔っている気配はまったくない。

「ただし、やはり検証は困難だ」

「まさか、城社長ご本人……あるいは城常務とか」

「それは違う……と思う」弱い否定。「それ以上はいいだろう。とにかく、検証しようがないんだから、詮索しても無意味だ」

谷内は誰を疑っているのだろう。また「検証しようがない」理由は何なのか。誰も手をつけられない聖域となると、やはりトップ以外に考えられない。ただ、城社長が自ら東日に情報を提供する動機が思いつかなかった。まさに自爆テロではないか。

際どい話が出たついでに、伊佐美はもう一つ、ずっと気になっていたことを聞いてみた。

「千葉県警の本部長と社長が会談した時に、口添えしてくれた国交省の人がいた、と仰いましたよね」

「ああ」

「それが誰か、分かりましたか？」

「……ああ」

「誰なんですか？　県警の本部長に影響を与えられる人といえば、限られているでしょう」

谷内が告げた名前に聞き覚えはなかった。だが、横に座る田辺の顔が引き攣るのは分かった。

「何だ、君は知らないのか」呆れたように谷内が言った。

「面目ありません……」

「どうも妙なんだ。その人は、城社長個人とは面識があるが、うちの会社との関係は薄い。むしろ、チューリング社とつながりがあると言われているんだ」

その瞬間、伊佐美の頭の中で、糸が一本につながった。チューリング社といえば、自動運転技術の大本命。世界的ＩＴ企業で、車というハードウエアは持たないものの、ソフトで自動運転の世界に覇権を築こうとしている。

この件は、放っておいていいのか？　自動運転技術開発は官民学一体となって進めていかねばならないことである。その中で、「官」の裏切りがあったとしたら、その意味は何なのだろう。

癒着。

そう、「官」と「民」は様々な形で癒着する。

自宅近くの駅に着いた時には、ビールの酔いはすっかり引いていた。伊佐美は電車の中でずっと迷い続けていたのだが、改札を抜けた時には決心が固まっていた。

念のために自動販売機でミネラルウォーターを買い、喉に流しこむ。冷たさで、さらに酔いが遠のくようだった。家では難しい電話はしたくない。結局、歩きながら話すことにした。既に午後十時、帰宅を急ぐサラリーマンの姿も少なくなっている。

二度とかけることはないだろうと思っていた電話番号……スマートフォンの画面に呼び出したものの、やはり迷う。自宅への道のりの途中に公園があるのを思い出し、そこへ立ち寄った。弱々しい街灯の光が入りこんでくるだけで、人気はなく、静まりかえっている。不気味な感じはするが、それでも歩きながら話すよりはましだ。

「はい、東日社会部」

聞き慣れた畠中の声が耳に飛びこんできた。ほっとして「タチ自動車の伊佐美です」と告げると、畠中は「ああ」と気合いの抜けた返事を寄越した。

「もうご存じかもしれませんが、ちょっとお耳に入れておきたいことがありまして」

「何ですか」

相変わらず気のない返事。しかし伊佐美がある名前を出した瞬間、畠中は食いついてきた。

「その人が、社長と千葉県警の本部長をつないだと？」

「社長本人から確認を取ったわけではないですが、間違いないと思います」

「何とね……なるほど」

「なるほど？」

「ええ。これでいろいろなことの説明がつきますよ。あなたたちは、引っかけられたのかもしれない」

「どういうことですか？」

「知りたいですか？」畠中の声にはどこか余裕が感じられた。

「それは……」伊佐美は言葉を切った。知りたいのか知りたくないのか、自分でも分からない。知れば、会社に対してどういう気持ちでいればいいか、分からなくなってしまいそうだった。

「もしも知りたいなら、もう少し協力して下さい。あなたが疑問点を幾つか埋めてくれたら、私はちゃんと仮説を立てられる。いや、仮説ではなく事実を摑めるかもしれません。どうです？　知りたいですか？」

「知ったら、まずいことになるかもしれない」

「私とあなたの正義感の違いですか？　確かに、隠蔽工作に関しては、私たちの意見はまったく合わなかった。ただ、今の件については別です。もしもこれを書ければ……」

「大きな特ダネですか」

「もちろん。それを考えていない新聞記者はいませんから」

伊佐美には偉そうに言ったものの、これは書けないだろう、と畠中は考えた。密室の中で起きた出来事を証明するのは難しいのだ。特に一対一で何が話し合われたかは、録音でもない限り摑みにくい。そして情報が流出すれば「どちらから漏れたか」がすぐに分かってしまう。

それでも調べずにはいられない。これはまさに記者の本能だ。誰かが事実を隠しているのが分かったら、どうしてもほじくり返したくなる。

どうするか……確認できそうな相手が、まず一人いる。知っているかどうかは分からないが、まずはすがってみてもいい。

30　２０１６年4月22日

畠中はスマートフォンを摑んで遊軍部屋を出た。喫煙室に入り、スマートフォンにゆり子の電話番号を呼び出した。先日会った時に、「たぶんもう、秘密で話をすることはないから」と言って、彼女は自分の携帯の番号を教えてくれたのだ。それが何を意味するか、畠中には分からなかったのだが……仕事以外で自分と会う機会があるとでも言いたかったのだろうか。

予想と違って、ゆり子は迷惑そうだった。

「はい」

「遅くに悪い」

「ああ……畠中君」

「寝てた？」

「寝てないけど、何？」

ゆり子は露骨に警戒していた。デートの誘いだよ、と冗談で和ませようかと思ったが、彼女はそれを受け入れる様子ではない。そもそも彼女は、自分にとっては今でも高嶺の花――デートしている場面など、まったく想像できない。

「実は、滝谷審議官の話なんだ」

「まさか、取材してるの？」

「してなかったけど、取材せざるを得ないような情報が入ってきた」

畠中は伊佐美からの情報を詳細に説明した。ゆり子は相槌も打たずに聞いていたが、畠中が話し終えると、「その情報、たぶん当たってるわ」とぽつりと言った。

「どうして分かる？」

「事故――死亡事故があった日、私、社長の電話を滝谷審議官につないだの」

「本当に？　社長が自分の携帯から直接電話したんじゃなくて？」会社の電話を使い、記録が残るのを嫌がるのが普通の感覚だと思うが……。

「間違いないわ。私も、そんな風に連絡するのは意外だったけど」

「社長と審議官の関係は知らなかった？」

「ええ」

「なるほど……どういう関係かな」

「それは私には分からないけど」

「社長とそれ以前から関係していたのは間違いない、と」

「そうじゃないと、あんな風に電話はしないでしょうね」

「そうか」

畠中は髭の浮き始めた顎をゆっくりと擦った。ゆり子が「それがどうかしたの？」と訊ねる。

「滝谷さんって、どんな人だ？　大先輩は立派な人なのかな」

「それは……」ゆり子が言い淀む。

「評価はしたくないか」

「そう、大先輩だから」

「彼の本当の狙いは何だと思う？」

「私には分からない——考えたくもないわ」

「二方向、つまり全く別の動きをしている。特に城社長と千葉県警本部長の話し合いに関

「私は試験勉強ができただけ。あなたは社会の中で、もっと賢く振る舞っている」

「本当に賢かったら、今頃とっくに結婚して幸せな家庭を築いてるよ。俺は、ある種の社会的不適格者だと思う」

「右に同じく、ね」

似た者同士でつき合うのはどうだろう、と誘いの言葉が頭に浮かんだが、すぐに消し去る。彼女の美しさは、もっさりした自分にはまったく不釣り合いだ。それ以上に畠中は、ゆり子の危うさを感じている。彼女は自分の将来のために、このトラブルに進んで身を投じた。畠中にすれば格好のネタ元になったのは間違いないが、傍から見ると綱渡りだ。

そういう意味では確かに、彼女は頭がいいとは言えない。

「転職は？」

「タチ自動車は、五月一杯で辞めることにしたわ」

「会社は納得したのか？」

「転職することは言ってないから」

「それは一種のルール違反じゃないかな。同業他社に転職するなら、事前に通告しておかないと、一種の裏切りになるんじゃないだろうか」

「そうかもしれないけど、言えば引き止められるかもしれないでしょう」ゆり子が冷静に言った。「これが最後のチャンスだと思う。私はこれから、人生を立て直したいの」

「……そうか」そこまで強い気持ちがあるなら、畠中としては何も言うことはない。「夜中に申し訳なかったな」

「いいわよ」

「たぶん、もう電話することもないと思うけど」

「そうね。私も忙しくなるし」

「今度は別のこと……技術者としての君にインタビューする機会があるかもしれない」

「その時は、あなたでも理解できるように話すわ」

最後は笑いを残してゆり子は電話を切った。彼女は新しい会社で、本当にやりたいことをやれるのだろうか。無邪気にそう信じているなら、少し読みが甘いのではないか。

犬に与えられる報酬には限度がある。

初めて会う相手との接触が夜回りというのは、あまり好ましくはない。普通は、昼間の仕事で顔をつないでから、相手の家に行くようになるものだ。中には——特に警察官に関しては、庁舎では絶対に会えず、先輩から後輩へ夜回りの手順だけが伝えられていく相手もいるのだが。

滝谷の自宅は栗田が教えてくれた――「夜回りは拒絶される恐れがある」との忠告つきで。記者に対する対応に関してはひどく気まぐれな男で、機嫌が良ければ家に上げて酒をふるまうこともあるが、大抵は門前払いを食らわせるという。

「何のネタか知らないけど、昼間会いに行けばいいんじゃないか？　昼間なら、時間さえ空いていれば会ってくれるぜ」

栗田は鷹揚《おうよう》だった。本当なら、部が違えば取材協力もしないものだ。

「庁舎の中では話しにくいことなんだ」

「ややこしそうだな。でかいネタか？」

「いや、書けるかどうかは分からねえな」

「ま、お前の自由だけど」栗田は、肩をすくめて畠中を送り出してくれた。

滝谷の自宅は、松戸《まつど》にあった。ＪＲ松戸駅から徒歩十五分ほど、国道六号線を越えてすぐのところにあるごく普通の一軒家だ。東京の一部上場企業に勤めるサラリーマンが、一戸建ての家を購入するのと同じ感覚だろう。審議官ともなれば年収も相当のはずだが、それほど贅沢はしていないようだ。

玄関脇にはかまぼこ型の車庫。中に収まっているのは、タチ自動車の高級ハイブリッドセダン「メイヤー」だった。癒着、という言葉が一瞬脳裏を過る。同時に、日本の自動車メーカーというのは、どうしてモデルネームに一貫性がないのだろうと、この取材に関係ないことを考えた。海外メーカーでよくある、数字やアルファベットのみによるネーミングの方が、モデルの序列も分かりやすいのに。

午後八時。家には灯りが灯っていた。国家公務員というのはよく働くものだが、滝谷はもう帰宅しているだろうか……思い切ってインタフォンを鳴らす。いきなり、渋い男性の声で「はい」と返事があった。間違いない、滝谷だ。

「東日新聞の畠中と申します。審議官でいらっしゃいますか？」

「……はい」

重苦しい声だ。これは追い返されるな、と覚悟したものの、今さら引き下がれない。

「タチ自動車の件でお話を伺いたいんですが」

「何と？」嫌そうに滝谷が聞き返す。

「タチ自動車の城社長と、審議官の関係です」

「ちょっと待って下さい」

ガチャリと音がして、インタフォンが切れた。一分ほど待っただろうか……ドアが開き、滝谷が顔を出した。まさに「ライオン丸」というあだ名そのままのワイルドな髪型。ワイシャツとグレーのズボンという格好は、仕事から帰って来たばかりのようだった。右手には薄手のカーディガンを、左手にはスマートフォンを持っている。

「君か」さも以前から知っているように、滝谷が言った。

「どこかでお会いしましたか？」

「噂はいろいろ聞いている。タチ自動車の事故の関係では、ご活躍だったそうだな」

「記者として当然の仕事をしただけです」

「ずいぶんと真面目な人だ」

「いえ……それで、城社長の件ですが」

「外で話そう」

滝谷が玄関を出て、ドアを閉めた。鍵はかけない。その場でカーディガンに腕を通すと、スマートフォンをズボンの尻ポケットに落としこみ、すぐに歩き出した。話ができる雰囲気ではなく、畠中は無言で彼の横に並んで歩いた。

どこかコーヒーが飲める店にでも行くのかと思ったが、滝谷は住宅地を抜け、畠中を神社に誘った。小さな神社だが、鬱蒼とした木立に囲まれていて、内密の話をするにはいかにも適した感じだ。滝谷は迷わずに短い階段を足早に上がって小さな鳥居をくぐり、境内に入った。

今日は少し冷える……五月も近いのに、冷たい風が吹き抜けて、畠中は思わず首をすくめた。滝谷は平気な顔をしている。

「それで？」

「城社長とはお知り合いなんですか」

「ああ」あっさり認めた。「ちなみにうちのメイヤーは、普通にローンで買った」

「何も言ってませんよ」先手を取られて、少しだけ嫌な気分になった。どうもこの人は、才気走ったタイプのようだ。

「癒着とか言われたらたまらないからね。先に言っておく」

「どういうお知り合いなんですか？」

「私は国交省で、ずっと道路行政を担当しています。昔から、自動車メーカーの幹部の方とは会う機会が多い」

「最近は、自動運転技術の開発に関しても、ですね。審議会の事務方の責任者なんですから」それはとうに調べていた。自動運転は技術だけの問題ではない。道路情報とのリンクが大きなポイントなので、国交省も絡んでくる。

「もちろん。日本の自動車業界にとって大事な技術だ。これから五十年間の日本の基幹産業の運命は、これで決まる」

同じような話を何回聞いただろう。この件に関しては、関係者が全員口裏を合わせている——そういう言い方がおかしいなら、畠中が知らない共通のスローガンがあるのかもしれない。

「関係者は皆さん、そう仰いますね」

「当然のことだよ」

「だったら現在、タチ自動車が実証実験を中止しているのは、大きな痛手なのでは？」

「いや」

あっさり否定され、畠中は一瞬言葉を失った。大枠を定め、全体の方針を決めるのが仕事のはずの、中央官庁のトップに近い人間の言葉とは思えない。変な話だが、畠中は自動運転技術の開発に関しては、昔ながらの「護送船団方式」なのだと思いこんでいた。

その考えをそのままぶつけると、滝谷が声を上げて短く笑った。

「そんな評判の悪い言葉を、今頃持ち出すとはね」

「そうですか？　日本の企業は、今でも基本的にそういう感じで守られているんじゃないですか」

「そういう業界もある」滝谷が素早く認める。

「自動車業界は違うんですか？」

「違わない。でも、変わっていくべきだと思っていますよ、私は。自動車業界に関する所管官庁は、基本的には経産省です。ただ我々も、その周辺を管轄する省庁として、ある程度の責任は負っている。そういう立場から言うと、自動車業界は民間に個別に頑張ってもらうべきです」

「自動運転については、国としても推進しているじゃないですか」

「基本方針は示します。しかし最終的には各企業個別の努力だ……畠中さん、昔のようにはいかないんですよ」

「どういう意味ですか？」

滝谷がゆっくりと首を横に振る。目にはかすかな嫌悪感が浮かんでいた。そんなことも分からないのか、自分で考えろ、とでも言いたげだった。仮にそう言われても、黙りこむしかない。急に首を突っこんで調べ始めたものの、自動車業界は自分の専門ではないのだ。

畠中はスーツの右のポケットに手を突っこんだ。そこには煙草がある……一服すれば気持ちが落ち着くはずだが、吸っていい状況でもない。二人とも黙りこみ、重い沈黙が境内に満ちた。かすかな風に吹かれて、木立がたてるかさかさという音だけがその場を支配していた。

「自動車メーカーにとっては、非常に厳しい時代なんです。ゼロエミッション車や自動運転技術は、百年に一度の変革期だ。ゼロエミッションは、地球レベルの環境保護のために絶対必要なものだから、ＥＶや水素自動車の開発は急務だ」

「ＥＶなんか、車じゃないですよ」思わず言ってしまった。畠中は、ハイブリッドさえ認めたくない。ガソリンエンジンがもたらす運転の幸せは、ＥＶにはないような気がする。まるで巨大なおもちゃを運転しているようなものではないか……モーターと自動運転の組み合わせなど、もはや畠中が愛する自動車とは言えない。

「それが時代の流れですよ。特に自動運転に関しては、自動車以外の業界からの参入もあって、競争が激しくなっている。この競争についてこられない会社は、潰れるかもしれない」

「役所としては、会社を守るのも大事な仕事じゃないんですか」

「いや」

否定？　畠中は、腹の底がざわめくような不快感を覚えた。これが中央官庁の役人の台詞か？

「じゃあ、潰れそうになっても手は差し伸べない――」

「どこかが生き残ればいいんです」

「どういう意味ですか」畠中は思わず眉をひそめた。まるで本当に、命をかけたサバイバルレースを推奨しているようではないか。

「一社でも生き残れば、日本は自動運転技術で世界をリードできます。逆にいえば、何社もが同じことをやっていても意味がないのでは？」

「力を集約させる、ということですか？」

「分散してしまうよりはましでしょう。三本より一本の方が強くなる。ただし私たちの立場としては、『手を引いてくれ』とは言えない。それこそ、民間の仕事に官が口を出すわけにはいかないわけだ」

その時、畠中の頭の中で線がつながった。

「今回、私がタチ自動車の一連の問題を取材していたことはご存じなんですね？　特に署名記事も書きませんでしたけど、あなたも東日の社内に情報網を持っているでしょう」

「ネタ元が誰かは言えないが……それはあなたたちの台詞ですかね」

「あなたは、東日の中にいるネタ元から私の名前を割り出したわけじゃない」

「ほう」滝谷が目を細める。剝き出しの両手が寒いのか、ゆっくりと擦った。「だったらどうやってだと思います？」

「この件全体が、あなたが仕組んだことだからですよ。私も駒の一つだった」

ぼんやりと考えていたことは、滝谷と話した結果、確信に変わっていた。もちろん彼は、最終的には絶対に認めないだろうが、自分の推測を話して、滝谷の反応を見たい。

もっとも滝谷の顔は、境内の暗闇の中にすっかり溶けこんでいた。

「私のネタ元が誰かは、言えません」畠中は真っ先に宣言した。

「記者さんは、その辺は徹底していますね」滝谷の表情は変わらない。

「ええ。でも、あなたはそれが誰か知っている」

「クイズでもやるつもりかな？　それとも、言え、言えないの押し問答でも続けるんですか?」

「いや、そんな時間はないでしょう。お忙しい審議官のお時間をいただいているんですから」皮肉をまぶして言ったつもりだったが、滝谷は無反応だった。こういう風に、ある意味面の皮が厚いことも、出世の条件なのかもしれない。

「確かに、ここまでは完全に時間の無駄だね」

「仮に、私のネタ元をXとしましょうか」つい先日までは、ゆり子ではなくXだった——そう思い出しながら続ける。「Xはタチ自動車内部の人間、そこまでは認めます。それを認めないと、話が進みませんから」

「結構です」滝谷がうなずく。「どうぞ、続けて下さい」

「Xとあなたは、現在は日本工科大に在籍している伊沢教授の、東大時代のゼミの教え子でしたよね? 私のような二流私大の人間には分かりませんけど、東大のゼミは特別な人間関係を生むようですね。教授を軸に、先輩後輩の関係が脈々と続く」

「伊沢先生は、私が在籍していた頃にはまだ助教授でしたが……まあ、結びつきは強いと言っていいでしょう」滝谷は、一般的な話ではあるが、とつけ加えた。

「Xは開発部門にいたのですが、そこで伊沢教授と接触したことが問題視されたようです。Xにすれば、昔の先生に技術的な問題でアドバイスをもらおうとしただけですが、伊沢教授は現在、自動運転に関してはタチ自動車とライバル関係にあるチューリング社に協力して研究を進めています。タチ自動車内部の人間にすれば、スパイのように見えたことでしょう」

「迂闊——その話が本当ならば、Xとかいう人間はずいぶん迂闊だね」

「理系の人は、そういう常識的なことには頭が回らないんですか？」

「どうだろうか」滝谷が首を捻る。「人それぞれだと思う。私も理系だがね」

「Xが迂闊な人間で、世渡り下手なのは間違いありません。確証はありませんが、この一件でXは、開発部門からまったく関係ない部門に飛ばされました。本人としては、それがえらく不満だったようですね。あなたは、Xがそういう不満を抱いているのを知っていた」

「仮定の話だね」

「認めないんですか？」

滝谷が肩をすくめる。そう簡単に認めるはずもないか……一瞬心が折れそうになりながら、畠中は続けた。

「私がXから聞いた最後のネタですが……あなたは、ミキヤ自動車と深い関係がありますね」

「ミキヤの社長は、昔からよく存じていますよ」それを認めることは何のマイナスにもならないと確信しているようで、滝谷はあっさり認めた。

「どれぐらい深い関係なんですか」

「あなたはその……Ｘという人からはどんな風に聞いているんですか」

「Ｘの転職先として紹介できるぐらいに、ミキヤとはつながりがある、と」

「政治家ほどではないですが、私たちのところにも、就職の相談などで訪ねて来る人は多いですからね」

「Ｘもそうなんですね？　Ｘはタチ自動車での待遇にうんざりしていて、転職を考えていた。自分の経験と能力を十分活かせる場所を探していました。ただし、伊沢教授に泣きついてチューリング社に移籍するわけにはいかなかった。何しろその件で、会社から疑われていたんですから。それにＸは、とにかく車が好きだった。チューリング社が開発しているのは、基本的に自動運転に関するシステムだけで、車を作っているわけではない。Ｘにすれば、最初から選択肢に入っていなかったんです。あなたはそういう相談を受けて、Ｘをミキヤ自動車に紹介することにした。ただそこで、タチ自動車の事故という問題が発生したんです」

「あれはひどい話です。五年前のリコール隠し事件といい、あの会社には根本的に体質の問題があるようです」

「それは間違いないですね。そこで先ほどのあなたの話が浮上してきます。どこか一社だけが生き残ればいい――むしろ一社が集中して自動運転に取り組む方が、日本が世界標準を作れる可能性は高い。そのためにはタチ自動車に降りてもらうのも一つの手です」

「正直言って、あの会社の自動運転技術開発は、国内メーカーの中でも一番遅れていました。あなたがそれを把握していたかどうかは知りませんが、日常的に情報を収集している私には分かっています」

「全体を把握しているわけですからね」

「そう言っていいでしょう」滝谷が認める。

「いずれにせよあなたは、タチ自動車を開発レースから脱落させることに決めた」

それまで軽い口調で喋ってきた滝谷が黙りこんだ。顔つきが急に真剣になり、唇をきつく引き結んでいる。

「そのために、Xを私に接触させた。Xと私の関係は……言わない方がいいでしょうね」

「そもそもXという人間がいるかどうかもはっきりしない。あくまで仮定の話だ」

ここにきて誤魔化しにかかったか……しかし、ここで喧嘩しても話は前へ進まない。滝谷の適当な話を無視して、畠中は自分の説を語り続けた。

「事故の情報、プロジェクトチームの情報……全てXから私に流れました」

「いいネタ元でしたね。そういう人が実在するかどうかは分かりませんが」

滝谷の口調はだんだん皮肉めいてきた。無視だ、無視……畠中はとにかく話を前へ進めることにした。

「止めになったのは、城社長と千葉県警本部長の密約です。タチ自動車の死亡事故を広報しないと、千葉県警側に認めさせたわけで、馬鹿馬鹿しい話です」

「そういう話を、新聞で読んだ記憶はないな」

「裏が取れませんでした。その密談に立ち会った人間しか分からないことですが、社長も本部長も認めるわけがないですからね。あくまで間接的に分かっているだけです。城社長が頭を下げただけで、千葉県警の本部長が無茶な頼みを聞き入れるはずもない。口添えをした人間がいたんです」

「それが？」

「あなたですね？」

畠中は滝谷の顔を指差した。滝谷は、嫌な顔一つ見せない。こんなことよりもはるかに屈辱的な目に何度も遭い、クリアしてきたのだろう。そうでなければ、審議官にまで上り詰められない。

「あなたと千葉県警の本部長が、東大空手部の同期だったことは分かっています。同じゼミに属した人間が、世代を超えてつながっていたことは分かりましたが、同じ運動部の仲間の結びつきもあるでしょう。しかも同期となれば、なかなか強い関係ですよね」

「同じ釜の飯を食った仲間、ということになりますか」薄い笑みを浮かべ、滝谷が認めた。

「彼は、体が小さいのによく頑張るタイプだった。ああいう情熱的なタイプが、警察官僚には向いているのだろうね」

滝谷のやり口が次第に分かってきた。頭から否定したり、ノーコメントを貫いたり、ましてや嘘をつくことなどは絶対にない。問題ないと思えることだけを認めて相手を信用させ、話してはいけないことは徹底的に避ける。それで何となく、相手はしっかり話してもらった、と思いこんでしまうのだろう。

「死亡事故が起きようが、あなたには直接関係ないわけですよね」

「当事者でないからね」

「警察が、一企業の頼みで事件を公表しないとなったら大問題です。私はその事実を完全に確認することはできませんでしたが、あなたとしては、それも書いて欲しかったんでしょう？」

「事実の隠蔽は、あってはならないことだね」滝谷が爪を弄った。この件に関して、急に興味を失ってしまったようだった。

「そこまで書いたら、タチ自動車の息の根を止められたかもしれない。しかし実際には、私が死亡事故の事実を書いただけで、城社長は辞任し、自動運転の実験は一時ストップしました。二か月間の実験中止は、致命的ではないですか」

「自動運転に関しては、とにかく開発のスピードが速いからね」滝谷が認める。

「タチ自動車は、これで実質的に開発競争から脱落したとお考えですか」

「厳しい状況にはなるだろうね」滝谷がうなずく。

「ミキヤ自動車からあなたに対しては、どのような見返りが？」

「そんなものはない」滝谷の顔が引き攣る。しかしそれも一瞬で、すぐに穏やかな表情に戻った。

「長年のつき合いで、特に見返りも求めずに、タチ自動車の開発を潰したんですか」

「潰した、ではなく、自滅が正解じゃないかな。今回の件に何らかの意図が働いていたかどうかはともかく、タチ自動車の姿勢が間違っていたのは間違いない」

「それは……そうですね」認めざるを得ない。

「それであなたは、タチ自動車を叩く記事を書けた。社会的にも反響が大きかったでしょう？　記者冥利《みょうり》に尽きますよね」

「それは確かにそうなんですが……」

「何か問題でも？」

　畠中は思わず黙りこんだ。まったく認めないが、この男が全ての背後で糸を引いていたのは間違いないだろう。しかし絶対に詰め切れない。Ｘ――ゆり子は滝谷の意図をある程度読んでいたようだが、証拠っぽいことは一つしかないのだ。城社長と滝谷が電話で話していた「らしい」こと。しかもその内容については一切分からない。

「Ｘの身の安全は……」

「問題ないでしょう。Xというのは——仮に存在していれば、単なる駒の一つです。重要な役割を果たしはしたが、とって代わる人間はいくらでもいる」

「Xは必死だったんですよ」畠中は、頭に血が昇るのを感じた。「タチでの会社員人生の最後を、これに賭けていたんだ」

「大した話ではない」滝谷が鼻を鳴らす。「多くの人が所詮駒……個別の意思など関係なく、大きな渦に巻きこまれて流されるしかない」

「Xは、自分の仕事にプライドがあるんです。あなたが単なる駒として利用したと思っているなら、大変な侮辱ですよ」

「そうですか……この辺でよろしいですかね」滝谷が首を傾げた。「あまり実りのある会話だったとは思えないが」

「一社だけ生き残ればいい……本当にそうでしょうか」

「何が言いたいのかな?」

「多くの会社が切磋琢磨《せっさたくま》した方が、技術は磨かれるんじゃないですか? あるいは協力体制を取った方がいい。海外の——特にチューリング社のような巨人やドイツ、中国のメーカーに対抗するためには、日本企業同士の競争も必要だと思います」

「それがなかなかそうもいかない……基本的に民間企業は、目先の利益がなければ動きません。五十年先の問題を提示して、そこに向かって協力を要請しても、そもそもピンとこないんですよ。どんなにお題目を唱えようが、それは口先だけです」

「そんなものですか？」

「考えてみて下さい。五十年後までに、会社は何世代代わると思います？　少なくとも、今在籍している社員は、一人もいなくなるんですよ。それが会社の新陳代謝というものです。今いる社員がきちんと見られる未来は、五年か十年先に過ぎない」

「それと、タチ自動車を自動運転技術開発の競争から追い落とすことは、まったく別問題だと思いますが」

「あなたももう少し、マクロな観点からものを見た方がいい」滝谷が、少し疲れた表情で首を横に振った。「物事は、今日と明日のことだけで決まるわけではない。五年後、十年後を見なければ――五十年後は無理としても」

31　２０１６年４月22日

畠中は会社に戻り、人気のない遊軍部屋に籠もった。多くの時間を過ごした、自分の本拠地にして出撃基地。

パソコンを立ち上げ、キーボードに指を置く……一字も打てない。

無理なのだ。密室で行われた出来事を、完全に再現することはできない。密談なら、当事者全員から、同じ証言が得られて初めて書くことができるのだが、今回それは不可能に思える。また、そこまで突っこむ勇気も気力もなかった。

喫煙室へ行き、煙草に火を点ける。今日二十五本……もしかしたら三十本目くらいだろうか。煙を吸いこんだ途端に咳きこんでしまったが、煙草は手放さない。しっかり最後まで吸おう。

咳が収まったところでスマートフォンを取り出し、伊佐美に電話をかける。彼は家にいるようで、話しにくそうだった。「ちょっと待って下さい」と言った後で言葉が途切れる。暖かい家庭、などとふと考えた。仕事の電話を家族に聞かれたくないので、リビングルームから廊下に出て来た……その場面が容易に想像できる。

「無理ですね」畠中は負けを認めた。

「そうですか……」伊佐美の声に悔しさが滲む。

「力及ばず、です。情報をいただいたことには感謝しますが」

「裏が取れなかったんですか？」

「端的に言えば、そういうことです」

「仕方ないですね」

「私が書けば、タチ自動車の立場をある程度はよくできたかもしれない。でも、駄目だったかもしれませんよ」

「全部仮定の話ですね、あくまで」

「タチ自動車は、これからどうなるんでしょうね」

「あなたにそう言われると、何だか白けます」

伊佐美が皮肉っぽく言った。「すみません」の一言が飛び出そうになったが、慌てて呑みこむ。謝罪すべきことではないのだ。

「せっかく話してもらったのに、上手くいかなかったので、取り敢えずご報告だけでも」

「残念です」

ふいに、「あなたたちは見捨てられたんだ」と言おうかと思った。しかし言えない……今更真相が明らかになっても、タチ自動車は失ったものを取り返せないのだ。

電話を切ると、ますます重苦しい気分になる。

結局俺も、滝谷に上手く利用されただけなのだ。X＝ゆり子も。

もちろん、タチ自動車の問題は書くべき価値があった。無視はできなかった。しかしその背後に、大きな意図が働いていることを見極められなかったのは、畠中自身のミスである。タチ自動車が、自動運転技術の開発から脱落したことで、利益を得る人がいた……最初からそれは考えておくべきだったのではないか。ゆり子が外の人間とつながっていると予想しておくべきだった。

そのゆり子も、単なる駒だった。大きな流れの中では、ほんの微細な存在……彼女にこの事実を告げるべきかもしれないと考え、電話を手に取る。上手く便宜を図ってもらったと思っているかもしれないが、相手は君を重視していない。もしかしたら、転職も上手くいかないのではないか？

そんなことを告げても何にもならない。彼女を不安にさせるだけだ。だいたい、「駒」は彼女だけではない。城社長……いや、タチ自動車そのものも、シナリオの中で動く駒に過ぎなかったのだ。畠中は電話を放りだした。

物事には必ず表と裏がある。

裏を見極められなかった自分の浅さを、畠中は激しく悔いた。

まだ何か、大きな動きがある。畠中との話を終え、伊佐美は急に不安になった。その「動き」を伊佐美は摑んでいるかどうか……廊下からリビングルームに戻ると、ソファに座っていた妻の朋子が不思議そうな視線を向けてきた。

「どうかした？」

「何が？」

「怖い顔してるから」

「いや……」朋子にも、顚末《てんまつ》の全てを話したわけではない。全てぶちまければ楽になるだろうか……ふいに、自分がこのままタチ自動車にいるべきかどうか、分からなくなった。

「なあ」

「何？」朋子は膝の上で広げた雑誌に視線を落としたままだ。

「会社を辞めたらどうなるかな」

「辞めたいの？」朋子がふっと顔を上げ、怪訝そうな表情を浮かべる。「そうねえ……私の英会話教室の収入だけになると、家のローンを払い続けるのも大変ね」

「仕事は何とかするけど……」総務の人間は、どこの会社へ行っても潰しが利くのではないだろうか。

「辞めたいの？」朋子がもう一度訊ねる。

辞めたくはない。逃げ出したいという気持ちもあったが、自分がこれまでタチ自動車に捧げてきた時間の長さを思うと、簡単には逃げ出せない。

「辞めても何とかなるわよ。ストレスを溜めこんだら、よくないから――」

「いや、辞めない」朋子の呑気な答えで、むしろ気持ちが固まった。

逃げ出さずに、このまま残って会社を見守ろう。何が起きるか分からないし、タチ自動車はこれからもミスを犯すかもしれないが、全力で会社を支えていく。間違いがあれば正す。

それが、会社の背骨たる総務の矜持《きょうじ》だから。

謝辞

自動運転に関しては、三菱総合研究所主席研究員の杉浦孝明氏や、読売新聞東京本社経済部にお話をうかがい、示唆を受けました。感謝申し上げます。

解説

坂口孝則

「自動車メーカーで働きたいんですけれど、どうでしょうか」

こう若い会社員から質問されることがある。講演会場やセミナーの場。私が自動車メーカーで働いていたと知った受講者が訊いてくる。かつての自動車産業の栄華が誰もの脳裏にこびりついているらしい。

私は、やめたほうがいいですよ、と答える。自動車メーカーの仕事は何か。調整だと私は思う。行政、国内外の規制、慣例、コスト、そして内部への忖度《そんたく》、あらゆるものががんじがらめになって社員を襲う。裁量は驚くほど無い。あらゆる細かなレギュレーションを遵守《じゅんしゅ》しなければならない。

多くの自動車メーカーは夢をキャッチフレーズに掲げるが、それはおそらく夢を持ちにくくなったから、という意味にほかならない。

そこで「自動車メーカーでの経験は悲惨でしたか」と再質問される。すると自分でも不思議なことに「いいえ、かけがえのないものでした」と答えるようにしている。二律背反的な感情。これは皮肉ではなく本気だ。おそらく、多くの自動車産業経験者が同じように答えるのではないだろうか。

通常の仕事では出会えない他分野にまたがる関係者たち、そして大きな金額。それは心折れるほどややこしい、といってもいいし、やりがい、ともいえる。それゆえの相反する感情。

私が自動車メーカーで働いていたとき、ロッカールームで親しい技術者から話しかけられたことがある。「この会社を辞めるんだよね」と彼は教えてくれた。「アジアを放浪しようと思うんだよね」と。「なんで？　もったいないよ。こんな仕事を辞めちゃうなんて」と私はとっさに伝えたが、「うらやましい」と発する可能性とは五分五分だった。

現状に完全に満足できず漂流している私。そしてあっさりと離れることにした彼。

彼は法規、品質、製品重量、コストといった複雑な制約条件をくぐりながら高度な闘いに挑みつつ、人生の単純な問いを考え続けていた。「このままでいいのか」という単純な闘い——それは、もちろん他者との闘いではなく、自らとの闘いであった。

彼の目から「お前は、まだこの不毛な自動車業界に居続けるのか」と、私はひどく生々しい質問を突きつけられていた。同時に彼の目からは、どこか刹那をも感じた気がした。

◆
◆

本書『犬の報酬』は自動車メーカーのタチ自動車を舞台にした小説だ。同社は自動運転車の実験を繰り返しており、その過程で事故を起こす。自動運転車はトラックのバンパーに衝突し、初の人身事故を起こしてしまう。負傷者はタチ自動車の社員のみで、胸と頭の打撲だった。ただ、この軽微ともいえる事件から物語が発展していく。

主人公は、タチ自動車総務課の伊佐美祐志《いさみゆうじ》だ。彼は広報課長の田辺《たなべ》とともに、この事故をできるだけ世に広めないように処理しようとする。そしてもう一人の主人公は、東日《とうにち》新聞社会部の畠中孝介《はたなかこうすけ》だ。彼は、タチ自動車の内部告発者Ｘのネタを元に、タチ自動車の隠《いん》蔽《ぺい》体質を暴いていく。

タチ自動車は内部告発者を見つけようと躍起になるが、それでも内部告発は止まらない。さらに自動運転の実証実験中に、死亡事故まで起こしたことを隠しきれずに、タチ自動車の城《たち》社長は辞任を発表する。

この内部告発者Ｘは誰なのか、そして、その裏で絵を書いた人物は誰なのか。多くの読者は、この解説文を読む前に、すでに本文を読んでいるだろう。ただ例外的な読者のために、ここは本文に譲りたい。自動車メーカーで勤務していた身としても、部門間の関係や、葛藤、組織の力学が見事に描かれている。

一見すれば、同書は自動車メーカーと、途上な技術である自動運転にまつわる物語のようにも読める。しかし、それは皮相的なことにすぎない。

実は、私は、この小説を読んで心が苦しくなった。というのも、元自動車メーカー社員の立場からすれば、社を想うこと、社会正義を貫くこと、自己を貫くこと、この三つのなかでがんじがらめになった過去を思い出していたからだ。

現代の不幸の特徴は、効率だけを求めて止まることのない日常のなかで、特定の人に不幸が停滞している点にある。誰もが変わらぬ日常に生き、誰かの不幸のために少しも立ち止まろうとしない。さらに大企業であれば、ある部門の不祥事を、他の部門が共感しようとすらしない。社内外の関係者数は多いのに個人は孤独である逆説。おそらく、それがもっとも顕著なのは自動車産業ではないかと私は思う。

◆　◆

１８８０年代にドイツでカール・ベンツとゴットリープ・ダイムラーは自動車の原型を試作した。アメリカに渡った自動車は１９０８年にT型フォードを生み出し、低価格化ゆえの拡大を果たした。その後、ドイツでは１９３７年にドイツ国民車準備会社として、現フォルクスワーゲンが生まれた。そして１９５０年代にはトヨタが、そのフォードを見習い、カンバン方式による独自の生産システムを確立していく。

そして世界中の人々は、クルマを前提としたライフスタイルから離れられなくなり、同時に自動車産業も多量の労働力を抱えるようになる。巨大産業が出来上がった。

しかし現在、自動車産業も曲がり角を迎えつつある。日本には約６０００万台の自動車がある。日本の人口は約１億２０００万人だから保有台数は０・５だ。この率はどの国も似たりよったりだ。

さらに乗用車の平均使用年数は約12年。約６０００万台をこの約12年で割ると５００万台ていどになる。これは日本における年間の販売台数と近い。つまり日本は買い替え需要しか存在しない。

自動車メーカーとして、どうすればいいか。

商品自体を替（変）えるしかない。誰かが動かすものから、連れて行ってくれるものへ。自動化や無人化が進めば、これまでお客ではなかった層が買ってくれる。シニアが運転せずとも目的地に行けるのであれば多くの需要が見込める。また無人タクシーが街中に走れば、クルマはもはや金融商品になるだろう。さらに、自動運転車のシェアリングサービスもありうる。さらに、自動運転が可能になれば、車内で楽しむエンターテイメントのサービスを販売できるようになる。

◆◆

さて現在であっても各自動車メーカーがしのぎを削る自動運転技術だが、かなりの進化を見せつつも、現状ではまだ完全ではない。そこで、ほんとうに各国の各メーカーが独自に開発していたほうがいいのか、という疑問が出てくる。

たとえば、前述したドイツ国民車準備会社はナチス政権下で生まれた。そもそも多くの労働者や企業を垂直統合の形でまとめあげる自動車産業は国家主義の元で発展してきた。この『犬の報酬』でも最後は国家、あるいは官僚機構のなかでの力学に左右され（たかもしれない状況で）、翻弄《ほんろう》される主人公たちのさまが描かれるようになる。自動車産業での私の従業経験を紹介したが、この産業では一人で抗いがたき桎梏《しっこく》がある。

冒頭では、私の自動車産業人としての葛藤を語った。ただ、この葛藤は単に青臭い馬鹿者の意見かもしれない。

ちょっと思い出話になる。

自動車産業ではサプライヤといわれる取引先と飲み会も含めた交流が多い。コロナ禍の現在はわからないが、当時は連日のように食事を共にしていた。

たぶん酔っていたからだと思う。二次会か、三次会かで、自動車メーカーの先輩たちや、サプライヤの部課長連中に、私は率直に質問をしてみた。「こんなに制約ばかりの仕事は大変でイヤになるでしょう」と。すると、周りはクスッと笑って教えてくれた。

それでも、現場を動かしているのは私たちなんだよね、と。

そのなかでも個々人の動きによって、だいぶ変わるんだよね、と。

そして、働くっていうのは、そのていどのものなんだよね、と。

私がどう反応したかは、どうしても思い出せない。

◆◆

ところで、私がたまたまＨＲ／ＨＭ（ハードロック・ヘヴィメタル）の音楽を愛好し、たまに専門誌に寄稿するからだろうか。作品中に流れるロックミュージックが気になった。ドッケン「インマイドリーム」、オーティス・レディング「ドッグオブザベイ」。なるほど、これらの歌詞は夢を抱き、そして夢が散る中で呻吟する男の物語ではないか。そしてモトリークルー「ドクター・フィールグッド」にいたっては、闇で操るずる賢い「あいつ」を描いている。

この『犬の報酬』ではラストシーンで主人公の伊佐美がすべての苦難のなかで、結局は自分自身も一つの駒＝犬にすぎないと理解するラストシーンがある。

自分ではどうしようもできない事情に翻弄され続けた伊佐美は、なんと、このように続ける。

〈逃げ出さずに、このまま残って会社を見守ろう。何が起きるか分からないし、タチ自動車はこれからもミスを犯すかもしれないが、全力で会社を支えていく。間違いがあれば正す。

それが、会社の背骨たる総務の矜持だから。〉

絶望的な状況に陥ったにもかかわらず、このあまりにも意外で、それでいて強く熱い主人公の吐露に、不意に私は胸を衝かれた。

そして、最後の一言を書くためだけに著者が物語を紡いできたように、私には思われた。

著者である堂場瞬一さんは新聞社の社会部記者として、多くの忸怩たる思いを抱く会社員たちを見てきたに違いない。著者の経歴と物語は無関係である。しかし、その無関係さを理解しながらも、私はどうしても著者の、会社と国と官僚機構に押しつぶされる人間たちへの優しい想いを感じずにはおれない。新聞記者たちは事件の皮相を報じる。ただ、その背後でまったく報じられない、犠牲になった多くの人たちがいる。その意味で、この伊佐美は著者が記者時代に報じることで苦難を与えてきた悔恨の対象かもしれない。

しかし、同時に、それでもなお、メーカー側の会社員は目の前の仕事にぶつかるしかない。もしかすると著者が言いたかったことは、たったこれだけなのではないだろうか。

自動車産業では、いや、どの産業であっても働くことは困難がつきまとう。

しかし、それでもなお、犬であっても、希望を持つことはできるのだ、と。

本書の最後で流れる、ラット『ラウンドアンドラウンド』は、「ぐるぐる回るしかない、愛があればきっと道は見つかるさ」と歌っている。この歌は、明るくも、暗くも聴くことができる。

いつか著者に会えたらこの解釈が正しいか確認したいと私は思うのだ。

（さかぐち・たかのり　経営コンサルタント）

この作品はフィクションです。
実在する個人、団体等とは一切関係ありません。

二〇一七年三月　中央公論新社刊

中公文庫

犬《いぬ》の報酬《ほうしゅう》

2022年1月25日　初版発行

著　者　堂《どう》場《ば》瞬一《しゅんいち》

発行者　松田陽三

発行所　中央公論新社
〒100-8152　東京都千代田区大手町1-7-1
電話　販売 03-5299-1730　編集 03-5299-1890
URL http://www.chuko.co.jp/

DTP　ハンズ・ミケ
印　刷　大日本印刷
製　本　大日本印刷

Published by CHUOKORON-SHINSHA, INC.
Printed in Japan　ISBN978-4-12-207168-1 C1193

堂場瞬一　好評既刊

警視庁失踪課・高城賢吾
シリーズ

舞台は警視庁失踪人捜査課。厄介者が集められた窓際部署で中年刑事・高城賢吾が奮闘する

①蝕罪　②相剋　③邂逅　④漂泊
⑤裂壊　⑥波紋　⑦遮断　⑧牽制
⑨闇夜《あんや》　⑩献心

各書目の下段の数字はISBNコードです。978－4－12が省略してあります。

中公文庫既刊より

と-25-32
ルーキー 刑事の挑戦・一之瀬拓真　堂場瞬一
千代田署刑事課に配属された新人・一之瀬。起きる事件は盗難ばかりというビジネス街で、初日から若い男性が被害者の殺人事件に直面する。書き下ろし。
205916-0

と-25-33
見えざる貌 刑事の挑戦・一之瀬拓真　堂場瞬一
千代田署刑事課そろそろ二年目、一之瀬拓真。管内で女性ランナー襲撃事件が発生し、捜査に加わるが、なぜか女性タレントのジョギングを警護することに⁉
206004-3

と-25-35
誘　爆 刑事の挑戦・一之瀬拓真　堂場瞬一
オフィス街で爆破事件発生。事情聴取を行った一之瀬は、企業脅迫だと直感する。昇進前の功名心から担当を名乗り出るが……。〈巻末エッセイ〉若竹七海
206112-5

と-25-37
特捜本部 刑事の挑戦・一之瀬拓真　堂場瞬一
公園のゴミ箱から、切断された女性の腕が発見される。その指には一之瀬も見覚えのあるリングが……。捜査一課での日々が始まる、シリーズ第四弾。
206262-7

と-25-40
奪還の日 刑事の挑戦・一之瀬拓真　堂場瞬一
都内で発生した強盗殺人事件の指名手配犯を福島県警から引き取り、駅へ護送中の一之瀬ら捜査一課の刑事たちが襲撃された！　書き下ろし警察小説シリーズ。
206393-8

と-25-42
零れた明日 刑事の挑戦・一之瀬拓真　堂場瞬一
一世を風靡したバンドのボーカルが社長を務める、芸能事務所の社員が殺された。ストーカー絡みの犯行、という線で捜査を進めていた特捜本部だったが……。
206568-0

と-25-14
神の領域 検事・城戸南　堂場瞬一
横浜地検の本部係検事・城戸南は、ある殺人事件の真相を追ううちに、陸上競技界全体を蔽う巨大な闇に直面する。あの「鳴沢了」も一目置いた検事の事件簿。
205057-0

と-25-18
約束の河
堂場瞬一

法律事務所長・北見は、ドラッグ依存症の入院療養から戻ったその日、幼馴染みの作家が謎の死を遂げたことを知る。記憶が欠落した二ヵ月前に何が起きたのか。

205223-9

と-25-21
長き雨の烙印
堂場瞬一

地方都市・汐灘の海岸で起きた幼女殺害未遂事件。ベテラン刑事の予断に満ちた捜査に疑いをもった後輩の伊達は、独自の調べを始める。〈解説〉香山二三郎

205392-2

と-25-23
断絶
堂場瞬一

汐灘の海岸で発見された女性の変死体。県警は自殺と結論づけたが、刑事・石神は独自に捜査を継続、地元政界の権力闘争との接点が浮上する。〈解説〉池上冬樹

205505-6

と-25-26
夜の終焉（上）
堂場瞬一

両親を殺された真野亮介は、故郷・汐灘を捨て、喫茶店を営んでいた。ある日、店を訪れた少女が事故で意識不明に。身元を探るため、真野は帰郷するが――。汐灘サーガ第三弾。

205662-6

と-25-27
夜の終焉（下）
堂場瞬一

父が殺人を犯し、検事になることを諦めた川上譲は、東京で弁護士として仕事に邁進していた。そこに舞いこむ故郷・汐灘からの依頼は、死刑を望む殺人犯の弁護だった。

205663-3

と-25-31
沈黙の檻
堂場瞬一

沈黙を貫く、殺人犯かもしれない男。彼を護り、信じる刑事。時効事案を挟み対峙する二人の傍で、新たな殺人が発生し――。哀切なる警察小説。〈解説〉稲泉 連

205825-5

と-25-34
共鳴
堂場瞬一

元刑事が事件調査の「相棒」に指名したのは、ひきこもりの孫だった。反発から始まった二人の関係は調査を通して変わっていく。〈解説〉久田 恵

206062-3

と-25-36
ラスト・コード
堂場瞬一

父親を惨殺された十四歳の美咲は、刑事の筒井と移動中、何者かに襲撃される。犯人の目的は何か？ 熱血刑事と天才少女の逃避行が始まった！〈解説〉杉江松恋

206188-0

各書目の下段の数字はＩＳＢＮコードです。978－4－12が省略してあります。

と-25-38
Sの継承（上）　堂場瞬一
捜査一課特殊班を翻弄する毒ガス事件が発生。その現場で発見された死体は、五輪前夜の一九六三年に計画されたクーデターの亡霊か？
206296-2

と-25-39
Sの継承（下）　堂場瞬一
ネット掲示板で国会議員総辞職を求め、毒ガスを盾に国会議事堂前で車に立てこもるS。捜査一課は、その正体を探るが……。〈解説〉竹内　洋
206297-9

と-25-41
誤断　堂場瞬一
製薬会社に勤める槙田は、副社長直々にある業務を任される。社会正義と企業利益の間で揺れ動く男たちの物語。警察小説の旗手が挑む、社会派サスペンス！
206484-3

と-25-43
バビロンの秘文字（上）　堂場瞬一
カメラマン・鷹見の眼前で恋人の勤務先が爆破。彼女が持ち出した古代文書を狙う、ＣＩＡ、ロシア、謎の過激派組織――。世界を駆けるエンタメ超大作。
206679-3

と-25-44
バビロンの秘文字（下）　堂場瞬一
激化するバビロン文書争奪戦。鷹見は襲撃者の手をかいくぐり文書解読に奔走する。四五〇〇年前に記された、世界を揺るがす真実とは？〈解説〉竹内海南江
206680-9

い-127-1
ため息に溺れる　石川智健
立川市の病院で、蔵元家の婿養子である指月の遺体が発見された。心優しき医師は、自殺か、他殺か――。見えていた世界が一変する、衝撃のラストシーン！
206533-8

い-127-2
この色を閉じ込める　石川智健
人食い伝説を残す村で殺人事件が発生。住人の口から上がった容疑者の名は、十年前に死んだ少年のものだった。恐怖度・驚愕度ナンバーワン・ミステリー。
206810-0

い-127-3
私はたゆたい、私はしずむ　石川智健
八丈島近海で無人の客船を発見した刑事の薫と赤川。中には海上で遭難した「成功者」たちが。謎に包まれた船中で凄惨な連続殺人が発生する。文庫書き下ろし。
207085-1

さ-65-12
世界警察1　叛逆のカージナルレッド　沢村　鐵
殺人、戦争、テロ。すべては警察が止める。二一世紀末、理想社会が実現した日本を襲う武装蜂起に、刑事たちが立ち向かう。圧巻の書き下ろし新シリーズ。
207045-5

さ-65-13
世界警察2　輻輳のウルトラマリン　沢村　鐵
国会と首相官邸を襲った軍事蜂起の背後に、謎の地下兵器産業が潜んでいた。「説教師」吉岡冬馬は真相を捜し海外へ飛ぶ。書き下ろしシリーズ第二弾。
207110-0

た-81-4
告解者　大門　剛明
過去に殺人を犯した男・久保島。補導員のさくらは彼の誠実さに惹かれる。その最中、新たな殺人事件が発生。告解室で明かされた衝撃の真実とは――。
205999-3

た-81-5
テミスの求刑　大門　剛明
監視カメラがとらえた敏腕検事の姿。手には大型ナイフ、血まみれの着衣。無実を訴えて口を閉ざした彼に下る審判とは？　傑作法廷ミステリーついに文庫化。
206441-6

た-81-6
両刃《りょうじん》の斧《おの》　大門　剛明
未解決殺人事件の犯人が殺された。容疑者は十五年前に娘を殺された元刑事。事件の裏に隠されたあまりに悲しい真実とは。慟哭のミステリー。文庫書き下ろし。
206697-7

と-36-1
炎冠　警視庁捜査一課七係・吉崎詩織　戸南　浩平
時間内にゴールできなければ、マラソン代表候補が爆死。警察の威信に懸けて犯人を暴け。レース×サスペンス、緊迫の警察小説！
206822-3

ひ-38-1
CAGE　警察庁科学警察研究所特別捜査室　日野　草
誰かが刑事、誰かが犯人、そして誰かが存在しない。相良と彼の上司の琴平は、男に連れ去られる寸前の女子大生を助ける。だが相良と琴平の目的は……。
206858-2

ほ-17-14
新装版　ジウI　警視庁特殊犯捜査係　誉田　哲也
人質籠城事件発生。門倉美咲、伊崎基子両巡査が所属する警視庁捜査一課特殊犯捜査係も出動する。だが、この事件は〝巨大な闇〟への入口でしかなかった。
207022-6

各書目の下段の数字はISBNコードです。978－4－12が省略してあります。

ほ-17-15
新装版 ジウⅡ 警視庁特殊急襲部隊 誉田哲也
誘拐事件は解決したかに見えたが、依然として黒幕・ジウの正体は掴めない。事件を追う東と美咲。一方、特進をはたした基子の前には不気味な影が。〈解説〉宇田川拓也
207033-2

ほ-17-16
新装版 ジウⅢ 新世界秩序 誉田哲也
新宿駅前で街頭演説中の総理大臣を標的としたテロが発生。歌舞伎町を封鎖占拠し、〈新世界秩序〉を唱えるミヤジとジウの目的は何なのか⁉〈解説〉友清 哲
207049-3

ほ-17-4
国境事変 誉田哲也
在日朝鮮人殺人事件の捜査で対立する公安部と捜査一課の男たち。警察官の矜持と信念を胸に、銃声轟く国境の島・対馬へ向かう。〈解説〉香山二三郎
205326-7

ほ-17-5
ハング 誉田哲也
捜査一課「堀田班」は殺人事件の再捜査で容疑者を逮捕。だが公判で自白強要の証言があり、班員が首を吊った姿で見つかる。そしてさらに死の連鎖が……誉田史上、最もハードな警察小説。
205693-0

ほ-17-7
歌舞伎町セブン 誉田哲也
『ジウ』の歌舞伎町封鎖事件から六年。再び迫る脅威から街を守るため、密かに立ち上がる者たちがいた。戦慄のダークヒーロー小説！〈解説〉安東能明
205838-5

ほ-17-11
歌舞伎町ダムド 誉田哲也
今夜も新宿のどこかで、伝説的犯罪者〈ジウ〉の後継者が血まみれのダンスを踊る。殺戮のカリスマvs.新宿署刑事vs.殺し屋集団、三つ巴の死闘が始まる！
206357-0

ほ-17-12
ノワール 硝子の太陽 誉田哲也
沖縄の活動家死亡事故を機に反米軍基地デモが全国で激化。その最中、この国を深い闇へと誘う動きを、東警部補は察知する……。〈解説〉友清 哲
206676-2

ほ-17-17
歌舞伎町ゲノム 誉田哲也
大人気シリーズ、〈ジウ〉サーガ第九弾！ 伝説の暗殺者集団「歌舞伎町セブン」に、新メンバー加入！ 彼らの活躍と日々を描いた傑作。〈解説〉宇田川拓也
207129-2